GAROTA, MULHER, OUTRAS

BERNARDINE EVARISTO

Garota, mulher, outras

Tradução
Camila von Holdefer

5ª reimpressão

Copyright © 2019 by Bernardine Evaristo
Proibida a venda em Portugal

*Grafia atualizada segundo o Acordo Ortográfico da Língua Portuguesa de 1990,
que entrou em vigor no Brasil em 2009.*

A editora agradece a Fernanda R. Miranda pela colaboração.

Título original
Girl, Woman, Other

Capa
Estúdio Daó

Imagem de capa
Paris Apartment, de Toyin Ojih Odutola, 2016-7, carvão, pastel e lápis sobre papel, 150,8 ×
106,7 cm. © Toyin Ojih Odutola. Cortesia da artista e da Galeria Jack Shainman, Nova York.

Preparação
Ciça Caropreso

Revisão
Adriana Bairrada
Renata Lopes Del Nero

Dados Internacionais de Catalogação na Publicação (CIP)
(Câmara Brasileira do Livro, SP, Brasil)

Evaristo, Bernardine
    Garota, mulher, outras / Bernardine Evaristo ; tradução
Camila von Holdefer. — 1ª ed. — São Paulo : Companhia das
Letras, 2020.

    Título original: Girl, Woman, Other.
    ISBN 978-85-359-3381-9

    1. Ficção inglesa I. Título.

20-41919   CDD-823

Índice para catálogo sistemático:
1. Ficção : Literatura inglesa   823

Cibele Maria Dias – Bibliotecária – CRB-8/9427

Todos os direitos desta edição reservados à
EDITORA SCHWARCZ S.A.
Rua Bandeira Paulista, 702, cj. 32
04532-002 — São Paulo — SP
Telefone: (11) 3707-3500
www.companhiadasletras.com.br
www.blogdacompanhia.com.br
facebook.com/companhiadasletras
instagram.com/companhiadasletras
twitter.com/cialetras

*Para as irmãs & manas & minas & monas
& as mulheres & mulherxs & mulherões & a mulherada toda
& nossos manos & chegados & parças & bróders
& nossos homens & caras & pessoas LGBTQI+
da família humana*

I

Amma

1

Amma

está andando pelo passeio do canal que divide a cidade, algumas barcaças navegando lentamente nas primeiras horas da manhã

à esquerda está a passarela de inspiração náutica com tábuas estilo convés e torres tipo mastros

à direita está a curva do rio que se volta para o leste depois da ponte de Waterloo em direção ao domo da catedral de St. Paul

ela sente o sol começar a se erguer, no ar ainda há uma brisa antes de a cidade ficar entupida de calor e fumaça

uma violinista toca alguma coisa devidamente inspiradora mais adiante no passeio

a peça de Amma, *A última amazona do reino de Daomé*, estreia no National Theatre esta noite

ela pensa na época em que começou no teatro

quando ela e a companheira de militância, Dominique, se

tornaram conhecidas por interromper apresentações que ofendiam sua sensibilidade política

as vozes treinadas, poderosas de atrizes se projetando dos assentos mais ao fundo antes de darem no pé rapidinho

acreditavam em protestos públicos, perturbadores e francamente irritantes para aqueles do outro lado

ela lembra de virar uma caneca de cerveja na cabeça de um diretor cuja peça apresentava mulheres negras seminuas correndo pelo palco e se comportando feito idiotas

antes de bater em retirada pelas ruelas de Hammersmith uivando

Amma então passou décadas à margem, uma renegada arremessando granadas no establishment que a excluía

até o *mainstream* começar a absorver aquilo que um dia tinha sido radical e ela se ver ansiosa para se juntar a ele

coisa que só aconteceu quando a primeira diretora artística mulher assumiu o comando do National Theatre três anos atrás

depois de tanto tempo ouvindo um educado não de seus antecessores, ela recebeu uma ligação logo após o café da manhã de uma segunda-feira quando sua vida era uma extensão vazia em que não havia nada mais a esperar além de novelas de tevê

adorei o roteiro, a gente tem que fazer, você também dirige pra gente? sei que o prazo é apertado, mas será que você teria tempo pra um café esta semana?

Amma toma um gole de seu costumeiro café duplo, o melhor para começar o dia, enquanto se aproxima do complexo de arte cinza e brutalista logo em frente

pelo menos agora eles tentam alegrar o concreto estilo *bunker* com letreiros de neon e o local tem a reputação de ser progressista em vez de tradicionalista anos atrás ela esperava ser expulsa no momento em que ousasse cruzar aquelas portas, uma época em que as pessoas de fato usavam suas roupas mais elegantes para ir ao teatro

e olhavam de cima a baixo para quem não estivesse com o traje adequado

Amma quer que as pessoas levem sua curiosidade para as peças dela, não dá a mínima para o que vestem, ela também tem seu próprio estilo *tô-nem-aí*, que tinha evoluído, é verdade, e deixado de lado o macacão jeans clichê, a boina Che Guevara, o lenço palestino e o onipresente bóton com dois símbolos do feminino entrelaçados (mostre quem você realmente é, garota)

agora ela usa tênis prateados ou dourados no inverno, as boas e velhas papetes no verão

inverno: calças pretas, tanto largas quanto justas, depende de ela estar vestindo quarenta ou quarenta e dois naquela semana (um tamanho menor na parte de cima)

verão: calças saruel estampadas que deixam as canelas de fora

inverno: camisetas assimétricas alegres, suéteres, jaquetas, casacos

durante o ano todo, os dreads descoloridos eram ajeitados para cima como velas num bolo de aniversário

brincos de argola prateados, enormes pulseiras africanas e batom cor-de-rosa

eram a assinatura perpétua da afirmação de seu estilo

Yazz

que recentemente descreveu seu estilo como "o de uma velha louca, mãe" implora para ela comprar na Marks & Spencer como as mães normais e se recusa a ser vista ao lado dela quando supostamente deviam estar andando juntas na rua

Yazz sabe muito bem que Amma vai continuar a ser tudo menos normal, e estando na casa dos cinquenta ela ainda não é velha, mas tente dizer *isso* a uma garota de dezenove anos; seja como for, não há nada para se envergonhar nessa coisa de envelhecer

sobretudo quando toda a raça humana está junta nisso

mas de vez em quando ela parece ser a única entre seus amigos que quer comemorar o fato de ficar mais velha

porque é um privilégio muito grande não morrer de forma prematura, ela diz a eles enquanto a noite cai, todos ao redor da mesa da cozinha dela no terraço de sua acolhedora casa em Brixton

enquanto atacam com entusiasmo os pratos que cada um trouxe: ensopado de grão-de-bico, frango jamaicano, salada grega, curry de lentilha, vegetais assados, cordeiro marroquino, arroz com açafrão, salada de beterraba e couve, quinoa *jollof* e massa sem glúten para os reclamões mais irritantes

enquanto se servem de taças de vinho, vodca (poucas calorias) ou de alguma coisa mais amistosa para o fígado caso fossem ordens médicas

ela espera que eles aprovem sua recusa à tendência de choradeira típica da meia-idade; em vez disso ganha sorrisos confusos

e que tal crises de artrite, perda de memória e calores?

Amma passa pela jovem violinista

sorri de um jeito encorajador para a garota, que corresponde à altura

procura algumas moedas, deixa no estojo do violino

não está pronta para largar o cigarro então se inclina no muro na beira do rio e acende um, se odeia por fazer isso

a publicidade tinha dito à geração dela que o cigarro faria as pessoas parecerem maduras, charmosas, poderosas, espertas, desejáveis e acima de tudo descoladas

ninguém disse que na verdade ele ia matar todo mundo

ela olha para o rio enquanto sente a fumaça quente descer

pelo esôfago acalmando os nervos ao mesmo tempo que tenta combater a onda de adrenalina da cafeína

quarenta anos de estreias e ela ainda está surtando

e se for desancada pelos críticos? repudiada por resenhas unânimes de uma estrela, *onde* o National Theatre estava com a cabeça quando permitiu a entrada dessa impostora de quinta categoria?

claro que ela sabe que não é uma impostora, escreveu quinze peças e dirigiu mais de quarenta e, como um crítico escreveu certa vez, Amma Bonsu tem mãos seguras que sabem assumir riscos

e se as plateias que a ovacionaram de pé só estivessem sendo gentis?

ah, cala a boca, Amma, você é uma megera com anos de experiência, lembra?

olha

ela conseguiu um elenco fantástico: seis atrizes mais velhas (veteranas que já tinham visto de tudo), seis na metade do percurso (até então sobreviventes) e três rostinhos novos (otimistas ingênuas), um dos quais era a talentosa Simone, que ia vagar de olhos injetados pelos ensaios, tendo esquecido de desligar o ferro, o fogão ou de fechar a janela do quarto, desperdiçando um tempo precioso dos ensaios telefonando em pânico para seus colegas de apartamento

uns meses atrás ela teria vendido a própria avó como escrava para conseguir esse trabalho, agora é uma pequena *prima donna* mimadinha que mandou a diretora ir buscar um *latte* de caramelo umas semanas atrás quando estavam só as duas na sala de ensaio

estou exausta, Simone reclamou, deixando implícito que a culpa era toda de Amma por fazê-la trabalhar tão duro desnecessário dizer, ela lidou com a jovem srta. Simone Stevenson no mesmo instante

a jovem srta. Stevenson — que acha que porque desembarcou no National Theatre direto da escola de atores está a um passo de conquistar Hollywood

ela vai descobrir
em breve

em momentos como esse Amma sente falta de Dominique, que fugiu para a América há muito tempo

deviam estar comemorando juntas esse avanço na carreira dela

elas se conheceram nos anos 80 num teste para um longa-metragem ambientado numa prisão feminina (o que mais?)

as duas estavam cansadas de ser colocadas em papéis como escrava, empregada, prostituta, babá ou criminosa

e ainda assim não conseguir o trabalho

elas amaldiçoaram o destino num café encardido do Soho enquanto devoravam ovos fritos com bacon enfiados entre duas fatias de um pão branco pesado, que faziam descer com chá forte, ao lado das trabalhadoras do sexo que batiam ponto nas ruas lá fora

muito antes de o Soho virar um lugar gay da moda

olha pra mim, Dominique disse, e Amma olhou, não tinha nada de subserviente, maternal ou criminoso nela

ela era superdescolada, totalmente deslumbrante, mais alta do que a maioria das mulheres, mais magra do que a maioria das mulheres, com maçãs do rosto bem marcadas e olhos esfumados com cílios pretos e grossos que literalmente faziam sombra no rosto dela

ela usava couro, mantinha o cabelo curto exceto por uma

franja jogada de lado e andava pela cidade em uma bicicleta velha e gasta que estava acorrentada do lado de fora

eles não veem que eu sou uma deusa viva? Dominique berrou com um gesto extravagante, sacudindo a franja, fazendo uma pose provocante enquanto cabeças se viravam

Amma era mais baixa, com quadris e coxas africanos

material perfeito para uma garota escrava, um diretor lhe disse quando ela entrou na sala de teste para uma peça sobre a Emancipação

ao que ela deu meia-volta e foi embora

por sua vez um diretor de elenco disse a Dominique que ela estava desperdiçando o tempo dele ao aparecer para um teste para um drama vitoriano quando não havia nenhuma pessoa negra na Grã-Bretanha da época

ela disse que havia, o chamou de ignorante antes de também sair da sala

no caso dela, batendo a porta

Amma se deu conta de que tinha achado um espírito afim em Dominique, que ia tocar o terror por aí com ela

e que ninguém ia contratá-las quando as notícias se espalhassem

elas foram a um pub local onde a conversa continuou e o vinho correu solto

Dominique tinha nascido na região de St. Paul em Bristol, de mãe afro-guianense, Cecilia, que rastreou sua origem até o tempo da escravidão, e de pai indo-guianense, Wintley, cujos ancestrais eram servos por contrato vindos de Calcutá

a mais velha de dez filhos que eram todos mais negros do que asiáticos e se identificavam como tal, sobretudo porque o pai tinha afinidade com as pessoas afro-caribenhas com as quais cresceu, mas não com os indianos recém-chegados da Índia

Dominique sacou suas preferências sexuais na puberdade, sabiamente as manteve em segredo, sem saber como os amigos ou a família iam reagir, sem querer ser uma pária

tentou garotos algumas vezes

eles gostaram

ela suportou

com dezesseis anos, querendo se tornar atriz, veio para Londres onde as pessoas orgulhosamente se intitulam outsiders, como um emblema

dormiu na rua sob os arcos da estação Embankment e nas portas das lojas na Strand, foi entrevistada por uma associação habitacional para pessoas negras e chorou e mentiu dizendo que tinha escapado de um pai que batia nela

o oficial de habitação jamaicano não ficou impressionado, então você apanhou, é?

Dominique ampliou a denúncia para abuso sexual paterno, recebeu um quarto emergencial num albergue; passados dezoito meses, depois de telefonemas semanais e chorosos para o escritório de habitação, conseguiu da associação um apartamento de um quarto num pequeno prédio dos anos 50 em Bloomsbury

fiz o que precisava fazer pra encontrar uma casa, ela disse a Amma, não foi o ponto alto da minha vida, admito, mesmo assim não causei nenhum mal, meu pai nunca vai saber

ela deu início à missão de educar a si mesma em história negra, cultura, política, feminismo, descobriu livrarias alternativas em Londres

entrou na Sisterwrite em Islington onde cada livro tinha sido escrito por uma mulher e permaneceu lá por horas; não podia comprar nada, e leu de cabo a rabo *Home Girls: A Black Feminist*

Anthology, um pouco toda semana, de pé, assim como tudo da
Audre Lorde em que conseguiu pôr as mãos
as vendedoras não pareciam se importar

quando fui aceita numa escola de atores bem tradicional eu
já era politizada e os desafiava em tudo, Amma
a única pessoa negra na escola inteira
ela exigiu saber por que os papéis dos homens em Shake-
speare não podiam ser interpretados por mulheres, isso sem falar
de um elenco inter-racial, gritou para o diretor do curso enquanto
todo mundo, inclusive as alunas mulheres, ficavam em silêncio
percebi que estava por conta própria

no dia seguinte o diretor da escola me chamou de lado
você está aqui pra se tornar uma atriz, não uma política
você vai ser convidada a se retirar se continuar causando
problemas
você está avisada, Dominique

que coisa, Amma disse, cala a boca ou cai fora, é?
quanto a mim, puxei o espírito combativo do meu pai,
Kwabena, um jornalista que se engajou na luta pela independência de Gana
até que ficou sabendo que ia ser preso por rebelião, deu no
pé, veio para cá e acabou indo trabalhar no setor ferroviário onde
conheceu minha mãe na estação London Bridge
ele coletava os bilhetes, ela trabalhava nos escritórios na
parte de cima do terminal
ele fez questão de pegar o bilhete dela, ela fez questão de ser
a última pessoa a sair do trem para poder trocar algumas palavras
com ele

minha mãe, Helen, é mestiça, nascida na Escócia em 1935

o pai dela era um estudante nigeriano que desapareceu assim que terminou os estudos na Universidade de Aberdeen

ele nunca se despediu

anos depois a mãe dela descobriu que ele tinha voltado para a mulher e os filhos na Nigéria

ela nem sabia que ele tinha mulher e filhos

minha mãe não era a única mestiça em Aberdeen nos anos 30 e 40 mas era incomum o bastante para se sentir diferente

ela saiu cedo da escola, fez um curso de secretariado, veio para Londres bem quando a cidade estava sendo povoada por homens africanos que tinham vindo estudar ou trabalhar

minha mãe ia aos bailes deles nos clubes do Soho, eles gostavam da pele mais clara e do cabelo mais solto dela

ela disse que se sentia feia até um homem africano dizer que ela não era

você tinha que ver como ela era naquela época

uma mistura de Lena Horne e Dorothy Dandridge

é, bem feia mesmo

minha mãe esperava que no primeiro encontro eles fossem ver um filme e em seguida ao lugar favorito dela, o Clube Afrique, bem aqui no Soho, ela deu dicas suficientes e adorava dançar *highlife* e o jazz da África Ocidental

em vez disso ele a levou a uma das reuniões socialistas dele na sala dos fundos de um pub em Elephant and Castle

onde um grupo de homens ficou ali sentado entornando cerveja e falando de políticas de independência

ela ficou lá tentando parecer interessada, impressionada com a inteligência dele

ele ficou impressionado com a anuência silenciosa dela, se você quer saber o que eu acho eles se casaram e se mudaram para Peckham

fui a última filha e a primeira menina, Amma explicou, soprando fumaça no ambiente cada vez mais abafado

dos meus três irmãos mais velhos dois viraram advogados e um virou médico, e a obediência deles às expectativas do nosso pai fez com que eu não fosse pressionada a seguir o exemplo

a única preocupação dele comigo é com casamento e filhos

ele acha a minha carreira de atriz um passatempo até que eu tenha as duas coisas

meu pai é um socialista que quer uma revolução para fazer toda a humanidade progredir

sem exagero

eu disse pra minha mãe que ela se casou com um patriarca

veja da seguinte forma, Amma, ela disse, seu pai nasceu homem em Gana nos anos 20 enquanto você nasceu mulher em Londres nos anos 60

o que você quer dizer?

você não pode mesmo esperar que ele "te saque", como você disse

deixei bem claro que ela era uma defensora do patriarcado e cúmplice de um sistema que oprime todas as mulheres

ela disse que seres humanos são complexos

eu disse pra ela não me tratar com aquele ar de superioridade

minha mãe trabalhava oito horas por dia num escritório, criou quatro filhos, cuidou da casa, garantiu que o jantar do patriarca estivesse na mesa todas as noites e suas camisas passadas todas as manhãs

enquanto isso ele estava lá fora salvando o mundo

o único dever doméstico dele era pegar no açougueiro a carne para o almoço de domingo — uma coisa meio caçador-coletor suburbano

dá pra ver que minha mãe tá insatisfeita agora que a gente saiu de casa porque ela passa o tempo limpando ou redecorando tudo

ela nunca reclama da sorte, ou discute com ele, um sinal claro de que é oprimida

ela me contou que tentou pegar na mão dele no começo, mas que ele a afastou, disse que afeto era uma afetação inglesa, ela nunca mais tentou de novo

porém todo ano no Dia dos Namorados ele dá pra ela o cartão mais piegas que encontra e ele ama música country sentimental, se senta na cozinha nas tardes de domingo escutando os álbuns de Jim Reeves e Charley Pride

copo de uísque numa mão, enxugando as lágrimas com a outra

meu pai vive para reuniões de campanha, manifestações, protestos contra o Parlamento e para ficar parado em Lewisham Market vendendo O trabalhador socialista

cresci ouvindo os sermões dele durante o jantar sobre os males do capitalismo e do colonialismo e os méritos do socialismo

era o púlpito dele, e nós a congregação cativa

era como se ele literalmente nos enfiasse a política goela abaixo

ele provavelmente seria alguém importante em Gana se tivesse voltado depois da independência

em vez disso ele é o Presidente Vitalício da nossa família

ele não sabe que eu sou sapatão, tá de sacanagem? minha mãe falou pra eu não dizer pra ele, já foi bem difícil dizer pra ela,

ela disse que suspeitou quando as saias-lápis e os permanentes estavam em alta e eu comecei a usar calças Levi's masculinas

ela aposta que é uma fase, vou mostrar pra ela quando tiver quarenta

meu pai não tem tempo para "as bichas" e ri de todas as piadas homofóbicas que os comediantes fazem na TV no sábado à noite quando não estão insultando as sogras ou pessoas negras

Amma falou da ocasião em que foi a um grupo de mulheres negras em Brixton no último ano da escola, a primeira vez dela em um, tinha visto um folheto na biblioteca local

a mulher que abriu a porta, Elaine, ostentava um black perfeito, pernas e braços harmoniosos bem apertados num jeans azul-claro e camisa jeans justa

Amma a desejou na hora, seguiu-a até a sala principal onde mulheres estavam sentadas em sofás, cadeiras, almofadas, pernas cruzadas no chão, bebendo café e sidra

nervosa, aceitou os cigarros que circulavam, sentada no chão, encostada numa poltrona detonada de tweed, sentindo a perna quente de Elaine contra o braço dela

ouviu enquanto elas debatiam o que significava ser uma mulher negra

o que significava ser feminista quando as organizações das feministas brancas não as faziam se sentir bem-vindas

qual era a sensação quando as pessoas as chamavam de neguinhas ou criminosos racistas as ofendiam

como era quando os homens brancos abriam a porta ou cediam o assento no transporte público para as mulheres brancas (o que era machista), mas não para elas (o que era racista)

Amma se identificou com as experiências delas, começou

a se juntar aos refrões, a gente te entende, irmã, com a gente foi igual, irmã
foi como voltar do exílio

no fim dessa primeira tarde, as mulheres se despediram e Amma se ofereceu para ficar e lavar os copos e os cinzeiros com Elaine
elas deram uns amassos num dos sofás irregulares sob a luz dos postes da rua e com o acompanhamento de sirenes da polícia
foi o mais perto que chegou de fazer amor consigo mesma
foi como voltar para casa, mais uma vez

na semana seguinte quando ela chegou à reunião
Elaine estava aos beijos com outra mulher
e a ignorou completamente
ela nunca mais voltou

Amma e Dominique ficaram até serem postas para fora, tinham entornado várias taças de vinho tinto
decidiram que precisavam criar sua própria companhia de teatro para terem a chance de atuar, porque nem uma nem outra estava disposta a trair suas crenças políticas para achar um trabalho
ou a calar a boca para manter um
parecia a solução óbvia
rabiscaram ideias de nomes em um papel higiênico grosso roubado do banheiro
A Moita Companhia de Teatro era o que melhor capturava as intenções delas
elas iam ser uma voz no teatro onde havia silêncio
histórias de mulheres negras e asiáticas iam ganhar o mundo
iam criar um teatro sob as condições delas

esse virou o lema da companhia
Sob as Nossas Condições
Ou Nada Feito.

2

Salas de estar viraram espaço de ensaios, charangas caindo aos pedaços transportaram adereços, figurinos vieram de lojas de segunda mão, cenários foram retirados de ferros-velhos, elas convocaram amigos para ajudar, todo mundo aprendendo enquanto trabalhava, ad hoc, apostando juntos naquilo

redigiram pedidos de subsídio em velhas máquinas de escrever com teclas faltando, um orçamento parecia a Amma tão alienígena quanto física quântica, ela se recusou a ficar presa atrás de uma mesa

ela irritava Dominique quando chegava tarde às reuniões administrativas e saía cedo alegando dor de cabeça ou TPM

as duas brigaram quando ela entrou numa papelaria e saiu na mesma hora dizendo que teve um ataque de pânico

ela criticou Dominique por badalar até altas horas em vez de entregar o roteiro que tinha prometido escrever, ou esquecer as falas no meio da apresentação

seis meses depois de iniciarem, estavam em constante conflito

elas se davam muito bem como amigas, mas descobriram que não podiam trabalhar juntas

Amma convocou uma reunião do tipo tudo ou nada na casa dela

as duas se sentaram com um vinho e comida chinesa e Dominique admitiu que sentia mais prazer em organizar turnês para a companhia do que em ficar diante da plateia e que preferia ser ela mesma a fingir ser outras pessoas

Amma admitiu que amava escrever, odiava administrar e será que era mesmo boa atuando? ela interpretava a raiva de forma brilhante — mas só

Dominique virou a gestora da companhia, Amma a diretora artística

contrataram atrizes, diretores, designers, equipe de palco, organizaram turnês nacionais que duraram meses

as peças delas, *A importância de ser fêmea, MGF: O musical, Casamento des-arranjado, Gostosonas*, eram apresentadas em centros comunitários, bibliotecas, teatros de vanguarda, em festivais de mulheres e conferências

distribuíam folhetos do lado de fora de eventos quando o público entrava e saía, colavam cartazes em outdoors sem permissão na calada da noite

começaram a ganhar resenhas na mídia alternativa e até produziram um samizdat mensal, o *Moita*

mas por causa das vendas ridiculamente baixas e, para ser franca, da redação ridiculamente ruim, ele durou duas edições depois de seu grandioso lançamento na Sisterwrite numa noite de verão

em que um grupo de mulheres se juntou para aproveitar o vinho barato grátis e se espalhar pela calçada para fumar e conversar umas com as outras

Amma complementava a renda trabalhando numa lanchonete na Piccadilly Circus

onde ela vendia hambúrgueres feitos de papelão acompanhados de cebolas reidratadas e queijo borrachento

que ela também comia de graça nos intervalos — e lhe deu espinhas a roupa e o chapéu laranja de náilon que ela usava faziam com que os clientes a vissem como uma empregada de uniforme sob as ordens deles

e não seu eu maravilhoso, artístico, altamente individualista e rebelde

levava tortas crocantes grátis recheadas com grumos de açúcar sabor maçã para os michês desamparados de quem ficou amiga e que circulavam pela estação

sem fazer ideia de que nos anos seguintes iria ao funeral deles

eles não sabiam que sexo sem proteção significava dançar com a morte

ninguém sabia

casa era uma fábrica abandonada em Deptford com paredes de concreto, um telhado caindo aos pedaços e uma comunidade de ratos que resistia a todas as tentativas de extermínio

depois disso ela se mudou para uma série de ocupações parecidas até se ver morando na ocupação mais desejável de Londres, um antigo prédio comercial de dimensões soviéticas nos fundos da estação King's Cross

teve sorte de ser uma das primeiras a ouvir falar dela antes que lotasse

e ficou lá em cima quando oficiais de justiça estacionaram uma retroescavadeira na porta da frente

o que desencadeou reações violentas e vozes de prisão aos malucos que pensaram que a retroescavadeira merecia um bom chute

eles chamaram aquilo de a Batalha de King's Cross

em seguida o prédio ficou conhecido como a República de Freedomia

também tiveram sorte porque o dono da propriedade, um tal

de Jack Staniforth, que vivia em Monte Carlo sem pagar impostos e era cheio da grana graças à empresa da família, uma daquelas que produziam talheres em Sheffield, se revelou simpático à causa deles quando soube das notícias pela imobiliária

ele havia participado da Brigada Internacional na Guerra Civil Espanhola

e um péssimo investimento em um prédio em um dos distritos mais decadentes de Londres era uma nota de rodapé irrelevante na contabilidade dele

se cuidassem do lugar, ele escreveu

podiam ficar ali de graça

eles deixaram de lado a gambiarra na luz e abriram uma conta na Companhia de Eletricidade de Londres

a mesma coisa com o gás, até agora alimentado por uma única moeda de cinquenta pence encravada num medidor

tiveram que organizar um sistema de gestão e se reuniram no sábado de manhã no vestíbulo para discutir

os marxistas exigiram a criação de um Comitê Central da República Trabalhista de Freedomia, o que era um pouco demais, Amma achou, já que a maioria deles tinha assumido "uma posição de princípios contra os porcos capitalistas" como desculpa para não trabalhar

os hippies sugeriram que formassem uma comuna e compartilhassem tudo, mas eram tão calmos e descontraídos que todo mundo falava por cima deles

os ambientalistas queriam banir aerossóis, sacolas plásticas e desodorantes, o que fez todos se voltarem contra eles, até os punks, que não eram exatamente conhecidos por cheirarem a rosas

os vegetarianos exigiram uma política zero carne, os veganos queriam estendê-la para zero lactose, os macrobióticos sugeriram que todos comessem repolho cozido no vapor no café da manhã os rastafáris queriam legalizar a *cannabis*, e um pedacinho de chão reservado no terreno dos fundos para as reuniões do Nyabinghi

os hare krishnas queriam que todos se juntassem a eles naquela mesma tarde para bater tambores na Oxford Street

os punks queriam permissão para tocar música estridente e foram silenciados com a devida estridência

os caras gays queriam uma legislação anti-homofobia prevista na constituição do prédio, ao que todo mundo retrucou: que constituição?

as feministas radicais queriam alojamentos só de mulheres, autogeridos por uma cooperativa

as feministas radicais lésbicas queriam alojamentos separados dos das feministas radicais não lésbicas, também autogeridos por uma cooperativa

as feministas radicais lésbicas e negras queriam a mesma coisa, mas que nenhum branquelo de qualquer gênero entrasse lá

os anarquistas caíram fora porque qualquer espécie de governo era uma traição a tudo em que acreditavam

Amma preferiu ficar por conta própria e se misturar com os que não tinham tentado impor sua vontade a ninguém

no final, criou-se um comitê de gestão direto e rotativo com várias regras contra tráfico de drogas, assédio sexual e voto nos tóris

o terreno dos fundos se tornou um espaço comunitário com esculturas de sucata

cortesia dos artistas

Amma conseguiu reivindicar uma sala de datilografia tão grande que podia correr ao redor dela

com seu próprio vaso sanitário e pia que mantinha abençoadamente limpos e com cheiro de flores cobriu as paredes e o teto com uma tinta vermelho-sangue marcante, arrancou o carpete de um cinza corporativo, jogou algumas esteiras de ráfia no chão de madeira, instalou um fogão de segunda mão, geladeira, pufes, um futon e uma banheira resgatada de um ferro-velho

o cômodo era grande o bastante para festas e grande o bastante para as pessoas ficarem para dormir

as batidas *disco* de Donna Summer, Sister Sledge, Minnie Riperton e Chaka Khan rodando no vinil animavam as festas

Roberta, Sarah, Edith, Etta e Mathilde Santing eram a trilha sonora de suas seduções de fim de noite

atrás do biombo preto laqueado do século XVIII, resgatado de uma caçamba em frente à antiga embaixada chinesa

ela se relacionou com várias mulheres de Freedomia

não queria nada além de uma noite, a maioria delas queria mais do que isso

chegou a um ponto em que tinha medo de cruzar com suas antigas conquistas nos corredores, como Maryse, uma tradutora de Guadalupe

se não estivesse batendo na porta de Amma no meio da noite, implorando para entrar, ficava de tocaia do lado de fora para importunar quem estivesse conseguindo o que ela queria

depois se plantou na janela para xingar Amma sempre que a via se aproximar do prédio, e a gota d'água foi um dia em que jogou um balde de cascas de vegetais em Amma quando ela passou embaixo da sua janela

enfurecendo tanto os ambientalistas quanto o comitê de gestão que se encarregou de escrever a Amma para que "parasse de cagar na própria porta"

Amma respondeu por escrito que era interessante ver como

as pessoas se transformavam rapidamente em *fascistas totalitários* quando conseguiam um pouquinho de poder

mas ela tinha aprendido a lição e não era falta de atenção; as *groupies* faziam fila para Amma e Dominique como as figuras principais d'A Moita Companhia de Teatro
todas desde girininhas saindo da adolescência até mulheres que podiam ser mães delas
Amma não discriminava, se gabava com as amigas que suas preferências eram de fato igualitárias na medida em que atravessavam culturas, classes sociais, credos, raças, religiões e gerações
o que felizmente lhe abria um campo de atuação mais amplo que o da maioria
(ela manteve sua predileção por peitos grandes em segredo porque era antifeminista isolar partes do corpo para fins de objetificação)
Dominique era mais seletiva e monogâmica, em série aliás, tinha uma queda por atrizes, em geral loiras, cujo talento microscópico era ofuscado por uma beleza macroscópica
ou por modelos cuja aparência *era* o talento

elas batiam cartão em bares só de mulheres
Fallen Angel, Rackets, Bell, Drill Hall na segunda-feira onde a fanchada se reunia, e no bar clandestino da Pearl, em Brixton, na noite de sexta; Pearl era uma jamaicana de meia-idade que tirou os móveis do porão, instalou um sistema de som e passou a cobrar entrada

pela experiência de Amma, se comprometer com uma só pessoa era se prender, ela não tinha saído de casa para uma vida de liberdade e aventura para acabar acorrentada aos desejos de alguém
se dormia com uma mulher mais de duas ou três vezes, elas

em geral passavam de uma independência cativante para uma carência crescente

em *uma semana*

Amma se tornava a única fonte de felicidade dessas mulheres, que passavam a afirmar sua autoridade esmagando a autonomia dela, por quaisquer meios necessários

caras emburradas, lágrimas, acusações de egoísmo e frieza

ela aprendeu a se esquivar de todas as mulheres, a deixar suas intenções bem claras antes de qualquer coisa, a nunca dormir com a mesma pessoa duas vezes, ou, forçando a barra, três

mesmo quando tinha vontade

sexo era um prazer humano básico, inofensivo, e até o final dos trinta anos ela tinha feito um bocado

tinham sido quantas? cem, mais cinquenta? não mais do que isso mesmo?

alguns amigos sugeriram que ela tentasse uma terapia para ver se sossegava, ela respondeu que era praticamente virgem comparada aos roqueiros que se vangloriavam das milhares de conquistas e que eram admirados por isso

alguém mandava eles fazerem terapia?

infelizmente nos últimos tempos uma ou duas conquistas antigas de Amma a tinham perseguido nas redes sociais, onde o passado só está esperando para te dar uma bifa

como a mulher que postou que a primeira vez dela tinha sido com Amma trinta e cinco anos atrás e que foi tratada como lixo a tal ponto que vomitou em cima dela

foi tão traumático que nunca vou superar, ela lamentou

ou a mulher que a perseguiu na Regent Street mais ou menos na mesma época gritando que ela não tinha retornado as ligações dela

quem você acha que é, sua artistazinha exibicionista e pretensiosa? você não é nada, isso é o que você é, *nada* você deve estar sem os seus remedinhos, amor, Amma gritou, antes de escapar pela passagem subterrânea da Topshop

fazia muito tempo que Amma não tinha mais interesse em pular de cama em cama; com o passar dos anos começou a desejar a intimidade de estar emocional mas não exclusivamente ligada a uma pessoa
relações não monogâmicas são a praia dela, ou agora se diz poliamor? é como Yazz descreve, mas até onde ela enxerga o poliamor é não monogâmico em tudo menos no nome, *pirralha*

há Dolores, uma designer gráfica que mora em Brighton, e Jackie, uma terapeuta ocupacional de Highgate
elas entraram em cena há sete e três anos, respectivamente, e são mulheres independentes que têm vidas cheias (e filhos) fora do relacionamento com ela
não são grudentas nem carentes nem ciumentas nem possessivas, e de fato gostam uma da outra, então, sim, às vezes elas se permitem um pequeno ménage à trois
em certas ocasiões
(Yazz ficaria horrorizada se soubesse disso)

a Amma de meia-idade às vezes sente saudade da época de sua juventude, lembra da única vez em que ela e Dominique foram ao lendário Gateways
escondido num porão em Chelsea nos últimos anos de seus cinquenta de existência
estava quase vazio, duas mulheres de meia-idade de cabelo curto e usando terno ali de pé no bar como se tivessem saído direto das páginas de *O poço da solidão*
a pista de dança estava pouco iluminada, e duas mulheres bem velhas e bem baixinhas, uma de terno preto, a outra com um

vestido estilo anos 40, dançavam "The Look of Love", da Dusty Springfield, de rosto colado

e não havia nem uma bola espelhada girando no meio do teto e espalhando coraçõezinhos em cima delas.

3

Amma joga o café numa lixeira e caminha direto para o teatro, passando pela pista de skate de concreto toda grafitada

é cedo demais para os jovens iniciarem seus saltos e giros que desafiam a morte sem capacetes ou joelheiras

os jovens, tão destemidos

como Yazz, que vai pedalar sem capacete

que sai pisando duro quando a mãe diz que um capacete pode determinar se ela vai

a) ter uma dor de cabeça

b) ter que aprender a falar de novo

ela entra pela porta dos bastidores, cumprimenta o segurança, Bob, que lhe deseja boa sorte para esta noite, anda pelos corredores, sobe as escadas e enfim sai no palco cavernoso

olha para o auditório vazio, o deserto sonoro em forma de leque inspirado nos anfiteatros gregos, o que garante que cada um na plateia tenha uma visão ininterrupta da ação

mais de mil pessoas vão ocupar os assentos esta noite

tanta gente reunida pra ver uma produção dela é algo totalmente inacreditável

o primeiro lote quase esgotou antes de uma única resenha ter saído

que tal essa procura por uma coisa bem diferente?

A *última amazona do reino de Daomé*, escrita e dirigida por Amma Bonsu

mostra que nos séculos XVIII e XIX mulheres guerreiras serviam ao rei

mulheres que viviam no complexo do rei e que eram abastecidas com comida e escravas

que deixavam o palácio precedidas por uma menina escrava que tocava um sino para alertar os homens que olhassem para longe senão seriam mortos

que se tornaram as guardas do palácio porque não se podia confiar que os homens não fossem cortar a cabeça do rei ou castrá-lo com um cutelo enquanto dormia

que eram treinadas a escalar nuas os troncos espinhentos das acácias para ficarem mais fortes

que eram mandadas para o meio da floresta perigosa por nove dias para sobreviverem por conta própria

que atiravam muito bem com mosquetes e podiam decapitar e estripar os inimigos com facilidade

que lutaram contra os vizinhos iorubás e contra os franceses que tinham vindo colonizar

que viraram um exército de seis mil, todas formalmente casadas com o rei

que não podiam ter relações sexuais com ninguém, e qualquer criança do sexo masculino que nascesse seria morta

quando ouviu falar do assunto pela primeira vez Amma concluiu que as amazonas se relacionavam entre si porque não era isso que acontecia quando os sexos eram segregados?

e a ideia da peça tinha nascido

a última amazona é Nawi, que entra no palco como uma noiva adolescente vulnerável oferecida ao rei; incapaz de dar à luz um filho dele, é expulsa do leito conjugal e forçada a ingressar nas tropas de mulheres, onde sobreviveu à iniciação perigosa e galgou posições na hierarquia graças à sua constituição física poderosa e às suas estratégias astutas de combate até se tornar uma general amazona lendária que chocou observadores estrangeiros por sua ferocidade destemida

Amma mostra a lealdade de Nawi para com suas inúmeras amantes muito depois de ter se cansado delas, garantindo que o rei lhes atribuísse deveres domésticos leves em vez de expulsá-las do complexo para uma vida de miséria

no final da peça, velha e sozinha, Nawi se reconecta com suas amantes do passado, que aparecem e desaparecem como espectros, cortesia dos hologramas

ela revive as guerras nas quais forjou sua fama, inclusive as que o rei instigou para fornecer captores ao tráfico de escravos abolido na América, com navios de escravos foragidos ultrapassando os bloqueios a fim de negociar com ele

Nawi está orgulhosa de suas conquistas

projeções de vídeo mostram suas batalhas, exércitos ameaçadores de amazonas partindo para o ataque brandindo mosquetes e facões

gritando e aumentando de tamanho em direção ao público arrepiante, aterrorizante

no final
há a morte de Nawi
as luzes diminuindo aos poucos
até se apagarem

Amma deseja que Dominique apareça para ver a peça que ela tinha sido a primeira a ler dez anos atrás quando Amma a escreveu
uma peça que demorou tanto para chegar ao palco porque

as companhias para as quais Amma tinha mandado o roteiro a recusavam dizendo que não era a certa para elas

e não suportava a ideia de ressuscitar A Moita para levá-la ao palco

quando Dominique foi embora, ela ficou sozinha no campo de batalha

lutou durante alguns anos, se sentindo abandonada, sem nunca achar alguém para substituir Dominique, que tinha apresentado soluções práticas para as ideias criativas de Amma

no fim ela desmontou a companhia

e passou a trabalhar por conta própria

Shirley

sua amiga mais antiga estará aqui esta noite, tinha visto todas as apresentações de Amma desde que era adolescente, era presente na vida dela desde que se conheceram com onze anos na escola primária, quando Shirley, a única outra garota negra da escola, andou direto até ela no playground quando Amma estava sentada sozinha no recreio no meio da agitação das garotas de uniforme verde guinchando e gritando e se divertindo com cordas e brincando de amarelinha e pega-pega

e lá estava Shirley de pé na frente dela

Shirley, com o cabelo perfeitamente arrumado, o rosto tão brilhante (vaselina, Amma descobriu depois), a gravata da escola perfeitamente alinhada, meias brancas puxadas até os joelhos

tão serena, tão arrumada, tão bonitinha

diferente da própria Amma com o cabelo bagunçado, sobretudo porque não conseguia parar de desatar as duas tranças que a mãe fazia toda manhã

ou impedir as meias de escorregarem para baixo porque não conseguia deixar de esfregar um pé na outra perna e o seu casaco da escola era de um tamanho três vezes maior porque a mãe dela queria que durasse três anos

olá, ela disse, meu nome é Shirley, quer que eu seja sua amiga?

Amma assentiu com a cabeça, Shirley pegou a mão dela e a levou até o grupo do qual tinha acabado de sair, que brincava de pular elástico

elas se tornaram inseparáveis depois disso, Shirley prestava atenção na aula e dava para contar com a ajuda dela para fazer o dever de casa

Shirley ouvia Amma falar por horas das quedinhas que tinha pelos garotos e, depois de um período de bissexualidade provisória (com breves quedinhas pelos irmãos de Shirley, Errol e Tony), pelas garotas

Shirley nunca disse uma palavra negativa sobre a sexualidade de Amma, dava cobertura quando ela faltava às aulas e ouvia com avidez as histórias dos jovens do teatro — o cigarro, os amassos, as bebedeiras, a atuação — nessa ordem, e mesmo quando os caminhos delas se dividiram depois da escola, Shirley lecionando, Amma no teatro, elas mantiveram a amizade

e mesmo quando os amigos artistas de Amma disseram que Shirley era a pessoa mais monótona do planeta e será que Amma precisava mesmo convidar *ela*? Amma defendeu o direito de Shirley de ser comum

ela é uma boa pessoa, Amma protestava

Shirley cuidava de Yazz sempre que era requisitada (Amma também cuidou das filhas de Shirley uma ou duas vezes, talvez?)

Shirley não reclamou uma vez sequer quando Amma pegava dinheiro emprestado para saldar dívidas, empréstimos que ela às vezes pagava com presentes de aniversário

por um bom tempo pareceu uma coisa de mão única, até

que Amma se deu conta de que tornava a vida segura e previsível de Shirley mais interessante e cintilante

e era *assim* que ela retribuía

depois houve o pessoal da turma dela, ou *squad*, como Yazz corrigiu, ninguém diz turma de amigos, mãe, é tão, sabe, pré--histórico...

ela sentia falta das pessoas que eles eram quando todos estavam descobrindo a si mesmos sem fazer ideia do quanto poderiam mudar nos anos seguintes

sua turma tinha ido às estreias dela, eles tinham estado do outro lado do telefone (telefone fixo, óbvio — como é que *aquilo* funcionava na época?) para uma noitada

tinham estado lá para compartilhar e provocar dramas

Mabel era uma fotógrafa freelance que virou hétero assim que chegou aos trinta, abandonou todas as amigas lésbicas como parte de sua reinvenção como possivelmente a primeira negra a usar Barbour e ser uma dona de casa que andava a cavalo nos Shires

Olivine, que nunca era escalada para elencos na Grã-Bretanha porque tinha a pele escura demais, foi aterrissar numa importante série policial de Hollywood, vivendo uma vida de estrela com vista para o mar e uma pilha de revistas chiques ao lado

Katrina era uma enfermeira que voltou para Aberdeen, o lugar ao qual ela disse que pertencia, virou uma anglófila renascida, se casou com Kirsty, uma médica, e se negava a vir para Londres

Lakshmi estará aqui esta noite, uma saxofonista que compunha para as apresentações dela antes de concluir que não havia nada pior do que uma música e uma melodia e começar a apostar no nicho da vanguarda e a tocar o que Amma no íntimo chamava de música *big-bang-bong*, sempre organizando festivais esquisitos em lugares remotos onde se veem mais vacas que espectadores

Lakshmi também desenvolveu uma improvável persona guru para os estudantes crédulos aos quais ela dá aulas na faculdade de música

que se reúnem no centro do apartamento dela bebendo sidra barata em xícaras de chá

enquanto ela senta de pernas cruzadas no sofá com vestes esvoaçantes, cabelo longo com mechas prateadas

criticando progressões de acordes em favor de improvisações microtonais e estruturas e efeitos politemporais, polirrítmicos e multifônicos

enquanto declara que a composição está morta, meninos e meninas

sou a favor do contemporâneo extemporâneo

embora Lakshmi esteja perto dos sessenta, os amantes que ela escolhe, homens ou mulheres, permanecem na idade média de vinte e cinco a trinta e cinco, depois disso o relacionamento acaba

quando Amma chama sua atenção para o fato, ela dá *outros* motivos para não dizer que depois desse limite eles não são mais tão impressionáveis nem têm o rostinho jovem e a pele firme

também houve Georgie, a única que não sobreviveu aos anos 90

uma aprendiz de encanadora de Wales, abandonada por sua família testemunha de Jeová por ser gay

ela virou a órfã perdida que todos abrigavam debaixo das asas

única mulher na equipe de encanadores do conselho, era obrigada a suportar insinuações constantes dos colegas homens, com suas piadas sobre orifício da válvula, lubrificação dos rolamentos, bicos e pistões além de comentários sobre o que eles gostariam de fazer com o rabo dela quando ela estava consertando alguma coisa debaixo da pia ou tentando enxergar dentro de uma sarjeta

Georgie
bebia dois litros de coca-cola por dia, misturando com destilados e drogas à noite
na turma era a que tinha menos sorte para atrair mulheres, e, estúpida e tristemente, achou que ia ficar sozinha para sempre
várias noites acabaram em lágrimas com Georgie dizendo que era feia demais para atrair alguém, o que não era verdade, todas garantiam sem parar que ela era bonita, embora Amma a considerasse mais Artful Dodger do que Oliver Twist
o que no mundo lésbico não era uma coisa tão ruim

Amma nunca ia esquecer da última vez que a viu, as duas sentadas no meio-fio do lado de fora do Bell, as pessoas cambaleando a esmo por ali enquanto Amma forçava um dedo na garganta de Georgie para fazê-la regurgitar os remédios que tinha engolido no banheiro
pela primeira vez desde que se conheceram, Amma de fato demonstrou a frustração dela com a amiga por ser um caso tão perdido, por ser tão insegura, por ser incapaz de lidar com a vida adulta, por estar chapada o tempo todo, está na hora de crescer, Georgie, está na hora de crescer, porra!
uma semana depois ela caiu da sacada do andar mais alto do Pepys Estate em Deptford onde morava

desde então Amma se pergunta como Georgie morreu
se ela caiu (acidente), se voou (tropeçando), se se jogou (suicídio) ou se foi empurrada (improvável)
ainda se sente culpada, ainda se pergunta se foi culpa dela

Sylvester sempre aparece nas primeiras noites, nem que seja só pelas bebidas grátis da festa que se segue à estreia

ainda que alguns dias antes ele a tivesse acusado de se vender quando a encurralou do lado de fora da estação de metrô de Brixton na hora em que ela voltava do ensaio para casa

e a tivesse convencido a tomar uma bebida com ele no Ritzy onde se sentaram no bar do piso de cima cercados de pôsteres dos filmes independentes que tinham ido ver juntos desde que se conheceram quando eram alunos na escola de atores

filmes como *Pink Flamingos*, estrelando a grande drag queen Divine, *Nascidas em chamas*, *Filhas do pó*, *Adeus, minha concubina*, *A Place of Rage*, da Pratibha Parmar, e *As canções de Handsworth*, do Black Audio Film Collective

filmes que inspiraram a estética dela como produtora de teatro

embora nunca admitisse para Sylvester que tinha gostos menos refinados, ele é politicamente muito purista para entender

tipo ela ser viciada nos seriados *Dinastia* e *Dallas*, versões originais e recentes

ou em *America's Next Top Model* ou em *Millionaire Matchmaker* ou em *Big Brother*

e no resto...

Amma olhou em volta, para o pessoal alternativo no bar que tinha se mudado para Brixton quando o local era barra-pesada mas acessível

essa era a gente dela, eles tinham vivido entre dois levantes e se orgulhavam das linhagens e dos círculos sociais multiétnicos, como Sylvester, que tinha vindo visitar a comunidade gay que ia e vinha e conheceu o homem que se tornou seu companheiro, Curwen, recém-chegado de Santa Lúcia

eles formavam um casal incrível

Sylvester, ou Sylvie, naquele tempo loiro e bonito, passou a maior parte dos anos 80 usando vestidos, o cabelo comprido escorrendo pelas costas

ele estava lá para desafiar as expectativas de gênero da sociedade muito antes da tendência atual, ele começa a reclamar, *eu estava lá primeiro*

Curwen, sardento, a pele clara, podia usar turbante, saiote escocês, *lederhosen* e maquiagem completa

quando estivesse a fim

para desafiar várias outras expectativas

ele disse

Sylvester agora está grisalho, careca, barbudo, e nunca usa nada além de um uniforme de trabalho chinês puído

que ele alega ser original do eBay

enquanto Curwen usa um jaquetão retrô rústico e macacão jeans

dois jovens ocupam a mesa ao lado deles, estranhos e incongruentes com seus cortes de cabelo à escovinha, bochechas lisas, ternos bacanas, sapatos polidos

Amma e Sylvester trocaram olhares, odiavam os intrusos que estavam colonizando a vizinhança, que frequentavam os restaurantes e bares metidos a besta que agora substituíam um trecho do mercado coberto antes conhecido pelas barracas que vendiam peixe-papagaio, inhame, *ackee*, pimenta-vermelha caribenha, tecidos africanos, artesanato de tricô ou crochê, caçarolas, caramujos africanos gigantes e ovos milenares chineses

esses lugares sofisticados também contratavam seguranças para manter as pessoas da região afastadas

porque enquanto a clientela amava circular pelos "alternativos" SW2 ou SW9 não conseguiam esconder o fato de que sw1 e sw3 estavam no DNA deles

Sylvester era bem ativo na campanha para preservar as raízes de Brixton

ele não tinha perdido nada de seu fervor revolucionário

o que não era necessariamente uma coisa boa

Amma bebericou seu sétimo café do dia, este misturado com Drambuie, enquanto Sylvester virava uma cerveja direto da garrafa, segundo ele o único jeito de um revolucionário beber

ele ainda dirigia sua companhia de teatro socialista, Os 97%, em turnê por espaços marginais e "comunidades de difícil acesso", uma coisa que ela *tinha* que continuar fazendo

Amma, você devia levar suas peças pra centros comunitários e bibliotecas, não pros sacanas da classe média no National Theatre

ela respondeu que da última vez que levou uma apresentação a uma biblioteca, a plateia era composta sobretudo de sem-teto que no melhor dos casos estavam dormindo e no pior roncando

foi há uns quinze anos, ela jurou que nunca mais

inclusão social é mais importante do que vencer, ou deveria se chamar *vem-ser*? Sylvester respondeu, e Amma não conseguiu convencê-lo de que ela estava certa em partir para coisas maiores enquanto ele ficava entornando as cervejas que *ela* tinha pagado (bom, você deve ganhar muito agora que está fazendo sucesso)

ela argumentou que era direito dela dirigir no National e que era função do teatro atrair um público que não se restringisse à classe média que saía dos condados para passar um dia em Londres, lembrando que isso incluía os pais dele, um banqueiro aposentado e uma dona de casa de Berkshire, que vinham a Londres por causa da cultura, pais que o apoiavam, até mesmo quando ele saiu do armário na adolescência

uma vez ele deixou escapar, bêbado, que recebia mesada

(ela era legal demais para lembrá-lo disso)

o caso, ela disse, é que é muito bom fazer barulho na periferia, mas a gente também tem que fazer a diferença no circuito tradicional, a gente paga impostos que financiam esse teatro, certo?

Sylvester exibiu a expressão presunçosa do fora da lei que evita impostos

pelo menos eu pago *agora*, ela disse, e você *deveria*

ele se recostou, os olhos úmidos por causa das cervejas, julgando-a em silêncio, ela conhecia esse olhar, o álcool estava prestes a trazer à tona a crueldade que de outro modo não existia em seu velho amigo

admita, Ams, você abriu mão dos princípios em nome da ambição e agora pertence ao establishment com E maiúsculo, ele disse, você é uma vira-casaca

ela ficou de pé, pegou sua bolsa de patchwork com estampas africanas e deixou o lugar

um pouco mais adiante na rua olhou para trás e o viu encostado na parede do Ritzy enrolando um cigarro

ainda enrolando cigarros

fique aí, Sylvie.

4

Amma voltou a pé no escuro, ainda agradecida por ter conseguido uma casa própria a esta altura da vida, bem na hora em que era praticamente uma sem-teto

primeiro Jack Staniforth morreu e aí Jonathan, o filho dele, que tinha ficado enlouquecido com a decisão absolutamente escandalosa do pai de não lucrar com o programa de revitalização de King's Cross que um dia ia ter trens de Londres a Paris

deu aos cidadãos de Freedomia um aviso prévio de três meses

mesmo arrasada, Amma precisava admitir que tinha se dado muito bem, já que nunca pagou um centavo de aluguel naquela que se tornou uma das cidades mais caras do planeta

chorou ao deixar seu ex-escritório de dimensões extravagantes e janelas com vista para os trens que chegavam à estação vindos do norte da Inglaterra

não podia pagar o preço médio dos aluguéis e não era elegível para casas subsidiadas

Amma pulou de sofá em sofá até que alguém lhe ofereceu um quarto de hóspedes

ela tinha completado o círculo

então a mãe dela morreu, devorada por dentro pela doença implacável, voraz e carnívora que começou num órgão antes de se alastrar para destruir os outros

Amma viu a doença como algo sintomático e simbólico da opressão sofrida pela mãe

minha mãe nunca se encontrou, ela disse a amigos, aceitou a posição subserviente no casamento e apodreceu por dentro

ela mal conseguiu olhar para o pai no funeral

não muito tempo depois, ele também morreu, teve uma parada cardíaca enquanto dormia; ele preferiu assim, Amma achou, porque não conseguia viver sem a mãe dela, que o apoiou desde seus primeiros dias na Inglaterra

ficou surpresa com a intensidade de seu luto

se arrependeu então de nunca ter dito que o amava, era o pai dela, um homem bom, é claro que o amava, sabia disso agora que ele havia partido, era um patriarca, mas a mãe tinha razão quando disse que ele pertence a seu próprio tempo e cultura, Amma meu pai ficou arrasado por ter que deixar Gana de forma tão abrupta, ela leu no funeral, repleto dos velhos companheiros socialistas dele

deve ter sido muito traumático perder a casa, a família, os amigos, a cultura, a língua materna e vir para um país que não o queria

quando teve filhos, quis que fossem educados na Inglaterra e assim foi

meu pai acreditava nos propósitos elevados das políticas de esquerda e se empenhou para tornar o mundo um lugar melhor

ela não disse que tinha achado que o pai sempre ia estar ali até não estar mais e que havia mantido a mesma visão míope e hipócrita dele desde a infância até sua morte, quando na verdade ele não tinha feito nada de errado a não ser ter falhado em viver de acordo com as expectativas feministas dela

ela tinha sido uma fedelha egoísta e imbecil, e agora era tarde demais

ele dizia a *ela* que a amava, todo ano no aniversário dela quando a mãe era viva, quando assinava o cartão que a mãe comprava e enviava em nome dele

os irmãos mais velhos e bem-sucedidos dela gentilmente lhe cederam a maior parte do valor da casa da família em Peckham

que foi utilizada como entrada substancial de uma casinha geminada com um pequeno jardim em Railton Road, Brixton

um lugar para chamar de seu.

5

Yazz

nasceu há dezenove anos numa piscina de parto na sala de estar de Amma iluminada por velas cercada de incenso, som de ondas quebrando, uma doula *e* parteira, Shirley e Roland — um grande amigo, que concordou em gerar Yazz quando a morte dos pais dela desencadeou um anseio devorador sem precedentes

para a sorte dela, Roland, que estava com seu parceiro Kenny fazia cinco anos, também vinha pensando em ser pai

ele buscava Yazz em fins de semana alternados, como tinham combinado, uma coisa de que Amma se arrependeu ao perceber que sentia falta de seu bebê em vez de sentir uma liberdade vertiginosa de sexta a domingo à noite

Yazz era o milagre que ela nunca pensou que queria, e ter uma filha de fato a tornou completa, uma coisa que ela raramente confessava porque de certa forma parecia antifeminista

Yazz ia ser seu experimento na contracultura

a amamentava onde quer que estivesse e não ligava para quem se ofendia com uma mãe que precisava alimentar seu bebê

a levava para todo lado, amarrada num *sling* às suas costas ou na frente do corpo, a deixava no canto da sala de ensaio ou na mesa quando havia reuniões

a levava nas turnês nos trens e aviões num berço de viagem que mais parecia uma bolsa enorme, uma vez quase a mandou pelo escâner do aeroporto, implorando para não ser presa por isso

criou sete postos de madrinha e dois de padrinho

para garantir que haveria um suprimento de babás para quando a filha não fosse mais tão submissa ou portátil

Yazz estava autorizada a vestir exatamente o que quisesse contanto que não colocasse em perigo a si própria nem a sua saúde

Amma queria que ela tivesse a chance de se expressar antes que tentassem esmagar o espírito livre da filha na padronização opressiva do sistema educacional ela tem uma foto de Yazz andando pela rua usando um peitoral de plástico do exército romano por cima de um tutu laranja, asas brancas de fada, shortinho amarelo por cima de uma legging com listas brancas e vermelhas, um sapato diferente em cada pé (uma sandália e uma botinha), batom borrado na boca, bochechas e testa (uma fase), várias mechas de cabelo amarradas com pequenas bonecas presas nas pontas

Amma ignorava os olhares de pena ou o julgamento de passantes e de mães de mente fechada no parquinho ou na creche

Yazz nunca foi repreendida por dizer o que pensava, embora fosse repreendida pelos palavrões porque precisava desenvolver o vocabulário

(Yazz, diga que acha a Marissa não muito agradável ou um pouco antipática em vez de descrevê-la como cara de cu cagado)

e, embora nem sempre conseguisse o que queria, se defendesse um ponto de vista com força suficiente ela tinha uma chance

Amma queria que a filha fosse livre, feminista e poderosa

mais tarde a levou a cursos de desenvolvimento pessoal para crianças para que tivesse a confiança e a desenvoltura necessárias para florescer em qualquer ambiente

grande erro

mãe, Yazz disse aos catorze anos quando tentava ir ao Reading Music Festival com os amigos, será em detrimento do meu desenvolvimento juvenil você cercear minhas atividades neste estágio crítico da minha jornada rumo a me tornar uma livre pensadora e uma adulta plenamente capaz de se autoexpressar como você espera que eu seja, quer dizer, você realmente deseja que eu me rebele contra as suas regras antiquadas fugindo da segurança de casa para viver nas ruas e tenha que recorrer à prostituição para sobreviver e por conseguinte sucumba ao vício em drogas, crime, anorexia e relações abusivas com canalhas exploradores com o dobro da minha idade antes do meu falecimento prematuro em uma boca de fumo?

Amma passou o fim de semana preocupada porque a menininha dela estava longe

homens adultos lançavam olhares para a sua filha desde antes da puberdade

há um número muito maior de pedófilos aí fora do que as pessoas se dão conta

um ano depois Yazz a chamou de feminazi quando estava a caminho de uma festa e Amma ousou sugerir que abaixasse o comprimento da saia, diminuísse o tamanho do salto e erguesse a gola da blusa para que pelo menos trinta por cento de sua massa corporal ficasse coberta, em vez daqueles vinte por cento calculados numa estimativa pudica

para não mencionar O Namorado, visto de relance quando a trouxe de carro

assim que Yazz surgiu na porta, Amma estava esperando na entrada para fazer o tipo de pergunta inofensiva que qualquer pai ou mãe faria

quem é ele e o que ele faz? torcendo para Yazz dizer que ele estava no ensino médio, portanto um garoto de escola relativamente inofensivo

Yazz respondeu com insolência inexpressiva, mãe, ele é um psicopata de trinta anos que rapta mulheres vulneráveis e deixa elas presas num porão por semanas, ele trepa com elas antes de cortar em pedacinhos e enfiar no freezer para os ensopados de inverno

antes de valsar escada acima para o quarto deixando um rastro de marofa

nem a filha que ela criou para ser feminista se define assim ultimamente

feminismo é coisa de manada, Yazz disse, para ser sincera mesmo ser mulher é ultrapassado hoje em dia, tivemos um ativista não binário na universidade chamado Morgan Malenga que me abriu os olhos, acredito que nós todos vamos ser não binários no futuro, nem homem nem mulher, que, de qualquer forma, não passam de performances de gênero, o que significa que as suas políticas para *mulheres*, mãezinha, vão se tornar redundantes e, falando nisso, eu sou humanitarista, o que está num plano muito mais avançado do que o feminismo

você ao menos sabe o que é isso?

Amma sente falta da filha agora que ela foi embora para a universidade

não da cobra maldosa que usa a língua sibilante para machucar a mãe, porque no mundo de Yazz os jovens são os únicos que têm sentimentos

mas sente falta da Yazz que anda pela casa fazendo barulho

que corre como se um furacão a tivesse lançado para dentro de um cômodo — cadê minha bolsa/celular/passagem/livro/ingresso/cabeça?

dos ruídos familiares quando ela está ali, o clique da chave girando na porta quando ela entra no banheiro, embora sejam só as duas na casa, um hábito que começou na puberdade e que Amma acha um insulto

das exatas dez voltas no moedor de pimenta em cima da tigela de sopa (enlatada!) de tomate ou cogumelo que ela prefere em vez das deliciosas que Amma faz em casa

do barulho de música ou do tagarelar de uma rádio vindo do quarto dela de manhã

da visão da filha enrolada em um edredom no sofá da sala aos
sábados, vendo televisão, até estar pronta para sair à meia-noite
Amma meio que se lembra que ela também costumava sair
tarde e voltar para casa de ônibus de manhã

a casa respira de forma diferente quando Yazz não está
esperando ela voltar e criar algum barulho e caos
Amma espera que ela volte para casa depois da faculdade
a maioria deles faz isso hoje em dia, não faz?
eles não conseguem se sustentar de outra forma
Yazz pode ficar para sempre
mesmo.

Yazz

1

Yazz

senta no lugar escolhido pela mãe no meio da plateia, um dos melhores da casa, embora preferisse ficar escondida lá no fundo caso a peça fosse outro constrangimento

puxa e prende o black incrivelmente selvagem, vigoroso, forte e volumoso porque as pessoas sentadas nos lugares atrás dela reclamam que não conseguem ver o palco

quando seus conterrâneos negros acusam as pessoas de racismo ou microagressão por essa mesma razão, Yazz pergunta como iam se sentir se uma cerca viva rebelde bloqueasse a visão deles do palco num concerto

duas garotas do seu *squad* da universidade, as Inabaláveis, estão sentadas uma de cada lado dela, Waris e Courtney, dedicadas como ela porque estão determinadas a conseguir um diploma, pois sem um elas estão ferradas

estão ferradas de qualquer jeito, elas concordam

quando saírem da faculdade vai haver uma grande dívida e uma competição insana por empregos e o preço escandaloso dos aluguéis lá fora vai levar a geração dela a morar na casa dos pais *para sempre* e portanto a se desesperar com o futuro e o que dizer do planeta quase indo para o lixo com o Reino Unido prestes a ser destituído da Europa que está ela mesma descendo a ladeira do reacionarismo e fazendo do fascismo algo atraente de novo e é tão insano que o bilionário nojento com bronzeado permanente tenha baixado o nível moral e intelectual por ser presidente dos Estados Unidos e isso tudo significa basicamente que a geração anterior tinha ARRUINADO TUDO e a geração dela estava condenaaaaada

a menos que assumissem o controle intelectual dos mais velhos

quanto antes melhor

Yazz está cursando literatura inglesa e planeja ser jornalista com uma coluna controversa num jornal lido em escala global porque tem muito a dizer e é só uma questão de tempo até o mundo inteiro conhecer ela

Waris, de Wolverhampton, sentada à direita dela, está cursando política e quer fazer parte do Parlamento, para *re-pre-sen--tar*, e vai tomar o caminho do ativismo comunitário primeiro, à la Barack "Grande Exemplo" Obama

Volta, Barack!

Courtney, de Suffolk, sentada à esquerda dela, está cursando estudos norte-americanos porque está mesmo a fim de homens afro-americanos, e escolheu o curso por causa da opção de estudar nos Estados Unidos no terceiro ano, onde ela espera conseguir um marido no teatro predominam os grisalhos de sempre (média de idade cem anos)

os amigos e fãs obstinados de sua mãe estão por toda parte, devem ser grisalhos, mas é provável que raspem ou pintem ou cubram o cabelo com lenços

olha para Sylvester, largado no assento, desalinhado pra burro com seu macacão azul surrado da "China Comunista", a barba faz ele parecer mais um fazendeiro *amish* que um *hipster* urbano

meio velho demais pra isso, Sylvie

os braços dele estão cruzados e ele está carrancudo como se quisesse muito *não* gostar da peça antes mesmo de ela começar, quando percebe Yazz olhando, sorri e acena, talvez desconfortável com a possibilidade de ela ler seus pensamentos

ela acena também, fazendo cara de bom-te-ver

ele é um dos padrinhos dela, mas foi rebaixado à lista C quando mandou o mesmo cartão de aniversário três anos seguidos — um barato, reciclado, beneficente —, quanto aos presentes de aniversário, parou de dar quando ela fez dezesseis anos, como se ela não tivesse mais necessidade de ajuda financeira agora que podia legalmente fazer sexo

os dindos da lista A dão dinheiro de presente, um montão, todo ano no aniversário dela, são os melhores porque realmente querem ficar por perto para ter um canal de comunicação com a geração mais nova

uns dois dindos desapareceram totalmente devido a um desentendimento com a mãe por causa de um melodrama sem sentido

a mãe diz que o Sylvester devia parar de criticar o sucesso dos outros (dela) e que como ele não vai mudar para acompanhar os novos tempos vai ser deixado para trás

quer dizer, como você foi deixada não faz muito tempo, mãe?

desde que aterrissou no National ela ficou muito esnobe

com os colegas de teatro que continuam na luta, como se ela sozinha tivesse descoberto o segredo do sucesso

como se não tivesse passado vários anos da vida assistindo programas de tevê péssimos esperando o telefone tocar

esse é o problema de ter uma filha com visão de raio X

ela enxerga através da bobajada dos pais

o tio Curwen não está com o Sylvester hoje porque acha que política é muito mais dramática do que qualquer coisa no palco de um teatro: "Brexit & Terremoto-Trump! — vejam a comédia de erros do nosso tempo" sendo seu mantra mais recente

como membro do Lambeth Labour, ele geralmente está em reuniões de combate a incêndios, ou, como Sylvester contradiz, causando incêndios, já que gosta de puxar o tapete da presunção política de Curwen

quem precisa de inimigos quando seu parceiro sabota você com frequência?

Curwen usa expressões antiquadas como "já não era sem tempo" e mantém isso vivo frequentando o pub mais sombrio de Brixton onde a velha guarda fica sentada e continua a se queixar da Maggie Thatcher e da greve dos mineiros, um dos poucos pubs que não foram transformados em gastro-pub, drinqueria ou lounge bar, como a mãe reclama

como se ela mesma não tivesse feito parte da gentrificação de Brixton anos atrás

como se ela mesma não frequentasse os lugares alternativos mas chiques como o Ritzy

como se ela mesma não tivesse levado Yazz a uma das muitas drinquerias que supostamente desprezava para comemorar as excelentes notas dela no ano anterior

só dessa vez, a mãe sussurrou quando entraram na parte do mercado que agora é frequentada por banqueiros elegantes que olharam para elas enquanto caminhavam pela ruazinha entre os bares como se estivessem olhando para nativos num safári cultural

e quem é que foi flagrada no Cereal Lovers Café em Stockwell por um dos colegas de Yazz não faz muito tempo?

um café especializado que vendia mais de cem tipos de cereais matinais a preços extorsivos

um café em que só aqueles que de fato tinham vendido a alma para um diabo *hipster* iam pensar em pôr os pés

um café que deixava a população local tão indignada que ela continuava quebrando as janelas

quanto ao pai

(pode me chamar de Rolland, não, você é meu pai, *pai*)

ele está sentado umas duas fileiras à frente dela, usando um dos seus ternos Ozwald Boateng — azul-brilhante do lado de fora, cetim roxo do lado de dentro

a cabeça dele reluz graças à manteiga de coco, primeira coisa da manhã, última da noite

ele está de costas eretas graças às sessões mensais da técnica de Alexander para neutralizar o que ele chama de síndrome do corcunda acadêmico

de vez em quando ele casualmente olha ao redor para ver quem o reconhece da tevê

a soma que o pai gasta com roupas podia cobrir os custos da universidade dela por um ano, os mesmos custos com os quais ele *diz* não ter como arcar

é a cara dele priorizar a moda em vez do autossacrifício da boa e velha paternidade

e a cara dela é vasculhar as coisas do pai à procura das notas graúdas que ele deixa nos bolsos do paletó no closet da casa dele (quatro andares) em Clapham Common com piso de madeira branca, paredes amarelas e fotografias originais do Cartier-Bresson que ele achou por acaso numa venda de garagem em Wembley quando era adolescente e comprou por uma libra cada uma

como ele alardeia a todas as visitas que passam por elas no saguão de entrada pela primeira vez

provavelmente também é justo dizer que ela provavelmente era jovem *demais* aos treze para abrir inocentemente a gaveta debaixo da cama dele e topar com alguma coisa parecida com uma máscara de gás de couro com um pinto de couro acoplado onde ela supunha que era o lugar do nariz, além de chicotes, géis, algemas e outros objetos inexplicáveis

infelizmente o que tinha sido visto não podia ser desvisto, e para ela foi uma lição nessa tenra idade saber que você nunca conhece as pessoas até ter vasculhado as gavetas delas

e o histórico do computador

o pai

autor da trilogia que foi best-seller do *New York Times* e do *Sunday Times*: *Como vivemos antes* (2000), *Como vivemos agora* (2008) e *Como vamos viver no futuro* (2014)

dr. Roland Quartey, o primeiro Professor de Vida Moderna do país na Universidade de Londres

sério? *tudo* isso, pai? ela perguntou quando ele lhe falou por telefone, todo orgulhoso, de sua última conquista profissional

isso não é, tipo, uma tarefa meio difícil? você não tem que ser um especialista em todas as coisas num mundo que contém mais de sete bilhões de pessoas e algo como duzentos países e milhares de linguagens e culturas

isso não tá mais pra área de atuação de *Deus*? diz aí, você é Deus agora, pai? quero dizer, *oficialmente*?

ele resmungou uns troços sobre internet das coisas e Pokémon, terrorismo e política global, *Breaking Bad* e *Game of*

Thrones e então se lançou em citações que por via das dúvidas atribuiu a Derrida e Heidegger, o que ele sempre faz quando não consegue lidar com uma situação complicada

que tal bell hooks? ela revidou, descendo rapidamente a lista de leitura do módulo "Gênero, Raça e Classe" no celular

que tal Kwame Anthony Appiah, Judith Butler, Aimé Césaire, Angela Davis, Simone de Beauvoir, Frantz Fanon, Julia Kristeva, Audre Lorde, Edward Said, Gayatri Spivak, Gloria Steinem, V. Y. Mudimbe, Cornel West e os outros?

o pai não respondeu

ele não esperava por isso, a aluna mais esperta que o professor (muito bem, pequeno gafanhoto!)

quero dizer, como raios você pode ser um Professor de Vida Moderna quando seus pontos de referência são todos homens e, por acaso, todos brancos (mesmo quando você não é, ela evita acrescentar)

quando ele afinal falou, a voz era chocada, o carro dele tinha chegado (não uma carona), precisava correr

se for verdade, o carro (carro = limusine e carona = táxi) ia levar o pai ao estúdio de televisão porque ele regularmente aparece na tevê para discutir com pessoas ainda mais arrogantes que ele

ele virou uma putinha da mídia, a mãe comenta com desaprovação, era um cara tão legal antes de se tornar famoso e corrompido pela fama, ele antes acreditava em alguma coisa, agora só acredita nele mesmo, seu pai é puro establishment, Yazz, por isso é tratado como celebridade, ele não é um outsider como eu, tentando entrar e recebendo migalhas, Yazz, *migalhas*

curiosamente, quando a mãe assiste ele na tevê concorda de forma relutante com quase tudo o que ele diz, e ela não pode dizer que é uma outsider agora que está em cartaz no National

o pai ficou com um beiço homérico depois da afronta homérica de Yazz

ele não ia poder ficar com ela naquele fim de semana nem no outro nem no outro

prazos-prazos-prazos, sabe como é?

é o seguinte, se ela e o pai vão ter uma relação saudável no futuro, manter ele sob controle é com ela porque ninguém mais vai fazer isso, ele se cerca daquilo que a mãe chama de "corte de bajuladores", as pessoas que Yazz encontra nas festas dele, quase todos brancos famosos da tevê que o veem como um membro honorário da turma

ela quase chegou lá com a mãe, mas foi um trabalho duro, especialmente quando estava com catorze ou quinze e a mãe tendia a ficar histérica quando não conseguia o que queria

agora ela aprendeu o suficiente para não tentar controlar ou contradizer a filha

tudo o que Yazz tem que dizer hoje em dia é não vem com essa pra cima de mim, mãe! e ela cala a boca

o pai também está nessa curva de aprendizado

ele vai agradecer no final

Kenny (padrinho Número Dois, que tem a sabedoria de dar cheques de aniversário com *dois* zeros), está sentado fielmente do lado do pai

Kenny também é careca e bigodudo no estilo anos 70 (*nada* legal), ele é paisagista e os dois se dão bem sobretudo porque ele não tem nenhuma ilusão de grandeza, eles vão e assistem X *Factor* juntos só porque estão a fim, enquanto o pai finge que é porque tem que escrever sobre o significado cultural daquilo

eles saem pra pedalar de bicicleta bem cedo no domingo de manhã antes de a cidade acordar, pelo gramado até Battersea, pelas ruelas até Richmond e o rio, pelo puro prazer de fazer isso, e não como um exercício forçado para ficar magro

que é o único motivo pelo qual o pai corre maratonas

Kenny pediu a ela que fosse um pouco menos negativa em relação ao pai no dia seguinte a ele sumir escada acima num acesso de raiva por causa de um comentário inofensivo que ela fez

Yazz respondeu que estava atravessando seus últimos anos cínicos da adolescência, eu simplesmente não consigo evitar, Kenny, assim que eu sair do outro lado toda adorável de novo eu te aviso

Kenny rachou o bico com aquilo, ele gosta de lembrar que a conhece desde que ela era um espermatozoide entre milhões no tubo de ensaio do pai e quando a mãe reclamava que ela estava dando um baita chute dentro da barriga dela

e ela ironizava que o chute era por causa de uma premonição embrionária que dizia que ela ia nascer na pobreza

assim que estivesse formada e trabalhando, ia convencer a mãe a vender a casa dela, correção, a casa *delas*, que agora vale uma fortuna graças à gentrificação de Brixton feita *pela mãe*

a mãe podia ir morar num bangalô, o que ia ser bem prático para uma mulher da idade dela, provavelmente numa cidade litorânea fora de moda a coisa ia ser mais barata

com o dinheiro que sobrar da venda da casa, Yazz pode comprar um apartamento pequeno

um de um quarto ia servir por enquanto

me ajudar a subir na vida vai ser o ato mais importante da sua existência, mãe

ela não respondeu

Yazz queria que a peça já tivesse estreado com aclamação universal, cinco estrelinhas, queria ver o selo de pré-aprovada, isso é importante porque *ela vai ter* que lidar com as consequências se a peça for esculachada pelos críticos e a mãe entrar num turbilhão emocional que pode durar semanas — os críticos que sabotam a carreira dela com sua total ausência de discernimento sobre a vida das mulheres negras, e como essa tinha sido a grande estreia dela depois de quarenta anos de trabalho duro e blá-blá--blá, e como eles não *entenderam* a peça uma vez que ela não gira em torno da ajuda humanitária na África ou de jovens garotos problemáticos ou traficantes de drogas ou guerreiros africanos ou cantores de blues afro-americanos ou pessoas brancas resgatando escravos negros

adivinhe quem ia estar do outro lado do telefone para juntar os pedaços?

ela é a responsável pelo emocional da mãe, sempre tinha sido, sempre ia ser

é o fardo de ser filha única, especialmente menina

que era naturalmente mais propensa a cuidar.

2

Yazz tem um pôster enorme do Hendrix no quarto na universidade, com o cabelo maluco dele, lenço riponga na cabeça, gomos na barriga, entradinhas protuberantes na virilha e guitarra elétrica

um signo cultural para que todos que entrem em seu quarto saibam de cara com que tipo de garota fodona estão lidando

embora o gosto eclético e imprevisível dela vá além dos *riffs* da guitarra elétrica da pré-história, de A$AP Rocky a Mozart a Stormzy aos Priests a Angélique Kidjo a Wizkid a Bey a Chopin a RiRi a Scott Joplin a Dolly Parton a Amr Diab e assim por diante

ela tem até uma gravação dos *oktavists*, os *über basso profon-*

do da Rússia que não necessariamente cantam, é mais como se fizessem a terra ribombar

que baita maluquice e quem é que está bem à frente desses caras?

o quarto dela é o maior do bloco por causa de sua "claustrofobia extrema e ansiedade social", o truque que ela desencavou para consegui-lo

ele tem vista para o canal que margeia o limite do campus até os pântanos mais adiante com suas lontras (ou são texugos?) e garças (ou são gansos?) e outras coisas passarísticas e animalísticas que ela não reconhece e que não se dá o trabalho de pesquisar

prefere encher a cabeça com coisas que vão ajudá-la a subir na vida, o que não inclui nomear a vida selvagem do leste da Inglaterra

o outro lado do quarto dá para os caminhos que zigueza-gueiam através do campus, por onde um fluxo de bêbados passa cambaleando pela janela dela indo para seus quartos quase todas as noites, em geral fazendo barulho de um jeito egoísta, depois de beber na cidade ou no bar da União dos Estudantes

ela só tinha ido lá uma vez já que o lugar ficava entupido com a ralé bêbada da humanidade, i.e., com o tipo de garoto que ia ficar mais e mais fedorento à medida que o semestre ia passando porque não tinha a mãe para enfiar ele aos berros no banho toda noite

o tipo de garoto que fica com uma expressão cada vez mais magoada porque não entende por que ninguém senta do lado dele nas aulas, e ninguém quer dizer a ele: ei, cê fede, cara

Yazz pensou que ia encontrar um namorado na universidade, um cara legal do nível dela que não fosse horroroso e fosse mais alto que ela (pré-requisito)

alguém em quem se enroscar nas noites de sábado e com quem relaxar no domingo de manhã na cama ouvindo música enquanto ela lê a *New Yorker, Observer, gal-dem, The Root, Atlantic* e *thegrio*

porque um dia ela vai escrever pra eles

infelizmente, a mãe tem mais poder de atração que ela e de fato é considerada gostosa no mundo lésbico

as namoradas *du jour*, como o pai coloca a coisa (rá, por que falar inglês quando você pode falar francês?), são duas mulheres brancas, Dolores e Jackie, embora a mãe tenha ficado com cada etnia conhecida pela humanidade (a chamada prostituição multirracial)

elas são bem próximas uma da outra o que é bem bonito de ver já que as duas mulheres tinham disputado a mãe

é estranho, e suspeito, porque com Dolores e Jackie não há discussões aos berros, nenhum recado furioso na secretária eletrônica, ninguém tentando chutar a porta da frente no meio da noite e ninguém espreitando numa esquina lançando olhares fulminantes para a rival nas festas da mãe

é como se elas gostassem mesmo uma da outra, Yazz acha que elas fazem um tétrico sexo a três, e não consegue se forçar a perguntar

além disso, perdeu a conta das mulheres que tinham chegado e ido embora a tal ponto que as novas mal foram registradas na escala Richter de aporrinhação dela

fatalmente ia ter um rosto novo na mesa do café da manhã tentando fazer amizade com a filha do novo amor, correndo pra lá e pra cá fazendo a torrada de Yazz, omelete com queijo e tomates, servindo o suco, lavando a louça

a filha que ia soltar uma série de dicas nada sutis quando o aniversário dela/Natal/Páscoa estivessem chegando

(e por que a marmelada não está em cima da mesa?)

quando Yazz fala para as pessoas de sua criação incomum, os ingênuos esperam que ela tenha traumas emocionais por causa disso, tipo como você pode não ter quando a sua mãe é uma lésbica adepta do poliamor e o seu pai é um gay narcisista (como ela o descreve), e você salta de uma casa para a outra e é largada com vários padrinhos e madrinhas enquanto seus pais cuidam da carreira deles?

isso irrita Yazz, que não suporta pessoas dizendo qualquer coisa negativa sobre seus pais

é uma prerrogativa dela

seja como for, ela se resignou a andar com o *squad* na universidade em vez de sair pra caçar

é uma pena que ela esteja amadurecendo como uma representante da geração passa-passa-passa-curte-fala-convida-come, os caras esperam que você dê tudo no primeiro (e único) encontro, não tenha *nenhum* pelo pubiano e faça as coisas nojentas que eles veem as mulheres fazerem em filmes pornô na internet

que ela acha que os garotos dos dormitórios assistem o dia todo e a noite toda, garotos que raramente são vistos fora dos quartos (aulas? que aulas?)

ela só teve um encontro na universidade, que se tratou de sentar num bar com um espécime do sexo masculino que ela achou que fosse uma pessoa interessante, que obviamente estava deslizando o dedo no celular para ver se tinha alguém mais atraente por perto antes de inventar a desculpa patética de que precisava ir fazer uma revisão

ela saiu logo depois dele, viu o cara conversando com uma mulher num bar um pouco mais adiante quando passou por lá a caminho de casa

Yazz acha que quando os caras da idade dela quiserem sossegar, os ovários dela vão estar avariados e eles vão querer mulheres com metade da idade deles que ainda podem ter bebês num piscar de olhos

então

ainda que seja considerada razoavelmente atraente (ou seja, não cem por cento feia), com estilo próprio (em parte gótica anos 90, em parte pós-hip-hop, em parte vadia, em parte alien), ela tem que competir com imagens de garotas em sites de putaria com biquinhos de colágeno e peitos de fora siliconados e inchados

Yazz tinha pensado em sair com caras mais velhos na faixa dos trinta (que estavam sempre prontos pra comer adolescentes), até imaginar um cenário de pelos no nariz, pau enrugado e barriga

então até que um cara satisfatório apareça (se algum dia aparecer), um cara que possa oferecer o devido comprometimento com vistas a uma relação monogâmica de longo prazo (ela não é a mãe dela), ela dá uns pegas em Steve, um americano que estuda "a inter-relação e estética do hip-hop e as políticas raciais nos anos 80" no doutorado

infelizmente, ele tem uma namorada em Chicago, o que provoca algo como um dilema moral quando os dois estão na cama e aí ela liga e ele mente sobre o que está fazendo

Yazz às vezes passa noites sem dormir cismando que vai ficar sozinha a vida toda

se ela não consegue arrumar um namorado decente aos dezenove qual a esperança quando for mais velha?

algumas amigas da mãe ficaram solteiras por décadas, não as lésbicas que têm poucos problemas para transar umas com as outras, mas as héteros que têm um bom trabalho, casa e nenhum companheiro para compartilhar, que dizem que não estão preparadas para sossegar nesse estágio da vida delas a mãe comenta que elas têm a síndrome "Procurando o Obama"

pelas costas delas

Nenet, a terceira integrante do *squad*, está noiva de Kadim que estuda nos Estados Unidos, os pais dela escolheram ele pra ela

no começo ela resistiu até que eles ameaçaram expulsar ela, e a ideia de ter que de fato achar um emprego depois da universidade e ganhar o próprio dinheiro, como o resto deles, fez com que ela voltasse a si

por sorte, ela se deu bem com ele quando o encontrou e conheceu, e com frequência está fora em fins de semana estendidos (tipo de quarta a segunda) em Connecticut onde ele estuda

e ainda assim ela só tira dez, ela é inteligente nesse nível

ela também é superconfiante e a última pessoa com quem alguém deveria se meter

quando um garoto do campus começou a mandar mensagens explícitas pra ela, ela o denunciou à universidade e ele escapou por pouco de ser expulso

quando uma colega foi estuprada e desmoronou na frente dela, Nenet pagou um advogado que colocou o estuprador na cadeia por seis anos

depois dos quais, todos concordaram, ele estaria de volta nas ruas para estuprar outras mulheres

Waris está namorando Einar, um garoto somali-norueguês, desde que eles sentaram juntos na aula de história na escola

os dois são grandes fãs de anime e vão à Comic Con em Londres todo ano

Waris faz desenhos como passatempo e está criando uma super-heroína somali

que persegue homens que machucam mulheres

e castra eles lentamente
sem anestesia

quando elas ficam por aí à toa, Yazz prepara chocolate quente pra todo mundo e oferece os biscoitinhos que a mãe faz para ela já que ela está estranhamente ocupada cozinhando desde que Yazz foi embora para a universidade, quase como se tivesse se dado conta de que não foi a mãe de comercial de margarina perfeita e estivesse tentando compensar

três quartos do *squad* não bebe muito, se é que bebe

a mente de Yazz é o bem mais valioso dela e ela não vai brincar com isso

Waris diz sim pro *hijab* e sexo fora do casamento, não pra birita e porco

Nenet diz que espera começar a beber depois de alguns anos de casamento com Kadim quando ele aparecer com a primeira amante oficial, que foi o que aconteceu com a mãe dela, que começa o dia com um gim-tônica e termina com um licor, bebendo uma garrafa de vinho ou três entre uma coisa e outra

Courtney é a única cujas interações sociais são acompanhadas de vinho tinto

Yazz foi atraída para Waris no segundo dia da Semana dos Bixos na festa de boas-vindas no ginásio de esportes em que as duas ficaram emburradas num canto; Yazz gravitou na direção da cara de poucos amigos de Waris, como mais tarde disse a ela, o que Waris aceitou com bom humor, perguntando a Yazz se ela havia se olhado no espelho recentemente

elas concordaram que seus colegas eram bem imaturos enquanto tomavam chá gelado numa Starbucks no campus longe da confusão dos outros bixos indo às festas cheias de espuma e com paintball e caça ao tesouro, e também pulando de pub em pub, destinados a acabar na emergência, segundo Yazz

de quem foi a ideia? ela escreveu no formulário oficial da Semana dos Bixos

de lançar esses pobres coitados num coma alcoólico na primeira semana deles longe de casa?

por que vocês também não colocam eles na reabilitação agora em vez de esperar os primeiros sinais de danos no fígado que vão aparecer no segundo ano?

Waris

combina lenços de cabeça com as cores de suas roupas esvoaçantes

ela tem dias verdes, dias marrons, dias azuis, dias florais, dias fluorescentes — nunca dias pretos (ela não é tradicionalista)

com frequência ela enfia o celular dentro de seu *hijab* para poder conversar com alguém com as mãos livres, o que Yazz diz a ela que é uma excelente combinação de religiosidade e praticidade

ao que Waris responde que ela usa um *hijab* para afirmar sua identidade muçulmana e que, enquanto há quem entenda isso como uma coisa estritamente religiosa, não há nada a respeito de mulheres cobertas no Alcorão, sabe?

Waris nunca sai do quarto sem aplicar uma camada de base em sua cútis já perfeita

tubos inteiros de rímel para aumentar os cílios já enormes

e as sobrancelhas são desenhadas num arco elevado que se estende por praticamente todo o caminho até as orelhas

Waris diz que é feia sem maquiagem, apesar de Yazz assegurar que as mulheres somalis são as mais bonitas do mundo, e isso inclui você também, Waris

Waris diz que é gorda, apesar de ser de um tamanho perfeitamente normal, beliscando as coxas tão forte que elas ficam cheias de manchinhas depois mostrando a Yazz sua "celulite", que não existe, Waris, é só carne sendo apertada com tanta força que quase salta

ela às vezes usa óculos escuros quando não há sol — à noite ou em espaços fechados

ela tentou usá-los na sala de aula, parecendo agressiva e superdescolada, até que uma professora corajosa, a dra. Sandra Reynolds (me chamem de Sandy), mostrou que não era a banana que todos pensavam quando pediu para Waris tirar aquilo a não ser que estivesse com alguma doença e tivesse um atestado que a comprovasse

ou saísse da sala

é pra me fazer parecer destemida, Waris explicou a Yazz depois de terem se permitido uma pizza num almoço de sábado, voltando ao campus pelas ruas de paralelepípedo escorregadias e chuvosas da cidade universitária onde chamavam a atenção

ou talvez seja para esconder seu temor, Yazz sugeriu, na verdade você vive com temor, duas palavras separadas por poucas letras — temor, destemor, similares mas diametralmente diferentes, entende?

Yazz sentiu uma onda de sabedoria sobrenatural e incompatível com a idade dela

foi um daqueles momentos

Waris pareceu pensativa enquanto andavam em silêncio, e então respondeu, igualmente sagaz, talvez as duas coisas

naquele momento Yazz entendeu por que elas se davam tão bem, elas estavam na mesma sintonia intelectual

a vida era diferente antes do Onze de Setembro, Waris disse enquanto elas deixavam a cidade e caminhavam por uma estrada principal movimentada passando por casas velhas e enormes feitas de pedras espessas e acinzentadas; ela era jovem demais pra lembrar da "época de antes", quando segundo a mãe dizia as pessoas olhavam pras mulheres de *hijab* com espanto, curiosidade ou pena

mais tarde houve a "época depois", quando segundo a mãe disse elas começaram a ser vistas com uma hostilidade flagrante que fica pior toda vez que um jihadista explode pessoas brancas ou ceifa elas com um caminhão

nessas ocasiões Waris se prepara pra ser ainda mais empurrada, cuspida e xingada de coisas como árabe suja quando eu nem sequer sou árabe, Yazz

Waris disse que é maluquice que as pessoas sejam tão cretinas a ponto de pensar que mais de um bilhão e meio de muçulmanos pensem e ajam todos do mesmo jeito, um homem muçulmano executa um massacre a tiros ou explode pessoas e é chamado de terrorista, um homem branco faz exatamente a mesma coisa e é chamado de louco

os *dois* grupos são loucos, Yazz

eu sei, Waris, eu *sei*

Yazz vê os olhares asquerosos que Waris recebe quando elas andam pela cidade

ela devolve os olhares asquerosos em nome da amiga

Waris disse que a avó quase não sai mais do apartamento em Wolverhampton, é difícil demais pra ela andar pelas ruas e receber tanta hostilidade, e ela nunca parou de lamentar tudo o que perdeu

ela viveu uma vida de rica em Mogadíscio até 1991, numa família em que todos os homens adultos trabalhavam como dentistas, até que foram mortos e ela fugiu pra cá com as filhas

dia desses a avó dela apareceu com remédios prescritos

ela senta na sala sumindo dentro de si mesma

até o dia em que vai estar perdida pra eles pra sempre

se bem que Xaanan, a mãe dela, é completamente diferente, ela martelou nos filhos que a gente pode escolher entre ser esmagado pelo peso da história, e das atrocidades dos dias atuais, ou ir à luta

o pai trabalha numa fábrica, a mãe tem dois empregos, o primeiro é um trabalho num abrigo pra mulheres muçulmanas e o segundo é ensinar defesa pessoal pra mulheres cobertas, assim elas podem aprender a se proteger dos "ladrões de *hijab*" e de agressões semelhantes

ela ensina uma combinação de krav maga, jiu-jítsu, aikido e silat no centro comunitário local, Waris disse com orgulho; a própria Waris aprendeu uma mistura de artes marciais com a mãe

Yazz e Waris chegam de volta ao campus e descem a alameda, a chuva amainando, o céu clareando, um arco-íris aparecendo

passam pela academia, os estudantes com roupas e equipamentos esportivos entrando e saindo

passam pela lavanderia, os estudantes num torpor de zumbi vendo as máquinas girar ou mexendo nos celulares

passam pelo centro de artes com uma galeria e uma cafeteria na parte interna vendendo café a preços proibitivos e bolos a preços proibitivos para as pessoas finas que vêm ao campus para isso

passam pelos blocos de dormitórios, som de música e cheiro de erva flutuando, até chegar ao delas

elas entram no prédio e sobem as escadas enquanto Waris continua falando, ela diz que aprendeu a responder na mesma moeda se alguém diz *qualquer* uma destas coisas

que terrorismo é sinônimo de islã

que ela é oprimida e eles sentem a dor dela

se alguém pergunta pra ela se ela é parente do Osama bin Laden se alguém diz pra ela que ela é responsável por eles estarem desempregados

se alguém diz pra ela que ela é uma barata imigrante

se alguém diz pra ela voltar pro namorado jihadista dela

se alguém pergunta pra ela se ela conhece algum homem--bomba

se alguém diz pra ela que ela não pertence a este lugar e quando é que você vai embora?

se alguém pergunta se o casamento dela vai ser arranjado

se alguém pergunta pra ela por que ela se veste que nem freira

se alguém fala devagar com ela como se ela não soubesse falar inglês

se alguém diz pra ela que o inglês dela é muito bom

se alguém pergunta pra ela se ela passou pela mutilação genital, pobrezinha

se alguém diz que vai matar ela e a família dela

você sofreu mesmo, Yazz diz, eu sinto muito, não de um jeito condescendente, é empatia, na real

eu não sofri, não de verdade, minha mãe e minha avó sofreram porque perderam aqueles que elas amavam e a terra natal, enquanto meu sofrimento tá principalmente na minha cabeça

não tá na sua cabeça quando as pessoas esbarram em você de propósito

tá sim em comparação com as quinhentas mil pessoas que morreram na guerra civil da Somália, eu nasci aqui e vou ter sucesso neste país, não posso me dar ao luxo de não me esforçar, sei que vai ser duro quando eu entrar no mercado de trabalho, mas sabe de uma coisa, Yazz? não sou uma vítima, não precisa me tratar nunca como vítima, minha mãe não me criou pra ser uma vítima.

3

Naquela tarde elas acabaram dançando Amr Diab no quarto de Yazz

Yazz diz a Waris que é importante contrabalancear o estado de ser cerebral com o estado de ser corporal

Waris pergunta se ela quer dizer que elas precisam fazer atividade física porque passam tempo demais pensando

sim, é isso, Yazz diz, fazendo movimentos elaborados com os braços enquanto dança

então por que você simplesmente não disse isso?

elas ainda estão tocando as músicas dele superalto mais tarde naquela noite com Nenet, que mora no mesmo corredor e apresentou o famoso cantor egípcio pra elas; Yazz se viu instantaneamente transportada assim que a letra jorrou da boca sexy de Diab na tela

Waris também adorou ele, disse que a música de Diab mexeu com a alma dela

Yazz disse que Diab a fazia se sentir apaixonada pelo homem que um dia ia ser o destinatário final do amor dela

Waris disse que esse homem deveria ter medo, muito medo

Nenet disse que Diab era das antigas então para ela era mais uma coisa nostálgica, enquanto mostrava para as duas como dançar no estilo árabe com os quadris balançando e agitando os braços, chapada com balinhas de goma

se tornou uma coisa delas — noites de Amr Diab

Courtney, que morava no quarto ao lado, bateu na porta de pijama, pediu para elas baixarem aquilo porque ela está tentando dormir e é, tipo, meia-noite

Yazz disse pra ela escutar com *muita atenção* as outras pessoas tocando música alta em outros lugares do prédio, tá ouvindo? lá em cima e lá embaixo?

claro que ela estava ouvindo, é sábado à noite, e assim que os guardas que tinham sido chamados viram as costas o barulho recomeça

está todo mundo fazendo isso, certo? Yazz disse, mãos nos quadris, então por que *a gente* é o teu alvo preferido, dando a Courtney um olhar cheio de subtexto

foi um momento tenso, dissipado por Nenet, que disse que sabia como lidar com conflitos porque o pai dela esteve no serviço diplomático nos trinta anos de Mubarak na Presidência do Egito

isso se chama ditadura, Waris provocou

se chama estabilidade política, Nenet rebateu

o avô de Nenet tinha crescido com Mubarak em Kafr El--Meselha, trabalhou no Ministério da Justiça com ele, as famílias eram amigas

como um casal diplomático, os pais dela adquiriram a habilidade de falar com qualquer um como se estivessem profundamente interessados, mesmo quando odiavam os filhos da puta, eles iam ser legais até mesmo com você, Waris, Nenet disse uma vez, tranquilizadora

Waris sabia o que Nenet queria dizer, os somalis eram desprezados no Egito

quando o governo de Mubarak caiu durante a revolução egípcia, a família de Nenet fugiu para o Reino Unido de onde eles de qualquer forma eram cidadãos porque o pai dela tinha investido um milhão de libras aqui pra isso

antes disso, seus pais viveram numa porção de países enquanto ela frequentava o colégio interno em Sussex

não me pergunte de onde vem o dinheiro da minha família,
ela disse, respondendo a uma pergunta de Waris

eles nunca me contaram

Nenet acolheu Courtney no quarto de Yazz, toda sorrisos
diplomáticos pra dissipar a situação, entra, qual é o seu nome?
oferecendo coca-cola, e quando a música recomeçou mostrou a
ela os movimentos

é só deixar fluir, Courtney, imagina que você é água, ar, luz,
deixa a música mexer o seu corpo, não pensa demais, o objetivo é
dançar com você pra você

logo Courtney estava rodopiando e flutuando com as três,
ela gostou dessa música fa-la-la e por que ela não tinha ouvido
falar nela antes?

você não acha que isso é um pouquinho ofensivo? Yazz
perguntou

por quê? eu gosto, e dança do ventre também é legal

não se diz dança do ventre, Yazz retrucou, isso é muito orien-
talista e a gente não tolera isso aqui, e nessa altura Nenet disse pra
Yazz parar e explicou que a dança delas é inspirada naquilo que
agora é chamado de *raqs sharqi*

ok, Courtney disse, dando de ombros, fazendo um giro
extravagante e dançando como se pudesse separar os quadris da
cintura, a cintura do tórax, os braços do torso e as mãos dos braços

ela se movia melhor do que todas elas

todas desabaram no chão de Yazz naquela noite, tomaram
café da manhã juntas no refeitório

Courtney contou que cresceu numa fazenda de trigo e
cevada em Suffolk, elas brincaram que aquilo explicava o visual
de camponesa dela

olhos brilhantes, Nenet disse

pele translúcida, Yazz disse

peitos de leiteira, Waris acrescentou

Waris, que nunca tinha deixado Wolverhampton antes de viajar para a universidade, admitiu que nunca na vida tinha posto os pés numa fazenda

nem eu, disse Yazz, minha alma é urbana e não rural

Nenet informou a elas que seus pais têm uma fazenda nas Cotswolds que cria lhamas e uma vinícola em Franschhoek na África do Sul

Waris disse que era um baita privilégio, ao que Nenet respondeu não é culpa minha, Waris disse beleza

Yazz disse que embora gostasse da ideia de leite fresco, a ideia de galos cantando quando você está a fim de dormir era desanimadora, do mesmo jeito que ela gostava da ideia de leite fresco, mas não de ordenhar as vacas pra conseguir ele, ou matar as vacas pros seus hambúrgueres

Waris disse que gostava da ideia de caminhadas revigorantes pelos prados, ao que Courtney disse que odiava caminhar e que não tinha prado em lugar nenhum perto da fazenda dela

enquanto comia ovos, bacon e feijão cozido, Courtney cometeu o erro de perguntar a Waris por que ela usava lenço na cabeça

Yazz levantou os olhos do seu cereal esperando ver Waris entrar de sola, em vez disso ela enterrou a colher em seu mingau grosso e disse numa voz surpreendentemente suave que é número um: cultural, número dois: político, e então, na hora que Yazz esperava que ela dissesse número três: nenhum é da sua conta, ela não fez nada disso

Waris disse simplesmente que sua mãe tinha falado que ela não precisava se explicar pra ninguém

Nenet, em seu segundo expresso e mordiscando um ovo cozido, estava preparada para se meter — sem necessidade —,

Courtney se desculpou, embora tenha soado mais petulante do que arrependida, só perguntei porque não sabia

legal, bom, agora sabe

Yazz concluiu que embora Courtney fosse bem ignorante sobre outras culturas, ela tinha demonstrado força de caráter e *chutzpah*, uma precondição pra se juntar às Inabaláveis já que todas eram propensas a dizer o que pensavam e já que aqui você tem que revidar e não sair correndo para o banheiro chorando que nem uma covardona

ela gostou de Courtney

e se gostou dela

ela estava no *squad*

numa segunda-feira de manhã uns meses depois, Yazz informou a ela, enquanto esperavam para usar o banheiro depois da aula de Raça, Classe e Gênero, que agora ela era efetivamente uma *irmã* honorífica

no entanto, Courtney nunca ia poder ser uma irmã de pleno direito, só honorífica

Yazz explicou que ser uma irmã era uma resposta a como a gente é vista e também é quem a gente é, o que na real desafia o reducionismo simplista, e que quem a gente é é em parte uma resposta a como a gente é vista, amor

Yazz se viu chamando as pessoas das quais ela gosta de "amor", não era forçado nem pretensioso, aconteceu de forma natural

é um enigma, Yazz continuou a conversa durante o almoço de sopa de feijão para ela (proteína pro cérebro) e carne e purê de ervilha para Courtney

as pessoas não vão mais te ver como uma mulher qualquer, mas como uma mulher branca que anda com as negras, e você vai perder alguns privilégios, mas você ainda precisa estar ciente deles, já ouviu a expressão estar ciente dos seus privilégios, amor?

Courtney respondeu que, visto que Yazz é filha de um professor e de uma diretora de teatro bem conhecida, dificilmente lhe faltam privilégios, ao passo que ela, Courtney, vem de uma comunidade realmente pobre onde é normal ir trabalhar numa fábrica aos dezesseis e ter o primeiro filho como mãe solteira aos dezessete, e que na prática a fazenda do pai pertence ao banco

sim, mas eu sou preta, Courtney, o que me torna mais oprimida que qualquer um que não é, exceto a Waris que é a mais oprimida de todas (mas não diz isso pra ela)

em cinco categorias: preta, muçulmana, mulher, pobre, adepta do *hijab*

ela é a única que Yazz não pode dizer para ficar ciente dos próprios privilégios

Courtney respondeu que a Roxane Gay alertou para a ideia de competir nas "olimpíadas da opressão" e escreveu em *Má feminista* que o privilégio é relativo e depende do contexto, e eu concordo, Yazz, quer dizer, onde é que isso tudo termina? o Obama é menos privilegiado do que um caipira branco criado num trailer com uma mãe solteira viciada e um pai presidiário? uma pessoa com uma deficiência severa é mais privilegiada que um refugiado sírio que foi torturado? a Roxane sustenta que a gente tem que achar um novo discurso pra discutir desigualdade

Yazz não sabe o que dizer, quando foi que a Courtney leu a Roxane Gay — que é o mááááximo?

era esse o momento em que o aluno supera o professor?

#garotabrancaganhadegarotanegra

Courtney acrescentou que como ela só gosta de homens negros e provavelmente vai ter filhos miscigenados, o "privilégio branco" dela vai de qualquer forma ser seriamente prejudicado, tipo pelo menos cinquenta por cento, e é incrível que nos dias de hoje e nessa idade ela nunca tenha conhecido nenhuma pessoa negra ao vivo antes de ir pra universidade vinda de Dartingford que é um lugar inteiramente branco exceto por três asiáticos

Yazz informou a ela que isso é um non sequitur, pura retórica

Courtney respondeu que ela mesma é uma grande fã do non sequitur que na real só indica que uma conversa está fluindo de um jeito livre e intuitivo, ao contrário de seguir uma trajetória previsível, por assim dizer

Yazz pediu licença para ir ao banheiro.

4

Yazz convidou Courtney pra ficar na casa dela no final do primeiro ano

avisou que provavelmente pelo menos uma mulher do harém da mãe ia estar andando pela casa seminua de manhã e confia em mim, não é uma visão agradável no caso das velhotas

Courtney só tinha estado em Londres uma vez, uma viagem de um dia que envolveu um ônibus de turismo ao Palácio de Buckingham, a Trafalgar Square, o Big Ben, a catedral de St. Paul e a Torre de Londres, antes de pegar o trem de volta direto para Dartingford

elas compartilharam a cama de casal de Yazz e conversaram antes de dormir naquela primeira noite com as luzes apagadas e a lua brilhando direto na cama, o que fez a noite parecer especial para Yazz, especialmente porque estava quente e a janela aberta

deitadas ali, Yazz perguntou a Courtney por que ela não

tinha visitado a capital mais vezes, você não sabe o que tem perdido, amor

é porque meus pais não gostam de Londres, Courtney respondeu, acham que é um esgoto a céu aberto cheio de gente negra, homens-bomba, esquerdistas, atores, gays e imigrantes poloneses, que tiram dos homens e mulheres trabalhadores deste país a chance de conquistar uma vida boa; o pai extrai todas as ideias políticas dos jornais, cita tudo tim-tim por tim-tim, o mais engraçado é que ele é amigo de Raj, o mecânico do vilarejo, eles bebem juntos no bar

quando chamo ele de hipócrita ele diz é o *Raj*, Courtney, ele é *diferente*

pode dizer ao teu pai por mim que a economia britânica vai colapsar sem os imigrantes para estabelecer padrões de trabalho mais altos, a mãe diz prefiro mil vezes um encanador ou eletricista polonês a um daqui

não faz nenhuma diferença pra ele, ele diz são todos iguais, amor, ou seja, todas as pessoas que ele odeia

mal posso esperar pra ver a cara dele quando eu levar pra casa um bebê miscigenado

Yazz mostrou Peckham, Stockwell, Brixton e Streatham a Courtney

enquanto desciam a Brixton High Street, Courtney disse que ia desmaiar com todas aquelas carnes à mostra, não conseguia deixar de encarar a bunda deliciosa dos garotos, jeans tão baixos que deixavam quase toda a cueca de fora

Yazz notou que aquelas "bundas" retribuíam a atenção de Courtney, a maciez suave dela transbordando ostensivamente da blusa jeans

eles olharam para Courtney, não para Yazz, que não ganhou os olhares de sempre, e no geral eles olhavam *bastante* para ela não que estivesse interessada no tipo de macho que apertava o cinto da calça abaixo da bunda

hoje só dá a Courtney, que nem é particularmente gostosa, e é como se Yazz fosse invisível e a amiga dela fosse uma deusa irresistível

uma garota branca andando com uma garota negra sempre é vista como simpática aos homens negros

Yazz já passou por isso com outras amigas brancas

faz ela se sentir tão

cansada

elas combinaram se encontrar na casa de Nenet depois da Queensway

Nenet mandou as coordenadas por mensagem, "virando a esquina do Hyde Park... risos"

elas chegaram numa casa grande atrás de um portão de segurança e tiveram que tocar a campainha para entrar numa trilha feita com cascalho triturado

uma empregada de uniforme preto com avental branco as deixou num saguão com piso de mármore, fonte, colunatas e uma escada hollywoodiana em curva que dava toda a volta até um teto abobadado

Nenet veio saltitando escada abaixo segurando uma bolinha de pelos branca e macia, Lady Maisie, a shih-tzu dela

aqui, ela disse, empurrando a bolinha para elas, podem apertar

Courtney ficou feliz de obedecer, até deixou que chegasse pertinho do rosto dela, arrulhando como era fofa, acostumada a coisas muito piores com os animais da fazenda, Yazz imaginou, como porcos e enfiar a mão no ânus das vacas para liberar as fezes constipadas ela mesma não quis tocar, não curtia chegar perto demais de coisas que lambiam o próprio cu para deixar ele limpo

Nenet levou todas para um pequeno tour pela casa, que Yazz achou insana, *insana* no sentido de obscenamente rica não insana no sentido de maravilhosa

Nenet se desculpou pelo gosto espalhafatoso da mãe para decoração, não por sua riqueza

cuidado onde vocês vão encostar, meninas!

Yazz notou Courtney agindo como se se sentisse honrada de ter sido autorizada a entrar na vida de Nenet agora que via como ela vivia

Nenet era agora "a Nenet que mora numa casa enorme perto do Hyde Park", um fato que Yazz não podia desconsiderar nem apagar e que interferia na opinião que tinha a respeito da amiga

Yazz se deu conta de que saber que alguém era endinheirado não era a mesma coisa que testemunhar bem de perto a extensão daquilo

elas foram dar uma volta no Hyde Park, passearam ao sol pelo lago Serpentine

Yazz olhou para o lago azul, as pessoas se divertindo em pedalinhos e barcos a remo

aquele trajeto parecia ser uma rota comum de árabes ricos, o estacionamento abarrotado de carros com portas que se abriam para cima e calotas de ouro que podiam salvar o Serviço Nacional de Saúde

Nenet, que em geral usava roupas esportivas de grife na universidade, estava com uma blusa justa, saia curta, salto alto e com uma bolsa Chanel com corrente de ouro pendurada no ombro

a linguagem corporal de Nenet mudava sempre que um grupo de rapazes se aproximava para olhar para ela, o que eles faziam sem falta, com seu cabelo preto em cascata, sua pele marrom reluzente e suas pernas torneadas

esse era o ambiente dela, ela andava como uma princesa, estava se achando

Nenet sempre insistia que era do Mediterrâneo, para a diversão de Yazz e a irritação de Waris, quando tentava convencê-las que não era negra nem mesmo africana porque sua família era de Alexandria na costa egípcia

você é africana, Nenet, Waris criticava, vai, admite, você é uma mulher africana, e ela pulava em Nenet e fingia bater nela, as duas gritando como crianças de seis anos

os caras do Serpentine ignoraram Yazz que era escura demais para eles (certo, podiam ir pro inferno)

eles despiram Courtney com os olhos com atrevimento, como se ela fosse uma arrumadeira

Courtney ficou toda ouriçada, adorando a atenção

Yazz não quis dar a notícia para ela

as três discutiram a universidade de um jeito que não costumavam fazer quando estavam no campus, mas de alguma forma hoje era diferente, o primeiro ano delas tinha acabado, um longo verão se estendia pela frente

Yazz e Courtney iam passar as próximas semanas se preparando para o segundo ano e administrando suas listas de leitura, isso e os empregos de verão iam mantê-las ocupadas

Waris já tinha começado um estágio numa instituição de caridade de Wolverhampton para ex-infratores

Courtney ia começar a trabalhar numa loja em Suffolk que vendia coisas de fazenda, tipo fogões a dez mil libras

Yazz trabalhava como garçonete num restaurante *hipster* em West End frequentado por autoridades, celebridades e jogadores da Premier League com suas esposas-troféu, amantes e acompanhantes

fazia anotações no celular para um futuro livro de memórias e tirava fotos furtivas com o iPhone

Nenet, que estava saindo do habitat dela e do centro das atenções, confidenciou que não estava planejando estudar para o curso de história da arte porque — adivinhem?

ela deixou escapar que não precisava

e isso é confidencial então por favoooooooor não contem pra ninguém, especialmente pra Waris, a verdade é que encomendo os meus ensaios de um acadêmico aposentado

virou para encará-las, esperando admiração, aprovação

Yazz estava chocada, respondeu calmamente, você devia se esforçar pra conseguir o diploma como todo mundo, não sabia que você era desonesta

não é desonestidade quando todo mundo faz isso

isso não torna a coisa correta e nem todo mundo tá nessa

acorda, Yazz, você acha que as pessoas vão te contar? o MBA do Kadim está custando uma fortuna pra ele

Yazz se perguntou se a amizade delas ia sobreviver à manobra desonesta de Nenet do alto do privilégio extremo dela, e isso explicava por que ela conseguia maratonar uma série inteira da Netflix na noite anterior a um exame e ainda tirava dez

Nenet era uma princesinha mimada, preguiçosa e imoral que não seguia as regras e faria qualquer negócio para manter seus privilégios, até se casar com alguém que os pais tinham escolhido

Yazz se perguntou se dividir o mesmo corredor nos dormitórios e ser uma das poucas garotas de pele escura num campus branco era o suficiente pra manter as Inabaláveis juntas depois da universidade, ou até mesmo durante o segundo ano, pensando bem

Yazz tinha que trabalhar duro para preparar o terreno para o futuro porque ela ia ser a melhor de todas, e Courtney (ou melhor, Roxane Gay) realmente tinha razão, ela sabia disso agora, privilégio tem a ver com contexto e circunstância

mesmo que ela fosse rica não ia ser desonesta, vai tirar seu diploma, vai se formar com distinção, e como Waris ela vai fazer das tripas coração para conseguir isso, não vai se lançar no mundo hostil com um diploma meia-boca e sem nenhum plano, no semestre passado ela conheceu alunos do terceiro ano prestes a se formar que pareciam aterrorizados quando ela perguntou sobre os próximos passos deles

um mestrado em jornalismo acena para ela em Londres, onde ela se encaixa e onde pode morar com a mãe sem pagar aluguel

ela já é uma articulista do jornal estudantil *Nu Vox* e a coluna dela, *Por que meu professor não é negro?*, inspirada em uma conferência estudantil que assistiu no primeiro semestre, gerou mais comentários on-line do que qualquer outra naquele mês, metade deles totalmente ignorantes, claro, escritos anonimamente pelos *trolls* de nascença deste planeta, caras cérebros de ervilha, racistas, covardes, barangos e totalmente sem amigos

o caso é que o artigo aumentou a reputação dela e ela se tornou uma personalidade no campus, alguém da Media Society quis saber sua opinião, também a rádio estudantil

ela vai tentar publicar artigos em jornais profissionais e blogs de sucesso no próximo ano e vai assumir a redação do *Nu Vox* no terceiro ano, quando estiver qualificada

ia se candidatar a presidente da Media Society

já está pensando na estratégia de campanha

malditos sejam todos os usurpadores irrelevantes que entrarem em seu caminho

ela sabe que não vai ser fácil, está pronta para a batalha

Yazz reflete sobre o resto do *squad*

Courtney realmente é uma pessoa legal, antes ela era ingênua e simples, tinha crescido muito desde que chegou na universidade e agora está mais esperta e consciente por ser membro do *squad*, não era uma típica estudante do leste da Inglaterra, ou seja:

uma humanitarista durona cuja mãe é uma atriz lésbica e cujo pai é um "intelectual" gay

uma ricaça (desonesta) que tem conexões políticas com a antiga elite egípcia

uma mulher somali muçulmana que usa *hijab* e luta uma mistura de artes marciais

Waris é a mais profunda de todas elas, porque sua família tem uma história muito dolorosa, embora ela deteste quando as pessoas sentem pena dela

a vida de Waris tem sido a mais injusta, e isso a forçou a *amadurecer* de forma prematura

assim como os obstáculos da vida forçaram ela, Yazz, a *amadurecer* de forma prematura também

e então começa
A *última amazona do reino de Daomé*
a peça.

Dominique

1

Dominique topou com Nzinga na estação Victoria no horário de pico

enquanto ela era nocauteada pelo efeito rolo compressor dos passageiros implacáveis de Londres determinados a pegar o trem a qualquer custo

sua bolsa tinha caído aberta e tudo se esparramou: passaporte, A-Z, *Guia da cidade de Londres*, porta-moedas de cânhamo, absorventes, câmera Zenit E, creme de mãos Palmer, amuleto contra mau-olhado, faca de caça com cabo de marfim

Nzinga agradeceu profusamente quando uma Dominique que passava por ali se aproximou para ajudar, as duas lutando para recolher os pertences dela do chão da estação

quando terminaram e Nzinga estava outra vez de pé e refeita, Dominique se viu diante de uma imagem extraordinária

a mulher era monumental, sua pele brilhava, a túnica ondulava, os traços eram perfeitos, lábios cheios, os finos dreadlocks desciam livres até os quadris, amuletos de prata e miçangas brilhantes costurados neles

Dominique nunca tinha visto alguém como ela, se ofereceu para pagar um café, confiando que ela ia dizer sim pois lésbicas, e ela suspeitava que essa fosse, normalmente fazem isso

sentaram uma na frente da outra na cafeteria da estação enquanto Nzinga sorvia um copo de água quente com uma fatia de limão, a única bebida quente que ela admitia que cruzasse seus lábios, ela disse, não abuso do meu corpo

enquanto isso

Dominique, bebendo uma xícara de café solúvel na qual dissolveu dois torrões de açúcar e na qual mergulhava uma sucessão de biscoitinhos (uma embalagem de Maltesers do lado para a sobremesa), se sentiu culpada pelo lixo que estava introduzindo no corpo sem nem pensar — abusando, sim, abusando dele

nunca tinha conhecido uma afro-americana e o sotaque de Nzinga evocou as delícias sensoriais de broa de milho quente, costeletas, *gumbo*, *jambalaya*, couve com bacon, torresmo, repolho frito, pé de moleque — e outras comidas a respeito das quais ela tinha lido em romances escritos por mulheres afro-americanas

Nzinga estava visitando a Inglaterra pela primeira vez desde que tinha deixado o país quando ainda era pequena, voltava de uma peregrinação a Gana onde havia ficado por duas semanas, era a primeira vez dela em sua terra natal, visitando o Castelo de São Jorge da Mina onde africanos capturados haviam sido encarcerados antes de serem embarcados como escravos para a América

o guia os conduziu até a masmorra, fechou a porta

na escuridão quente, sufocante, ele descreveu com riqueza de detalhes como até mil pessoas eram amontoadas num espaço feito para duzentas, sem infraestrutura nem saneamento e pouca comida ou água, por até três meses naquele momento meu corpo absorveu toda a história dolorosa de quatro séculos de escravidão como nunca antes e eu desabei e solucei, Dominique, solucei e entendi mais do que nunca que o homem branco tem que responder por muita coisa

Dominique se segurou para não retrucar que o homem africano também tinha vendido africanos como escravos então era bem mais complexo do que isso

Nzinga construía casas de madeira em "comunidades de mulheres" nos "Estados Des-Unidos da América" onde tinha morado desde os cinco anos e a mãe dela, cansada do pai de Nzinga que borboleteava entre várias mulheres na Inglaterra e no Caribe, se apaixonou por correspondência por um belo ex-combatente

ela só tinha vinte e dois anos quando, de forma estúpida, tirou Nzinga e o irmão, Andy, do apartamento em Luton e os levou para o que se revelou ser um trailer num estacionamento no Texas

onde ela e o irmão dormiam no chão da cozinha minúscula, enquanto a mãe e o homem dividiam a cama de casal embutida e faziam sexo barulhento a alguns centímetros de distância deles

ele bebia do minuto em que acordava até cair num estupor bêbado e drogado à noite, arranjando bicos estranhos aqui e ali

a mãe dela achou trabalho num abatedouro de frangos, estava convencida de que podia curá-lo dos vícios e construir uma vida para os filhos com ele

como resultado das tentativas vãs de cortar os vícios dele, a mãe apanhou com tanta frequência que desistiu de tentar mudá--lo e caiu nas drogas ela mesma

o que começou mal ficou pior e Nzinga se viu sendo mal criada por dois viciados cujas prioridades não eram ela e o irmão

então o inevitável aconteceu quando ela atingiu a puberdade, tinha havido sinais anteriores, toques inapropriados e comentários que ela era jovem demais para decifrar e, mais tarde, vulnerável demais para repelir

teve sua virgindade roubada enquanto a mãe e o irmão faziam compras, ela tinha ficado para fazer a lição de casa

na manhã seguinte ela conseguiu contar a um professor da escola depois de ter caído no choro, um homem, por acaso, que sempre tinha dito que ela era uma criança esperta — praticamente o único homem bom que conheceu

um assistente social foi designado, ela e o irmão foram confiados a uma família

que cuidou deles, mas não os amou

não profunda, incondicionalmente

Andy ingressou no exército aos dezesseis anos e deu as costas para a irmã que tinha virado uma sapatona machorra, como ele a chamou quando a flagrou na cama com a namorada

felizmente eu era de fato brilhante e trabalhei duro para entrar na recentemente dessegregada Universidade do Texas em Austin, em vez de numa faculdade comunitária

depois da formatura, fugi para viver numa comunidade de mulheres e me afastar das pessoas como meu irmão e *a besta*

quando minha mãe morreu de overdose

meu irmão e eu não nos falamos no enterro

nem desde então

Dominique ficou ali sentada prestando atenção na visão extraordinária diante dela, uma mulher que tinha superado a tragédia de uma infância terrível para se tornar tão magnífica que exsudava todo aquele calor e experiência

as pessoas achavam Dominique durona e autossuficiente, no entanto, comparada a Nzinga, ela não era, Nzinga era poderosa, invencível, a presença e a energia dela dominavam o café, sua voz inundava uma tarde cinzenta de segunda-feira com um sotaque exótico e sensual

ela era lésbica, uma preta gata, uma inspiração, um fenômeno

Dominique queria se enrolar nessa mulher e ser cuidada por ela

era um sentimento novo porque ela era totalmente independente desde que tinha saído de casa, e aqui estava ela, se sentindo, como? animada? com certeza

talvez se apaixonando por uma total estranha

talvez você esteja certa, Dominique respondeu mais tarde naquele dia quando estavam sentadas no Cranks da Leicester Square comendo comida integral depois de Nzinga ter sugerido que o histórico de relações dela com namoradas loiras podia ser um sinal de autoaversão; você tem que se perguntar se sofreu lavagem cerebral do ideal de beleza branca, irmã, tem que trabalhar bem mais na sua política de feminista negra, sabe

Dominique se perguntou se ela tinha razão, por que gostava das loiras estereotipadas? Amma a tinha provocado por causa disso sem julgá-la, ela mesma era produto de várias misturas e tinha tido parceiras de todas as cores

por outro lado, Nzinga tinha crescido no Sul segregado, mas isso não devia fazer com que fosse pró-integração em vez de contra?

Dominique se perguntou se sofria mesmo lavagem cerebral da sociedade branca e se realmente estava em falta com a identidade que lhe era mais cara — a da feminista negra

concluiu que Nzinga era um anjo encantador enviado para ajudá-la a se tornar uma versão melhor de si mesma

ela se tornou a guia pessoal de Nzinga na cidade, disposta a mostrar que conhecia bem sua história e seus lugares legais, saltando para dentro e para fora de ônibus, pegando atalhos nos túneis labirínticos do subterrâneo, deslizando por ruelas antigas nas partes mais velhas da cidade, mostrando os vestígios da Muralha de Adriano de quase dois mil anos atrás, levando-a às praias pedregosas do Tâmisa quando a maré estava baixa, onde alguns caras seguiam a tradição dos *mud-larkers* e procuravam por relíquias arqueológicas enterradas, pelos vários parques, gramados, jardins públicos e relvados, em passeios pelo canal que duravam horas, de Little Venice para os pântanos de Walthamstow, em cruzeiros fluviais para Greenwich e Kew

à noite, se metiam furtivamente em clubes de mulheres escondidos

onde davam uns amassos em cantos escuros

elas dormiram juntas no dia em que se conheceram e todas as noites depois disso

é muito sublime, é espiritual, Dominique exclamou para Amma quando apareceu para trabalhar duas semanas depois, a escrivaninha lotada de tarefas incompletas

me apaixonei completamente pela primeira vez na vida pela mulher mais maravilhosa que já conheci, que me deseja com uma atitude forte, Amma, e pode soar estranho mas isso é muito novo pra mim e ridiculamente sexy, tipo ela pode rasgar minhas roupas sempre que quiser (coisa que ela faz) e me sinto indefesa e dominada (coisa que eu gosto), enquanto minhas antigas namoradas me desejavam com uma atitude de fraqueza, de adoração, que simplesmente não me interessa mais

a tensão entre a gente é eletrostática, Ams, é como ter uma corrente elétrica circulando no corpo, a gente não consegue ficar longe uma da outra, nem sequer por cinco minutos, Nzinga é tão sensata e sabe tanta coisa a respeito de ser uma mulher negra livre num mundo branco que nos oprime e ela tem aberto os meus olhos para, bom, tudo, é como se fosse Alice e Audre e Angela e Aretha numa só, sério, Ams

Amma respondeu que essa Nzinga devia ser fora de série para transformar a sapatão mais descolada de todas numa adolescente apaixonada, então quando vou conhecer Alice-Audre-Angela--Aretha? qual é o verdadeiro nome dela, aliás?

Cindy, se quer mesmo saber, *nunca* diga a ela que eu te disse

Dominique concordou em levá-la para almoçar na ocupação de King's Cross, Nzinga exigia expressamente que só mulheres negras fossem convidadas, e a comida tinha que ser totalmente vegana, orgânica e fresca

ou ela não poderia estar no mesmo ambiente.

2

Nzinga de fato estava espetacular quando atravessou a porta do quarto de Amma em Freedomia

ela tinha pelo menos um e oitenta de altura, dreadlocks enfeitados, brincos enormes de madeira representando a boneca da fertilidade Akuaba, calça vermelha, um cafetã creme bordado e sandálias romanas de tiras

era um pouco mais velha do que elas, mas de certa forma parecia não ter idade

Amma notou como a força da presença dela tinha o efeito de diminuir a de todas as outras

antes de ela chegar, as convidadas queriam gostar de Nzinga porque gostavam de Dominique, agora que ela estava ali queriam impressioná-la

Amma queria que Nzinga se mostrasse digna do amor de Dominique

Nzinga se sentou de pernas cruzadas no chão, no círculo de mulheres onde a refeição ia ser servida (Amma achou a ideia de uma mesa de jantar muito suburbana)

um cozido de vegetais com batata-doce, saladas e pão integral tinham sido colocados na frente delas numa toalha de mesa de plástico

(era tudo do supermercado, nada era orgânico nem fresco, quem é que ia saber a diferença quando os vegetais estavam cozidos ou picados, e como Nzinga ousa exigir que todo mundo coma de acordo com as preferências dela)

a conversa foi animada, todo mundo queria falar com Nzinga a quem tinha sido concedida uma dignidade imerecida, Amma pensou, simplesmente porque parecia uma diva-do-brejo--rainha-vodu

Nzinga sorvia a atenção, era gentil, não *magnânima*, com todas, até arruinar aquilo exclamando, de um jeito meio desdenhoso, que estranho que era ouvir tantas mulheres negras soando tão *britâââââânicas*

Amma achou que elas estavam sendo acusadas de serem brancas demais ou, no melhor dos casos, de serem mulheres negras inautênticas, já tinha visto isso antes, estrangeiros igualando sotaque britânico à branquitude, sempre sentiu a necessidade de falar em voz alta e clara uma vez que estava implícito que os negros britânicos eram inferiores aos afro-americanos ou africanos ou caribenhos

em todo caso, isso podia explicar por que Dominique tinha adotado uma cadência americana no curto período em que estava com Nzinga (ah, Dominique!)

é porque nós somos, Amma respondeu, britânicas, todas somos, certo? embora estivesse instintivamente consciente de que não era sensato desafiar Nzinga

Nzinga respondeu no mesmo segundo que mulheres

negras precisam identificar o racismo onde quer que a gente o encontre, em especial o nosso racismo internalizado, quando estamos cheias de uma autoaversão tão profunda nos voltamos contra os nossos

de repente ocorreu a Amma que essa mulher podia ser uma oponente formidável, a energia que até então tinha irradiado calor se tornou radioativa rapidinho

Dominique, em geral tagarela e cheia das opiniões, estava alheia à tensão bilateral no quarto — duas fêmeas alfa perto de declarar guerra nuclear

ela se sentou ronronando do lado da amada

temos que ser vigilantes, Nzinga disse para as mulheres reunidas que pareciam hipnotizadas por ela, precisamos tomar cuidado com quem admitimos na nossa vida, disse, encarando Amma com ostensiva hostilidade agora, há mulheres entre nós que foram enviadas para nos destruir, racismo internalizado está em toda parte, minhas amigas (amigas *dela*?)

temos que ser vigilantes em relação a tudo, e todos

tendo dito o que queria, ela passou a ignorar Amma

temos que ser vigilantes com nossa linguagem também, ela continuou, vocês notaram que a palavra negro, por exemplo, sempre tem conotações negativas?

cabeças assentiram, para a consternação de Amma, qual é o problema delas?

Nzinga então se lançou nas implicações raciais de pisar num tapetinho de porta preto em vez de por cima dele, de não usar meias pretas (por que você ia pisar na própria gente?), e jamais use sacos de lixo pretos, ela instruiu, assim como mercado negro, humor negro, magia negra, ovelha negra, eu nunca uso calcinha preta, por exemplo, por que cagar em mim mesma? fico surpresa que vocês ainda não saibam disso

houve mais assentimentos com a cabeça, Amma continuou

tentando captar o olhar de Dominique, ela está falando sério? *você* está falando sério? porém Dominique estava preocupada demais sorvendo aquela cretinice

Amma tinha ouvido o suficiente, ela mesma ia ter que lidar com essa mulher, já que o cérebro das outras tinha virado mingau

não é um problema pra mim, disse, porque adivinha só, não cago na minha calça desde que parei de usar fraldas quando era criança

houve um murmúrio audível de riso suprimido no quarto, ótimo! estava quebrando o feitiço de Nzinga, que estava furiosa, não é hora de piadas vulgares, Amma, acho que você tem que ouvir "Redemption Song" do Bob Marley e se libertar da escravidão mental

Amma cogitou agradecer a Nzinga por avisar que ela era mentalmente escravizada, e disse que as pessoas africanas foram chamadas de negras muito depois de a palavra surgir na língua inglesa, então não havia sentido em impor retroativamente conotações racistas ao uso cotidiano do termo, e se fizer isso você vai enlouquecer e, sinto muito, enlouquecer todo mundo também

fico surpresa que você ainda não saiba disso

Nzinga levou um minuto para pedir licença, Dominique no encalço

Amma estava feliz de se livrar da horrenda *Cindy*

a antiga Dominique teria feito a mesma coisa no lugar dela

a nova Dominique tinha se tornado receptiva a qualquer bobajada que a rainha vodu matraqueava

como diabos isso tinha acontecido?

Amma esperava que a fase Nzinga fosse acabar quando a mulher voltasse para os Estados Unidos

ela *estava* voltando para os Estados Unidos, não estava?

no final do verão de amor das duas, Dominique (covardemente) disse a Amma por telefone que tinha levado um ultimato de Nzinga, ou ia para os Estados Unidos com ela ou a gente vai seguir caminhos diferentes, não me relaciono à distância, queriiida

Amma disse que ela estava louca, não vai com essa mulher, Dominique, não vai

mas tendo encontrado o amor verdadeiro, Dominique o seguiu até os Estados Unidos.

3

Nzinga era uma construtora abstêmia, vegana, não fumante, feminista radical lésbica separatista, morando e trabalhando em comunidades de mulheres nos Estados Unidos antes de se mudar, uma construtora cigana

Dominique gostava de beber e de umas droguinhas, era uma fumante lésbica feminista carnívora baladeira que produzia teatro feito por mulheres e morava num apartamento em Londres

logo virou abstêmia, não fumante, feminista radical lésbica construtora numa comunidade de mulheres chamada Lua Espiritual, que só autorizava lésbicas a morar ali

outras mulheres podiam visitar, homens adultos e meninos com mais de dez anos não podiam

o trabalho delas era ajudar a construir casas acessíveis a fim de atrair jovens mulheres para revitalizar uma comunidade que envelhecia

o cenário rural da Lua Espiritual com as paisagens e o espaço infinito era revigorante para Dominique em comparação com o ar poluído, as ruas sujas, a atmosfera frenética e os contornos duros de Londres onde a vida transcorria num ritmo tão acelerado que ela foi arrastada para o (como Nzinga salientou) turbilhão metropolitano masculino desde que tinha posto os pés em Bristol

as duas foram acomodadas numa cabana de madeira no ponto mais distante da propriedade, um canto idilicamente isolado onde podiam se aconchegar longe do mundo e tostar bolinhos no fogo da lareira

diante delas havia campos, havia uma faia, uma bétula e uma floresta de bordos

naquela primeira noite, Dominique estava empolgada demais para dormir, ela foi se sentar na varanda no escuro ouvindo os sons estranhos do campo

como Amma ousou negar essa experiência a ela? será que era inveja, como Nzinga suspeitou, dizendo que como tinha usurpado de Amma o posto de pessoa mais importante na vida de Dominique, Amma não conseguia lidar com isso?

verdade que Amma e ela tinham sido almas gêmeas sem o sexo e agora Nzinga era sua alma gêmea, absoluta, a deusa única, por que Amma não conseguia ver isso? e a grosseria dela no jantar tinha sido imperdoável, como podia ter distorcido as palavras de Nzinga quando ela só estava tentando ajudar todo mundo a entender como o racismo funcionava?

Nzinga era uma boa pessoa com um coração enorme

que tinha aterrissado na vida de Dominique quando ela estava saltando de uma namorada para outra e pronta para algo diferente

e bem quando estava cansada de gerenciar uma companhia de teatro onde passava tempo demais enviando pedido atrás de pedido de financiamento com míseros dez por cento de retorno

Amma na verdade não tinha levado em conta as reclamações dela, sempre lembrava que formavam uma grande dupla, Dom, olha só o que a gente conquistou sim, mas lá no fundo Dominique queria algo novo, uma aventura, mesmo que não tivesse verbalizado isso e não soubesse que forma ia assumir

os longos verões em Lesbos em que ela acampava na praia com centenas de outras lésbicas não eram mais tão encantadores depois de sete anos seguidos

as visitas dela a cidades europeias foram legais mas dificilmente satisfatórias, tinha estado na Guiana algumas vezes e sabia que não ia conseguir viver fácil e abertamente como lésbica ali, e não estava interessada em ensinar inglês como segunda língua em algum lugar no exterior, uma opção popular entre jovens de vinte e poucos anos

e aí o planeta Vênus trouxe Nzinga para ela na estação Victoria, o Grande Amor que Muda Tudo

na primeira semana na Lua Espiritual elas foram convidadas para um bufê na casa de Gaia, que era dona da propriedade, legada por ela a administradores para garantir que permanecesse uma comunidade de mulheres para sempre

era uma casa de fazenda de teto abobadado, mantas de patchwork, esculturas curvilíneas de corpos femininos, vasos de cerâmica, pinturas bucólicas e tapeçarias feitas pela própria Gaia penduradas nas paredes

não havia quaisquer imagens de homens

em lugar nenhum

foram lá para fora aproveitar a noite cálida, o gramado iluminado por tochas flamejantes fincadas no chão

o soprano límpido de Joan Baez, o alto triste de Joni Mitchell e os contraltos ricos, melodiosos de Joan Armatrading e Tracy Chapman emanavam do toca-discos na varanda

Dominique ouviu grilos, o som distante das corujas, o murmúrio das mulheres curtindo a companhia umas das outras, ficou fascinada e se sentiu uma viajante do tempo que tinha ido parar numa sociedade alternativa totalmente mágica

os rostos das mulheres eram bronzeados, saudáveis, aparentemente despreocupados, como se estivessem em paz consigo mesmas e umas com as outras

toda essa felicidade feliz pareceu estranha a Dominique à medida que se movia entre o grupo de estranhas que a cumprimentavam com entusiasmo genuíno

isso era um culto?

estava acostumada com londrinos descolados que lançavam um olhar crítico em sua direção antes de decidir se deviam perder o tempo deles conversando com você

o cabelo grisalho de Gaia estava apanhado num coque, outras usavam tranças largas embutidas ou corte militar, algumas mulheres negras preferiam a simplicidade das tranças nagô

elas usavam jeans e calças largas, camisetas e batas folgadas, coletes de pesca ou de alfaiataria, macacões e vestidos soltos, ninguém usava maquiagem nem salto alto

elas fabricavam a própria cerveja, tinham um vinhedo, umas poucas fumavam cigarros e maconha, Dominique ansiava por um peguinha relaxante, mas tinha prometido a Nzinga que aquilo era passado, concordando que um corpo envenenado era sinal de uma mente envenenada

as mulheres que viviam na comunidade vinham de todas as profissões, eram artesãs, chefs, professoras, fazendeiras, vendedoras, instrumentistas, havia até mesmo ex-donas de casa, muitas eram aposentadas

Dominique estava curiosa para saber mais

Gaia contou que tinha participado das lutas por inclusão

social e legal nos anos 50 e 60, decidindo enfim virar as costas para os homens, estava de saco cheio do patriarcado

quando herdou a mansão dos pais em Long Island, comprou esta fazenda

ela sentia falta dos homens?

nunca, as mulheres da Lua Espiritual tentam viver em harmonia, mesmo quando irrompem discussões, nós fazemos um círculo e tentamos resolver o assunto, as mulheres também podem escolher viver a centenas de quilômetros de distância até as coisas se acalmarem, uma rixa pode levar anos para ser neutralizada, no devido tempo há perdão, mesmo que restem cicatrizes

de tempos em tempos uma residente é forçada a ir embora devido a comportamentos inaceitáveis como violência ou furto, se uma mulher vira hétero e deseja se relacionar com homens tem que ir embora, se é celibatária ela pode ficar, uma vez tivemos uma mulher que foi pega trazendo homens de forma sorrateira para a propriedade à noite

ela teve que ir

Dominique disse que as mulheres pareciam muito descontraídas, não eram as castradoras que ela imaginou, ainda que não houvesse nada de errado com as castradoras, ela mesma tinha sido acusada de ser uma

não há necessidade de ser castradora aqui, Dominique (que nome bonito você tem), porque aqui não há homens, razão pela qual elas parecem serenas para você, podemos simplesmente ser nós mesmas, resgatando o Sagrado Feminino, nos conectando com a Mãe Terra, *protegendo* a Mãe Terra, repartindo nossos recursos, tomando decisões coletivas mas mantendo nossa privacidade e autonomia, autocurando o corpo e a psique femininos com ioga, artes marciais, caminhada, corrida, meditação, prática espiritual

o que quer que funcione para cada uma de nós

Dominique conversava livremente, se movimentando entre as mulheres à vontade, tão encantada com elas quanto elas com ela, uma mulher negra britânica, uma raridade por essas bandas, elas comentavam, claramente aprovando o que viam

ela estava acostumada, e gostava

Nzinga ficou sentada numa cadeira na varanda a noite toda, carrancuda, como resultado as pessoas se aproximavam dela com cautela, sempre que Dominique olhava via Nzinga monitorando cada movimento dela, mas isso não a impediu de se misturar, estava curtindo uma conversa com uma indígena norte-americana deslumbrante chamada Esther, que usava um macacão colado, que ensinava ioga *ashtanga* para mulheres na cidade, que esperava que Dominique aparecesse na festa de aniversário de sessenta e cinco anos dela

eu ia adorar, Dominique respondeu, cumprimentando Esther por estar tão magnífica na idade dela, quando Nzinga inesperadamente a cutucou no ombro

a gente tem que ir

sério?

elas foram andando para casa no escuro por caminhos que cortavam os campos, Nzinga à frente levando a tocha, Dominique se sentiu alegremente afastada da vida normal de Londres nesse lugar totalmente especial, ela estava ficando toda riponga também?

Nzinga ficou quieta por um tempo, então declarou é melhor se a gente não socializar mais, uma vez é o suficiente, estou aqui para ficar com você, não com elas, não tenho paciência para a amizade falsa das mulheres brancas e as lacaias delas, se elas te convidarem pras rodas de debate diga não, é um ardil pra descobrir coisas particulares e usar isso contra você em algum momento mais pra frente

lembra que a gente tá aqui pra trabalhar, só vai bagunçar

tudo se a gente misturar as coisas, e vai por mim, não acredite em toda essa baboseira de Mãe Terra, passei tempo suficiente em comunidades de mulheres pra saber que essas bruxas são tão malévolas quanto qualquer pessoa aí fora

por que estamos aqui se você é tão crítica em relação a elas? Dominique perguntou

porque não quero viver num mundo de homens

elas continuaram a falar e andar, o chão pedregoso estralando sob seus passos

comigo você está segura, Nzinga disse, embora Dominique não se sentisse particularmente insegura

comigo você está completa, Nzinga disse, embora Dominique não se sentisse incompleta

comigo você está em casa, porque a casa é uma pessoa e não um lugar

Nzinga disse que vinha pensando em renomear Dominique como Sojourner, um rebatismo feminista em homenagem a Sojourner Truth, a abolicionista, passando a narrar alguns fatos históricos, embora Dominique soubesse exatamente quem era a ativista lendária, como qualquer feminista negra de respeito sabia, e disse isso

ainda assim teve que ouvir a palestrinha

vai ser um despertar feminista do seu novo eu, Nzinga explicou, ter um nome mais apropriado que Dominique, tão feminino

eu gosto do meu nome

então fique com ele, vou te chamar de Sojourner de qualquer jeito, queriiiida

Dominique decidiu que Nzinga podia chamá-la como bem quisesse, ela não ia atender por Sojourner nem por qualquer outro maldito nome, Nzinga estava dando sinais de ser um pouco esquisita, talvez Amma tivesse razão quando a alertou, não vá para os Estados Unidos com essa mulher, Dom, você vai se arrepender

a luz da varanda da cabana de madeira emergiu na escuridão, Nzinga disse que o escuro não era algo a ser temido quando se estava numa região ocupada só por mulheres

Dominique pensou que estupradores e assassinos em série não precisavam ser neurocirurgiões para transpor uma cerca alta e chegar às suas presas

elas acenderam velas no quarto, fizeram amor, Nzinga disse que era assim que estabeleciam a conexão mais profunda entre elas, Dominique concordou, sexo com Nzinga era uma experiência inteiramente prazerosa na qual Nzinga era quase sempre a parte ativa, o que ela descobriu que gostava, em oposição à realidade mais igualitária do passado sexual dela, que agora parecia insuficiente, embora não enquanto acontecia

quando mais tarde ficaram acordadas deitadas nos braços uma da outra, Dominique se sentiu completa, ou ao menos mais completa

Nzinga encarou as vigas baixas do teto de madeira e disse que Dominique havia conquistado o direito de ouvir mais a respeito da vida dela, começando por Roz, a primeira parceira de Nzinga, agora que estava claro que elas iam passar o resto da vida juntas

Dominique pensou que era prematuro

uma vida inteira estava a uma distância imensa no futuro desconhecido

quando você ainda está na faixa dos vinte

é cedo pra falar em futuro, Nzinga

ela quis dizer

foi numa comunidade de mulheres no Oregon onde Nzinga conheceu Roz, que ela pensou que fosse o amor da sua vida, uma mulher branca mais velha que lhe mostrou que as mulheres eram bem mais felizes sem os homens

Roz construía tudo, de barracões de jardim a casas na árvore, de cabanas a casarões e celeiros, Nzinga era sua aprendiz

nos primeiros anos ela se sentiu querida, abençoada

era uma existência bem idílica, trabalhando juntas durante o dia, se amando à noite, até ela descobrir que Roz era uma alcoólatra que nunca se recuperou e que mantinha isso em segredo, o que veio à tona quando Nzinga encontrou o esconderijo secreto de gim de Roz, ao qual ela recorria enquanto Nzinga dormia

depois da primeira discussão, nada do que Nzinga fazia ou deixava de fazer estava certo

elas brigaram, primeiro verbal, depois fisicamente, enfeites foram destruídos, mobília virada, cortinas arrancadas, vidros das janelas quebrados, uma noite Roz foi levada às pressas para o hospital, um osso quebrado, concussões sem importância, nada mais grave, nada letal

as (todas elas brancas, claro) mulheres da comunidade culparam Nzinga, disseram que era o suficiente e que era hora de ela ir embora, o que era profundamente injusto

ela foi despejada de forma insensível, reuniu seus pertences numa única mochila, foi escoltada até os portões e expelida no mundo exterior

levou anos para superar a injustiça daquilo

Nzinga pegou a estrada, trabalhou em comunidades de mulheres na costa leste, se recuperou emocionalmente, teve alguns relacionamentos que acabaram mal quando as pessoas revelaram quem eram de fato, decidiu sair em busca da verdadeira alma-irmã dela, o que levou anos

tive que viajar para Londres para achá-la

você — Sojourner

Nzinga virou o rosto para Dominique, travesseiro com travesseiro, cobriu as bochechas dela com suas mãos grandes e fortes em concha

agora que me abri pra você, vamos concordar em não manter nenhum segredo entre a gente daqui em diante, quero saber tudo de você e você vai saber tudo de mim

certo?

Dominique assentiu, consciente, no entanto, de que mover a cabeça de um lado para o outro era praticamente impossível porque ela estava presa no aperto de ferro das mãos de Nzinga, não mais cálido e romântico, mas mecânico

você ainda me ama?

mais do que nunca, Dominique respondeu de forma sincera, admirando ainda mais Nzinga pela sinceridade e pela força que a levou a superar as provações

estava agradecida por uma mulher assim a ter escolhido

ou melhor

como disse Nzinga, o amor as escolheu.

4

Alguns meses, e o amor que as tinha escolhido começou a ficar cada vez mais tumultuoso

discutiam mais do que Dominique jamais havia discutido na vida, e a tal ponto que ela passou a imaginar qual seria a verdadeira história por trás do término de Nzinga com Roz

Nzinga nunca se via como menos do que perfeita

o seu problema, Sojourner, é que você costumava guiar em vez de ser guiada, ela diria, não esqueça que você é minha aprendiz — na construção de casas, em viver uma vida verdadeiramente lésbica--feminista-separatista-radical, em manter distância do inimigo, em viver sem toxinas químicas, em viver do solo e no solo, realmente não vai funcionar se você insistir em me desafiar o tempo todo

quando foi que a nossa história de amor virou uma aprendizagem? eu mesma sou uma líder, não sou?

ah, mas essa é mesmo você? Nzinga desafiava, com frequência no meio da noite quando Dominique estava desesperada para dormir e elas já tinham discutido por horas, e justo quando ela caía no sono Nzinga a sacudia até ela acordar e se punha a repassar os mesmos pontos de novo

e se você parar de fingir que é uma garota durona e só *ser*?

e se você descobrir quem realmente é lá no fundo?

e se você se permitir o luxo de ser cuidada — totalmente?

os sentimentos de Dominique eram conflitantes, Nzinga ainda era gloriosa, ainda era magnífica, ainda era o objeto de sua paixão, ainda era alguém que ela achava que queria o melhor para ela, que a tinha resgatado de Londres

como era lembrada com frequência

quando as coisas iam bem, Dominique sentia um amor arrebatador que realmente podia durar para sempre

quando não iam, se perguntava o que estava fazendo com alguém que queria controlar cada mínimo detalhe da vida dela, inclusive a mente

por que Nzinga achava que o fato de ela estar apaixonada significava que tinha que abrir mão da independência e se submeter totalmente?

isso não era ser como um homem chauvinista?

depois de um tempo Dominique se sentia uma versão alterada de si mesma, a mente enevoada, emoções primitivas, as sensações intensificadas

curtia o sexo e o carinho — lá fora nos campos quando o verão chegou, nuas no calor com todo o atrevimento, sem se preocupar se alguém ia aparecer, era o que Nzinga chamava de cura sexual de Dominique, como se ela estivesse sofrendo terrivelmente quando a conheceu

Dominique deixou passar

queria falar sobre isso com amigas, com Amma acima de tudo, ou com as mulheres da Lua Espiritual, ela precisava de uma ouvinte, não ia acontecer, Nzinga as mantinha à distância, armou o maior barraco quando Dominique fez contato ou amizade com as mulheres com quem trabalhavam

concluiu que não valia a pena, e embora tenha mandado três cartas para Amma, ela nunca respondeu, ainda que Dominique recebesse respostas dos parentes e dos irmãos

Amma ainda estava zangada por ter sido abandonada junto com a companhia?

quando uma vez deu a entender que iria fazer uma ligação de longa distância para Amma da agência dos correios na cidade, Nzinga mergulhou num pânico terrível por dias

era um sinal de que estava sendo rejeitada por Dominique que nunca mais mencionou o assunto.

5

Antes de chegar à Lua Espiritual, Dominique, ingênua, tinha pensado na construção civil de um ponto de vista puramente romântico; imaginou seu corpo magro, comprido e muito admirado se tornando ainda mais torneado, flexível e forte se o usasse como a natureza tinha planejado — trabalhando ao ar livre, fazendo um exercício físico extenuante, curtindo uma camaradagem com suas colegas construtoras, ficando suada e cheia de poeira e ansiando por um banho no final do dia antes de se sentar diante de uma refeição saudável o trabalho seria simples, vigoroso e benéfico

bom, não foi bem assim que a coisa funcionou

nunca tendo levantado nada mais pesado do que objetos de palco, achou oito horas diárias de trabalho físico inacreditavelmente extenuantes, as juntas dela doíam e nunca tinham tempo de sarar, as mãos macias e elegantes cobertas de bolhas, dilaceradas e ásperas, mesmo dentro de luvas de proteção, e ela precisava usar um capacete que não mantinha o sol longe do rosto

ela se imaginou no futuro: praticamente aleijada, cheia de calos, com um rosto tão curtido quanto o de um velho pescador

Dominique concluiu que não tinha nascido para um trabalho desse, ao contrário de suas colegas que eram como casas de tijolos, inclusive Nzinga

elas eram as sapatões, não ela, e ainda que fosse (nunca sentiu necessidade de se rotular) ficou claro que as sapatões norte-americanas eram totalmente superiores às britânicas no Universo das Sapatões

Dominique se sentia bem sapatilha ao lado delas

no começo da segunda semana de trabalho, ela se recusou a sair da cama porque parecia que suas costas estavam quebradas, sim, quebradas, ela disse a Nzinga, parecendo dramática, triste, chorosa, até que Nzinga prometeu funções mais leves para ela porque eu preciso cuidar do meu amorzinho, né?

depois disso as funções de Dominique envolveram tarefas menores como martelar pregos, grampear isolamento em estruturas de madeira, pintar, decorar e providenciar café e lanche várias vezes por dia

em casa, Nzinga insistia em limpar ela mesma o chalé, porque queria ter certeza de que estava tão livre de ácaro quanto possível

Dominique não objetou, já que a ideia dela de trabalho doméstico se resumia a agitar um espanador sobre várias superfícies enquanto saltitava pelo cômodo

Nzinga também insistia em preparar todas as refeições porque só ela sabia como estabelecer o equilíbrio nutricional correto para que elas mantivessem a saúde perfeita, coisa com que Dominique não teria se importado, porém Nzinga cozinhava sem sal, banido da casa, e temperos, que Nzinga dizia que perturbavam tanto o estômago quanto as emoções

comer se tornou tanto uma provação desagradável quanto uma performance de apreciação

Nzinga também lavava as roupas de Dominique, à mão, porque sou escrava do meu amor por você, ela disse em tom de piada, ou talvez não, apesar de Dominique protestar dizendo que queria lavar a própria roupa íntima, sobretudo aquelas manchadas com sangue menstrual

Dominique começou a se arrepender de deixar Nzinga fazer tudo e tomar decisões por ela

começou a ansiar por fazer ela mesma as tarefas domésticas, ansiar por cozinhar, por limpar, por ter um trabalho que fosse mais exigente do ponto de vista intelectual

sua vida começava a não ter outro propósito a não ser amar Nzinga de forma incondicional e obedecer a ela cada vez mais

até as coisas mais simples se tornaram uma fonte de dificuldades

era mesmo sua culpa que homens a encarassem na cidade quando usava bermudas (na altura do joelho) e camisetas folgadas (sem mangas)

ela realmente precisava se cobrir em vez de "se vestir de forma provocativa" como Nzinga a acusava de fazer

por que tinha que usar o cabelo (em geral uma mescla

afro-caribenha grossa e ondulada) quase raspado, cortado pela própria Nzinga com a maquininha que ela comprou só para isso?

por que não devia conversar com a padeira gentil da comunidade, Tilley, quando ia buscar pão de manhã?

porque as mulheres que parecem as mais legais são as mais passivo-agressivas e no final das contas as mais perigosas porque elas vão ficar entre a gente, você não percebe que as pessoas querem sabotar nossa linda história de amor?

e por que ela não devia ler os livros de escritores homens que pegava na biblioteca da cidade?

você não pode viver uma vida mulherista e ter vozes masculinas na cabeça, Sojourner

isso não faz sentido, é levar as coisas longe demais

por que você não cala a porcaria dessa boca?

elas estavam sentadas na cama, era madrugada de novo, Nzinga falava das ex-namoradas de Dominique há horas, assunto que vinha à tona de tempos em tempos, dessa vez tentava convencer Dominique de que elas foram apenas brinquedinhos que não significaram absolutamente nada

Dominique estava de saco cheio de tentar convencer Nzinga que ex-namoradas não eram uma ameaça ao atual relacionamento das duas, já tinha dito muitas vezes que o amor que sentiu por algumas delas não era nada comparado ao que sentia por Nzinga, sem se dar conta de que admitir qualquer tipo de amor pelas ex era inaceitável

ela queria sair do quarto, ir dormir em outro lugar na cabana, ou na varanda, qualquer coisa para escapar da voz monótona de Nzinga; impossível, Nzinga ia segui-la porta afora e continuar, algumas vezes até o amanhecer

eram todas mulheres brancas, não ia mesmo durar muito

fui eu que terminei com todas, era verdade, ela era a que abandonava, nunca a abandonada

o que estou dizendo é que só uma mulher negra pode de fato amar uma mulher negra

certo, desisto, vamos apagar a luz e dormir

não quero que você desista, quero que mude, que entenda meu raciocínio num nível mais profundo e o aceite como a verdade.

6

Quase um ano depois do dia em que Dominique chegou à Lua Espiritual, houve uma batida na porta da cabana num final de tarde

Nzinga estava cozinhando, Dominique tinha se deitado no sofá observando as nuvens se moverem no céu

era Amma de pé na frente dela, contente por ver Dominique

puta merda, Dominique gritou, era tão bom ver ela, as duas colidiram num abraço

eu estava tão preocupada com você, Dom, um cartão-postal quando chegou e só, você nunca respondeu as minhas cartas

que cartas? Dominique estava prestes a dizer quando Nzinga surgiu atrás dela e perguntou por que ela tinha convidado *esta pessoa?*

ela não tinha, Dominique respondeu, se encolhendo, não é ótimo que a Amma esteja aqui?

Nzinga ficou quieta, voltou para a cozinha, continuou a cozinhar

sem se abalar com a grosseria de Nzinga, Amma marchou pelo cômodo principal que combinava sala de estar e cozinha e o inspecionou como se esperasse ver cadáveres pendurados nas vigas em ganchos de açougue jogou a mochila no chão, se atirou no sofá, estou desidratada, Dom, me dá uma tônica com gelo e pode pôr vodca também, você sabe como funciona

Dominique teve que explicar que a casa era uma zona livre de álcool, enquanto servia para Amma água filtrada de um jarro

desde quando, Amma perguntou (com aquela cara)

Nzinga criou uma tensão palpável enquanto preparava em silêncio um ensopado espesso de feijão e cogumelo com alho, que serviu com pão integral

na mesa de jantar de madeira — um banco de cada lado

Nzinga olhou para baixo, para seu prato, enquanto comia, Dominique sabia que Amma tinha achado a comida insossa e intragável, ela pediu sal, não havia sal

a essa altura Dominique tinha quase se habituado a uma dieta sem sal e sem tempero, o desejo inicial tinha sumido, as expectativas do apetite dela tinham se ajustado

ela perguntou a Amma de todo mundo em Londres, ansiosa por saber das fofocas, cuidadosa para não demonstrar afeto por aqueles que tinha deixado lá, ou arrependimento por estar longe deles

Amma disparou algumas perguntas sobre a vida na Lua Espiritual

Dominique disse que elas trabalham no canteiro de obras cinco dias por semana, às vezes seis, passam as tardes ali, quase sempre exaustas, Nzinga cozinha alguma coisa incrível no final da tarde, em geral início da noite, nos fins de semana elas saem para fazer compras e para caminhar, elas têm uma horta que precisa de cuidados, leem livros — de escritoras mulheres, claro, de preferência feministas, às vezes veem um filme na cidade, vão embora caso seja ofensivo

ela queria acrescentar — é meio como nós duas nos primeiros anos do teatro, Amma, embora a gente nunca tenha saído de uma apresentação que nos ofendesse sem protestar, ela não disse isso, Nzinga ia se sentir diminuída, Dominique ia ser acusada de dar mais valor à história combativa de protestos com Amma do que às saídas relativamente passivas da sala de cinema

Dominique respondeu às perguntas de Amma, não, elas não se misturavam com as outras mulheres da comunidade, preferiam não se envolver, e, sim, a vida era tranquila, como elas gostavam, era perfeita, isso é o que ela era, perfeita

enquanto falava, Dominique ficou constrangida por quão patética e puritana a vida dela parecia, quão desprovida dos acontecimentos de Londres, os dramas intermináveis dos relacionamentos e a cena de mulheres, os altos e baixos de administrar uma companhia de teatro, a cidade em si, a política, as manifestações contra Maggie Thatcher, protestos contra o Artigo 28, marchas do movimento Reclaim the Night, fins de semana passados no Campo de Paz para Mulheres de Greenham Common, os amigos criminosos envolvidos em esquemas de talões de cheques "perdidos", que forravam as sacolas de compras com papel-alumínio para evitar os detectores e alarmes das lojas de departamentos, que pulavam as catracas do metrô e que sempre furavam o sinal vermelho

aquilo parecia tão distante, tão longe

Amma a teria questionado e desafiado em tudo se soubesse detalhes do ano que passara com Nzinga

ela era sua ouvinte, sua profetisa, sua defensora Número Um

Nzinga só olhou para cima quando terminou de comer, vou para a cama, levou a tigela de cerâmica até a pia de metal e antes de chegar lá a arremessou com tal força que ela se espatifou e cacos voaram

passou rápido por Amma enquanto marchava em direção ao quarto, Sojourner, você vem?

quem é Sojourner? Amma perguntou enquanto Dominique
dava um pulo

Dominique não respondeu enquanto saía da sala

eram sete da noite

na manhã seguinte Dominique viu uma chance de se sentar
com a amiga nos degraus do lado de fora enquanto Nzinga estava
no banho

ela leva dez minutos, Dominique disse, olhando para trás
com nervosismo, é um ritual de que ela não vai abrir mão, mesmo
com você aqui

Amma sugeriu que elas dessem uma volta longe do hospício,
Dominique disse que a varanda ia ter que servir, de outro jeito
Nzinga ia suspeitar

suspeitar do quê?

7

O campo de azevém diante da cabana naquela manhã era
do verde mais vívido e se estendia a perder de vista até o limite da
propriedade

uma floresta de pinheiros era visível à distância, o céu de um
azul divino, sem nuvens

Dominique estava orgulhosa de mostrar a vista para Amma,
que conhecia muito bem o apartamento dela em Londres, com
janelas que davam para os fundos de um pub de paredes escuras
e tubulações barulhentas

Amma com certeza ia se convencer de que ela tinha feito a
escolha certa em pelo menos um aspecto — isso é o paraíso, certo?

Amma resmungou alguma coisa sobre o lugar certo com a
pessoa errada e reclamou da xícara horrenda de "café" de dentes-

-de-leão que foi forçada a beber como se a substância verdadeira fosse proibida, e agora estava com uma dor de cabeça latejante devido à falta de cafeína mal e mal contida pelos analgésicos que Nzinga a flagrou tirando do invólucro de plástico no café da manhã, antes de começar a repreender Amma por trazer drogas para dentro da casa dela

as únicas palavras que ela me disse até agora, Dom

elas ficaram ali sentadas por um momento, absorvendo aquilo, Dominique se perguntando quando Amma ia começar

ela não desapontou, logo se pôs a falar da amiga enfeitiçada pela Malévola Cindy e ela sabia que aqueles gurus de cultos controlavam os seguidores cortando o contato deles com a família, amigos, colegas, vizinhos, qualquer um que pudesse intervir e dizer ei, o que está acontecendo aqui?

vou organizar uma tentativa de resgate, Dom, um grupo de amigos de Londres que vão descer como um esquadrão aéreo altamente treinado e resgatar você da Cindy Doida Pirada

ela riu, Dominique não

estou curtindo esse tempo, Ams, estou experimentando um novo jeito de viver, um novo jeito de existir, Nzinga está me mostrando como viver uma vida realmente mulherista, a energia masculina é prejudicial, Amma, o patriarcado é divisor, violento e autoritário, a misoginia está tão inconscientemente enraizada que consigo entender por que mulheres desistem de tudo para sempre, é tão extraordinário aqui, tão libertador não ter que lidar com a opressão masculina diariamente

sempre achei que você gostasse dos homens, Dom, até amamos aqueles que são mais próximos de nós, podemos entender o patriarcado (aliás, valeu por me explicar como a coisa funciona), mas vemos os homens como indivíduos, não vemos? você nunca foi separatista nem misândrica, o que aconteceu com você?

não aconteceu *nada*, a voz de Nzinga explodiu acima delas, ela estava há algum tempo de pé atrás das duas

ela enfiou uma perna molhada e musculosa entre as mulheres, depois outra, separando as duas fisicamente — elas estavam de braços colados

Nzinga se estatelou no espaço que tinha criado, estava usando uma toalha, ainda pingando água, começou um discurso segundo o qual todos os homens eram em última instância cúmplices de um sistema patriarcal que possibilitava a mutilação genital feminina e considerando que a genitália das mulheres está sendo trucidada em escala global em nome da cultura ou religião ou o que quer que seja, por que não fazer o mesmo com homens que são responsáveis pela maior parte da violência sexual no mundo? armazene o esperma deles quando são adolescentes viris e depois castre os cretinos

Nzinga se apertou contra Dominique, um braço em volta do pescoço dela

pareceu mais um estrangulamento

do que um sinal de afeto

Amma se levantou, entrou na casa, guardou suas coisas no mochilão, voltou e ficou de pé na frente delas

vou indo, vou para casa, *sua* casa também, Dom, vem comigo

Dominique não precisava de resgate, ela sacudiu a cabeça

Nzinga a puxou para mais perto, lhe deu um beijo estalado na bochecha, boa menina.

8

Depois que Dominique e Nzinga tinham concluído dez novas propriedades na Lua Espiritual, Nzinga chegou a um acordo com Gaia para ficarem na casa até conseguirem arranjar um contrato em outro lugar

não havia nada a fazer a não ser passar o dia inteiro juntas

a essa altura Dominique deveria ter saído de fininho porque a relação já era irreparável, mas se viu incapaz de tomar uma decisão tão grande quando tinha perdido a capacidade de tomar até mesmo as menores, como o que comia e vestia, e com quem podia conversar

ela foi ficando presa no casulo desesperador da paranoia crescente de Nzinga

essas mulheres aí fora querem destruir a nossa linda história de amor, Sojourner

Nzinga estava sempre do lado dela quando topava com outras mulheres, então não podia realmente conversar com elas à vontade ou ia ser repreendida mais tarde por dizer a coisa errada

até mesmo as excursões matinais para pegar pão com Tilley provocavam outra discussão inflamada que durava a noite toda, depois de Nzinga segui-la, analisar sua linguagem corporal à distância e concluir que elas tinham flertado

Nzinga anunciou que ela mesma ia pegar o pão de agora em diante, também ia sozinha à cidade fazer as compras semanais por causa de um suposto comportamento que Dominique teria perto dos homens, e não, não vou te trazer nenhum chocolate como agradinho, é ruim pra você, e ela precisava *mesmo* ir ao dentista (que era homem) ou era só uma desculpa?

o dia em que Nzinga socou o braço de Dominique foi o dia em que ela pensou em ir embora, concluiu que tinha sido um caso isolado, descobriu que não era quando um único soco evoluiu para vários socos

Dominique não queria contribuir para aumentar a agressividade de Nzinga batendo também, até confessar para si mesma que não tinha esse impulso, ela era genuinamente não violenta quando tentava sair às pressas de casa para escapar durante os bate-bocas, Nzinga bloqueava a porta com seu tamanho imponente, uma perna de cada lado, mandava ela se sentar numa cadeira e respirar fundo, Sojourner, respira fundo, se liberta dessa energia negativa, o mundo lá fora é perigoso

o dia todo a voz de Nzinga saía como que de um megafone direto na consciência de Dominique, retumbante, martelando, ela passava muito pouco tempo sozinha, esqueceu como se ficava sozinha, dormia até tarde e ia para a cama cedo, odiava ficar lá fora na luz brilhante e implacável do sol

quando não estava dormindo, estava fitando o espaço

era uma manhã de sábado, Nzinga estava a caminho da cidade na caminhonete para fazer as compras da semana, dizendo que ia ficar fora o dia todo — um teste, ela em geral voltava depois de poucas horas e se esgueirava até a cabana para ver o que Dominique estava aprontando

dessa vez, assim que ela saiu, Gaia apareceu do lado de fora da casa em sua mobilete, como se estivesse estacionada em algum lugar esperando Nzinga ir embora; Dominique ouviu o motor primeiro, ninguém jamais passava ali, quem será que era?

ela viu Gaia caminhando até a cabana

Gaia disse, estamos preocupadas com o que vem acontecendo aqui, você não é a mulher que era quando chegou, não é vista há mais de um mês, está tudo bem?

tudo legal, Dominique respondeu, parada na porta, sem ousar abrir muito

Gaia a encarou com a experiência e a sabedoria de quem passou toda a vida adulta cercada apenas por mulheres, sentou nos degraus

Dominique, vem aqui sentar comigo

sabemos como ela é, Gaia disse, todas nós conhecemos a ira dela, a irracionalidade, sua animosidade contra o mundo, contra nós, você pode se abrir comigo

Dominique resistiu, não queria dizer nada, ia ser uma traição muito grande com Nzinga que insistia na lealdade total enquanto beliscava o braço dela com tanta força que deixava uma marca assim ela ia lembrar de nunca e eu disse *nunca* dizer nada para ninguém a meu respeito ou a respeito do nosso relacionamento

você pode se abrir comigo, Gaia repetiu, colocando a mão com suavidade na de Dominique, transmitindo uma força compassiva, até Dominique abrandar e admitir para Gaia, e para si mesma também, que, sim, estava presa num relacionamento com uma mulher violenta

traindo Nzinga, estava afinal sendo verdadeira consigo mesma

Gaia a confortou, a gente vai te ajudar a sair dessa, certo?

sério?

você tem algum recurso?

ela nunca chegou a colocar meu nome no que deveria ser uma conta bancária conjunta, e eu pedir a minha parte das nossas economias ia ser o equivalente a dizer que estou indo embora e aí não sei o que poderia acontecer

posso te emprestar o suficiente pra você se organizar, pra onde você quer ir, voltar pra Inglaterra?

na verdade não, pelo menos ainda não, não consigo encarar a humilhação e queria ver mais dos Estados Unidos

tenho amigas em West Hollywood que vão te receber por um tempo até você ter algum plano, me pague quando puder, está com seu passaporte?

Nzinga guarda ele para mim — sei onde é o esconderijo dela

a gente vai aparecer mais ou menos nesse horário no próximo sábado

pra te levar pro aeroporto.

9

Levou anos até Dominique parar de se martirizar por ter ficado com Nzinga por tanto tempo — quase três anos, *três* anos

como ela pôde ter sido tão fraca se tinha sido tão forte, e era forte de novo depois de ir embora?

felizmente voltou ao *eu* que tinha perdido

depois da Lua Espiritual, ficou com as amigas advogadas de Gaia, Maya e Jessica, que na tarde em que chegou lhe deram as boas-vindas com uma refeição de saladas frescas e um quartinho amarelo tranquilo na parte de trás da propriedade chique com vista para o pomar de laranjas e limões

naquela primeira noite Dominique se sentiu desorientada, Nzinga ainda ocupava seus pensamentos, na verdade os ocupou ilegalmente por um bom tempo

tinha pesadelos frequentes com Nzinga entrando pela janela do quarto brandindo a faca de caça que estava com ela quando as duas se conheceram, que guardava embaixo do colchão

no dia seguinte Maya e Jessica perguntaram o que ela queria jantar, Dominique não estava acostumada a ter escolha, levou séculos ponderando; no final cederam aos desejos dela e fizeram um churrasco com várias carnes, hambúrguer, coxa de peru, linguiça, lombo e costeleta e bife de cordeiro — com salada

depois de algumas mordidas ela acabou correndo para o banheiro para vomitar, voltou e pegou a salada naquela noite ela ficou acordada até tarde com as duas mulheres que tinham se conhecido na escola de arte e trocado suas carreiras de artistas empobrecidas para seguir no direito corporativo, desistiram de sentir satisfação com a profissão para ganhar muito dinheiro trabalhando dezoito horas por dia, o que acabou com a criatividade delas

o plano era se aposentarem aos cinquenta, ressuscitar os eus artísticos, se não fosse tarde demais

ficaram encantadas de ouvir sobre o teatro e a vida noturna em Londres, admiravam o fato de que ela e Amma tivessem escolhido um caminho criativo ainda que financeiramente instável, ainda que elas provavelmente nunca fossem se aposentar ou ter uma casa própria

Dominique se sentava com as duas tarde da noite no jardim cálido e arborizado bebendo um vinho delicioso

era como se o efeito de um sedativo estivesse passando e ela se sentiu ressurgindo com toda a energia

estava elétrica, chapada, estava voltando à vida.

10

Dominique se apaixonou pela Costa Oeste, assumiu um casamento de conveniência com um homem gay, auxiliada por Maya e Jessica que emprestaram o dinheiro

o sotaque britânico dela era um enorme atrativo em sua relação com os norte-americanos, ele a valorizava, assim como seu visual de modelo (tinham lhe falado isso com frequência) e estilo de motoqueira descolada, as lésbicas em especial queriam ajudá-la, abrir portas para ela, fazer parte daquilo que achavam que ela representava

Maya e Jessica permitiram que ela morasse com elas pagando pouco durante alguns anos até se firmar

seu primeiro emprego foi na administração de uma produtora de filmes, um trampolim para se envolver com eventos de arte performática

se sentiu abençoada por poder se estabelecer rapidamente, e quando tudo estava nos eixos convidou Amma para ir visitá-la

que nunca disse um sincero eu te avisei

Dominique também participou de um grupo semanal de orientação para mulheres sobreviventes de abuso doméstico

à medida que as semanas passavam ela ouviu pessoas compartilhando suas histórias e tendo epifanias que mudavam uma vida

quando aceitou o desafio, descobriu que era mesmo catártico

entendeu que, como a mais velha numa família de dez, teve de ser mãe dos mais jovens enquanto ela mesma era privada de cuidados

logo que nasceu a mãe ficou grávida de outra criança, e todo bebê recém-nascido precisa da total atenção da mãe

Dominique descobriu que tinha se sentido atraída por Nzinga porque inconscientemente estava procurando uma mãe

depois o que era maternal se transformou em infernal, e Mamãe se transformou em Papai, como contou a Amma, que discordou e disse que isso tinha a ver com má sorte e não com questões mal resolvidas da infância, você está ficando americana demais, Dom

Dominique manteve contato com Gaia até a morte dela, ela escreveu que Nzinga havia sido expulsa da comunidade assim que Dominique partiu, havia percorrido a propriedade furiosa tentando descobrir para onde "Sojourner" tinha ido, ameaçando pessoas e estilhaçando janelas

a polícia foi chamada, as mulheres não prestaram queixa
fica tranquila, ela não sabe onde você está

Dominique ainda passou anos tendo pesadelos com Nzinga
vindo até ela no meio de uma multidão ou jogando o carro em
sua direção enquanto atravessava uma rua ou aparecendo num
local público, até mesmo durante o discurso de abertura do Festival de Artes para Mulheres que fundou depois de alguns anos em
Los Angeles

Nzinga ia repreender Dominique pelo abandono quando
tinha sido tão gentil em tomá-la como aprendiz, mostrando como
ser totalmente mulherista num mundo misógino

eu te dei tudo, *tudo*, você não seria nada sem mim, Sojourner, *nada*

muito tempo depois, Dominique soube que Nzinga tinha
morrido uns doze anos depois que ela a deixou

a última namorada dela, Sahara, se apresentou para Dominique no festival, ela começou a namorar Nzinga num retiro
espiritual de mulheres negras no Arizona

ela falava um bocado em você, Dominique, ouviu falar
do sucesso deste festival e tomou para si todo o crédito, ela era
a sua mentora e ensinou tudo a você, ela disse, você usou ela
sem nem agradecer, sem reconhecimento público, sem nenhum
pagamento com juros pelo grande investimento no seu desenvolvimento pessoal, ela planejava vir a Los Angeles pra confrontar
você, mas nunca era o momento certo

hoje eu acho que ela estava assustada porque a pessoa que
ela pensou que fosse fraca tinha se tornado poderosa

eu embarquei totalmente na história que ela contava sobre
você até que em poucos meses de relacionamento ela começou a

me tratar como discípula em vez de namorada, se tornou possessiva, agressiva e começou com joguinhos mentais

eu estava nos meus vinte anos, ela nos cinquenta

ela não me queria fora da vista dela, dizia que eu devia ser grata por ela ter me salvado, do quê? vai saber, nunca consegui uma resposta que fizesse sentido

em um ano eu estava pronta para deixá-la, quando ela teve um AVC, ficou imobilizada e eu não pude fazer isso

ela estava totalmente sozinha no mundo exceto por mim — sem casa, amigos, sem família a quem recorrer, disse que todo mundo sempre a abandonava

quando ela morreu, me senti livre

ao ficar sabendo da morte da ex-namorada, Dominique se sentiu igualmente livre, triste também por a vida de Nzinga ter mesmo sido uma vida de abandono

e ela não ter sido capaz de ver que a culpa, uma vez que se tornou adulta, era dela

Dominique conheceu Laverne no grupo de apoio, como as duas únicas lésbicas elas gravitaram uma em direção à outra

Laverne era uma mulher afro-americana que gostava de passar despercebida, que falava de forma suave e pensava de forma profunda

original de Oakland, agora em Los Angeles como técnica de som, sua ex-namorada tinha sido violenta

ela a deixou na terceira vez que foi parar na emergência

Dominique achou Laverne agradável e uma boa companhia, ela tinha estudado relações internacionais, tinha lido bastante e nutria um interesse apaixonado por temas atuais

Dominique começou a expandir suas leituras para além da

literatura de autoras mulheres, para livros de não ficção sobre o mundo em geral

elas podiam passar horas discutindo as consequências da queda do Muro de Berlim e a derrocada da União Soviética

ou a guerra matrimonial que se desenrolou na mídia entre a princesa Diana e o príncipe Charles

ou as guerras no Oriente Médio, ou os tumultos em Brixton e Los Angeles

ou a relação entre mudança climática e capitalismo

ou as histórias da África, Índia, Caribe e Irlanda pós-colonial

a amizade delas se aprofundou com o tempo e um dia se tornou física

elas respeitavam a vontade uma da outra e não faziam exigências

elas foram namoradas por quatro anos antes de ir morar juntas, mesmo assim Dominique ficou preocupada que o equilíbrio do relacionamento — antes elas se viam várias vezes por semana, agora iam se ver todos os dias — perdesse a estabilidade

não perdeu

elas queriam filhos, adotaram bebês gêmeos, Thalia e Rory, cujos pais tinham sido mortos num tiroteio entre gangues

se tornaram uma família, se casaram quando se tornou legalmente possível

Dominique se mudou para os Estados Unidos há quase trinta anos

considera o país a casa dela.

II

Carole

1

Carole
atravessa a estação Liverpool Street com seus vidros intergalácticos e teto de aço sustentado por imponentes colunas coríntias
está a caminho das escadas rolantes e das janelas altas que deixam entrar o brilho sagrado do sol da manhã
ela passa por baixo do quadro de horários com a listagem das partidas e chegadas
divulgadas através do brilho alfanumérico, o texto mudando e se atualizando enquanto os anúncios das caixas de som agrupadas abaixo informam aos passageiros os números das plataformas e detalham todas as estações nos trajetos até os destinos finais
onde esse trem vai parar
e os vários atrasos devido ao vandalismo nos trilhos ou folhas na linha ou sol na linha ou um corpo debaixo de um trem
que *falta* de consideração, não com ela
escolher se jogar na frente de uma besta de ferro mecânica

que pesa milhares de toneladas e acelera a uma velocidade máxima de duzentos e vinte e cinco quilômetros por hora?

escolher um fim tão brutal e dramático

Carole sabe o que leva as pessoas a tamanho desespero, sabe como é parecer normal mas se sentir oscilando

só a um salto de distância

das

multidões amontoadas nas plataformas que trazem esperança suficiente no coração para continuar vivendo

oscilando

só a um salto de distância da

paz

eterna

atualmente, no entanto, ela se sente bem viva, bem "ansiosa", como eles dizem no trabalho, para a próxima "janela de oportunidade"

atualmente ela é uma animada integrante da orquestra cacofônica da estação mais movimentada de Londres com cerca de 150 milhões de pares de pés vivos por ano, a convergência anônima de passageiros cujos códigos genéticos são 99,9% idênticos apesar da embalagem visual, independentemente da fiação psicológica — deformados, emaranhados, em curto-circuito, eletrocutados

todos perfeitamente serenos, equilibrados e controlados, socializados para sair em público como membros razoáveis da sociedade nesta manhã de segunda-feira em que todos os dramas estão interiorizados

olhe só para ela

nas roupas urbanas perfeitamente ajustadas, a inclinação graciosa dos ombros, cabelo alisado puxado para trás num coque samurai, sobrancelhas feitas com precisão caligráfica, joias discretas, pragmáticas, de platina e pérolas

Carole

cujo vocabulário de todos os dias gira em torno de patrimônio líquido, contrato de futuro e modelagem financeira

que adora imergir num universo onde células orçamentais se separam para criar zilhões de réplicas de si mesmas dançando na beleza do infinito

as estrelas cintilantes da riqueza que põem o mundo em movimento

a ideia de leitura de cabeceira dela é examinar a rentabilidade dos negócios e supervisionar planos de investimento para as commodities dos mercados da África e Ásia

a escuridão da noite se derramando no escritório pela janela de caixilho antiquada

o rosto banhado pela luz azul de seu iMac de vinte e quatro polegadas hipnoticamente viciante

a tela do computador onde só ela, parece, ignora o universo paralelo das redes sociais e o que considera tentações sugadoras de tempo

ao menos o vício *dela* na placa-mãe é produtivo, ela tenta se convencer, clicando nos intermináveis sites relacionados com o universo monetário que brotam no ciberespaço, Nasdaq, *Wall Street Journal*, Bolsa de Valores de Londres

enquanto monitora também as notícias internacionais que afetam as condições do mercado, as condições meteorológicas que afetam colheitas, o terrorismo que desestabiliza países, as eleições que afetam acordos comerciais, os desastres naturais que podem destruir indústrias, lavouras e comunidades inteiras

e se não tem relação com o trabalho, não vale a pena ler

mas com as notícias do minuto disponíveis a cada minuto, ela nunca consegue acompanhá-las nem parar com o hábito hiperativo de clicar em só mais um link mesmo quando não aguenta mais, quando não consegue se lembrar do último site em que entrou, não sabe por que raios não dá o dia por encerrado, quando sabe que vai pegar no sono em sua mesa, em geral após a meia-noite, só para acordar horas depois e se arrastar para a cama com os olhos injetados

o terror dos deuses Theta e Delta

que roubam a consciência que a protege

do sono

quando coisas ruins acontecem

a menininhas más

que

procuraram

por

isso.

2

Carole está nos degraus prateados da escada rolante com as demais pessoas em deslocamento usando a paleta de escritório sombria enquanto todos são levados para o alto, do subsolo em direção ao céu, até o nível da rua em Bishopsgate

está a caminho de uma reunião matinal com um novo cliente de Hong Kong cujo patrimônio líquido é várias vezes o PIB dos países mais pobres do mundo

está pensando que é bom ele não dar uma segunda olhada quando ela entrar na sala de reuniões

uma parede de vidro enorme com vista para Londres

a outra exibindo um amontoado gigantesco de obras de arte dedutíveis do imposto de renda que custam o preço de uma casa na Zona 2

está pensando que é bom ele não olhar para ela procurando

o carrinho com as garrafas de café, com a seleção de chás (ervas, verde, preto, Ceilão) e aqueles biscoitos corporativos em embalagens individuais

ela está acostumada que clientes e novos colegas ignorem sua presença tentando achar atrás dela a pessoa que eles obviamente esperam encontrar

ela vai caminhar rápido até o cliente, apertar a mão dele com firmeza (ainda que de um jeito feminino), enquanto olha para ele cordialmente (ainda que de um jeito confiante) direto nos olhos e sorri com inocência, e diz seu nome com uma RP* perfeita, mostrando os seus lábios (graças-a-deus-não-muito-grossos) bonitos cobertos com um tom discreto de rosa, exibindo seus dentes perfeitos, enquanto ele absorve o choque entre expectativa e realidade e tenta não demonstrar isso, e ela assume o controle da situação e da conversa

com Carole é tudo uma questão de abrir vantagem, e ela aproveita essas pequenas conquistas, é assim que pensa nelas, sempre que pode

talvez ele se visse inesperadamente atraído por ela, o que os mais sofisticados tentam esconder, ao contrário do bilionário nigeriano da indústria petroquímica alguns anos atrás que queria expandir seu portfólio de investimentos para o cobre

que a convidou para um almoço de negócios no Savoy, só para ela descobrir que era na sala de jantar privada dele na Suíte Real

onde ele lhe mostrou os oito aposentos decorados com a opulência de um palacete: colunatas greco-romanas, lustres Lalique, bustos antigos em pedestais, papéis de parede de seda e pinturas inglesas bucólicas

---

* *Received Pronunciation*, o inglês que confere um certo prestígio a quem o fala. (N. T.)

ele indicou o colchão do quarto principal em que dava para fazer acrobacias com cada mola envolvida em caxemira

é como dormir no ar, srta. Williams, ele disse enquanto mostrava o "menu de travesseiros" da suíte num cartão com letras prateadas em relevo

como se ela fosse o tipo de mulher que amputava as próprias aspirações para se tornar um dos acessórios decorativos dele

ela teve que se desvencilhar com polidez sem comprometer o negócio

deixando que soubesse que estava noiva, de Frederick Marchmont, disse para enfatizar

furiosa que ele quisesse minar seu profissionalismo duramente conquistado

hoje ia se forçar a emanar uma atitude positiva na reunião, afinal de contas nas estantes dela há pilhas de livros motivacionais encomendados nos Estados Unidos dizendo para ela *visualizar o futuro que você quer criar, acredite que você pode e você já tem meio caminho andado, e se você projetar uma pessoa poderosa vai atrair respeito*

então o que a reunião ia ser?

fantástica pra caralho!

no entanto ela não consegue deixar de lembrar de todas as pequenas mágoas, dos parceiros de negócios que a elogiam por ser tão articulada, incapazes de disfarçar a surpresa na voz, então ela tem que fingir que não está ofendida e sorrir de um jeito gracioso, como se o elogio fosse de fato só aquilo

não consegue deixar de pensar nos funcionários de alfândega que a puxam de lado quando viaja pelo mundo tão bem-vestida e equipada quanto qualquer outra pessoa da área de negócios navegando pelas alfândegas — *pessoas que não são incomodadas*

ah, ser um dos privilegiados deste mundo que dão por garantido seu direito de surfar pelo globo desimpedidos, insuspeitos, respeitados

merda, merda, merda, enquanto a escada rolante sobe, sobe, sobe

vamos lá, apague todos os pensamentos negativos, Carole, esqueça o passado e olhe para o futuro com a positividade e a leveza de uma criança que não carrega bagagem emocional

a vida é uma aventura para se acolher com mente aberta e coração amoroso

mas houve aquela vez, no começo de sua carreira, num país conhecido por seu histórico terrível em matéria de direitos humanos, mesmo que ela tivesse dito a eles que estava ali para se encontrar com a equipe do banco nacional e apresentado a documentação para provar, para a qual eles se recusaram a olhar

até o corpo dela foi

invadido

como se ela fosse uma mula pobre com meio quilo de pó branco enfiado na xoxota ou esperando para ser evacuado das entranhas dela nos saquinhos de plástico que ela *obviamente* devia ter engolido no café da manhã

a invasão de mãos estranhas numa sala sem janelas, tipo masmorra, isolada do fluxo do aeroporto, enquanto outro oficial da imigração imundo de uniforme azul com manchas de suor

ficou olhando

o que trouxe de volta essas memórias

essas lembranças que ela tinha bloqueado, foi tudo que ela pôde fazer para não desmoronar no chão da sala de interrogatório

que ficaram adormecidas por anos depois de *aquilo* acontecer, quando Carole tinha treze anos e meio em sua primeira festa sem adultos circulando como guardas de prisão estragando o divertimento de todo mundo

na casa da LaTisha, cuja mãe estava num fim de semana de treinamento especial do trabalho e cuja irmã mais velha, Jayla, tinha abandonado suas obrigações de "babá" para passar a noite com o namorado

não antes de mandar a LaTisha se comportar e não trazer amigos sob pena de morte ou nós duas vamos ser pegas no pulo

então o que a LaTisha fez agora que tinha o lugar só para ela tipo pela primeira vez na vida? mandou mensagem para a galera dizendo para cada um trazer a própria bebida e as menina traz os cara pra coisa ficar equilibrada, só aqueles com tanquinho, hahaha, é melhor eles serem sarados ou cês não vão entrar, beleza?

até então Carole não tinha se interessado por garotos, era rotulada de Supernerd do Nono Ano, preferia os prazeres alucinantes da resolução de problemas matemáticos, inspirada pela mãe, Bummi, que a criava sozinha depois da morte de seu pai

é a noite antes da festa da LaTisha e Carole e a mãe estão sentadas na mesa de fórmica desbotada da cozinha, a lição de casa de Carole amontoada num canto

Carole usa um short flanelado e sua camiseta favorita, com um ursinho de pelúcia estampado

jantar de inhame socado e sopa de alumã fumegante numa tigela de madeira compartilhada

estão empoleiradas trinta e dois andares acima numa torre de apartamentos entre centenas de outras dispostas como fileiras de caixas espalhadas por toda parte e amontoadas

estão a quase duzentos metros de distância das lajes de concreto e árvores verdes no nível do chão

e mais perto do que deveriam dos aviões em sua rota de voo
para o City Airport

mamãe

usa um vestido nigeriano com flores laranja desbotadas
atado acima dos seios

os braços dela estão descobertos, cabelo livre para se projetar
em ângulos malucos

a espinha dela é ereta porque ela foi ensinada a se sentar direito e com as pernas cruzadas no chão, como diz à filha quando
ela fica toda largada, sente-se direito e fale corretamente, por que
você fala como as crianças malcriadas da rua

mamãe

cujos pés são fortes e marcados de andar descalça no solo
acidentado

mamãe

apanha o inhame socado com as mãos, o mergulha no ensopado, falando entre um bocado e outro

vamos pensar, Carole, no gênio da geometria hiperbólica,
onde a soma dos ângulos resulta em menos de cento e oitenta
graus

vamos pensar em como os antigos egípcios descobriram a
maneira de medir uma área de formato irregular

vamos pensar em como o X era só uma letra incomum até
que veio a álgebra e o tornou algo especial que pode ser desvenda-
do para revelar seu valor oculto

veja, matemática é um processo de descoberta, Carole, é
como a exploração do espaço, os planetas sempre estiveram lá, só
levamos um bom tempo para descobri-los

mamãe inteligente, que a ensinou a usar X e Y em cálculos complicados e a confiar neles para entregar conclusões corretas
como ela amava memorizar as equações quadráticas, quando seus colegas nem sequer sabiam o que era aquilo
como ela amava ser a melhor em alguma coisa, se destacar

ela com certeza se destacou no dia seguinte lá na LaTisha, tendo convencido mamãe (que era lenta para tudo, menos para matemática) que estava numa festa do pijama
quando estava numa festa lotada de adolescentes amontoados no corredor, cortinas fechadas, mobília empurrada para os cantos da sala, duas luminárias cobertas com panos de prato vermelhos para criar uma atmosfera de casa noturna
enquanto as garotas ficavam em grupos dançando um pouco constrangidas no meio da sala, os garotos matavam o tempo encostados nas paredes e Busta Rhymes tocava em volume baixo o suficiente para os vizinhos não virem bater na porta
e LaTisha gritava para as pessoas não ficarem bêbadas ou se portarem mal e ninguém podia entrar nos quartos sob pena de morte e definitivamente sem fumar e na primeira baforada ou peguinha ela ia expulsar os responsáveis tô falando sério, issaí não é piada
mas Carole estava bebendo pela primeira vez na vida e loguinho ficou totalmente bêbada com vodca com limão, tão doce que ela mal notou os quarenta por cento de teor alcoólico, esvaziando vários copos com um canudo em espiral fluorescente como se fosse limonada numa tarde quente de verão
quando Trey, o irmão mais velho da Alicia, que estudava ciências do esporte na universidade, e sua turma chegaram
agora pelo menos eram caras de verdade, supersarados, que se pavoneavam pela sala, muito melhores que os meninos da idade de Carole que ainda puxavam o cabelo das garotas no parquinho e saíam correndo e dando risadinhas

ela começou a se exibir na frente deles

contente que a LaTisha tinha obrigado ela a se arrumar e tira a cabeça desses livros inúteis e vê se cresce, Carole

esperando que o batom que usava pela primeira vez não tivesse borrado enquanto apertava os lábios num biquinho sexy

enquanto sacudia a peruca lustrosa de Cleópatra que descia pelos ombros dela

enquanto mexia os quadris como as garotas dos clipes de música, usando o shortinho de vinil que tinha pegado emprestado da Chloe, o salto alto que tinha pegado emprestado da Lauren que fazia as pernas dela parecerem bem longas e torneadas de uma hora para a outra

quando notou que ele estava olhando fixo para ela, como se ela fosse A Escolhida, apesar de nunca a ter notado antes quando ela andava pela rua principal

ninguém jamais tinha olhado para ela como o Trey estava olhando esta noite, para a blusinha frente única minúscula que mostrava seus atributos que no ano passado tinham ido de zero para alguma coisa supermega

de onde *eles* tinham vindo?

LaTisha e ela concordavam que a biologia humana era muito estranha e aleatória, cara

com uma audiência dessas ela se viu girando e girando no meio da sala, braços abertos, só por diversão, girando e girando porque a bebida a fazia se sentir muito livre, as emoções dela muito borbulhantes, ela era simplesmente muito graciosa enquanto girava ao som dos rugidos do Busta com as vibrações saindo dos alto-falantes correndo pelo corpo dela até que o giro foi dos pés para a cabeça e ela capotou e quase regurgitou as batatinhas fritas que tinha comido mais cedo e ouviu risadas e foi bem feito quem mandou ela se exibir só para ser resgatada do constrangimento total por Trey, que mergulhou na aglomeração, ajudou ela a se levantar, disse que ia cuidar dela e você é tão gostosa que devia ser presa, moça

ele passou os braços ao redor dela, ela não havia sido abraçada por ninguém desde que tinha dez anos e começou a escapar dos apertos claustrofóbicos da mãe

a Mãe era quente e molenga, o peitoral do Trey era duro, mas quando ela o examinou com atenção os olhos cinzentos dele estavam fofos demais olhando bem no fundo a alma dela

amor, era isso o amor? mesmo que eles tivessem acabado de se conhecer e ela ainda se sentisse meio enjoada?

Trey — ela testou aquilo na boca, Carole & Trey, ou era T-R--A-Y? ah não, não ia funcionar, ela não ia poder se casar com um utensílio de cozinha,* hahaha, casamento? uau, de onde tinha vindo aquilo? nossa, maridinho, esse era o futuro maridinho dela?

a mão dele acariciou a nuca dela, ela desejou que ele não fizesse isso, a peruca podia sair do lugar

ele disse que ela precisava de ar fresco, você é tão delicada, tenho que te proteger, moça

ela não via a hora de contar para a LaTisha, que ia ficar com muuuuita inveja ainda que feliz por ela, você cresceu, Carole

ele a conduziu pelo corredor através da multidão, abriu caminho até a porta da frente, estava frio e escuro lá fora exceto pelas luzes das lâmpadas na rua

uma vez lá fora, ele a colocou debaixo do braço como se a cabeça dela fosse um embrulho que estava carregando, quando ela tentou levantar ela não conseguiu ficar de pé, a cabeça estava

---

* *Tray*: bandeja, gamela em inglês. (N. T.)

dando voltas e voltas e ela se sentiu esmagada pela colônia ou era o desodorante dele? na verdade cheirava a purificador de ar

eles iam parar e se beijar? o *primeiro* beijo dela, não de língua, que era asqueroso, mas nos lábios, de um jeito suave, como nos filmes antigos em preto e branco que a Mãe gostava de assistir

só que ela não conseguia tirar a cabeça debaixo da axila dele enquanto ele a levava para fora do terreno

era como se estivesse sendo erguida, flutuando nas asas do amor, era uma música? eles foram em direção ao pequeno beco que levava ao Roxleigh Park, onde LaTisha e ela tinham passado a infância nos balanços falando do significado da vida e refletindo a respeito do iminente novo milênio que ia ser totalmente épico e bizarramente de ficção científica enquanto davam pontapés no ar e sentiam o vento soprar através dos sulcos de suas tranças

ele a levou pela pontezinha que cruzava o córrego e pelo portão que costumava ficar fechado até que o conselho administrativo desistiu de substituir o cadeado

eles não estavam sozinhos

ela ouviu outras vozes

ela tentou olhar para cima outra vez, era como se sua cabeça estivesse num torno e ela não estava mais andando, estava sendo empurrada

depois estava deitada no chão, a grama úmida contra as costas, pernas e braços nus, ela queria dormir só cinco abençoados minutos, sentiu os olhos se fechando, quando abriu não conseguiu enxergar, tinha sido vendada, braços presos acima da cabeça

onde as roupas dela tinham ido parar?

depois
o
corpo
dela

não
era
mais
dela

pertencia
a
eles

e ela, que amava números, se tornou incapaz de contar
não podia contar, não queria
sentindo partes de corpos estranhos sobre e dentro de partes
do corpo dela que eram muito privadas, muito indecentes, partes
que nem ela tinha explorado
estava doendodoendodoendo
sempararsempararsemparar até o infinito, que era uma coisa
sem fim tipo 0,333333 ou 0,999999, exceto que isso ia acabar,
porque o propósito da vida era a jornada em direção a seu fim, ou
então não era vida, as duas coisas andam juntas, como a mãe disse
um dia, olhando com tristeza para suas fotos antigas de casamento

Carole se obrigou a pensar em seu número favorito, 1729
o único número que podia ser a soma de dois números na
terceira potência
um na terceira potência é um
doze na terceira potência é 1728
some os dois e obtenha 1729
também há o dez e o nove, cada um na terceira potência, o
que dá então 1000 + 729

depois que minutos ou horas ou dias ou anos ou várias vidas
se passaram, aquilo parou

você ficou implorando por isso, e, aliás, você estava ótima
depois eles foram embora
e
ela
também.

3

Carole nunca contou a ninguém
não para mamãe, definitivamente, que ia brigar com ela por
mentir
nem para LaTisha e os outros porque todo mundo disse que
era culpa da Sheryl, por usar roupas de vagabunda, quando isso
aconteceu com ela no mesmo parque na oitava série
era culpa de Carole?
ela achava que sim, se trancou no quarto, se enterrou debaixo
das cobertas, chegava tarde na escola ou faltava porque qual era
o sentido de aprender quando uma coisa assim tinha acontecido
com ela?
qual era o sentido de estudar a relação entre o desmatamento
da floresta tropical e a mudança climática?
ou as revoluções russa, francesa, chinesa e norte-americana?
ou por que um filhote de mamute de quarenta mil anos de
idade encontrado nas montanhas da Sibéria em 1997 não tinha
se decomposto?
ou por que a modulação de frequência não é usada nas trans-
missões de rádio comercial de ondas de médio e longo alcance?
quero dizer, qual — era — o — sentido?

até que
um dia

foi como se ela acordasse de uma espécie de sonho ruim, ela olhou os corredores de cimento no melhor estilo bunker daquela escola no centro da cidade no aniversário *daquilo*

observou as colegas fazendo piadas, como sempre, se preparando para ir sentar nos fundos da sala e dar risada na aula

para LaTisha, que achava que estudar era para trouxas, cara, trouxas

para Chloe, que tinha uma função secundária na escola como fornecedora de ecstasy

para Lauren, que só estava interessada na próxima foda

e Carole como se estivesse vendo todas na tela de um documentário sobre uma escola ruim de Londres, as saias levantadas, gravatas frouxas e todas as normas escolares relacionadas a cabelo, maquiagem e acessórios violadas

viu o futuro delas e o dela como mães solteiras empurrando carrinhos, empurrando bombas-relógio sem pai

revirando eternamente as almofadas do sofá a fim de achar moedas para alimentar o relógio de luz, como a mãe

comprando na Poundland, como a Mãe

se digladiando por um pescoço de carneiro nos mercados na hora em que estavam fechando, como a mãe

eu não, eu não, eu não, disse a si mesma, vou voar para longe e além

me salvar	das torres de apartamentos com elevadores fedendo a mijo
me salvar	dos trabalhos horríveis e mal pagos e da fila interminável do seguro-desemprego
me salvar	de criar meus filhos sozinha
me salvar	de nunca ser capaz de ter a minha própria casa, como a mãe
	ou de levar meus filhos apenas na igreja, como a Mãe

e nunca numa viagem de férias ou no zoológico ou no cinema ou no parque de
diversões ou em qualquer outro lugar

ela decidiu provar que os professores que tinham desistido
dela estavam errados, os professores que em geral
andavam pelos corredores de estilo penitenciário num torpor, olhos vítreos, isolados da barulheira de dois mil adolescentes
falando ao mesmo tempo
em especial a sra. Shirley King, líder da Casa Verde, à qual
Carole pertencia, que disse que ela tinha muito potencial depois
que as provas do sétimo e do oitavo ano mostraram que ela era
uma das crianças mais brilhantes que nós já tivemos, Carole
que passou a ignorá-la quando ela começou a faltar

a sra. King
era uma velhota, Cara de Cu, o Dragão da Escola, não
ia deixar ninguém se safar de coisa nenhuma, mandava para a
detenção os que chegavam só cinco minutos atrasados na aula,
o que era maldade pura, e aí ela tinha *a ousadia* de dizer que
aquilo era para o bem deles, para aprender disciplina, o que era
ultrajante, todos concordavam
mas para quem mais pedir ajuda agora que Carole sabia que
queria algo melhor?
ela se arriscou, se aproximou do dragão, e a cabeça dela não
foi arrancada como ela esperava quando pediu um conselho a
respeito de quais matérias precisava estudar para as melhores
carreiras e para quais universidades se candidatar quando o momento chegasse
ficou surpresa ao ver seu pedido atendido em todos os pontos,
com a estrita condição de não faltar nem mais um dia, de nunca
chegar atrasada, de fazer a lição de casa pontualmente, se sentar

na frente da sala com as crianças que estão aqui para aprender e que querem chegar a algum lugar, Carole

e você precisa mudar seu círculo social (círculo social, que merda *era* aquilo, afinal?)

a sra. King

que passou a persegui-la pelo resto de seus dias na escola, enchendo-a de pavor toda vez que aqueles olhos de falcão flagravam Carole no meio de centenas de crianças que faziam alguma coisa que ela não aprovava tipo rir muito alto ou andar rápido demais pelos corredores (o que *não era* a mesma coisa que correr), ela a puxava de lado e a repreendia, sobretudo quando a via com LaTisha, Chloe ou Lauren, dando uma palestra sobre como essas garotas vão atrasar sua vida, Carole

a sra. King

que a perseguiu por *quatro* anos, mesmo quando ela tinha voltado aos trilhos e não precisava mais dela

metendo o bedelho, telefonando para a mãe dela se as notas caíssem, mesmo que só um pouquinho

a sra. King

que injustamente tomou para si todo o crédito quando Carole obteve notas estupendas no ensino médio e foi chamada para uma entrevista um ano depois para estudar matemática na Universidade de Oxford

onde a funcionária de admissões no escritório cheio de livros ficou estupefata com o tamanho da turma de Carole, *certamente* ilegal com seis dezenas mais cinco alunos, o que torna suas conquistas acadêmicas ainda mais impressionantes, minha jovem

só para a sra. King discursar para uma plateia no último dia de aula de Carole dizendo que a protegida dela, depois de muita dedicação e trabalho duro da sra. King, era a primeira criança na história da escola a ter acesso a uma universidade de tamanho prestígio

roubando o momento de glória de Carole.

4

Carole chegou na velha universidade de ônibus, metrô, trem e uma longa caminhada da estação em meio à multidão, arrastando sua mala de rodinhas, e se mudou para lá, subindo as escadas de madeira rangentes em espiral de noite até o quarto dela que dava para o pátio com folhas de hera agarradas na antiga parede de alvenaria

sozinha

a mãe dela não conseguiu tirar o dia de folga e de qualquer forma foi melhor assim porque ela teria usado seu traje nigeriano mais extravagante que consistia em milhares de metros de tecido brilhoso e um turbante de dez andares de altura, e teria começado a berrar ao ter que deixar sua única filha pela primeira vez

Carole ia ser conhecida para sempre como a aluna da mãe africana maluca

naquela primeira semana ela contou nos dedos de uma das mãos o número de pessoas de pele escura na faculdade, e nenhuma tinha a pele tão escura quanto a dela

no refeitório senhorial, ela mal conseguia erguer os olhos do prato com uma comida repugnante da Idade da Pedra, quanto mais conversar com alguém

ela cansou de ouvir conversas que falavam de dormitórios e drogas em colégios internos, feriados de Natal em Goa, das Bahamas, anos sabáticos gastos escalando Machu Picchu ou construindo uma escola para os pobres no Quênia, de pegar a

BMW M4 para fins de semana em Londres, festas em casas de campo, fins de semana prolongados em Paris, Copenhague, Praga, Dublin ou Vilnius (onde *ficava* isso, afinal?)

a maioria dos estudantes não era assim, mas os verdadeiros riquinhos eram os mais ruidosos e os mais confiantes e eram as únicas vozes que ela ouvia

eles a fizeram se sentir esmagada, inútil, uma ninguém

sem dirigir uma só palavra a ela

sem sequer notá-la

ninguém falava em voz alta que tinha crescido num apartamento popular alugado num arranha-céu com uma mãe solteira que trabalhava como faxineira

ninguém falava em voz alta que nunca tinha saído de férias, tipo *nunca*

ninguém falava em voz alta que nunca tinha entrado num avião nem tinha visto uma peça ou o mar, ou comido num restaurante, com garçons

ninguém falava em voz alta que se sentia muito feioburrogordopobre ou só deslocado, aflito, inadequado

ninguém falava em voz alta que tinha sofrido um estupro coletivo com trezes anos e meio

quando ouviu de passagem outra aluna se referir a ela como "tão gueto", quis girar o corpo e gritar logo atrás dela, você disse o quê? o quêêêêê? diz isso na minha cara, sua puuta!

(pessoas eram assassinadas por menos no lugar de onde ela vinha)

ou ela tinha ouvido mal? e na verdade eles tinham falado *que tal* — ir pra biblioteca? pro supermercado?

ela não conseguia nem fazer contato visual quando andava pelos corredores estreitos construídos para homens mais baixos de um passado distante, séculos antes de as mulheres serem admitidas, como lhe contaram na primeira integração onde todo mundo pareceu fazer amizades instantaneamente e ela não falou com ninguém

as pessoas andavam ao redor dela ou olhavam através dela, ou ela estava imaginando coisas? ela existia ou era uma ilusão? se eu tirar a roupa e atravessar o pátio alguém vai me notar além dos porteiros que sem dúvida vão chamar a polícia, a desculpa pela qual eles vinham esperando ansiosamente desde que tinham posto os olhos nela pela primeira vez

quando um estudante se esgueirou depois de uma aula para pedir ecstasy, Carole quase mandou uma mensagem para a mãe dizendo que ia pegar o próximo trem para casa

no final do primeiro período ela retornou a Peckham e avisou à mãe que não ia voltar para a universidade porque embora gostasse das matérias e tivesse conseguido se destacar na maior parte delas, ela não pertencia àquele lugar e não ia voltar

pra mim chega, mamãe, pra mim chega

ei! ei! quistupidez é essa? Bummi gritou, estou ouvindo corretamente ou 'cê vai me fazer limpar meu ouvido com fósforo?'

agora me escute bem, Carole Williams

primeiro — você acha que a Oprah Winfrey (VIP) ia ter virado a Rainha da Televisão do mundo inteiro se não tivesse superado os reveses da infância dela?

segundo — você acha que a Diane Abbott (VIP) ia ter virado a primeira parlamentar negra britânica se não acreditasse que era direito dela entrar para a política e representar a sua comunidade?

terceiro — você acha que a Valerie Amos (VIP) ia ter virado uma diplomata e política negra neste país se tivesse rompido em lágrimas ao entrar na Câmara dos Lordes e ver que era cheia de cavalheiros brancos e idosos?

por último, o papai e eu viemos para este país atrás de uma vida melhor só para ver nossa filha desistindo das oportunidades e acabar distribuindo toalhinhas de papel em troca de gorjetas em banheiros de casas noturnas ou salas de concerto, como é o destino de muitas das nossas compatriotas?

você tem que voltar para essa universidade em janeiro e parar de pensar que as pessoas te odeiam sem dar uma chance a elas, você já perguntou? você foi até elas e disse, com licença, vocês me odeiam?

você tem que achar as pessoas que vão querer ser suas amigas mesmo que todas elas sejam pessoas brancas

tem alguém para cada um neste mundo

você tem que voltar e lutar as batalhas que são suas por ter nascido na Inglaterra, Carole, como uma verdadeira nigeriana

Carole voltou para a faculdade decidida a conquistar o lugar onde ia passar os próximos dois anos e meio de sua vida

ela ia se encaixar, decidiu, ia achar o pessoal dela, como a mãe tinha aconselhado

não com os desajustados mal-encarados que ficavam por ali de canto com uma carranca, os moicanos roxos cheios de gel

ou aqueles com apliques de dreadlocks multicoloridos, gente que estava indo bem depressa a lugar nenhum, pelo que dava para notar, Carole os via andando pela cidade com cartazes e alto-falantes, pessoas que iam horrorizar a mãe dela se ela as levasse para casa

ter chegado até aqui? por acaso o papai sacrificou a saúde dele para você poder se tornar uma punk-rastafári fedida?

nem ela estava interessada nos chatos comuns, como Carole passou a pensar neles, alunos que eram tão sem graça que desapareciam, mesmo para ela

nem nos grupelhos da elite, certamente, agora que ela sabia

que eles existiam, que eram inacessíveis, que tinham frequentado escolas públicas famosas por produzir primeiros-ministros, ganhadores do Nobel, CEOs, exploradores do Ártico, diretores de teatro conhecidos e espiões notórios

que claramente pertenciam ao lugar mais do que qualquer um quando se sentavam paramentados no salão de jantar todas as noites ignorados pelos professores que viviam ali, que provavelmente nunca tinham saído dali desde que eles mesmos eram alunos, que tinham passado pelos rituais que os estudantes achavam ridículos como "vestir sua toga e andar de ré ao redor do pátio com um copo de vinho do Porto na mão às duas da manhã para estabilizar o *continuum* espaço-temporal mudando o relógio para o Tempo Médio de Greenwich"

professores que provavelmente achavam a ideia de *não* jantar enquanto se encara uma sala lotada de futuros primeiros-ministros e ganhadores do Nobel *bastante desconcertante*

a escola de Carole era famosa por produzir mães adolescentes e criminosos em início de carreira

ela preferiu a via do macarrão instantâneo no quarto

ela estudou os colegas para achar os que mais combinavam com ela, abordou os que pareciam mais amistosos, ficou surpresa quando as pessoas responderam de forma calorosa

uma vez que começou a falar com elas

lá pelo final do segundo semestre ela tinha feito amigos e até arranjado um namorado, Marcus, um queniano branco cuja família possuía uma criação de gado por lá, que assumidamente tinha uma queda por garotas negras, com o que ela não se importava porque estava feliz de ser desejada e ele a tratava de um jeito atencioso

ela sabia que nunca ia poder falar para a mãe a respeito dele, que tinha deixado claro que ela precisava se casar com um nigeriano, não que Carole estivesse pensando em se casar com Marcus, eles tinham só dezenove anos, depois a mãe ia perguntar por que ela estava namorando alguém que não a respeitava o bastante para se casar com ela

perda de tempo discutir

antes de Marcus, Carole tinha medo de homens, pelo resto de sua vida escolar ela não quis estar perto deles em nenhum lugar

ela imaginava que nunca ia encontrar alguém em quem pudesse confiar, que não fosse violá-la quando ela menos esperasse; ficou surpresa quando a amizade com Marcus evoluiu para uma coisa romântica depois de eles começarem a estudar juntos na biblioteca e saírem para caminhar

logo ela estava deixando ele entrar de fininho no quarto dela à noite

Marcus a tornou mais socialmente aceitável do que ela jamais seria por si mesma

ele ficava orgulhoso de exibi-la, entrelaçando os braços e dando as mãos quando estavam em público

ele reservou uma sala privada num restaurante para comemorarem o aniversário dela de dezenove anos

foi a primeira pessoa a fazer amor com ela com a permissão dela

Carol ouviu e aprendeu com seu novo círculo social

do que você gostaria? em vez de *quequecequé?*

com quem você conversou? em vez de *tava falano com quem?*

vou dar um pulo no banheiro em vez de *vou lá dar uma mijada*

ela observou o que eles comiam e seguiu o exemplo

aprendeu que a omelete espanhola com ovos e um monte

de coisas era bem mais chique que a omelete inglesa (com ovos e um monte de coisas)

pãezinhos congelados, vinte por uma libra, não eram páreo para brioches frescos, aerados, delicados, macios

palitinhos de polenta mergulhados no azeite de oliva com ervas eram preferíveis àqueles oleosos de batata mergulhados na gordura-trans-do-ataque-cardíaco barata

e quem ia adivinhar que farinha de arroz podia ser usada para fazer pão, que o pão podia ser recheado com azeitonas, que as azeitonas podiam ser recheadas com pedacinhos de tomate seco, que tomates assados podiam ser recheados com queijo e que o queijo podia ser feito com pedacinhos de damasco e amêndoas, e as amêndoas usadas para fazer leite

ela foi apresentada ao sushi (de preferência feito em casa, com um conjunto de sushi que ganhou de presente de Natal) e ao guacamole (pronunciado *guacamóli*)

ela descobriu um troço chamado aspargo que deixava o xixi com um cheiro engraçado, aprendeu que qualquer coisa verde era boa para comer contanto que fosse servida fria, levemente cozida no vapor e/ou fresca

Carole se transformou para se tornar não exatamente como eles, só um pouco mais parecida com eles

raspou a massa corrida que rebocava seu rosto, removeu os cílios girafescos que pesavam nas pálpebras, arrancou as garras postiças que dificultavam a maioria de suas atividades diárias

como se vestir, pegar as coisas, preparar a comida e lidar com o papel higiênico

abandonou os cachos que mantinha por meses e meses atados ao couro cabeludo, muitos meses a mais do que o recomendado, porque, tendo economizado para usar as tranças caras das mulheres da Índia ou do Brasil, queria fazer o investimento valer a pena, mesmo que o couro cabeludo inflamasse por baixo do pedaço de tecido fedido de onde o cabelo falso flutuava

ela se sentiu livre quando aquilo foi destrançado pela última vez e o couro cabeludo dela entrou em contato com o ar

se sentiu deliciada com a água morna escorrendo diretamente sobre ele de novo sem um intermediário artificial

depois alisou os cachinhos, Marcus disse que preferia o cabelo dela natural, ela disse que nunca ia conseguir um emprego se não fizesse aquilo

ela foi convidada para casas de família que eram propriedade privada

casas sem carpete no piso (por escolha), sem panos nas janelas portanto qualquer velho intrometido podia ver lá dentro (bizarro)

casas com um gosto pelo velho e decrépito como relógios de avôs que badalavam alto nos corredores e guarda-roupas antigos atacados por cupins

sofás velhos e surrados eram envoltos em cobertores (*mantas*) e eram *preferíveis* àqueles de couro brilhante que guinchavam quando você sentava neles

mesas de jantar de madeira exibiam com orgulho as feridas infligidas por gerações de vândalos com uma faca na mão, feridas do tipo

Estado de Natureza v. Contrato Social: Debate

Cinza é o Novo Preto?

Esme ama Jonty que ama Poppy que ama Monty que ama Jasper que ama Clarissa que ama Marissa que ama Priscilla que ama Clemency

ou alguma coisa assim

a casa da Rosie, a nova amiga dela, tinha até umas partes chamadas de alas e parapeitos, para o caso dos vikings invadirem de novo, como a Rosie brincou quando mostrou o lugar para Carole

o jardim era chamado de terreno e não havia vizinhos num raio de quilômetros, porque eles estavam no meio do nada e podiam fazer quanto barulho quisessem, o que no caso da Rosie significava contratar uma banda para tocar no gramado na festa de vinte anos dela

entre os convidados estavam aqueles que Carole agora também chamava de amigos, Melanie, Toby, Patricia, Priya, Lucy e Gerry

de manhã ela ouviu o guincho de brinquedinho de plástico dos periquitos verdes tropicais quando eles passaram voando pela janela do quarto dela, que ela achou que fossem papagaios

ela olhou para o gramado lá fora, para o lago, pavões perambulando livremente

mais tarde naquele dia ela foi apresentada ao conceito de caminhada

só por prazer.

5

Nesta manhã Carole sai da escada rolante, deixa a estação Liverpool Street

começa a andar por Bishopsgate com a força interna de uma dessas bolas pendulares de demolição de ferro no meio do caos coreográfico do horário de pico

escolhe o caminho mais longo até o trabalho para fazer um pouco mais de exercício porque provavelmente vai passar a maior parte das próximas catorze horas sentada

apesar de já ter dado sua corridinha diária como faz todos os dias enquanto o Freddy ainda está confortável na cama até saltar dela vinte minutos antes da hora de sair, banho, barba, mergulhar numa tigela de Rice Krispies e pôr o terno que ele reveza com outros sete

a mesma coisa com os sapatos

ela corre de Fulham a Hammersmith toda manhã

junto com todos os outros malucos fitness com roupas esportivas brilhantes de marca e podômetro no pulso que mede tudo, da pressão arterial à frequência cardíaca até a distância e a rapidez com que eles correm

uns poucos como ela inclusive martelam as calçadas no amanhecer congelante de inverno

quando partículas de gelo ficam suspensas na ponte Hammersmith iluminada de verde e dourado, torres e heráldicas estranhamente cintilantes

ela corre e corre e corre porque escorregar é começar a descer a ladeira escorregadia e ceder ao fracasso, à inércia, ao sentimento de pena de si mesma que está ligado àquele momento de sua vida que ainda se insinua sorrateiro na lembrança quando ela menos espera

ela era uma criança naquela época, como aqueles animais puderam fazer aquilo com ela? como podia ter se culpado quando era tão inocente?

as únicas manhãs em que não corria eram aquelas em que ficava se contorcendo com as cólicas menstruais, tomando analgésicos extrafortes para poder se arrastar até o trabalho e não correr o risco de ser acusada de se fingir de doente todo mês

pega no flagra! sim, você *é* uma mulher

ela até pensou na possibilidade de extrair o útero para acabar de vez com as regras, o que com certeza seria o maior investimento dela na carreira, uma histerectomia tática para mulheres ambiciosas com problemas menstruais

Carole chega à sede do banco com vista para o rio, onde ficou claro desde o primeiro dia de trabalho que ela tinha que estar tão preparada quanto as contrapartes dela nas séries de tevê norte-americanas com advogadas, políticas e detetives mulheres

mulheres que por algum milagre passam o dia de trabalho usando saias superapertadas e saltos vertiginosos e desestabilizadores que fazem seus pés parecerem amarrados

zonas erógenas de músculos esmagados e ossos apertados em sapatos de salto alto luxuosos de *strippers*

e se ela tiver que se aleijar para assinalar a educação, o talento, o intelecto, as habilidades e o potencial de sua liderança, que assim seja

o mantra matinal dela no espelho do banheiro

sou extremamente apresentável, simpática, comunicativa, sociável, promovível e bem-sucedida

sou extremamente apresentável, simpática, comunicativa, sociável, promovível e bem-sucedida

sou extremamente apresentável, simpática, comunicativa, sociável, promovível e bem-sucedida

para não falar no toque de celular dela, "As Quatro Estações" de Vivaldi, a imagem pública de seu gosto musical

às vezes

Carole adora dançar como uma rainha guerreira ao ritmo das batidas frenéticas do padrinho xamanístico com o rosto pintado para a guerra, Fela Kuti

ama a forma como ele dilacera as emoções dela com a percussão polirrítmica e instrumentos de sopro desavergonhadamente flatulentos detonando toda a pretensão de gentileza com os ataques anticorrupção-lírico-políticos e os psicodélicos futuristas do Parliament-Funkadelic

que teletransportam a lógica bizarra de nave-mãe direto para o cérebro dela, ativando seu negligenciado lado direito com a imaginação enlouquecida deles

e com as performances em fantasias escandalosas que ela adora assistir no YouTube

enquanto dança

para si mesma

para longe de tudo

para longe da cabeça

para longe do corpo

sentindo

sentindo

ninguém vendo

ninguém julgando

se movimentando ao som de James Brown, o Padrinho do Soul

get on up, Carole, *get on up*

suba, suba

que é o que ela está fazendo ao desaparecer pela porta giratória de vidro do prédio comercial repleto de andares

ela pisa nas espirais oceânicas cinza e verdes do mármore Connemara de novecentos milhões de anos (orgulhosamente inscrito em uma placa)

passa pela recepcionista animada que tinha largado a escola, vestida com um tecido maleável barato (ela devia avisar) que fica superagradecida quando Carole para com a intenção de bater um papinho motivacional — quais são seus planos, Tess? você não pode ficar aqui para sempre, tem que seguir adiante

ela passa o cartão na catraca, entra no santuário

anda suavemente até o elevador elegante quando as portas de vidro deslizam silenciosamente, atrás delas Brian, seu chefe que a levou para tomar um drinque um ano depois que ela ingressou na empresa

passou horas fechada com ele numa alcova de tijolos, um bar de porão, ouvindo Brian falar de como nunca se acostumou com o fato de que enquanto o pai, o avô e o bisavô dele eram peixeiros em Billingsgate que chegavam em casa fedendo a peixe rançoso, ele tinha achado um emprego como operador na Bolsa de Valores, vindo direto de uma escola do tempo do sistema educacional tripartite (quando ainda existiam) sem nenhuma outra qualificação além de uma habilidade extraordinária com números e o dom da palavra

e subiu na vida

ele disse que estava empenhado em abrir portas para outras pessoas, como a própria Carole, porque a ideia da cultura merito-crática em bancos era um mito, e você nunca vai ser convidada a se filiar a um clube privado de homens ou a um clube de golfe e assim conseguir uma promoção

mesmo que o superior direto dela tivesse dito a ele que ela era muito admirada por suas habilidades de pesquisa, racio-cínio assustadoramente analítico, relatórios concisos porém abrangentes, segurança nas apresentações, cumprimento infalível de prazos, capacidade de captar dados financeiros a uma velocidade inumana, bem como uma atenção fascista aos detalhes — há boatos de que nunca acharam uma vírgula perdida ou faltando

então ele ia garantir que a empresa a promovesse a associada mais cedo do que a maioria

porque ela merecia

e se ela estivesse interessada só em abrir planilhas e não as pernas, ainda que essa forma de uma mulher se dar bem fosse bastante ultrapassada, tudo bem, ele disse, mergulhando em relatos que ressaltavam o hedonismo inebriante de uma carreira no mercado de ações nos anos 80, quando almoços regados a álcool se transformavam no "lanchinho com gim" e aí se dilatavam etilicamente até a "hora do coquetel", isso antes que um bando deles começasse a esquadrinhar os bares de West End, no fim terminando em clubes de strip

ele foi domado pela meia-idade, disse

ela não notou os sinais, pouco a pouco ele foi ficando embriagado, ardiloso e dado a confidências sobre a esposa cada vez mais plastificada que corria o risco de se tornar mais artificial que orgânica

que suportou os casos dele para manter o estilo de vida que ele oferecia, fazia pouco tempo que tinha comprado um aquário para a estufa com o peixe mais raro, mais caro e mais feio do mundo

no que mais ela ia gastar o dinheiro dele quando ela tinha tudo?

e até pouco tempo atrás ele tinha uma amante obscenamente jovem da Lituânia acomodada no *pied à terre* dele em Barbican, que acabou de se formar em ciência da computação

liberando espaço para uma terceira mulher na vida dele, se você se sentir tentada, quer dizer, esse corpo com esse cérebro, ele fica tendo fantasias, disse, antes de correr para o banheiro para vomitar sem ter a chance de revelá-las

Carole e Brian se cumprimentam e trocam gentilezas parados em lados opostos do elevador panorâmico que leva seis pessoas de cada vez em seis segundos até os escritórios do último andar

depois do que Brian se dirige a seu conjunto de escritórios para ir se sentar em frente a uma parede de vidro com vista para as torres das igrejas góticas da cidade e para os prédios históricos barrocos das associações comerciais, inclusive a dele

A Venerável Companhia de Banqueiros Internacionais

ele ainda está interessado nela, ela sabe, o velho nojento, como ele ousa falar desse jeito com ela, ainda assim foi promovida a associada antes do tempo, quase o respeita por isso, e recentemente se tornou vice-presidente, uma das centenas neste banco quando nos outros bancos são milhares

a mãe dela fala para todo mundo da filha vice-presidente como se ela fosse VP dos Estados Unidos

Carole para um instante e olha através da parede de vidro para a ondulação da Millennium Bridge

elegante, de linhas finas, de início tão instável que fechou por dois anos logo depois de abrir porque ninguém imaginava que tantas pessoas atravessando a ponte ao mesmo tempo iam começar a andar em sincronia

e o resultado, como exércitos de soldados marchando ao mesmo tempo, foram vibrações que fizeram a ponte oscilar

é como ela se vê, andando em silenciosa sincronia com pessoas que vão chegar longe

ela observa o fluxo de pessoas atravessando a ponte esta manhã, a maioria entretida com seu celular, tirando selfies, fotos turísticas, postando, escrevendo mensagens, do que de fato apreciando a vista de ambos os lados da ponte

as pessoas têm que compartilhar tudo o que elas fazem hoje em dia, desde refeições até noitadas, passando por selfies seminuas na frente do espelho

as fronteiras entre público e privado estão se dissolvendo

Carole acha isso fascinante e aterrador, ela leu que um dia os seres humanos vão ter uma rede nanoeletrônica integrada aos circuitos neurais, implantada num nível celular um mês depois da concepção, que cresce e se regenera sozinha

todos vamos ser ciborgues, pensa, prontos para nos comportar de maneiras socialmente aceitáveis, em vez de seres primitivos que não são controlados com tanta facilidade

talvez isso faça com que homens desprezíveis parem de estuprar menininhas bêbadas

(saindo impunes)

talvez isso faça com que as menininhas parem de achar que a culpa é delas

(ficando caladas)

ao longe, Carole vê um avião começando a descer para o City Airport, provavelmente passando pelo prédio da infância dela em Peckham

ela se pergunta o que aconteceu com a LaTisha, que Carole viu pela última vez na escola com dezesseis anos, apontando dois dedos para o alto enquanto cruzava as portas do antigo reformatório, tinham sido grandes amigas — *juro pela minha vida, issaí não é piada, não*

LaTisha agora é provavelmente mãe solteira, ou líder de alguma gangue, ou está passando um tempo na prisão, ou os três

os amigos mais próximos de Carole são da universidade, quase todos bem-sucedidos

Marcus, agora um grande amigo depois que o relacionamento acabou quando ele voltou para o Quênia ao terminar a universidade, trabalha na conservação da vida selvagem, tem uma esposa queniana e filhos miscigenados, Carole é madrinha do mais velho

Rosie é advogada da Slaughter & May, um dos cinco escritórios de advocacia que fazem parte do Magic Circle; Toby é consultor da KPMG, uma das empresas de auditoria que integra as Big Four; Patricia está concluindo o doutorado em física teórica;

Melanie é executiva do Google no Reino Unido; e Priya está estudando para se tornar clínica geral

só dois estão ficando para trás, Lucy, que não sabe o que quer a longo prazo então assina contratos temporários de curta duração, economiza, vai mochilar como uma adolescente, volta para a Inglaterra cheia de histórias, mas a carreira dela não deslanchou

o pobre do Gerry virou orientador numa escola de Middlesbrough para fazer pesquisa para o grande romance que ia escrever sobre os garotos da classe trabalhadora do norte

sete anos depois, ele ainda está lá e o romance não foi escrito

colocam a conversa em dia quando podem, individualmente, em grupo, em jantares, em casamentos ocasionais, ou escapam num fim de semana para o solar dos pais de Rosie, que ela administra desde que os pais se mudaram para a segunda casa deles em Barbados

Carole, que começou a andar a cavalo por lá quando ainda era estudante, hoje se considera uma amazona

ela também considera tiro ao alvo como um hobby

ela olha para o Tate, no lado oposto do rio, onde de vez em quando vagueia pelas galerias para desanuviar a cabeça no horário de almoço (quando almoça), para se encantar com a capacidade dos artistas de criar coisas tão surpreendentes usando a imaginação

imaginação

o que era isso?

ela já teve uma?

deixa o olhar viajar para o sul ao longo do caminho do rio que leva ao National Theatre, estreando esta noite uma produção só de mulheres que ia mostrar guerreiras lésbicas negras, de acordo com Freddy, que provavelmente exagerou para efeito cômico

ele tem ingressos, insiste para ela ir, vai aparecer e arrastá-la para ver coisas quentes de lésbicas no palco e se tudo der certo ficar animada o suficiente para cogitar a ideia do mítico sexo a três: duas mulheres, um homem, você sabe que quer, pudinzinho

não, pode apostar que não, ela responde, rindo

ele sempre a faz rir, ele sempre está lá quando ela precisa dele, para amá-la como ela quer ser amada

ou para deixá-la sozinha quando ela precisa de solidão

Carole só teve dois namorados, Marcus e Freddy, não que tenha conscientemente rejeitado homens negros, ao contrário, é que não havia muitos deles na universidade e os que chegavam lá em geral não se aproximavam das mulheres negras de pele escura

nem nas cervejarias de Londres que ela frequentava quando solteira e estava à procura

ela não os culpa, é o que eles precisam fazer para se encaixar, para reduzir a ameaça que supostamente representam para a sociedade

uma coisa que ela aprendeu é que se apaixonar desesperada, irremediavelmente, é na verdade um processo altamente seletivo

ela nunca ia se casar com um gari, ia?

ela conheceu Freddy numa festa do trabalho alguns anos atrás quando tinha voltado a morar com a mãe para economizar dinheiro

ela ficou lisonjeada que aquele homem bonito, mauricinho, genuinamente refinado tenha se interessado por ela quando a sala estava cheia de mulheres deslumbrantes do tipo debutante olhando para ele ela disse sim para o encontro no cinema Curzon Soho para verem um filme venezuelano num domingo à tarde

sim para o passeio agradável pelas ruelas do West End até Hyde Park

sim para o jantar num restaurante libanês na Edgware Road e depois à noite para os drinques na boate do pai dele em Pall Mall

sim para o humor afiado dele e para o interesse genuíno pela vida dela e por suas opiniões

sim para a inteligência dele, as habilidades sociais e a personalidade tranquila

sim para a maneira romântica de segurar a mão dela e para as boas maneiras em todas as situações

sim para a evidente paixão dele por ela

ele contou que tinha sido criado numa *villa* em Richmond com um gramado que descia até o Tâmisa com um cais particular onde um barco a motor de passeio ficava ancorado

ele ficou fascinado pela infância dela num conjunto habitacional em Peckham, impressionado com a quantidade de obstáculos que ela precisou encarar

ele disse que só tinha pisado sem grandes pretensões nos sulcos de uma trilha predeterminada deixada por sua família, começando com um internato excêntrico em Wiltshire frequentado por quase todos os homens de sua família desde 1880, uma escola que ensinava latim e grego antigo em vinte e uma das trinta e uma aulas semanais quando o pai dele estudava lá

que felizmente tinham sido reduzidas para *apenas* sete na época de Freddy

depois de uma agitada viagem pelo mundo em um ano sabático, entrou numa faculdade particular de artes liberais na

Nova Inglaterra, que recebeu uma generosa doação do pai dele, um ex-aluno, no ano em que o filho nota seis se candidatou

o filho que se formou quatro anos depois com uma média vergonhosamente baixa por ter sido desencaminhado por cerca de trinta outros adolescentes deixados por conta própria pela primeira vez numa fraternidade onde davam festas quase todas as noites e ingeriam várias substâncias psicoativas que com frequência o deixavam fora do ar durante dias

mal conseguindo falar, quanto mais escrever

não que aquilo importasse

no último semestre ele recebeu uma proposta de um estágio bem remunerado em Londres graças à mãe, que cobrou um favor de uma amiga de escola que tinha sido uma das damas de honra dela

ela disse que Freddy podia começar no dia em que aterrissasse na Velha Inglaterra vindo da Nova

não há necessidade de nenhuma entrevista, ele só precisa preencher aqueles formulários velhos e chatos, querida

desde então ele tem achado o estilo de vida corporativo entorpecente e asfixiante, sonha em viver numa cabana no campo cultivando a própria comida

Carole se mudou direto do apartamento da mãe, onde morou sem pagar aluguel por alguns anos depois da formatura a fim de economizar para financiar um imóvel

para a casa de Freddy em Fulham, onde o relacionamento passou para a fase de noivado

vou ser a esposinha da relação, ele prometeu, vou me pendurar graciosamente no seu braço quando for preciso, vou aparar a grama, fazer geleia, supervisionar a empregada e criar a nossa adorável prole de pele trigueira ela amava o fato de que ele estava disposto a se curvar à ambição dela

ela sabia que iria ainda mais rápido com ele a seu lado

ele disse que os pais queriam que ele se casasse com alguém cuja linhagem, como a deles, remontasse a Guilherme I

você devia ter visto a cara deles quando contei.

Bummi

1

Bummi
não previu o impacto negativo duradouro de a filha ir para uma universidade famosa para pessoas ricas

especialmente quando ela veio para casa depois do primeiro período choramingando que não ia conseguir voltar porque não pertencia àquele lugar

diante do quê Bummi passou um ou dois lenços nos olhos e nas bochechas da filha e perguntou, curta e grossa, eu criei uma vencedora ou uma perdedora, Carole? você vai voltar à universidade e conseguir o diploma por bem ou por mal ou não respondo pelas consequências dos meus atos

mais tarde Bummi não esperava que Carole voltasse para casa depois do segundo semestre falando pelo nariz como se estivesse com um espirro preso em vez de usar as vibrações poderosas da potência vocal nigeriana, o tempo todo olhando de um jeito arrogante para o pequeno apartamento aconchegante delas como se agora ele fosse um muquifo

ela achava que a mamãe não tinha notado as manifestações externas do ser interno? ah! ah!, você não cria um filho sem se tornar uma expert em sinais não verbais que eles acham que você é estúpida demais para notar

naquelas primeiras férias de verão Carole trabalhou na Marks & Spencer em Lewisham, não para começar a pagar sua dívida estudantil como uma adulta responsável, mas para comprar roupas daquelas lojas caras chamadas Oasis e Zara, em vez de conseguir descontos na New Look e na Peacock

no segundo ano ela mal veio para casa e por volta do último ano passava fins de semana e feriados no solar de campo da família de sua amiga Rosie, que tinha mais quartos que um conjunto habitacional, ela disse, é simplesmente divino, *mãe*, simplesmente divino

(*mãe* — ela estava sendo irônica?)

quando Bummi viu a filha pegar o diploma na formatura, lágrimas escorreram pelo rosto dela tão profusamente que era como chuva batendo contra os vidros de um carro

sem limpadores de para-brisa

ela desejou que Augustine estivesse ali para testemunhar a conquista da menininha deles, também quis que Carole tivesse ido para casa para continuar a comemoração com o caldeirão de ensopado que Bummi tinha cozinhado especialmente, esperando que agora que a filha tinha se formado fosse voltar para a cultura real dela e até comer com as mãos em vez de olhar de esguelha para a mamãe por fazer isso, como se ela fosse uma selvagem da floresta

antes de pegar o trem de volta para Londres, Bummi alertou Carole pela milésima vez que agora ela precisava conseguir um bom emprego e depois um marido nigeriano respeitável, a fim de dar netos a ela

Carole não tinha apresentado nenhum namorado para a mãe até aquele momento, o que significava que namorados tinham pouca importância para a filha

mais ou menos uma semana depois, Carole voltou para o apartamento com os olhos vermelhos e "exausta" porque estava "curtindo", mãe

curtindo o quê? Bummi perguntou, você é velha demais para essas coisas, você tem dormido com homens? é isso?

não, eu sou *virgem* (ela estava sendo irônica de novo?)

Bummi lhe deu o benefício da dúvida, você tem que continuar desse jeito, não esqueça que você é nigeriana e não uma dessas garotas inglesas vulgares, e agora vou descongelar o ensopado para você e a gente pode comer ele hoje à noite no jantar

não estou com fome, não precisa se incomodar, Carole respondeu, depois foi para o seu quarto, fechou a porta, ressurgindo só na manhã seguinte

quando Carole rapidamente achou um emprego num banco de investimentos, Bummi ficou feliz que ela decidiu continuar morando em casa para economizar dinheiro para um financiamento

onde Bummi tentou persuadir e bajular Carole para ir à igreja conhecer três jovens nigerianos que ela tinha escolhido para ela, todos com bons diplomas e níveis variados de beleza (ela não queria netos feios)

realmente não estou interessada no momento, Carole respondeu

não demore muito, Bummi alertou, quando você tiver por volta dos trinta já vai ter ficado para trás e assim tudo correu bem por alguns anos, embora Carole trabalhasse até muito tarde e ficasse quase todas as noites com amigos, ela disse, que moravam mais perto do centro de Londres

então um dia no café da manhã (uma xícara de café sem açúcar para Carole) enquanto Bummi comia com as mãos o mingau de inhame que a filha amava antes de ir para a universidade e antes de começar a dizer que ele parecia cimento morno

Carole disse, tenho que compartilhar uma coisa (bem inglês, todo esse preâmbulo de *compartilhar* em vez de simplesmente ir direto ao assunto)

fiquei noiva e vou me casar, mãe

a filha falou para o linóleo desbotado no chão da cozinha como se nunca o tivesse visto antes, mesmo que ele estivesse ali muito antes de ela nascer

com um homem maravilhoso chamado Freddy

Bummi sentiu fogos de artifício explodindo no cérebro (as estrelinhas)

o que é isso? pensou, a menina me diz que vai se casar com um homem que ainda nem sequer apresentou para a mamãe dela? desde quando vocês se conhecem? Bummi perguntou, incapaz de engolir o bocado de mingau em sua boca que parecia mesmo cimento morno

há algum tempo, Carole respondeu, ah e ele é branco, inglês, ela murmurou, a gente sai há décadas e estou realmente apaixonada por ele, então é isso

então é isso

Carole encarou Bummi com uma expressão que dizia, e não há nada que você possa fazer para me impedir, mãe

Bummi tentou contar até dez, mas chegou só até 9,2 antes de saltar da cadeira tão rápido que Carole deu um pulo também

e se você gostar dele causa wahala pra mim, ei? num brinca comigo não, abi? cê num cospim cima da vi do papai! num cospim cima do teu povo! que tipo de vergonha cê quer trazer pressa família? num me desgraça! eu não te conheço mesmo, mesmo mesmo

Bummi andava para lá e para cá na pequena cozinha forçando Carole a se espremer num canto

ela resistiu ao impulso de estapear a filha na cabeça porque não importava o quão desobediente ela tivesse sido, mesmo quando era menininha, ela nunca ia bater na única pessoa no mundo que tinha sido gerada por nove meses dentro da barriga dela

na criança perfeita a que ela tinha dado à luz, chorando pelo leite reconfortante da mamãe no Guy's Hospital

Great Maze Pond

Waterloo

Londres, SE 1

Reino Unido da Grã-Bretanha

Bummi queria que Augustine ainda estivesse vivo para incutir algum juízo na menininha deles

ela não tinha sido feita para criar uma filha sozinha num arranha-céu num país estrangeiro

se sentiu tão desesperançada como se sentiu quando Carole passou por aquele período depressivo aos treze anos, quando começou a cabular aula, suas notas altas despencaram, e ela se trancou no quarto por fins de semana inteiros e só saía para se lavar, comer e ir ao banheiro

o que você está fazendo aí?

dormindo, estou cansada, mamãe, ela respondia através da porta

por que você está sempre cansada quando tudo o que você tem que fazer é ir para a escola e exercitar o cérebro, enquanto eu tenho que ficar de joelhos apoiada nas mãos limpando todos os dias? quem devia estar cansada? você ou eu?

quando Bummi pediu conselhos às mulheres da igreja, elas asseguraram que eram problemas hormonais da adolescência que iam passar

o que aconteceu

cerca de um ano depois

a garotinha esperta dela não estava mais dormindo durante a infância toda e tinha voltado a ser a primeira da turma na maioria das matérias

uma das professoras dela, a sra. King, uma senhora muito atenciosa com um interesse especial em ajudar a filha dela, disse que Carole tinha capacidade de ir longe se mantiver o nível atual de desempenho, sra. Williams

Bummi estava tão orgulhosa quando Carole entrou na famosa universidade para pessoas ricas que tirou cópia da carta de aceitação da universidade não uma nem duas, mas três

emoldurou e colocou na casa — uma na parede do corredor, uma na porta do lado de dentro do banheiro e outra em cima da televisão onde ela mesma podia olhar enquanto assistia tevê

ela não previu que aquilo podia levar Carole a rejeitar a verdadeira cultura dela

Bummi se lembrava da filha parada no canto da cozinha como um animal acuado que achava que não era seguro se mexer

ela não queria que a filha sentisse medo dela

Carole, ela disse, voltando a se sentar, vem, escuta aqui, você mal conhece esse Freddy-que-brotou-do-nada enquanto eu te conheço a vida toda, quem é ele para você quando você é tudo para mim? não faz sentido entrar neste país se você esquecer quem você realmente é, você não é inglesa, ou você pariu a você mesma?

você é nigeriana, primeiro e acima de tudo

Carole você tem que se casar com um nigeriano pelo bem do seu pobre papai, abi?

quando aquilo não produziu o efeito desejado, Bummi decidiu que dali em diante ia ignorar Carole, começando naquela mesma noite quando Carole entrou na cozinha para preparar o jantar de domingo junto com ela como costumavam fazer

a geladeira estava vazia, nem sequer havia pão, leite ou margarina, Bummi tinha jogado tudo num saco de lixo

Bummi continuou a ignorar a filha

no sofá de três lugares na sala onde elas em geral se acotovelavam enquanto faziam comentários ásperos sobre qualquer DVD de Nollywood todo tremido que estivesse rodando na tevê de tela plana no canto, Bummi não quis que Carole massageasse os pés dela com óleo de coco como sempre, e se fez de surda quando ela perguntou com cautela se podia fazer uma caneca quentinha de chocolate, mãe?

Bummi sentava na outra ponta do sofá num silêncio de pedra, fungando a intervalos regulares e secando os olhos até a garota sair da sala

depois disso Carole ficou fora do caminho dela e quando gritou boa-noite junto à porta quando chegou em casa tarde da noite, Bummi não respondeu, continuou lendo *As alegrias da maternidade* de sua compatriota Buchi Emecheta, um romance que a irmã Flora, amiga da igreja, tinha recomendado quando Bummi desabafou suas desgraças com ela

a irmã Flora disse que a mãe do romance, Nnu Ego, também era uma sofredora, leia e vai se sentir melhor, irmã Bummi

mais tarde ela ouviu Carole andar pé ante pé da cozinha para o banheiro e daí para o quarto, fechando a porta sem fazer barulho

Bummi esperava que ela estivesse chorando até dormir todas as noites então uma manhã

quando Bummi estava sentada removendo os grãos ruins de arroz basmati de um saco tamanho família que ela tinha comprado no minimercado bengali na rua principal que era vinte vezes mais barato que os pacotes minúsculos de arroz vendidos no supermercado dos ricos na esquina

Carole surgiu antes de ir para o trabalho parecendo toda *inglesa*, como sempre, a gabardina azul-marinho amarrada justa para mostrar a cintura fina, o cabelo puxado para trás num coque, pérolas em volta do pescoço

você vai ficar feliz de saber que eu vou sair de casa e ir morar com o Freddy, mãe, você nunca mais vai precisar me ver

ela ficou ali parada, esperando que Bummi a ignorasse, mas alguma coisa mudou naquele momento e Bummi achou que era correto dar a ela uma passagem de volta de Coventry, tinha sido difícil não falar com ela, enquanto as semanas viravam dois meses e depois quase três, a mágoa tinha se aprofundado e ela estava com medo do que podia sair da boca dela

fiquei braba então não quis falar

e ela não queria renegar a filha

a única pessoa que restou na vida dela que ela amava

você entende, Bummi disse, gesticulando na direção do saco de arroz, os ingleses gostam de desperdiçar dinheiro em supermercado caro com produto superfaturado em embalagem chique, e aí têm a coragem de reclamar na fila do ônibus que a economia está indo pelo ralo enquanto *me* lançam olhares horríveis, quando são eles, é, *eles* que estão indo pelo ralo com essa suscetibilidade a propaganda chique que consequentemente causa uma crise nas finanças pessoais deles

vocês ingleses, eu tenho vontade de dizer a quem me lança aqueles olhares, vocês deviam perguntar para *mim* como comprar neste país porque nós imigrantes somos muito mais espertos que vocês, a gente se recusa a pagar quantias ridículas por temperos só porque eles estão em vidrinhos bonitos com "cardamomo concentrado" ou "fiozinhos de açafrão" no rótulo

o que é um tempero "concentrado"? me diz? se for "concentrado" eu não preciso botar uma pitada generosa? é uma libra ou um quilo? não, é *concentrado*, seus *idiotas*, e eles têm a pachorra de torcer o nariz para as lojas de imigrantes onde a gente economiza um bom dinheiro e eles não iam ousar se aventurar para não serem sequestrados por terroristas ou pegar malária

além disso a gente sabe pechinchar um bom preço no mercado em vez de pagar as quantias exorbitantes anunciadas com um "me roube, eu sou um idiota" escrito na nossa testa

por que pagar uma libra por um quilo de maçãs quando você pode conseguir elas por menos, se se mantiver firme e conversar com o vendedor do mercado até que ele esteja tão vencido que praticamente vai te dar de graça, só para se livrar de você?

com as economias feitas ao longo do tempo, você pode comprar um frango inteiro se pechinchar com o açougueiro do mesmo jeito

um frango pode durar várias refeições se você fizer uma sopa

e mantém sua boa forma

o que eu quero dizer é que você é nigeriana

não importa o quanto você se acha superior e poderosa

não importa o quanto o seu futuro marido tem de inglês

não importa o quanto você finge ser inglesa

e tem mais: se você se dirigir a mim como mãe de novo vou te bater até pingar sangue e depois vou te pendurar de cabeça para baixo na varanda com a roupa para secar

eu sou a sua mamãe

agora e sempre

nunca esqueça disso, abi?

quando ela terminou, faixas de rímel preto escorriam pelas bochechas de Carole, e Bummi ficou agradecida por voltar a sentir o calor do corpo da filha quando elas se abraçaram

filha que saiu do apartamento aos prantos naquela manhã agradecendo *mamãe* por falar de novo com ela porque, disse, quando a sua própria mãe finge que você não existe é como se você estivesse morta

Bummi ficou observando Carole entrar no elevador com cheiro de urina para ir para o térreo

sua filha logo ia pertencer totalmente a eles.

2

Bummi lembra como sua mamãe juntou as roupas dela para fugir de Opolo no Delta do Níger

depois que o papai de Bummi, Moses, tinha explodido ao refinar diesel de forma ilegal

nessa indústria caseira, aquecer barris de petróleo bruto nos brejos ficando perto demais das chamas era perigoso

produzir diesel do petróleo que estava a só dois barris de distância de uma fogueira era perigoso

o Delta inteiro sabia, mas de que outro jeito sobreviver naquele lugar devastado onde milhões de barris de petróleo eram sugados a milhares de metros de profundidade na terra pelas furadeiras gigantescas das companhias petrolíferas a fim de fornecer energia preciosa para o resto do planeta

enquanto a região que produz aquilo é deixada para apodrecer?

quando o papai de Bummi morreu, o lote de terra que ele possuía, onde cultivavam mandioca e inhame, foi tomado pelos parentes dele em plena luz do dia

você é esposa dele pela tradição, não pela lei, eles gritaram para Iyatunde quando irromperam na cabana logo depois do funeral dele

vai caindo fora daqui agora mesmo, a propriedade é da gente agora, a gente não quer mais ver a tua cara aqui, cê num tem nada pra fazer neste lugar!

Bummi lembra da longa caminhada com a mamãe pela floresta até a casa dos avós

carregando os pertences em dois cestos sobre a cabeça delas

de volta à cabana minúscula onde a vida da mamãe tinha começado, o avô avisou que ia casar Bummi assim que ela atingisse a puberdade

ela logo tá pronta, embolso a grana do dote, vai resolver um monte de problema pra mim, essaí vai esvaziar bolso em toda parte

naquela noite a mamãe disse a Bummi que não ia permitir que o pai impusesse o estilo de vida tradicional dele à filha, assim como ele tinha escolhido o marido dela quando ela tinha catorze anos

na manhã seguinte, com o dinheirinho que Moses e ela tinham economizado amarrado nas dobras da roupa, ela pegou Bummi pela mão antes que o pai acordasse

e elas fugiram das chamas cor de laranja das refinarias queimando vinte e quatro horas por dia no horizonte úmido por centenas de quilômetros

fugiram da fumaça tóxica que tornava difícil respirar o próprio ar porque inalar profundamente era morrer pouco a pouco

fugiram da chuva ácida que deixava a água imprópria para beber

fugiram dos derramamentos de óleo envenenando as plantações, dos peixes doentes nos riachos gosmentos, dos cestos de pesca que saíam da água revestidos de óleo preto pegajoso
lagostim, caranguejo, lagosta — num morram
peixe-espada, bagre, corvina — num morram
barracuda, savelha, pâmpano — num morram

começaram a jornada até Lagos, onde foram morar na aquática Makoko e dividiram uma cabana de bambu de palafitas com outra família, com uma plataforma para se sentar do lado de fora e uma canoa compartilhada para manobrar pelas águas sujas e escuras

a mamãe pediu trabalho em todos os lugares na populosa cidade de Lagos, com Bummi se arrastando atrás dela sentindo muita vergonha de sua roupa velha e suja e do chinelo enegrecido

ela odiou a cidade grande com seu barulho e os escapamentos imundos dos carros que tentavam passar por cima dela

no começo a mamãe tentou vender milho assado e bolinhos fritos nas ruas até os outros comerciantes afugentarem ela, esse mercado é da gente, cai fora!

Bummi assistiu à mamãe se humilhar ao implorar por trabalho, elas chegaram a uma serraria local onde árvores que tinham sido derrubadas no interior eram amarradas para formar florestas flutuantes e rebocadas rio abaixo até a cidade

a mamãe viu o supervisor, Labi, foi andando cheia de energia até ele, disse que era tão forte quanto qualquer homem, ele não estava vendo os braços poderosos dela, de capinar?

Oga, tenho uma menina, a gente precisa comer, posso fazer esse trabalho, eu sei que fazem de tudo, só me dá um trabalho, por favor

a mamãe trabalhava seis dias por semana no barulho ensurdecedor e na poeira da serraria onde disse que os homens se acostumaram com ela quando viram que trabalhava tão duro quanto eles

então um dia Labi disse que ela não precisava mais levar tábuas de madeira na cabeça, era trabalho de burro de carga para idiotas, e ela não era uma idiota, ela podia ajudar a operar a serra circular

no início a mamãe ficou feliz até que veio para casa balançando a cabeça, dizendo aquele homem, falaram pra mim nada é de graça

vou dar vida melhor pra gente, tirar a gente desse sofrimento

gente inda vai sobreviver, minha menina

nos dias de semana uma canoa apanhava Bummi para levá-la à escola flutuante na lagoa, onde o professor coletava a contribuição assim que cada criança chegava, ou elas eram mandadas para casa

nunca aconteceu com ela porque a mamãe ia preferir sair sem comer a fazer ela perder uma só aula

ela disse que Bummi estava navegando rumo a uma educação, a um marido educado e a um emprego educado sentada diante de uma mesa que ia pagar um bom dinheiro de modo que se o futuro marido dela morresse ela ia poder se sustentar e aos filhos

até que o impensável aconteceu quando Bummi tinha quinze anos

a mamãe escorregou enquanto tentava consertar uma serra a vapor temperamental no final de um turno e não se mexeu rápido o suficiente quando os dentes zuniram de um jeito cruel, voltando à ação

Labi foi à escola dar a má notícia a Bummi

ela lembra de desmoronar nas ripas de bambu no chão da escola e de chorar com as ondas se agitando ali embaixo, lembra de entrar na canoa e de ser levada de volta para a cabana onde se enrolou como uma bola lembra de Labi dizendo que ia pagar o aluguel e a escola por um mês enquanto procurava os parentes dela, não por causa da tua mamãe, tô fazendo isso por ti

ele localizou uma prima distante, tia Ekio, que ofereceu acomodação e educação se Bummi fizesse as tarefas domésticas e cuidasse das crianças

Bummi ficou aliviada por não ter mais que sobreviver por conta própria em Lagos

os homens se aproximavam dela quando ela ia fazer compras sozinha no mercado

inclusive um oga enorme com uma barriga enorme num carro enorme que queria que ela fosse a concubina dele

enquanto soprava fumaça de cigarro no rosto dela

só contrato de exclusividade

tia Ekio veio até a porta da frente da casa de concreto quando Bummi chegou, pura dor e luto, e se prostrou no chão num cumprimento respeitoso, chateada porque a tia por sua vez não a cumprimentou como um membro da família que não via há muito tempo

você devia ser grata por eu te acolher, tia Ekio disse, mostrando a Bummi a casa de concreto de três andares, a primeira vez que Bummi entrava numa habitação que não era feita de bambu, com cômodos que iam dar em outros cômodos

como um chamado de quarto das crianças, para elas se divertirem com seus brinquedos

e um closet para a sra. Ekio

Bummi logo descobriu que a tia passava os dias lendo revistas de moda, indo ao salão de beleza, "almoçando com as meninas", cozinhando quando tinha que cozinhar e vendo televisão

Bummi tinha que ficar a postos antes e depois da escola

Buummiii!!! Tia Ekio gritava para ter seu chá matinal na cama ou se a mobília não estivesse polida o suficiente, ou se as crianças tivessem sujado a roupa, ou se quisesse ajuda na cozinha, ou se quisesse que Bummi mudasse o canal da televisão, ou se precisasse de alguma coisa do mercado

Buummiii!!! Tia Ekio gritava quando quebrava uma unha, me traga a lixa *agora mesmo*, ainda que Bummi estivesse comendo ou no banheiro constipada, ou fazendo a lição de casa, ou verificando se os dois meninos tinham tomado banho sem se matar

já ela tinha que se lavar com a mangueira do jardim

Buummiii!!! ela ouvia quando estava cuspindo na xícara de chá da tia e murmurando, vou te arrebentar, mulher, vou te arrebentar, antes de levar a xícara para ela sobre uma bela toalhinha de plástico numa pequena bandeja

Buummiii!!! ela ouvia quando ia ao mercado, percebendo que era só um eco nos corredores de sua mente, chegando em casa para a tia perguntar por que ela demorou tanto? você pensa que eu sou uma idiota? você ficou de conversinha com os garotos?

Buummiii!!! era um grito no meio de seus pesadelos nos quais ela se via perdendo esta casa também, como tinha perdido a de Lagos e a de Opolo

Buummiii!!! ela ouvia sentada no ônibus para a Universidade de Ibadan onde começou seu curso de matemática na sala lotada

estudantes sentados no chão e nos corredores

onde ela apagou no fundão durante a primeira aula

só para ser acordada por um professor assistente que tinha entrado na sala vazia para preparar a próxima aula

um jovem chamado Augustine Williams

Augustine

que a chamou para almoçar naquele dia, dizendo que ela era uma garota bem bonita quando ela sabia com toda a certeza que não era

Augustine

que depois disso a procurava no horário de almoço para sentarem à sombra de uma árvore no terreno e comer *ugba* e *abacha* ou caracóis apimentados, *suya* ou *moi moi*

logo os dois existiam num campo de força que os isolava da agitação do resto do campus, como isso tinha acontecido?, duas pessoas se encontrando por acaso e sentindo como se se conhecessem desde sempre

ele disse que conseguia ver tristeza no rosto dela, o que a tornava misteriosa e atraente

Bummi ficou surpresa que ele tentasse enxergar dentro dela, que alguém tentasse, agora ela era misteriosa e atraente? naquela tarde se olhou no espelho de todos os ângulos tentando se ver como ele a via

ao contrário dos garotos da faculdade que tratavam as mulheres como lixo, ele esperou um bom tempo antes de arriscar um beijo — um beijinho rápido na bochecha esquerda, que ela se recusou a lavar por três dias

com Augustine na vida dela, Bummi não se sentia tão sozinha eles eram duas metades de um círculo prestes a se completar

Augustine tinha crescido com o pai assistente social e a mãe datilógrafa que moravam na mesma casa desde que se casaram, cujos próprios pais viviam ali, assim como o irmão e as irmãs dele, tios e tias, que apareciam nas tardes de domingo para um bufê de sopa *okra* com *fu fu*, ensopado *buku*, espinafre refogado com gergelim e azeite de dendê, inhame, macarrão, frango frito e salada

quando perguntou se Bummi queria ser a esposa dele, ele

a tranquilizou dizendo que os pais iam aceitá-la, mesmo que não tivesse família para responder por ela, os pais de Augustine acreditavam que o casamento dizia respeito, acima de todas as coisas, ao amor e à cumplicidade

eles se orgulhavam de ser progressistas

o cabelo de Bummi tinha acabado de ser alisado quando ela cruzou a soleira da porta da casa de Augustine num vestido de renda branca que terminava modestamente abaixo dos joelhos e usando as sandálias da Bata recém-limpas

você é bem-vinda, a sra. Williams disse enquanto a levava para a sala, cortinas floridas impedindo a passagem do sol do meio-dia

a sra. Williams usava um cafetã elegante com pássaros azuis em pleno voo

ela se juntou a Bummi que se sentou rígida no sofá de vime olhando para as muitas fotografias antigas em preto e branco, emolduradas, que preenchiam a parte de cima da parede

a sra. Williams tomou as mãos de Bummi nas dela e as segurou, Bummi ficou maravilhada com a maciez aconchegante, as da mãe eram duras e ásperas

a sra. Williams disse que queria que o filho fosse uma pessoa honrada e responsável, era tudo o que uma mãe devia esperar

não queremos um dote, você tem a nossa bênção, agora você vai ser a nossa filha

Bummi se achou uma garota de muita sorte

Augustine não se achava com tanta sorte, ele reclamava quando saíam para longas caminhadas nas tardes de domingo passando pelos campos de milho no sol encoberto

a família dele não tinha bons contatos para conseguir um emprego para ele no governo ou no mundo dos negócios como seria adequado a seu doutorado em economia se ele fosse embora para a Inglaterra, tinha certeza de que ia encontrar um emprego que o levaria a viajar pelo mundo como um homem de negócios ou consultor

um dia ele ia ter propriedades em Nova York, Los Angeles, Genebra, Cape Town, Ibadan, Lagos e Londres, claro

ele ia conseguir, sim, ia conseguir

com a graça de Deus.

3

Com a graça de Deus

Bummi e Augustine emigraram para a Grã-Bretanha, onde ele mais uma vez não conseguiu encontrar um trabalho que se adequasse às qualificações dele

ele se instalou no banco de um táxi até ter juntado dinheiro suficiente para se estabelecer no mundo dos negócios (importação e exportação)

e pesquisou possibilidades de comércio entre a Grã-Bretanha e a África Ocidental através de fábricas clandestinas da Turquia, Indonésia e Bangladesh

infelizmente, Londres era mais cara do que ele tinha imaginado, poupar era impossível, e quando a economia da Nigéria entrou em declínio ele precisou enviar dinheiro para casa

Bummi e Augustine concordavam que tinham se enganado ao acreditar que pelo menos na Inglaterra trabalhar duro e sonhar grande ficavam a só um passo da conquista

Augustine brincou que estava conseguindo um segundo doutorado em atalhos, engarrafamentos, ruas de mão única e sem saída

enquanto transportava passageiros que se achavam superiores demais para falar com ele como com um igual

Bummi reclamava que as pessoas a enxergavam pelo que ela fazia (faxina) e não pelo que ela era (uma mulher educada)

elas não sabiam que ela tinha um canudo que a declarava oficialmente graduada pelo Departamento de Matemática da Universidade de Ibadan

assim como ela não sabia que quando se formou com distinção e caminhou pelo palco na frente de centenas de pessoas para receber seu canudo, e apertou a mão do reitor da universidade, que o seu diploma de um país de Terceiro Mundo não ia significar nada no novo país

principalmente com o nome e a nacionalidade dela associados a ele

e que as recusas de emprego chegariam pelo correio de forma tão regular que ela ia queimá-las ritualisticamente na pia da cozinha

vendo-as virar cinzas e escorrer pelo ralo

razão pela qual, quando a filha deles nasceu, eles a chamaram de Carole

sem um nome do meio nigeriano

Augustine trabalhava à noite, desabava na cama totalmente vestido, cheirando aos cigarros que fumava o dia todo e à cerveja escura em lata que bebia quando chegava em casa

bem na hora em que Bummi se arrastava para fora da cama

para se juntar à tribo dos trabalhadores de olhos injetados que emergiam na iluminação fraca de sua nova cidade para embarcar com esforço nos ônibus vermelhos de dois andares que disparavam pelas ruas vazias

ela se sentava num silêncio sonolento com outros que tinham esperado uma vida melhor neste país, aconchegada em sua jaqueta acolchoada no inverno, os pés em uma bota forrada, com vontade de dormir, com medo de perder a parada no prédio de escritórios onde ela raspava matéria fecal endurecida em vasos sanitários e desinfetava tudo que tinha entrado em contato com dejetos humanos

onde ela juntava células de pele morta às fibras já aspiradas, lavava e encerava pisos, esvaziava cestos de papel e lixeiras, limpava teclados e passava um pano em monitores, lustrava mesas e estantes e de modo geral se certificava de que tudo estava imaculado e livre de poeira

se esforçando para ser a melhor, mesmo que o emprego não fosse

Augustine disse que o mínimo que podia fazer era ser um bom pai para Carole, como a mãe dele continuava a aconselhar por cartas

não seja distante, autoritário ou reservado, meu filho, seja próximo da sua filha pequena e vai continuar assim quando ela for mais velha

Bummi amava ver o marido brincando livremente com Carole, fingindo que era um cavalinho enquanto ela passeava montada nas costas dele por horas

upa-upa, papai, upa-upa

ela amou quando ele fez uma casa de bonecas para Carole com caixotes de feira, pintou, mobiliou com móveis de papelão, fazendo as bonecas com pinos de madeira — que homem excepcional ele era

ela ficou triste quando ele disse um dia, se a gente não der certo aqui, talvez nossa filha dê

Augustine

querido Augustine, que morreu de ataque cardíaco enquanto dirigia pela ponte de Westminster transportando uns baderneiros bêbados nas primeiras horas do Ano-Novo depois de noites demais de *junk food* para viagem

dobrando o salário no período mais movimentado do ano enquanto reduzia pela metade sua ainda desconhecida, genética e crônica vida de cardíaco

Bummi perdeu a fé no momento em que entrou na capela e viu o corpo do seu amado Augustine deitado ali

a pele marrom tinha sido esvaziada de vida e tingida de cinza

a boca fechada à força, o maxilar cerrado, como se fixado no lugar

ele não abriu os olhos para olhar amorosamente para ela quando ela entrou

ele não a ouviu quando ela falou com ele, não a abraçou ou acalmou quando ela soluçou

ela chegou à conclusão de que não havia nenhum grande ser espiritual olhando por ela, protegendo-a e às pessoas que ela amava

sem muita vontade, Bummi acabou voltando para a igreja dela, o Ministério de Deus, era esperado, ela encontrava consolo nos amigos dali

mas não acreditava mais em nenhuma das palavras que lhe saíam da boca nas orações, salmos e hinos

o espaço um dia ocupado por Deus agora estava vazio, e sem um deus para prometer a salvação eterna, foi um choque constatar o quanto ela estava por sua própria conta

e o quanto Augustine e ela tinham se enredado num desespero que suspendeu a habilidade deles de sair daquela situação, devastados pelo peso de uma rejeição que não fazia parte dos sonhos de imigração

e ela se perguntou — como posso superar a minha situação para criar a minha filha na condição de mãe solteira assalariada?

ela se perguntou — não tenho um diploma de matemática? além disso, não possuo a inteligência para me formar com distinção em matemática sem nem mesmo dormir com o professor?

não gosto do desafio de resolver problemas?

quanto mais perguntava, mais entendia que devia fazer o que Augustine era fraco demais para fazer

ela ia se tornar alguém que empregava os outros, em vez de alguém que esperava ser empregada

ela ia se tornar dona de sua própria empresa de limpeza, ia ser uma Empregadora de Oportunidades Iguais, como todas as outras empresas de limpeza

ela desejou que Augustine estivesse ali para rir com ela dessa piada

naquela noite ela sonhou que contratava um exército de faxineiras que iria se espalhar pelo planeta com a missão de limpar todo o dano causado ao meio ambiente

elas vieram de todos os lugares da África e da América do Norte e do Sul, vieram da Índia e China e de todos os lugares da Ásia, vieram da Europa e do Oriente Médio, da Oceania e também do Ártico

imaginou todas elas descendo aos milhões o Delta do Níger e expulsando as companhias de petróleo com seu esfregão e cabos de vassoura transformados em lanças e espadas com pontas envenenadas e metralhadoras

imaginou-as demolindo todo o equipamento usado na produção de petróleo, inclusive as chaminés que se erguiam no céu para queimar o gás natural, as faxineiras colocando explosivos debaixo de cada uma, detonando de uma distância segura e olhando enquanto explodiam

imaginou os habitantes locais aplaudindo e comemorando com danças, tambores e peixe assado imaginou a mídia internacional registrando aquilo — CNN, BBC, NBC

imaginou o governo incapaz de mobilizar a mal remunerada milícia local porque estava aterrorizado pela maioria absoluta do Exército Mundial de Faxineiras

que podia vaporizá-los com seus poderes sobre-humanos

depois imaginou legiões de mulheres cantando e esquadrinhando rios e riachos poluídos para remover as manchas grossas de óleo, e escavando a terra até ter removido as subcamadas tóxicas do solo

imaginou o céu se abrindo quando o trabalho estava concluído e uma chuva de água pura caindo das nuvens agora higiênicas pelo tempo necessário para que a região fosse totalmente purificada e reabastecida

imaginou o pai dela, Moses, um simples pescador, manobrando a canoa pelas águas transparentes dos riachos, um homem que ainda sustentava a família na honrada tradição de seus ancestrais

imaginou a mamãe, com boa saúde, descansando enquanto lavradores cuidavam da terra deles

que não tinha sido roubada pelos parentes de Moses porque ele não tinha morrido

imaginou Augustine, um economista de finanças verdes, chegando pelo caminhozinho do jardim da casa deles de terno e maleta na mão

voltando da última conferência sobre economia e meio ambiente que tinha presidido nas Nações Unidas em Genebra ou Nova York

Bummi precisava de uma injeção de fundos para aulas de direção e outros custos de uma start-up; o que fazer quando todo mundo que ela conhecia vivia de forma precária com exceção do pastor Aderami Obi da igreja dela

que passou a se comportar de um jeito diferente com ela depois que Augustine morreu

que começou a devorar o corpo dela com os olhos sempre que a via, como se ela fosse a entrada, o prato principal e a sobremesa de uma vez só

ele falava direto para os peitos abundantes que Augustine venerava

quando passava um braço reconfortante em volta de Bummi depois da igreja, escorregava de leve a mão pelas costas dela, acariciando as nádegas tão disfarçadamente que ninguém mais ia notar

quando ela tentava desviar dele, ele se apertava contra ela

o pastor Obi era um homem rico, um homem poderoso, a congregação de dois mil concedeu a ele o dom da onipotência na missão de realizar a obra de Deus na terra

e ele se comportava como se fosse direito dele importunar as paroquianas, e nesse caso era direito dela pedir para ele emprestar o dinheiro para dar início ao seu negócio

eles não tinham depositado dez por cento da renda mensal deles na caixinha de coleta durante vários anos? um dinheiro de que eles nem podiam abrir mão

Augustine tinha acreditado nos sermões do pastor, que se comprometer financeiramente com a igreja era se comprometer com Deus, e se comprometer com Deus ia trazer prosperidade incalculável e um assento reservado na primeira fila no paraíso

ela via aquilo como o que de fato era, um negócio muito lucrativo de um homem muito esperto

o marido dela também tinha sido um homem esperto, só que os miolos dele eram fritos com alho quando se tratava de acreditar em cada palavra que saía da boca do pastor Obi

ele não ia se deixar convencer do contrário, mesmo quando

o pastor comprou um jatinho particular e uma ilha particular nas Filipinas

com o dinheiro dos paroquianos

numa segunda-feira à tarde, quando não havia culto agendado, o pastor marcou um encontro para discutir o empréstimo no gabinete do velho salão de bingo que agora era a igreja gigantesca dele

Bummi deixou as mãos ávidas dele tirarem a roupa dela na sacristia

deixou ele acariciar, todo excitado, seus peitos tamanho GG descobertos — como se fosse Natal

deixou ele baixar a nova calcinha de renda dela (dez pelo preço de uma)

ela ofegou e gemeu como se estivesse em êxtase quando ele entrou nela, demorando demais para expelir os diabinhos dele no revestimento de plástico preto que tinha entrado e saído dela até ele gritar abençoada seja a graça Dele! abençoado o santo nome Dele! que Deus abençoe as pessoas de boa vontade deste mundo! Deus! aleluia! Irmã Bummi, aleluia!

Bummi sorriu de um jeito recatado para o pastor quando o objetivo dele foi atingido, e se recompôs rapidamente

se enrolou de novo em sua roupa azul e roxa e amarrou outra vez o lenço na cabeça enquanto ele fechava a braguilha e afivelava o cinto

agora ela era uma mulher de negócios

essa foi sua primeira transação

ela desviou discretamente o olhar quando ele retirou um envelope com dinheiro do bolso do paletó, um empréstimo a juros baixos a ser pago ao longo de dois anos

teria levado o dobro do tempo para ela juntar um quarto daquilo com seu salário obrigada, s'nhor, ela disse, se curvando, humilde, Deus ouviu as minhas preces

ela caminhou até em casa, encheu a banheira com sais, ficou ali deitada durante horas, colocando mais água a intervalos regulares, querendo que aquilo saísse pelos poros dela

nunca ia contar a ninguém como ela tinha descido tão baixo para erguer a si mesma e à filha

sempre que fechava os olhos podia sentir a língua quente, voraz e áspera dele lambendo as orelhas dela, os lábios dizendo que ela era a vadiazinha safada dele, as bochechas gordas contra as dela, as mãos enormes apertando a bunda dela, a barriga enorme pressionada contra a dela

enquanto aguilhoava a parte mais sagrada do corpo dela.

4

Como diretora executiva da BW Serviços de Limpeza Internacional S/A, Bummi fez propaganda no supermercado dos esbanjadores, arranjou algumas faxineiras e clientes, domésticos e comerciais, só pra descobrir bem rápido que todos podiam deixá-la na mão no último minuto

não ia ser um passeio no parque, mas a vida não era um passeio no parque, abi? só havia uma pessoa em quem podia confiar, ela mesma

ia começar com pouco e crescer muito, deixou a irmã Flora da igreja, que não podia ser mãe mas queria ter filhos, tomar conta de Carole quando necessário, e se mandou para o trabalho

a primeira cliente dela foi uma senhora chamada Penelope Halifax

que vivia numa daquelas casas imensas em Camberwell com quartos no sótão para as criadas como nos velhos tempos hoje em dia tudo que essas pessoas podiam pagar era uma faxineira semanal

quando Bummi entrou na casa com vitrais na porta da frente, ladrilhos antiquados no chão da entrada, pé-direito alto, janelas enormes e vários lances de escada, se deu conta de quanto o mundo dela na Inglaterra tinha sido pequeno até aquele momento

ninguém que ela conhecia vivia assim, nem seus amigos nigerianos da igreja que eram donos de suas próprias casas

não viviam assim

Penelope era uma professora aposentada alta, com uma aparência bem agradável, o cabelo tingido de um tipo que não era nem loiro nem grisalho nem branco

ela usava roupas folgadas para esconder sua abundante feminilidade

Bummi nunca entendeu por que as mulheres inglesas não exibiam suas curvas, a fartura delas, quanto mais fartura melhor, contanto que mantivessem o decoro

na cultura dela, uma mulher abundante era uma mulher desejável

Penelope tinha sido professora na escola de Carole, Bummi notou um cartão de despedida emoldurado na entrada de casa

ela queria mencionar isso para Penelope, desenvolver uma relação de trabalho amigável com a cliente porque se as pessoas gostam de você é mais provável que continuem a contratá-la

mas a mulher disse, você está aqui para trabalhar, não para se permitir ficar de papo furado, e depois a instruiu a nunca abrir nenhuma gaveta, armário ou guarda-roupa

ou mexer em bolsos ou bolsas

Bummi queria arrancar a cabeça da mulher a dentadas, mas em vez disso mordeu a língua

logo Penelope quebrou a própria regra e falou sem parar

com Bummi enquanto a seguia pela casa se queixando de seu primeiro marido horrível, Giles, um engenheiro que era um machista idiota que tinha ficado preso na idade das trevas, ela disse, e seu segundo marido terrível, Phillip, um psicólogo, que ela descobriu que era um cachorro sarnento que ia atrás de qualquer piranha pulguenta pelas costas dela

Bummi pensou que a mulher era sofisticada por fora, grosseira por dentro

embora ela obviamente também fosse solitária, os filhos tinham saído de casa fazia muito tempo

Bummi sentiu pena dela e toda semana levava embora discretamente o estoque de garrafas de vinho vazias deixadas na lixeira da cozinha

quando já tinha vários clientes regulares, Bummi começou a recrutar pessoal e elaborou os requisitos do trabalho para mostrar aos candidatos que ela era séria

1) altamente qualificado na limpeza e no esvaziamento de containers de lixo e na eliminação de detritos de áreas específicas

2) bom conhecimento das ferramentas e produtos químicos do processo de limpeza

3) uso seguro de detergentes e produtos químicos, habilidade com o aspirador de pó, experiência comprovada em varrer, espanar, polir e escovar

4) habilidade demonstrada na esterilização de bebedouros

5) competência em espanar e em polir equipamentos de iluminação e de metal

6) dedicação completa à precisão e atenção ao detalhe

7) conhecimento da importância da roupa de proteção e do autocuidado

* * *

logo ela tinha quatro nigerianos, dois poloneses e um paquistanês em seus registros

que passaram por um programa de treinamento para conhecer as normas profissionais dela

Bummi frequentou aulas noturnas na biblioteca para se familiarizar com os computadores e a internet, e achou um contador porque não queria acabar no presídio de Holloway por evasão fiscal

quando Carole começou a carreira num banco de Londres, Bummi tinha uma equipe de dez pessoas

uma delas, a irmã Omofe da igreja, era a funcionária mais agradável e diligente de todas

seu marido, Jimoh, de volta a Porto Harcourt onde tocava um negócio de telefones celulares, tinha se casado com outra mulher e deixado ela sozinha para criar os dois filhos, Tayo e Wole

as duas mulheres se tornaram amigas bem depressa enquanto esfregavam o chão e lustravam mesas

sabe aquele homem? Omofe disse, espero que a cobra dele fique doente, encolha e envenene ele lá dentro

acho que você não se casou com ele pra virar a esposa Número Um, Bummi respondeu

não, não casei, sou uma mulher moderna e vou pôr veneno de rato no cozido dele na próxima vez que ele vier pra Inglaterra achando que vai ficar comigo, e assim que ele se livrou da bagagem e comeu a minha comida sai para beber Guinness nessas casas noturnas cheias de garotas que usam o mínimo de roupa possível

Irmã Omofe, já vi elas com meus próprios olhos no metrô tarde da noite na sexta ou no sábado quando vou pro trabalho e elas vão pras festas, as garotas neste país se vestem que nem prostitutas

é porque elas são, irmã Bummi, não têm amor-próprio, que nem os meus dois filhos não têm amor-próprio, estão saindo do controle sem o pai para disciplinar eles, começaram a tocar o terror, só ontem tive policiais na minha porta dizendo que os meus meninos eram suspeitos de roubar uma mulher na parte de cima do ônibus junto com outros arruaceiros no caminho da escola para casa, e eu não disse pra eles sentarem na parte de baixo do ônibus com as pessoas cumpridoras das leis?

quando eu bati neles, minhas mãos ricochetearam

quando eu ameacei eles com um toque de recolher, eles desobedeceram

e quando eu escondi os computadores deles no meu quarto, eles derrubaram a porta a chutes

eles vão acabar mortos num tiroteio com alguma outra gangue ou presos, e eu vou passar o resto da vida visitando o túmulo deles ou visitando eles uma vez por semana no xadrez

esse é meu destino?

Irmã Omofe, mande eles de volta para a Nigéria, essa não é a solução testada e comprovada?

você é uma mulher de soluções, irmã Bummi, Omofe respondeu, pegando a mão de Bummi e apertando

alguns meses depois, Omofe disse aos filhos que eles iam de férias para a Nigéria, e ao chegarem lá eles foram levados para um internato rigoroso em Abuja, pago com um empréstimo bancário

agora também eu fiquei sozinha, Omofe disse a Bummi depois que eles foram embora, enquanto as duas mulheres se sentavam em um sofá caro de couro vermelho na recepção vazia de um escritório num prédio de escritórios vazio com vários andares de altura, numa rua vazia da cidade às três da manhã

comendo o frango, o arroz e a salada que Bummi tinha feito

Bummi ficava ansiosa para ver Omofe no trabalho e na igreja, onde elas se sentavam juntas, passou a sentir falta dela quando estavam separadas, se viu desejando tocar a nova amiga de maneiras que não eram aceitáveis

imaginou as duas deitadas juntas como homem e mulher

e, em vez de parecer errado, pareceu certo

Omofe convidou Bummi para ir dormir no apartamento dela numa torre em New Cross numa manhã em que elas tinham terminado o trabalho e estavam a ponto de subir no ônibus para casa

os pés delas estavam doloridos, os olhos sonolentos e injetados, as axilas suadas

o ônibus chegou e depois que a horda de funcionários de escritório com um cheiro intenso de perfume e colônia, xampu, café e até creme dental tinha desembarcado, elas subiram e se sentaram confortavelmente coladas uma na outra no banco

Bummi sentiu um formigamento no lado do corpo dela que tocava no de Omofe

minha casa é um ninho vazio, Omofe disse, podemos ser a companhia uma da outra

depois que cada uma tinha tomado banho e estava pronta para dormir, Omofe foi até a porta do quarto dela e disse, fiz uma cama para você no quarto do Tayo e do Wole embora ela seja um beliche, não serve para uma mulher como você

você é bem-vinda se quiser dormir na minha cama de casal, que é mais espaçosa

a escolha é sua

Omofe andou de pés descalços pelo carpete espesso do quarto enrolada numa toalha de banho macia, a parte superior das costas dela e as batatas das pernas cintilavam, marrons e roliças, ela havia tirado a peruca e seu cabelo castanho natural era curto e reluzente a escolha é sua, ela repetiu por cima do ombro, e quando chegou na cama, de costas para Bummi, deixou a toalha cair

Bummi a seguiu para dentro do quarto como que em transe, não pôde senão deixar Omofe explorar o corpo relaxado dela, morno do banho

as duas tinham dobras generosas de carne e peitos exuberantes

Bummi se sentiu perfeitamente à vontade com Omofe e a perícia dos movimentos dela culminou no mais intenso prazer

à medida que as atividades progrediram, ela também encontrou prazer na reciprocidade, enquanto sua boca viajava para onde ela bem entendia até Omofe gritar

Bummi ficava com Omofe o máximo que podia

admitiu para si mesma que estava faminta fazia um bom tempo e que tinha ignorado isso porque jamais ia cogitar ter um novo marido

substituir alguém insubstituível era impossível

isso era diferente, Omofe era uma mulher

Tayo e Wole voltaram da Nigéria depois de vários anos, transformados em adolescentes civilizados que tinham raiva do pai por só tê-los ido visitar duas vezes e da mãe por tê-los traído

embora as mulheres continuassem a conviver no apartamento de Bummi, era estranho estar com Omofe no quarto que ela um dia tinha dividido com Augustine, e no apartamento que dividiu com a filha, a filha com quem ela nunca ia poder falar dessa coisa indizível que fez

a vergonha que ela tinha tentado sufocar começava a alcançá-la

ela não queria ser esse tipo de pessoa

não era assim que ela era

Bummi não podia mais relaxar o suficiente para sentir prazer, ela virava para o lado e pegava no sono, parou de responder às várias tentativas de contato físico de Omofe

me diz, o que posso fazer pra te agradar, Bummi? vou corrigir as minhas ações para isso

Bummi não sabia o que sugerir já que o problema não era com Omofe

ela parou de convidar a amiga para ficar lá e, quando Omofe se convidou, Bummi recusou

também parou de pegar os mesmos turnos de trabalho que ela, parou de fazer compras com ela no mercado e começou a evitá-la na igreja

Omofe, cansada de perguntar a Bummi qual era o problema sem obter uma resposta, cortou relações com ela e no fim deixou o emprego e foi trabalhar em outra firma de limpeza

mais tarde ela apareceu na igreja com a irmã Moto — *justamente ela*

a irmã Moto tinha sido modelo *plus size* e gostava demais de si mesma, usava vestidos nigerianos tradicionais e se comportava como se fosse a rainha de Peckham

ela tinha um salão de cabeleireiro na autoestrada, as antigas fotos de catálogo dela cobrindo todas as paredes, e se referia ao lugar como o Centro Comunitário das Mulheres Nigerianas, divisão do sudoeste de Londres

o que Bummi achava arrogante e absurdo

a irmã Moto suscitava suspeita ou pena porque nunca tinha tido um namorado, não que as pessoas soubessem, ou ficado noiva, se casado, tido casos com os maridos das outras mulheres ou mesmo flertado com homens que a desejavam

e a maioria desejava

Bummi fez questão de sentar atrás das duas mulheres

a irmã Moto com as costas retas e orgulhosas de sempre, o cafetã verde-claro valorizando a pele mais clara

Omofe, ao contrário, era mais baixa, mais escura, os ombros agradavelmente redondos e com braços roliços e atraentes que Bummi queria alcançar e apertar, assim como os quadris amplos e as coxas grossas dela, com covinhas

com as estrias que Bummi achava que pareciam arte e que lembravam braile ao toque

Bummi notou como as mulheres se sentavam em silêncio enquanto a igreja se enchia, como se não se conhecessem

e ainda assim havia algo de íntimo entre as duas, Bummi se perguntou se os outros tinham pensado a mesma coisa quando Omofe e ela se sentaram juntas

quando todo mundo ficou de pé para cantar, ela notou que os corpos delas instintivamente se inclinavam um em direção ao outro

Bummi ficou surpresa de ver como Omofe tinha seguido em frente depressa

ficou surpresa do quanto se sentiu chateada com isso.

5

Kofi

era outro faxineiro na folha de pagamentos dela, um alfaiate ganês aposentado que queria complementar a pensão

também era mais velho do que a maioria na equipe, embora trabalhasse duro e nunca reclamasse

tinha uma esposa falecida, cinco filhos adultos, vários netos e uma casa de três quartos em Herne Hill que alugou do conselho durante anos, antes de permitirem que a comprasse

também se agarrava ao cabelo grisalho denso que lhe restava acima das orelhas e no topo da cabeça

ela queria dizer para ele raspar aquilo

ele era careca, devia aceitar o fato

Kofi

a convidou para uma "noite de imersão na música ganesa" num bar num cinema chamado Ritzy em Brixton

tirando a igreja, era a primeira vez que ela ouvia música ao vivo na Inglaterra

ela não gostou do som do grupo que tinha um cantor, um baterista e um guitarrista, mas gostou da iluminação do ambiente e das mesinhas minúsculas onde eles podiam comer petiscos, beber limonada (para ela) e cerveja (para ele) com privacidade

as outras pessoas eram boêmios do tipo desleixado que não se deram ao trabalho de se arrumar

notou que todas as raças se misturavam a torto e a direito e que dois senhores gays estavam de mãos dadas e que estranhamente ninguém parecia ligar

Kofi dava a impressão de estar à vontade nesse ambiente peculiar, batia os pés ao som da música, retribuía com acenos de cabeça e sorria para estranhos, ainda que seu terno cinza com gravata estivesse inapropriado, assim como o vestido tradicional laranja-brilhante e o turbante dela

gostou do jeito como Kofi olhava para ela do outro lado da mesa, como se ela fosse a mulher mais bonita do mundo

ele quis saber da vida dela, ela só deu de ombros, o que havia para dizer?

uma filha, um negócio, um marido falecido

quando você estiver pronta pra falar, estou aqui pra ouvir, ele disse

ele a convidou para frequentar a igreja pentecostal — ela recusou

ele a convidou para ver o neto jogar uma partida de futebol na escola — ela aceitou

ele a convidou para o casamento da filha mais nova — era cedo demais

ele a convidou para uma refeição na casa dele, que ela aceitou, e gostou da sopa de dendê, bolinhos de massa de milho fermentada, costeletas de cordeiro e repolho

ela apreciou o fato de que esse era um homem que sabia cozinhar

mais do que isso, um homem que queria cozinhar para ela

Kofi deu a entender, depois de um período decente de galanteio, que gostaria de desfrutar de relações com ela na cama, o que significava que ela ia ter que decidir se eles iam ser mais do que amigos e, se fosse o caso, o que ela estava fazendo com um homem de Gana?

ela se perguntou se era aquilo que queria

chegou à conclusão de que era o que estava disponível

Carole o conheceu e disse, ele quer uma relação de longa duração, mamãe, você não acha que está na hora de tirar a aliança de casamento?

demorou quinze minutos para Bummi se libertar, com detergente líquido

ele a convidou para ficar no apartamento compartilhado dele na Grã-Canária nas férias, vou dormir no sofá, ele disse, pode ficar com a cama toda manhã ela se sentava na sacada do último andar com vista para os telhados ondulados e cor de areia, e olhava para a piscina lá embaixo onde Kofi dava quarenta voltas cercado pela espécie de palmeira que ela reconhecia de casa

Bummi experimentou coquetéis pela primeira vez e gostou, em especial das margaritas, que pareciam um drinque suave até ela perceber que estava dando risadinhas como uma menina

eles caminhavam pelo calçadão à noitinha, braços dados, debaixo da fileira de palmeiras com o mar lambendo as rochas negras

ela lhe contou a história de sua infância — a água e o petróleo do Delta, a água e a madeira da lagoa

Kofi se ofereceu para acompanhá-la até Opolo para visitar sua gente, ela não ia conseguir lidar com isso, disse, a situação por lá não tinha melhorado, tinha piorado, quaisquer parentes que tivessem restado eram estranhos para ela

disse que gente demais na vida dela tinha morrido jovem

confessou que toda vez que ele ficava fora do alcance da vista dela, ela achava que ele não fosse voltar — um acidente de carro, a explosão de uma bomba, um derrame na piscina, um ataque cardíaco no banheiro enquanto ela dormia

ele assegurou que não ia morrer por muitos anos ainda, o próprio pai dele tinha noventa e quatro anos

ele mesmo tomava multivitaminas e óleo de fígado de bacalhau toda manhã

ela lhe falhou mais de Carole, que trabalhava num banco em Londres, e de Freddy, que era da alta sociedade inglesa

mencionou o quanto ela tinha ficado triste quando Carole disse que ia se casar com um branco, foi o início do fim da linhagem nigeriana pura da família os filhos deles iam ser miscigenados, e os filhos deles iam parecer brancos

ser apagada em duas gerações

foi para isso que a gente veio para a Inglaterra?

Bummi tinha se preparado para odiar Freddy assim que pusesse os olhos nele

na primeira vez que Carole o trouxe ao apartamento ele praticamente se lançou pela porta com seu cabelo loiro balançando, as pernas desengonçadas ocupando todo o espaço, era cheio de entusiasmo, não ficava olhando de esguelha de um jeito esnobe para a casa humilde, disse que era muito acolhedora

estou tão feliz por finalmente conhecer você, ele disse, você não parece ter idade para ser mãe da Carole, dá pra ver a quem ela puxou

Freddy gosta de ver filmes de Nollywood com ela, brinca que é um nigeriano honorário e *simplesmente adora* comer a comida dela, em especial o mingau de inhame que ela faz para o café da manhã quando ele fica para dormir, e Carole estava até comendo aquilo de novo, o que era um milagre

ela contou a Kofi que Freddy tinha feito de Carole uma pessoa mais relaxada e divertida

Freddy organizou tudo para que Bummi conhecesse os pais dele num restaurante de Londres, coisa pela qual ela ansiava

mas ele a alertou que, embora eles tenham gostado de Carole uma vez que viram como ela era elegante, eloquente e bem-sucedida (e o mais importante para a mãe dele, como era magra e bonita também)

eles ainda eram esnobes à moda antiga

o pai de Freddy, Mark, parecia desconfortável, falou pouco

no jantar, Carole ficou ali sentada o tempo todo com um sorriso forçado estampado no rosto

Pamela, a mãe, sorriu para Bummi como se ela fosse uma das vítimas da fome no mundo, quando começou a explicar o significado de *hors d'oeuvres*, Freddy disse a ela que parasse com isso, mãezinha, só pare

ela deu a Bummi uma garrafa de vinho "vintage" da adega deles, que "realmente precisa ter a rolha quebradiça extraída antes que seja mais sedimento que líquido"

Bummi aceitou o presente com gentileza e não entendeu por que os ingleses pensavam que vinho velho, provavelmente tóxico, era tão especial, quanto mais bebível

ela também tinha um bom presente para Pamela, quatro metros e meio de tecido *aso oke* anil

Bummi torceu para que tivesse que ver aquelas pessoas de novo só mais uma vez na vida — no casamento

mas Carole e Freddy se casaram no cartório sem contar a ninguém porque disseram que a ideia de planejar um casamento adequado parecia uma montanha cheia de minas terrestres

Bummi devia ter ficado brava

em vez disso ficou aliviada.

6

Bummi está deitada na espreguiçadeira verde no jardim da casa de Herne Hill que ela divide com Kofi

o sol está importando vitamina D diretamente para sua pele

Kofi está na cozinha ali atrás preparando o jantar

os dois se casaram num cartório e partiram para uma lua de

mel de duas semanas nas ilhas Scilly, que eles amaram, as pessoas muito gentis e amigáveis

Bummi sente mais falta de Omofe agora do que sentia quando se separaram

o ideal seria ter os dois na vida dela, Omofe e Kofi — uma utopia, porque só os homens podiam ser polígamos

atualmente Omofe trabalha no salão da irmã Moto e, de acordo com os rumores, está morando com ela

como Bummi abandonou há muito tempo o Ministério de Deus, os caminhos das duas não se cruzam, com exceção de uma vez em que ela voltou a Peckham, passou pelo salão da irmã Moto e espiou pela janela

Omofe estava na recepção perto da janela e olhou para ela como se dissesse, o que *você* está fazendo aqui?

glicínias lilases se espalham pelo barracão no final do jardim

na frente há um caminho com tipos diferentes de gramíneas, que ela chama de prado, que desce até o gramado

as macieiras que se enfileiram do lado esquerdo são o pomar deles

a pequena lagoa que Kofi cavou é mais como uma poça grande, ela provoca

ele insiste em chamar de lago Kofi

Freddy e Carole aparecem quase todos os domingos para almoçar

Freddy traz flores e chocolates para ela e diz, olá, mamãe, bom te ver, você está maravilhosa como sempre, e lhe dá um abraço gigante e um beijo

às vezes os filhos e netos de Kofi se juntam a eles

Bummi se senta ereta e sorve a limonada que Kofi fez com limões frescos e trouxe para ela

ela queria que a mãe estivesse viva para aproveitar a nova vida dela

olhe só para mim, mamãe, olhe só para mim.

LaTisha

1

LaTisha KaNisha Jones
anda pela seção de Frutas & Vegetais do supermercado onde
trabalha como supervisora quinze minutos antes da abertura das
portas
é a Comandante Fodona Master fazendo a ronda
ou a Major-General Mamãe
como os filhos a chamam

ela já consultou os assistentes de compras que tinham
percorrido os corredores durante a noite para atender os pedidos
on-line, a fim de sincronizar o reabastecimento do estoque
ela conferiu o depósito para ter certeza de que as entregas
para a seção dela estão em dia, e logo vai ter que registrar seis-
centos quilos de batata inglesa como não entregues, ainda que o
fornecedor tenha cobrado a loja (criminosos!)
apenas por um dia ela não vai fazer o inventário, o que

amanhã vai aparecer como uma falta inexplicável na ficha de avaliação toda (quase) impecável dela

ela fez cruzamento de dados, conferiu se as prateleiras estão devidamente abastecidas com a mercadoria mais velha no alto

verificou se as bancadas de frutas estão bem organizadas, todas perfeitamente alinhadas e sem defeitos segundo o desejo dos clientes, que não se dão conta de que a maioria das frutas em seu estado original e inalterado têm tudo menos formato, textura, tamanho e cor padronizados

como ela aprendeu no treinamento para funcionários do supermercado

ou que aquelas cenouras eram roxas, amarelas ou brancas até os fazendeiros holandeses do século XVII cultivarem as laranjas mutantes de hoje em dia

como ela gosta de transmitir aos filhos, Jason, Jantelle e Jordan, para tornar o aprendizado mais interessante para eles porque eles não têm escolha a não ser se sair bem nas provas

a menos que queiram ser trancados no porão sem comida, água e banheiro

por vinte e quatro horas

como ela ameaça

com frequência

LaTisha

está usando a calça azul-marinho do uniforme com um vinco na frente, blusão azul-marinho, camisa branca nova, cabelo repartido ao meio com gel

bastante sensata e profissional, porque isso é o que ela é agora, depois de escapar rastejando do filme de terror que foi sua adolescência e começar a escalar as alturas vertiginosas do primado do varejo

seis vezes Funcionária do Mês em três anos

Supervisora do Mês três vezes em seis meses

a grana era um lixo, só uma libra a hora extra para uma responsabilidade dozinfernos, e ela ainda tem turnos e ainda precisa trabalhar nos fins se semana

ao menos isso significa que ela está indo para algum lugar, quem é que sabe, ela pode virar gerente geral da loja um dia se trabalhar bastante, puxar o saco dos chefes, não emputecer os colegas (não muito) e permanecer focada em seu objetivo, o que significa continuar solteira

LaTisha começou a trabalhar no supermercado quando abandonou a escola, uma tresloucada afrontosa e linguaruda sem qualificação que não ia aceitar ordem de ninguém

que nem na escola quando tentavam impor regras sem sentido

não via por que estudar quando aquilo não fazia ninguém feliz (cê-dê-efes eram infelizes e não sabiam se vestir) e estudo demais desgasta o cérebro (fato científico)

como ela disse às professoras

em especial à sra. Cara de Cu King que costumava abordar ela no corredor, você não é burra, LaTisha, se ao menos você se esforçasse

LaTisha respondia que fazia todo sentido conservar o poder da mente, sra. King, tudo isso enquanto afetava a mais pura insolência, uma habilidade especial dela, de acordo com as professoras

as células do nosso cérebro estão morrendo o tempo todo e vou esgotar meus recursos, como o nosso planeta ameaçado, sra. King, se abuso deles na juventude posso até acabar ficando gagá na velhice, ela disse, enquanto emitia um olhar que dizia é, que nem você, CC a sra. King lutou para responder e bem quando parecia ter encontrado as palavras certas na cabeça dela e estava a ponto de falar

LaTisha caiu fora

(resultado!)

a mesma coisa com os esportes, que ela evitava sempre que podia com ciclos menstruais que iam do início do mês ao final

eles iam pedir para ver os absorventes usados dela?

até pensou em começar a campanha Escola Sem Esportes porque exercício obrigatório ia esgotar o corpo deles e ninguém lhes dizia a verdade

como ela informou à *srta.* Robertson, a professora de educação física, que também a abordava no "corredor das professoras que não tinham nada melhor para fazer a não ser perseguir pessoas inocentes" para dizer que ela precisava praticar esportes a fim de manter a forma e a saúde

é o seguinte, *senhoriiiiiiiitah*, LaTisha respondia, e quanto aos bailarinos que acabam aleijados quando ficam velhos? ou ginastas que acabam com prótese no quadril? e corredores que acabam com os joelhos?

e você está *me* dizendo que esportes são bons pra mim?

a *senhoriiiiiiiitah* Robertson também lutava para responder

(resultado!)

tinha dito tudo isso nos discursos da imaginação dela, em cima de palanques, em comícios, falando num megafone pregando a palavra do bom senso para uma geração de adolescentes, incitando a rebelião em grande escala das crianças do mundo, criando caos total

que foi o que ela sentiu dentro dela depois que o papai foi embora o papai trabalhava no Controle de Pragas do conselho, o que lhe dava enorme satisfação profissional, dois dias jamais são iguais, ele dizia, com todos sentados ao redor da mesa da cozinha comendo o lanche de palitinhos de peixe e salada, é meu papel matar os bichinhos diabólicos que assolam as propriedades das pessoas e provocam pesadelos, e aí curar o trauma delas com palavras tranquilizadoras

é uma vocação, um chamado, minha contribuição pro mundo, centende?

os olhos da mamãe desapareciam na testa, e LaTisha e Jayla davam risadinhas, mesmo já tendo ouvido tudo aquilo antes ele ainda era engraçado de um jeito bobo

nos fins de semana ele incrementava sua renda como leão de chácara numa boate chique, como um dos capacetes azuis da ONU, só que em menor escala, centende?

provocando mais um revirar de olhos da mamãe

o papai tinha dreadlocks pretos e compridos e quase dois metros de altura e mais ou menos isso de largura

era tudo músculo, nada de gordura, aqui, sente isso, ele dizia para LaTisha, contraindo seus bíceps enormes graças às sessões de musculação na academia

pode apertar, ela não conseguia sequer pressionar nem fazer um círculo completo neles com as mãos quando ele pedia para ela tentar isso também

na ocasião em que Jayla perguntou se podia tentar, ele estava ocupado demais comendo, disse agora não, depois, Jayla, depois

mas esse depois nunca veio

ele gostava de conviver com jogadores de futebol famosos, que davam boas gorjetas e apostavam em segredo porque ganhavam demais em pouco tempo e por quase nada, então não sabiam o valor do dinheiro

havia um quarto escuro na boate onde eles perdiam mais grana do que a maioria das pessoas ganha numa vida inteira; eles imploravam para tirar fotos com ele, o lendário Glenmore Jones, rei dos leões de chácara, como ele se gabava na mesa da cozinha

é mais o oposto, a mamãe dizia

o papai ia fingir que se ofendeu

os jogadores lhe ofereciam empregos como segurança particular; ele recusava porque gostava de estar em casa na hora do lanche

quero estar com vocês, pessoal, minhas filhas mais minha mulher igual minha vida porque V é de *vínculo*, I é de *imortal*, D é de *devotado* e A é de *amor*

ele pegava turnos à noite na boate em fins de semana alternados

chegava em casa no sábado e no domingo de manhã

os pais costumavam levar Jayla e ela a todos os museus gratuitos de Londres

a mamãe dizia que crianças que se davam bem na vida tinham pais que as levavam a museus, e você não tem que ser rico pra fazer isso

uma vez lá dentro, deixavam Jayla e ela guiarem o passeio, embora fosse LaTisha quem tomasse a dianteira em vez da irmã, que era mais tímida e retraída

se LaTisha quisesse passar a eternidade olhando para os dinossauros assustadores antes de qualquer outra coisa, ela podia

foi o que ela fez durante anos, sonhando em escalar o interior dos esqueletos

até que se cansou dessa esquisitice pré-histórica e a mamãe disse, fico feliz que essa fase tenha passado a mesma coisa com os tubarões no aquário de Londres, que eram bem perigosos embora estivessem próximos o suficiente para ficar ao alcance da mão atrás do vidro do tanque

cercados por todos os peixinhos com seus formatos sinistros e olhos arregalados

vê-los era como estar em um mundo de fantasia

ela não conseguia acreditar que eram mesmo reais

uma vez por ano iam ao Butlin's em Skegness

não podiam bancar uma ida ao Caribe em família, que deveria ter sido seu destino de férias Número Um para visitar parentes

um dia a gente vai de transatlântico, a mamãe disse, com piscina e cinema a bordo

vamos começar a economizar essa semana mesmo, o papai concordou

a mamãe veio de Santa Lúcia quando tinha dois anos

cresceu em Liverpool, frequentou uma escola religiosa de boa reputação e começou um curso para ser assistente social assim que saiu

o papai veio de Montserrat quando tinha treze falando engraçado e parecendo estrangeiro, como contou às filhas centenas de milhares de vezes

quando ele reclamou do frio, as professoras disseram que ele tinha problemas de comportamento

quando ele falou patoá, acharam que ele era abobado e o puseram numa série um ano abaixo, mesmo que ele fosse o primeiro da classe em sua terra natal

quando fez uma travessura com seus colegas brancos, foi separado deles e mandado sozinho para o castigo

quando se irritou com a injustiça de tudo isso, disseram que estava sendo violento quando saiu indignado da sala de aula a fim de aliviar a tensão, disseram que estava sendo agressivo

então ele decidiu ser, jogou uma cadeira no professor, errando por pouco na primeira vez

mas não na segunda

foi mandado para Borstal pelo crime de arremesso de cadeira, LaTisha, era como uma prisão para delinquentes juvenis, onde cumpriu pena com jovens assassinos, estupradores e incendiários

eu não queria ser como eles, então mantive mi'a cabeça baixa, por sorte era um cara grandão então não me incomodaram

quando fiquei livre outra vez, me reergui e fiz uma vida pra mim bein'qui neste país, LaTisha, falando só com ela, ainda que Jayla também estivesse na mesa

Jayla a acusava de ser a favorita do papai

era verdade e ela gostava de ser

não ia negar

boto minha raiva todinha acumulada na musculação, nunca perdi mi'a paciência com ninguém nunca mais, por isso que o papai que você conhece é uma pessoa tão pacífica e agradável, não é verdade, Pauline?

sim é verdade, de fato acho o pai de vocês muito agradável, meninas, e eles riam como se fosse uma piada particular dos dois

então num minuto eles eram uma família toda feliz com piadinhas e no mês de setembro em que ela começou no ensino médio ele foi embora

nem avisou que estava indo, como se não tivesse se preparado para aquilo, foi embora quando as meninas estavam na escola e a mãe no trabalho, deixou um bilhete na mesa dizendo que sentia muito foi tipo, como isso foi acontecer? isso é real ou uma das pegadinhas dele?

a mamãe teve uma crise, tentou fazer contato com ele — quando o telefone dele tocou elas perceberam que o aparelho tinha ficado na casa, ele tinha deixado embaixo do travesseiro

ela ligou para todo mundo que o conhecia e descobriu que ele tinha ido para algum lugar no exterior

LaTisha se sentou perto da janela da sala esperando ele voltar para casa, Jayla ficou no quarto dela

a noite toda daquela segunda-feira LaTisha ficou ali sentada, cochilando, acordando quando raposas começaram a brigar, ou um vizinho estacionou o carro, ou pessoas passaram falando alto

a terça-feira toda e a noite de terça também, toda a quarta-feira

a mamãe não obrigou ela e Jayla a irem para a escola porque ela mesma estava num estado deplorável, tirou licença do trabalho, a irmã dela tia Angie apareceu e assumiu as tarefas de cozinhar e consolar, forçou LaTisha a tomar um banho, comer, escovar os dentes, forçou ela a ir para a cama na quarta noite em que foi se sentar perto da janela

naquela noite LaTisha pegou o roupão do papai atrás da porta do banheiro e dormiu ali dentro, cheirando o suor dele e o desodorante, sentindo os braços dele ao redor dela

semanas depois, a mamãe o localizou por telefone e gritou com ele

ele não conseguiu dar uma desculpa aceitável, LaTisha ouviu ela dizer para a tia Angie, que disse que era óbvio que ele estava com outra mulher, em geral a razão dos homens abandonarem a família ele disse que não ia voltar, Angie, nem agora nem nunca, pensei que ele fosse uma manteiga derretida, me dei conta de que não o conheço

Angie foi atrás e descobriu que ele tinha ido morar em Nova Jersey com Marva, uma das amigas da mamãe do trabalho, que tinha crescido ali

Tiannah, a filha bonitinha de quatro anos dela, era dele

a mamãe acabou com todas as fotos dele, queimou as roupas que sobraram, jogou fora as suas coisas favoritas, como a caneca, o sabonete Imperial Leather, a camisa velha de flanela

LaTisha e Jayla nunca mais tocaram no nome dele, ele não existe mais

mas seu fantasma sim, LaTisha podia ver e sentir ele em toda parte

na mesa da cozinha contando histórias que a mãe dizia que eram exageradas quando não totalmente inventadas

no corredor do andar de baixo onde ele entrava e gritava, o papai chegou! sabendo que Jayla e ela iam largar o que quer que estivessem fazendo para sair correndo e lhe dar um abraço de oi

na sala na poltrona especial com apoio eletrônico para as pernas, ouvindo ele roncar e acordar de susto quando elas faziam cócegas nele

todos dançando ao som de álbuns de soul e da Motown em festas de aniversário e no Natal, e ao som de reggae no domingo à noite

a largura dele obstruindo o corredor do andar de cima, o jogo que Jayla e ela jogavam quando eram pequenas de correr por baixo das pernas dele para conseguir passar antes que ele prendesse as duas ali no meio

ouvindo a voz dele ribombar no andar de baixo quando ela estava lá em cima

até sentia falta dele batendo na porta do banheiro para apressar ela e por que diabos eu tenho que morar com três muieres que demoram tanto pra se ajeitar?

a mãe dela começou a comer sem parar, se arrastava escada abaixo no meio da noite para assaltar a geladeira, punha gim na água que ela tomava do café da manhã em diante, achando que elas não percebiam, nem a garrafa se esvaziando
ou uma nova na sacola de compras dela
a cada dois dias

então a mamãe sentou uma de cada lado no sofá da sala e disse a ela e a Jayla que estava na hora de saberem a verdade
Jayla, o seu pai é um ex-namorado meu chamado Jimmi que se tornou violento, peguei o trem de Liverpool para Londres na noite em que ele tentou me jogar da escada
ele nunca soube que eu estava grávida dele e não o vejo desde então
ela se apaixonou por Glenmore nas últimas semanas de gestação
que disse que ia amar a criança como se fosse dele

Jayla não ia tocar nesse assunto com LaTisha, ficava cada vez mais no quarto jogando no computador quando não estava na escola, e quando LaTisha entrava para sentar na cama dela e conversar como costumavam fazer, ouvia feche a porta quando você sair, sem que Jayla sequer levantasse os olhos do computador
um dia, quando estavam tomando café da manhã juntas, Jayla disse que queria conhecer o pai, o homem que você escondeu de mim a vida toda, mamãe — que desencavou o endereço dos pais dele, você não devia ir, Jayla, ele não é uma boa pessoa
a tia Angie levou Jayla a Liverpool, elas apareceram na porta da casa onde ele cresceu, a mãe dele ficou desconcertada quando

ela revelou quem era, teve que admitir que era o Jimmi cuspido e escarrado

Jayla percebeu que ela não estava contente de vê-la

ela ligou para Jimmi do telefone no corredor de entrada, disse a ele para vir conhecer sua filha, uma *outra*, ela a ouviu sussurrando

ele não vai poder te ver, ela disse quando voltou à sala, ele tem um bocado de filhos, não precisa de mais

você está melhor sem ele na sua vida

quando Jayla voltou para casa perturbada, LaTisha lhe disse para esquecer ele, é outro desgraçado, como o papai

quando o papai ligou para LaTisha no aniversário dela, quase um ano depois, ele chorou no telefone, tinha feito aquilo porque percebeu que amava Marva mais do que Pauline

não significa que eu não ame você e Jayla, centende?

ela desligou o telefone na cara dele.

2

Perder o pai do jeito que tinha perdido era uma coisa da qual LaTisha nunca falava; sempre que as pessoas perguntavam, ela dizia que ele tinha morrido de um ataque cardíaco

era mais fácil do que explicar o que tinha acontecido, as pessoas achando que devia haver algo de errado com ela e a família

senão por que ele teria ido embora?

ela não tinha limites, odiava a escola, era incapaz de se concentrar, nem mesmo a mamãe conseguia controlá-la e ela era assistente social, vou mandar você para a Jamaica onde vão pôr juízo na sua cabeça, LaTisha

é, pod'sê, ia curtir umas férias no Caribe

então ela deu a festa lendária quando tinha treze anos, só que a mãe chegou em casa cedo demais na manhã seguinte quando *deveria* voltar para casa naquela noite

quando a casa estaria limpa, então a culpa era de quem na verdade?

LaTisha estava dormindo com um garoto no quarto (nome? não consegue lembrar)

os móveis estavam de ponta cabeça, manchas de bebida e vômito, queimaduras de cigarro, uma cortina arrancada, uma luminária quebrada, copos de plástico, cinzas espalhadas e bitucas de cigarro porque a festa tinha se intensificado ao longo da noite, com um bando de estranhos amontoados, ela desistiu de tentar fazer com que as pessoas se comportassem e não ficassem bêbadas e chapadas

mas que se dane

se juntou a elas

rapaiz! ela tomou a surra da vida dela naquele dia

a mãe, que supostamente não acreditava em castigo físico, partiu pra cima dela como uma alucinada com um cinto *e* uma panela *e* um sapato e um *ferro* que lhe abriu um talho na parte de baixo do queixo, nesse ponto LaTisha se deu conta de que estava numa zona perigosa e correu para fora de casa

ficou o resto do dia sentada nos balanços do parque

teve que aguentar pessoas metendo o nariz, você está bem, querida? inclusive o homem que vivia sozinho no final da rua e nunca falava com ninguém

que a convidou para ir à casa dele para uma xícara de chá com bolo

como se ela fosse uma otária trouxa

foi o que a mãe mais tarde chamou de "ponto de virada" da relação delas

LaTisha chamava de lesão corporal, mas sabiamente manteve a boca fechada, prometeu se comportar dali em diante, e cumpriu, em casa, não queria ser mutilada para o resto da vida, ou mesmo perdê-la

não na escola, porém, que era a bosta de sempre, onde ela fazia a maior parte do trabalho sujo com Chloe e Lauren que também estavam lá para dar risada

Carole também, até que deu um gelo na turma

não queria mais andar com elas tanto quanto antes, até que parou totalmente de andar com elas, como se alguém tivesse lhe dito que o objetivo da escola era se esforçar e ser infeliz

o oposto do manifesto da turma

Carole virou a maior cê-dê-efe dos engomadinhos, ganhou prêmios, empinou totalmente o nariz, e a Cara de Cu também

quando Lauren viu Carole no metrô alguns anos atrás na hora mais movimentada, ela fingiu que não a viu, juro por Deus, LaTisha, fiquei encarando a alguns centímetros do rosto dela e ela olhou através de mim

LaTisha achou Carole na internet um dia desses, vice-presidente de um banco (CORTA essa!)

parecia toda profissional e feliz com ela mesma

não era a Carole que conheceu um dia

era outra pessoa

fazia muito tempo que LaTisha queria mostrar para Carole que não era mais a arruaceira que costumava ser, a arruaceira que não era boa o bastante para ser amiga dela.

3

Como o gerente da seção de Comidas Quentes está atrasado hoje, ela vai até a rotisseria para dar uma olhada rápida

está tudo nos conformes e Rupa, que em geral fica no balcão dos peixes, está substituindo Tammy, que foi demitida na semana passada, flagrada quando a segurança pôs uma câmera escondida na sala dos fundos porque o caixa dela não estava fechando

pega no flagra comendo asinhas de frango picantes, evidência irrefutável, teve que ir embora, despedida por afanar asinhas de frango depois de sete anos no emprego

o que ela estava pensando?

todo mundo foi informado disso como se fosse um aviso, mesmo que a loja sofra regularmente um encolhimento de quase um milhão de libras todos os anos por roubo de funcionários, furtos, erros administrativos e de caixa e seja lá o que for

é um risco do varejo de grande escala apesar de todo o aprimoramento da tecnologia e segurança a que LaTisha se mantém atenta mirando a próxima promoção

trabalhar duro?

ler documentos chatos?

adoro!

agradece por nunca ter sido flagrada nos primeiros tempos quando empilhava mercadorias, fez muito pior do que a Tammy, mas a desculpa dela foi mais válida

aconteceu assim

ela teve Jason, o primeiro filho, do Dwight, um acidente, ele não queria usar camisinha, disse que ia tirar, claramente não a tempo (várias vezes não tinha sido a tempo)

ela não revelou até que fosse tarde demais

Dwight era um segurança da loja, eles se conheceram na cantina, ela sentada falando sem parar de alguma coisa profunda e significativa

quando ele se inclinou e sussurrou, você é muito gostosa, LaTisha

foi o que bastou

e também ter comprado um Big Mac e um milkshake de morango depois do trabalho naquele dia, ficando de conversinha fiada o caminho todo, LaTisha-gatinha isso, LaTisha-gatinha aquilo

como se derramasse mel no corpo nu dela e lambesse

que era o que ele dizia que queria fazer, fico duro só de olhar pra você

fez com que ela entrasse escondida na garagem convertida em apartamento nos fundos do jardim da casa da família dele

enquanto a mãe via tevê na casa principal

fez com que ela saísse escondida de manhã, antes de a mãe acordar, ela já tinha avisado para ele não trazer garotas

LaTisha se perguntou se tinha havido outras, não importava, agora ele era dela, e começou a se sentir próxima dele, principalmente porque ele gostava de conversar depois

os outros garotos só queriam um orgasmo e não um diálogo, quanto mais um relacionamento

que era o que eles tinham depois de sete meses juntos, indo ao cinema e a shows, fazendo coisas normais de garoto e garota

ele foi a primeira pessoa para quem ela contou a verdade sobre o desaparecimento do pai, o quanto se sentiu chateada e rejeitada, até deixou que ele a visse chorar algumas vezes, o que nunca tinha acontecido com ninguém

seu pai não devia ter feito isso, Dwight disse, acariciando as costas dela, mas ele não é um homem ruim, só fraco, vários cara é assim

ela não tinha pensado nisso

então o papai era fraco?

e Dwight também, como ficou claro depois

quando uma garota nova começou no trabalho, uma para quem os garotos deram nota dez (as garotas deram três), que se piranhou pra cima dele e do nada foi tipo quem é LaTisha?

ela tentou conversar, ele disse que a fila tinha andado

andou pra onde? não tinha nada de errado com a gente, Dwight

você me deixava todo claustrofóbico, gatinha, você é intensa demais, coisa demais cedo demais, não tô pronto pra sossegar, saca?

o que você quer dizer com coisa demais cedo demais? não te pedi *nada*

LaTisha falou mal dele no telefone com as amigas até altas horas da noite, só para acabar chorando porque ainda o amava e como ele pôde fazer isso com ela?

confiei nele e ele cagou pra minha confiança

elas ficaram com pena, ele é um cachorro, LaTisha, você consegue coisa melhor, esquece esse cara, o que ela tentou fazer até descobrir que aquela barriga toda não era gordurinha

ela estava grávida

e sete meses se passaram, como uma dessas adolescentes que vão dar uma cagada no banheiro da escola e descobrem que estão em trabalho de parto e é tipo MEUDEUS e CARALHO e eu nem sabia que estava grávida

e

você é o pai dessa criança, Dwight, essa aqui dentro, ela deu um tapinha na barriga

estavam do lado de fora do supermercado antes do turno dele, ela estava muito furiosa, a encrenca em que ele tinha metido ela, pra início de conversa

vai ser homem ou não vai, D?
ela disse que era culpa dele
ele disse que não era, não
tipo
como podia não ser quando ele se recusou a usar proteção quando eles transaram, dizendo que homem de verdade não gosta de camisinha, não me sinto bem
você devia ter tido mais responsabilidade, ela disse
você também devia

a mamãe subiu pelas paredes, literalmente explodiu como um rojão, primeiro pelo teto da cozinha, depois pelo teto do banheiro logo acima, depois pelo telhado, bem alto no céu até se acalmar o suficiente para voltar para a terra com um baque surdo
como é que isso foi acontecer comigo, ela se lamuriou
não está acontecendo com você, LaTisha devolveu
e aí levou um tapa tão forte que quase saiu voando pelo cômodo e quase acabou encravada na parede — braços e pernas estatelados
como naqueles desenhos animados

a mamãe ficou tão furiosa que disse que LaTisha ia ter que sustentar a criança, e jogou ela na rua depois de outro bate-boca, gritando que LaTisha tinha envergonhado a família, não consigo acreditar nisso, ela ficou resmungando, tenho uma filha *mãe solteira*
você tem mesmo moral pra falar, LaTisha respondeu
a mamãe a empurrou para fora de casa com tanta força que ela caiu na calçada quase rachando e abrindo o crânio
LaTisha gritou de volta para a porta fechada, achou um tijolo solto do muro do jardim, atirou na janela da sala
por acidente
era só para rachar a janela, não quebrar ela em pedacinhos

de qualquer modo, Jason estava a salvo na cozinha
mesmo assim a mãe gritou que ia chamar a polícia
LaTisha sabia que ela nunca ia fazer isso, ia?
em vez disso ela levou as coisas dela para fora, inclusive Jason
trabalho com garotas como você o dia todo, não posso voltar
para casa e ver mais uma
deu a ela um telefone de emergência
nem fez a ligação para ela

LaTisha acabou num alojamento emergencial para jovens
com filhos, como a mãe pôde fazer isso com ela quando ela tinha
um bebê para cuidar, o que significava que havia perdido a única
pessoa que podia lhe mostrar como criá-lo
pelo menos Dwight virou homem por alguns segundos
deu um jeito para que os turnos deles coincidissem para ela
poder pegar todas as coisas de que precisava para o bebê sem ser
descoberta
ela não gostava de roubar, mas disse a si mesma que não era
como se o supermercado não pudesse bancar aquilo com seus
bilhões de lucro e com a exploração dos trabalhadores pobres
era culpa dela não ganhar o suficiente e, em todo caso, de
que outro jeito ela ia sustentar o bebê sozinha?
uma semana depois a mamãe apareceu para levar ela para
casa, não sem antes chamá-la de cretina idiota e eu vou te dar
uma lição e esse bebê vai morrer se você tomar conta dele sozinha e a gente não escolhe a família da gente, escolhe?
LaTisha lhe deu o maior dos abraços, disse o quanto a amava
e obrigadaobrigadaobrigadamamãe

por sorte Jayla estava desempregada desde que largou a
escola aos dezesseis anos então ela cuidava de Jason durante o dia
enquanto LaTisha ia trabalhar

Jayla amava crianças, mal podia esperar para ter os próprios filhos

LaTisha se perguntou como é que isso ia acontecer já que ela ficava jogando o dia todo no computador e só saía para levar o Jason no parque e para encontros que arranjava no Tinder e que corriam mal

ela chegava em casa cedo dizendo que aquele não era o cara certo

agora que LaTisha tinha duas pessoas para ajudar a criar o Jason, sentiu o fardo sair de suas costas e ir parar nas delas

embora a mamãe tenha dito, não sei se sobrou algum amor em mim para dar

quando LaTisha a via com Jason, era óbvio que o amor dela por ele era infinito

ele a fazia sorrir mais do que ela tinha sorrido desde que o papai foi embora

então lá estava ela, LaTisha KaNisha Jones, dezoito anos, caixa de supermercado, solteira, e os garotos não estavam exatamente fazendo fila para ter alguma coisa séria com ela, mãe solteira de um

até que conheceu Mark numa boate onde ia uma vez por mês com Lauren e Chloe

ele era eletricista, tinha o próprio apartamento em Streatham, era *bom demais* pra ser verdade, e não ficou se esfregando nela quando dançaram

marcaram um encontro que envolveu um filme, pizza e até uma drinqueria — a primeira vez dela em uma —, onde ele lhe pagou champanhe e abriu as portas para ela o caminho todo

ela não acreditava em sua sorte, e porque o olhar provocante dele a fazia se sentir sexy e a bebida a fazia se sentir romântica, transou sem proteção no banco de trás do carro num estacionamento vazio naquela mesma noite

enquanto transavam ele sussurrou, eu soube no minuto em que pus os olhos em você que a gente tinha sido feito um pro outro, mal posso esperar pra gente se tornar um só

foi o momento mais incrível, estava pronta para ter um homem na vida dela que pudesse ser um pai para o Jason

quando a única coisa a que aquilo levou foi Jantelle, que ainda não conhecia o pai porque quando LaTisha tentou ligar para o número que Mark tinha dado

o telefone não existia

então agora ela tem dezenove anos, dois filhos, nenhum homem, e se sente oprimida porque fez da própria vida uma bagunça total

agradecida demais por contar com a ajuda da mamãe e da Jayla porque as outras amigas dela ainda eram pessoas livres e tinham se afastado porque *ela* não era

era óbvio que elas não queriam se sentir sobrecarregadas tendo uma mãe solteira como amiga íntima, que ia ficar presa aos dois filhos pelos próximos dezesseis anos

o que significava que elas iam ter que ficar presas também.

4

Trey era o pai do filho Número Três

o irmão mais velho de uma ex-colega e um avanço em comparação com os outros porque ele trabalhava como professor de educação física na antiga escola dela (quais eram as chances disso acontecer??!!!)

ela se lembrava dele da festa quando ele e os amigos causaram uma agitação quando apareceram

LaTisha ficou de olho em Trey assim que ele entrou pela porta da frente; antes que pudesse fazer qualquer coisa, Carole foi vista deixando a festa com ele tão chapada que mal conseguia ficar de pé

segunda-feira na escola, quando LaTisha perguntou diretamente se eles tinham trepado, Carole disse nem pensar, cara, e não olhou nos olhos dela, um claro sinal de que a pessoa está mentindo (*acredite*)

Trey a chamou para sair pelo Facebook, talvez se lembrasse dela, talvez não, era óbvio que não tinha sido dissuadido pelas toneladas de fotos dos dois filhos que ela postava

o que provavelmente a tornava uma pobre coitada aos olhos da maioria dos caras

ele estava sem camisa na foto do seu perfil, tentava parecer o próprio gângster, mas LaTisha percebia que era tudo encenação porque os olhos dele eram gentis

todas as outras fotos eram dele e da turma dele, não havia garotas, sinal de que não era um predador e que estava esperando a garota certa surgir para se comprometer

ela se arrumou para o encontro com um vestido colado de paetês e sandálias de tirinhas, determinada a não transar antes do *décimo* encontro

e ia insistir na camisinha

ele a pegou de carro em casa, o que foi bem cavalheiresco, em vez de se encontrar com ela no restaurante caribenho na rua principal como planejado

a conversa fluía fácil enquanto eles cruzavam as ruas, em comum eles tinham o Colégio Peckham para Garotos e Garotas, riram da sra. King, ainda lá, ainda odiada por todo mundo, ainda chamada de CC

mas em vez de levá-la para o restaurante, eles foram para a casa dele para um jantar *privado*, ele disse, em vez de um restaurante barulhento com um monte de caras olhando para ela

o que ela podia dizer?

descobriu que ele morava num quarto de pensão com uma cama, um armário e uma pia, pensou em cair fora imediatamente, mas ele disse, tenho sonhado em dançar com você, LaTisha, vamos dançar, LaTisha, vamos dançar

depois vou pedir comida indiana

ele pôs John Legend para tocar, puxou-a para ele, e ela pensou, certo, dançar é inofensivo, no entanto as mãos dele não paravam e rapidinho a coisa esquentou

fazia um ano que ela tinha tido a filha e nesse tempo todo ela ficou tipo

SEM SEXO

ela não queria ir até o fim, só se divertir um pouquinho, até o Trey abrir a calça jeans dele enquanto dançavam e enfiar a mão dela ali

certo, Trey, então vou embora agora, você pode me deixar em casa ou, vamos fazer o seguinte, vou pegar o ônibus, realmente tenho que ir pra casa pra ficar com os meus filhos e garantir que não vou me meter em mais nenhum problema

ela disse

na cabeça dela

enquanto batia uma punheta para ele na cama e antes que pudesse protestar ele estava dentro dela e aquilo não era nem um primeiro encontro quanto mais o décimo e ela não esperava por isso e ele estava bombando com muita força e machucando ela e

ela lutou para sair debaixo do que parecia um bloco de concreto e
eu não quero, ainda não, sai daqui, por favor, Trey, ela disse
    em voz alta para os ouvidos surdos dele
    então desistiu
    não conseguia fazer ele parar
    tinha provocado aquilo
    no fim deixou ele ir em frente
    até ele gemer
    quando terminou
    deitado meio em cima dela
    esmagando as costelas dela
    e adormecer
    não queria incomodar ele se mexendo
    queria ir para casa
    realmente tinha que ir para casa para Jason, Jantelle, Jayla e
a mãe
    quando ele rolou em cima dela o suficiente para ela escapar
ela saiu em silêncio para o caso de ele acordar e querer pedir a
comida indiana
    andou pelas ruas até achar um ponto de ônibus, esperou eras
e eras por um, fazia frio e ela não estava vestida para aquilo, teve
que pegar mais dois ônibus, levou três horas para chegar em casa
    onde passou um tempão no chuveiro
    imaginando se tinha feito alguma coisa errada ou se era
culpa dela
    devia ter ficado e conversado com ele sobre aquilo
    talvez ele dissesse que não tinha ouvido ela dizer não
    ou que ela tinha deixado ele muito louco de desejo
    o que era tipo lisonjeiro
    e que ele não conseguiu
    se conter

ela meio que esperou que ele ligasse na outra semana, ei, você foi embora antes de eu poder dizer que gostei muito de te ver, quer ir no cinema no finde?

ela esperou pelo telefonema que nunca veio, a única coisa que veio foi Jordan

então agora ela tinha três filhos, Jason, Jantelle e Jordan, todos antes de completar seus vinte e um anos

três filhos que não iam ter o pai na vida deles

LaTisha começou a dar longas caminhadas pelas ruelas no horário de almoço do trabalho, se afastando do pesadelo da Old Kent Road com a fumaça e os carros estrondosos

tentou ela mesma encontrar sentido em tudo isso

se martirizou por ser tão burra, sim, burra

a mãe ficou entre culpar LaTisha por ser uma coisinha tão inútil e se culpar por criar uma filha que tinha se tornado uma.

5

LaTisha terminou a ronda matinal no supermercado

está prestes a deixar entrar os primeiros clientes, que preferem corredores vazios para disparar com seus carrinhos sem se preocupar em derrubar velhinhas ou crianças pequenas

portas abertas, ela sobe para o escritório para ler os e-mails e ver quem está fingindo uma doença, um sistema aberto a tramoias já que eles não precisam fornecer atestado médico até o sétimo dia de ausência

como alguém que abusou do sistema mais do que a maioria das pessoas, ela *sabe*

agora ela é uma boa cidadã determinada a apanhar aqueles que não são, como o Carter, que tinha pedido para tirar férias duas semanas antes do Natal e quando ela disse não, ele ligou dizendo que estava doente

da Tailândia

apresentou um atestado *dez dias* depois, sem dúvida de um médico estrangeiro inescrupuloso, e fez um escândalo porque ela não ia aceitar, tarde demais, Carter, e na última vez que alguém conferiu a Tailândia nem sequer ficava na União Europeia, então não é válido de jeito nenhum, ela disse calmamente enquanto ele berrava à longa distância que ia registrar uma queixa contra ela

pode fazer o que quiser, Carter, é seu direito

orgulhosa de si mesma por reprimir a velha LaTisha que teria respondido aos gritos — e olha só onde isso te levou, sua cretina arrombada

essa é a Nova LaTisha

a que conseguiu dois dez na escola noturna

o que a deixou bem mal, seu cérebro latejando de dor de cabeça de tanto que pensou e decorou, os olhos doendo de tanta leitura

ela perdeu metade das células do cérebro com essas aulas, perdeu mesmo

a outra metade ela usa para uma graduação à distância em gestão de varejo na Universidade Aberta

em seu segundo ano, meio período, mais quatro pela frente

essa é a Nova LaTisha

que está no começo dos trinta e se conformou em ficar solteira pelo tempo que for, até encontrar o homem certo para ela e os filhos

tudo indica que o Tyrone, gerente da seção de eletroeletrônicos, tem uma quedinha por ela, que tem observado para ver como ele se comporta quando há mulheres por perto, por enquanto tudo bem

ele é solteiro, nunca se casou, não tem filhos
vai ficar de olho nele, não vai apressar nada
talvez algum dia, talvez nunca

o relacionamento mais longo dela foi com o Kamal, durou
nove meses, eles tiveram encontros de verdade, ela conheceu a
família e os amigos dele, ele passou algum tempo com os dela
a mãe achava ele legal, Jayla gostava dele porque ele jogava
no computador com ela, as crianças se apegaram a ele porque ele
as mimava com doces
os cinco pareciam uma família no Instagram dele
o relacionamento acabou porque apesar de gostar dos filhos
dela, ele queria ter os dele
e ela, apesar de gostar dele, não queria mais ser uma fábrica
de bebês
hora de seguir em frente, os dois concordaram, de forma
madura, cara a cara
sem mentira ou traição nem crueldade da parte dele

depois disso saiu com dois caras que conheceu em festas
e descobriu que um deles a enganava com outra mulher que a
confrontou quando ela saiu do apartamento dele certa manhã
o outro parecia ter vários casos rolando, de acordo com as
mensagens no Tinder, no WhatsApp e no Facebook
que ela leu enquanto ele dormia
os dois caras foram chutados sem cerimônia
com efeito imediato

essa é a Nova LaTisha
que ainda mora com a mãe e Jayla na casa da família com
Jason (doze), Jantelle (onze) e Jordan (dez)

ela e Jantelle dormem juntas, os meninos ficam no sótão, Jayla e a mãe têm cada uma o próprio quarto

Jason é o mais velho e o mais esperto, gosta mais de estudar do que os outros, talvez por ser o mais responsável já que tem mais idade

e como ele é o queridinho da mamãe, ela não consegue acreditar que ele passou tantos meses crescendo dentro dela sem ela saber

o que a deixa triste, ele deve ter se sentido sozinho por ela não ter conversado com ele e acariciado a barriga, como ela fez com os outros dois

Jantelle é especial por ser a única menina, se parece mais com ela, uma LaTishinha, e é a mais atenciosa, quando LaTisha está na escrivaninha bocejando, ela aparece e diz, hora de tirar um cochilo, mamãe, quer que eu traga um copo de leite quente com mel?

Jordan se parece com Trey, ela suspeita que tenha herdado as características dele

Jordan já foi suspenso da escola, causa a maior parte dos problemas em casa, se recusa a ir para a cama, ou a ficar na cama quando é obrigado, surrupia dinheiro, puxa briga com os irmãos mais velhos, e sai escondido para brincar quando está de castigo

recentemente ela o flagrou assistindo pornô no computador da família

as crianças têm três mães

LaTisha é a mais rigorosa e fascista: dever de casa, obediência, boas maneiras

a mãe é a mais carinhosa e a mais indulgente com o mau comportamento dos netos do que era com o dela

Jayla é a mais maluca, não sai de casa para nada agora, não

consulta um psiquiatra, está bem pálida por causa de deficiência de vitamina D e fica colada no computador fazendo sabedeusoquê

então o papai apareceu sem avisar há algumas semanas

LaTisha chegou em casa e o encontrou sentado na sala na velha poltrona dele como se nunca tivesse ido embora

enorme como sempre, os dreadlocks mais cinza do que pretos, e tinha uma barriga grande

ele a olhou com amor e admiração quando ela entrou na sala

não deu certo com Marva, ele sentia falta da família de verdade

a mãe não parecia estar prestes a chutar ele para fora a qualquer instante, era como se o amor dela por ele estivesse voltando em ondas incontroláveis

Jason e Jantelle ficaram ali empoleirados na beira do sofá sem saber o que fazer com aquele gigante que era avô deles

Jordan já tinha decidido, foi até o avô, que o agarrou e passou o braço em volta dele quando ele ficou perto o suficiente para ser abraçado

Jordan sorriu radiante para o avô, com um olhar todo angelical no rosto

ela percebeu que seu filho mais novo precisava do avô na vida dele.

III

Shirley

1

Shirley
(ainda não é a sra. King)
chega ao Colégio Peckham
um antigo reformatório vitoriano com dois blocos retangula-
res de concreto conectados de um jeito esquisito a cada uma das
extremidades
anda pelo que já foi conhecido uma vez como Caminho dos
Pobres
em direção às portas tão grandes quanto as de um castelo

está usando uma saia-lápis acinzentada com paletó, blusa
azul-clara, gravata cinza, sapato de couro preto envernizado e seu
orgulho
enquanto cruza as impressionantes portas em direção aos
painéis de madeira

às escadarias largas que se abrem de cada lado do saguão levando aos andares superiores

aos longos corredores que se estendem nas duas direções ao lado dela

é cedo demais, ela vagueia pelo colégio vazio, explora as salas de aula cheias de luz, imagina aquela essência se derramando no espírito dela, sim, em seu espírito

ela não vai ser uma boa professora, mas uma ótima professora

uma que será lembrada pelas gerações de crianças da classe trabalhadora como a pessoa que fez elas se sentirem capazes de conquistar qualquer coisa na vida

uma garota dali que se deu bem e que generosamente voltou para ensinar

seus pais, Winsome e Clovis, têm orgulho dela por ter se formado na universidade para ensinar história e por ter conseguido em seguida um Certificado em Educação

foi ela que chegou lá, não seus irmãos mais velhos

que não precisavam fazer nenhuma tarefa doméstica nem lavar as próprias roupas, enquanto ela tinha que desperdiçar as manhãs de sábado fazendo as duas coisas

que eram servidos primeiro nas refeições que não preparavam, e com porções extras porque eram rapazes em fase de crescimento, inclusive com megafatias das sobremesas mais apetitosas

que não eram punidos por dizer o que pensavam, enquanto ela era mandada para o quarto ao menor sinal de revolta, guarde seus pensamentos para você, Shirl

e era verdade que eles apanhavam com a cinta e ela não — por sair sem permissão ou não voltar para casa no horário combinado depois da escola —, mas só porque ela nunca desrespeitava as regras

todo mundo achava que Tony e Errol iam ser astros de

futebol, era o destino deles, Pelés em formação, a um passo de distância da glória de uma Copa do Mundo

até que fizeram dezesseis anos e o talento da infância não se transformou num talento do tipo profissional, e os contratos com seus clubes juniores foram encerrados

eles abandonaram o ensino médio cedo, se tornaram burocratas de caneta na mão

em vez de chutarem uma bola em Wembley

ela era a História de Sucesso da Família

Shirley passa por laboratórios repletos de placas de Petri e dessecadores, microscópios e pipetas

passa por salas de arte coloridas com alguns quadros bastante bons e por um estúdio de marcenaria arejado com bancadas de trabalho (só para meninos)

passa por uma sala de aula de economia doméstica com balcões de aço e fornos a gás, pronta para educar a próxima geração de donas de casa, cuidando da casa em tempo integral *e* trabalhando em tempo integral, uma desvantagem do feminismo

não ia ser o caso dela

depois de se casar com Lennox, combinaram que ele iria cozinhar e ela iria limpar, ele iria fazer as compras e ela iria passar a roupa

ela nem teve que brigar por isso

tinha sorte de tê-lo

as paredes das salas de aula eram decoradas com fluxogramas e diagramas, desenhos anatômicos, planetas orbitando o sol, cartazes com mamíferos extintos e um mapa-múndi que fazia a Grã-Bretanha rivalizar com a África em tamanho, resíduo dos cartógrafos do período colonial que tinham conseguido se safar por séculos, até mesmo agora, era o que parecia, enquanto ela se aproximava de sua sala de aula no segundo andar, a obrigatória fileira de reis e rainhas da Inglaterra nas paredes

assim como um cartaz do Museu Britânico que mostrava a máscara mortuária dourada de Tutancâmon, ela tinha esperado horas numa fila com os colegas da escola para ver aquela exposição

o lindo menino faraó que viveu mil e trezentos anos antes de Cristo

por quem todas as meninas da sala dela se apaixonaram, desmaiando pelo *crush* do Antigo Egito

também havia um cartaz com o Stonehenge, misterioso nas planícies de Wiltshire enquanto o sol se põe ao fundo, outra excursão escolar inesquecível

enquanto entre as janelas altas que dão para o campo de esportes Neil Armstrong caminha na Lua com a legenda: um pequeno passo para o homem, um grande salto para a humanidade

como ela

cada passo que ela desse ia elevar essas crianças, não ia deixar nenhuma criança para trás

enquanto alisa a saia, afofa a gravata e o permanente, as classes alinhadas, o quadro-negro limpo, giz branco no suporte de madeira, a postos para ela estimular as turmas com vários tipos de competência desta escola nesta vizinhança multicultural

enquanto os anjinhos afluem para a sala ensolarada no primeiro dia do novo ano letivo, as vozes numa correnteza de tagarelice cheia de animação para conhecerem sua nova professora de história, não muito mais velha do que eles, que naquele momento sente o coração explodir de alegria

enquanto o sol sai de trás das nuvens para atingir o rosto dela, abastecendo-a com sua energia e bondade

enquanto faz a chamada em voz alta quando cada uma das turmas entra na sala dela naquele dia, determinada a memorizar rápido o nome deles, sabendo da importância do toque pessoal de uma professora para estabelecer o vínculo

Danny, Dawna, Decima, Devonne, Doreene, David
Janet, Jenny, Jackie, Jazil, Chris, Mark, Monica, Matthew
Rosemary, Lenny, Lloyd, Keith, Kevin, Helen, Ian
Sharon, Yasmin, Jasmine, Jasvin, Marlene, Merline, Ekow
Glenford, Garry, Gerry, Tim, Tom, Trevor, Tony, Terry
Kweku, Kwaku, Kwame, Winston, Smita, Leah, Akua
Julia, Jules, Julie, Juliette, Beverley, Brenda, Chaz, Maz, Rory
Remi, Yemi, Abi, Aarti, Eddie, Carlton, Kingley, Shabnam

Deus abençoe todos eles, a missão dela começou — tornar a história *divertida* e *relevante* porque nós temos que evitar repetir os erros do passado e aprofundar nossa compreensão de quem somos, nós, a raça humana, certo, turma?

sentem quietos, sem agitação agora, nós não existimos em um vácuo, crianças, sem conversa ali no fundo, por favor, obrigada, somos todos partes de um continuum, repitam comigo, o futuro está no passado e o passado está no presente

os rostos luminosos, resplandecentes olhando para ela, algumas espinhas, alguma oleosidade, muita maquiagem proibida em algumas das garotas mais velhas, mas eles eram obedientes, fazendo o que tinha sido pedido, encorajados, sem dúvida, pela paixão e pela personalidade compreensiva dela

mesmo pilantrinhas como Kevin, Keith e Terry que tinham aparecido com suásticas fincadas no estojo e distintivos da Frente Nacional descaradamente destacados no paletó

ela lidou com aquilo pela via da educação, falou da Solução Final de Hitler, mostrou fotos do campo de concentração de Bergen-Belsen quando foi libertado pelos Estados Unidos no final da guerra

o choque desencadeou centenas de perguntas

senhorita! senhorita! senhorita!

não, eles *não* são esqueletos que andam, mas prisioneiros de guerra e estão vivos, e essas eram as câmaras de gás, e isso aqui é uma vala comum cheia de esqueletos de verdade, e isso é um desenho de mulheres que trabalharam tanto nos campos que o útero delas caiu, como vocês podem ver

passem adiante, deem uma boa olhada

ou quando as guerras raciais explodiram na sala de aula

vejam esta foto de um linchamento no Mississippi em 1965, sim, aquelas crianças de fato estão aplaudindo e comemorando porque o homem negro está morto, pendurado numa árvore, o pescoço quebrado, aparentemente o crime dele foi olhar de forma sugestiva para uma mulher branca

senhorita! senhorita! senhorita!

não, nunca houve nenhum julgamento, os suspeitos eram pegos na rua e enforcados, espancados até a morte ou queimados vivos

isso, turma, é o que acontece quando o preconceito sai do controle

ela podia contar com a atenção deles e, no final de cada período letivo, com a devoção, expressa através de vários agradinhos, cartões feitos à mão e bolos, ovos de Páscoa, presentes de Natal e cestas de frutas que ela, mal e mal dando conta de carregar aquilo nos braços, ficava com vergonha de levar para a sala dos professores lotada (um meio seguro de fazer inimigos) e em vez disso levava direto para o porta-malas do carro

Shirley

foi elogiada pelo diretor, o sr. Waverly, que disse que ela tem um dom natural para o magistério e um bom relacionamento com as crianças que vai muito além do simples dever, que consegue excelentes resultados nos exames graças à sua capacidade exemplar de ensinar e que é um orgulho para a gente dela

na primeira avaliação anual dela como profissional

Shirley sentiu que a pressão agora era ser uma excelente professora *e* uma embaixadora

para cada pessoa negra do mundo.

2

A sala dos professores é cheia de sofás, mesas, poltronas, cabides e quadros de avisos de cortiça com os turnos de monitoramento dos recreios, cartões-postais, instruções em caso de incêndio e um pôster com uma garota de topless que mal parecia ter dezesseis anos, se tanto

professores entram e saem, crianças batem na porta para isso ou aquilo, atendidas por um ou outro membro irritado do corpo docente, o que é *agora*, Moira-Billy-Mona-Ruthine-Leroy?

a gente não pode almoçar em paz *só uma vez*?

Shirley suporta o ar abafado e com cheiro de fumaça sem reclamar, mesmo que seus olhos doam e o cabelo fique tão fedido que é obrigada a lavar toda noite

que grupelho desleixado o desses professores, ela pensa, sentada toda empertigada com uma saia formal e escarpins, vendo-os comer sanduíches de queijo e tomate ou pastelão de carne de porco, ou empanadas, em vez do lodo nojento servido na cantina da escola

enquanto ela come bacalhau, banana fatiada e pão caseiro fermentado

esperando que ninguém note, odeia ter que explicar

à esquerda dela está Margo (geografia) que usa vestidos florais esvoaçantes e cabelo comprido de riponga com duas tranças fininhas presas como uma auréola ao redor da cabeça

ela está dando aulas pelo tempo que for necessário para financiar uma viagem espiritual por terra para um *ashram* em Goa, onde vai se encontrar (em primeiro lugar) e encontrar um marido (em segundo) e deixar isto aqui para trás, *isto aqui*, ela gesticula

elas ficavam juntas, eram aliadas contra a Velha Guarda, boa parte dos quais nem sequer sabe o que significa pedagógico

Shirley gosta de Margo porque a Margo Paz-e-Amor gosta dela e a aceita

do outro lado de Shirley está Kate (literatura inglesa), outra amiga dela, determinada a se tornar diretora antes dos trinta e cinco anos, o que é dito com tanta convicção que Shirley e Margo só podem balançar a cabeça, *claro* que Kate ia se tornar diretora, tendo sido criada por pais que eram políticos de carreira e que diziam *tudo* com convicção, de acordo com Kate, que precisou se espelhar na confiança deles ou ser esmagada por ela

John Clayton (matemática), que parece um urso, sentado do lado oposto, ostenta uma barba que podia abrigar uma multidão de piolhos, jaqueta jeans com aparência suja, calça de veludo cotelê puída e nos pés enormes usa umas sandálias desgastadas tipo aquelas que Jesus usava

dificilmente é um exemplo para as crianças, embora Shirley goste dele — desorganizado, sempre se desculpando, simpático com ela, o que, ela admite, é tudo que importa

ele está lendo um jornal, a primeira página estampada com uma foto tirada pela polícia de um jovem negro que olha desvairado e ameaçador do outro lado da mesa de café cheia de cinzeiros e canecas com manchas de chá ela quer que ele guarde aquilo, sente que é pessoal, constrangedor

quer falar disso com Kate e Margo, será que iam querer ouvir, se mostrar solidárias, entender? elas não pareciam reparar na cor dela, ou pelo menos nunca mencionaram nada

quer dizer a elas que é como ser pessoalmente atacada pela imprensa

aquelas mulheres apertam a bolsa de um jeito ansioso quando cruzam com ela nas ruas ou quando ela se senta ao lado delas no ônibus, quando ela nunca roubou nem sequer um centavo da bolsa da mãe, um rito de passagem para a maioria das crianças, ou sequer um lápis do almoxarifado da escola, para não falar em papel higiênico de lugares públicos, um crime comum na universidade, rolos inteiros enfiados em suéteres ou bolsas por colegas de quarto que eram, ela protestou enquanto descarregavam o produto do roubo na mesa da cozinha, *ladrazinhas* comuns

Shirley tenta não sucumbir à paranoia segundo a qual toda resposta negativa tem a ver com a cor dela

a mãe disse que ela não tem como saber com certeza por que as pessoas antipatizam com ela a menos que elas expliquem, não pense que as pessoas não gostam de você por causa da raça, Shirl, talvez estejam tendo um dia ruim ou sejam pessoas difíceis de lidar

Shirley mantém uma fachada de polidez, mesmo com aqueles colegas que antipatizam com ela como Tina Lowry (educação física), que levanta e sai sempre que Shirley senta do lado dela

e Roy Stevenson (física), que deixou a porta bater na cara dela três vezes até ela ter certeza de que era intencional

e Penelope Halifax (biologia, diretora), que ignora as tentativas (minguantes) de Shirley de cumprimentá-la nos corredores da escola onde Penelope passa por ela toda imponente como uma grã-duquesa da Rússia Imperial passando por um humilde camponês

Penelope
é a única mulher a falar nas reuniões do corpo docente onde todo mundo se senta num grande círculo num ambiente enorme que funciona como ginásio e cantina e cheira a suor fresco e repolho rançoso
a voz elevada se chocando com o estrondo dos machos alfa
eles gostam de bater boca entre si em torno da quadra, e quando Shirley e as outras mulheres tentam intervir, as vozes menos assertivas lutando para ser ouvidas, são interrompidas pelos alfas antes mesmo de concluir o que estavam dizendo
mesmo Kate, que fora dali é bem falante, fica quieta
Shirley abomina o fato patético de que elas se resignaram a permitir que os homens e Penelope
tomem decisões em nome dos demais

nesta tarde de maio
depois que o som de mil pares de pés saindo em debandada do prédio e do pátio deixa a escola num silêncio pós-traumático
Penelope levanta a questão do desempenho ruim da escola nos exames, dizendo que metade dos alunos são tão estúpidos e malcomportados que deviam ser suspensos ou mesmo expulsos da escola
todo mundo sabe a que metade ela se refere
Penelope é conhecida por aplicar aos Pete Bennetts deste mundo uma detenção, enquanto os Winston Blackstocks são suspensos
o primeiro passo rumo à expulsão
ela devia ser forçada a se aposentar, na opinião de Shirley

fora com a Velha Guarda
deixem a Nova Ordem entrar
o sangue novo
ela

Shirley decide que é hora de dar um passo à frente e erguer a voz

eu discordo, Penelope, nós não devemos descartá-los, ela diz, sentindo a boca seca enquanto os machos alfa em suas cadeiras começam a arrastar os pés

acredito na construção de uma sociedade mais igualitária para as nossas crianças, ela se força a continuar, ignorando os pigarros sugestivos que dizem para ela andar logo com isso ou calar a boca

nossas crianças, enfatiza (a possibilidade de coparticipação), ficam sabendo das falhas delas, estúpidos, como você colocou, antes de terem a chance de provar o contrário

exames são ótimos, mas nem todo mundo tem um bom desempenho sob pressão ou demonstra inteligência nos primeiros anos de vida, pode ser uma coisa adquirida depois, sabe, estimulada por nós, temos que ser mais do que professores, temos que cuidar deles, acreditar neles

se nós não os ajudarmos, quem vai

Penelope?

uma quietude abafada e entusiasmada animou o lugar

Penelope não desapontou, eu não sou assistente social, ela respondeu num tom que afetava grande cansaço pela óbvia *naïveté* de Shirley, e realmente acredito que você tem que estar há mais de dois semestres no emprego antes de desafiar alguém com quinze anos de experiência para um duelo

alguém que de fato saiba do que ela está falando

agora
como
eu
estava
dizendo.

3

As queixas de Shirley contra Penelope dominam sua conversa com Lennox naquela noite, como aconteceria em várias outras

enquanto ele prepara curry de frango tailandês na cozinha, ela senta junto à mesinha dobrável ao lado da porta que abre para o pequeno quintal com vista para as janelas dos fundos de outros apartamentos similares

o cheiro de cebolas cortadas e alho picado chiando na panela

quando eles se mudaram para o apartamento alugado o casal do andar de cima reclamou que nunca tinha sentido o cheiro de nada tão asqueroso em mais de setenta anos

bom agora você sentiu, Shirley pensou, batendo a porta na cara deles

a inteligência não é inata, Lennox, é adquirida, apesar do que a Penelope pensa, me passar uma descompostura na frente de todo mundo, e ela tem a pachorra de se dizer feminista?

Shirley toma um golinho de seu refrigerante gelado nesta noite de maio excessivamente quente

não sou esnobe, você sabe, frequentei a escola pública no ensino fundamental, venho da classe trabalhadora e acredito em igualitarismo *über alles*, o que não é a mesma coisa que ser comunista, óbvio, sei o suficiente a respeito de Stálin e Mao para me desiludir com qualquer fantasia nessa direção ao mesmo tempo, a verdade é que hierarquias de poder e privilégios não vão desaparecer, todo historiador sabe disso, é algo inato à natureza humana e inerente a todas as sociedades em todas as eras e se manifesta também no reino animal, então não posso fingir o contrário

meu trabalho como professora é ajudar esses que estão em desvantagem

Lennox mexe a pasta vermelha de curry e gengibre ralado

ela admira as costas eretas dele, a camisa de trabalho azul, o colarinho aberto, barriga bem contida dentro dos limites do cinto, o resto do corpo arredondado nos lugares certos: ombros, bíceps, bumbum, coxas, panturrilhas, cortesia de idas regulares à academia

queria um homem que pudesse carregá-la, fisicamente mesmo, não metaforicamente

queria um homem que a tratasse como igual, que se comprometesse com um plano de carreira sensato (procurador) e não bebesse (muito), fumasse (nunca), usasse drogas (uma vez só) ou apostasse (nem mesmo em futebol)

Lennox cobre os pedaços de frango sem pele com molho de capim-limão, folhas de lima e leite de coco, a refeição ia ser uma delícia, em geral é assim quando Lennox segue a receita passo a passo

ele não acredita em assumir riscos, nem ela

pelo menos as escolas públicas de ensino fundamental tentaram nivelar as coisas, Lennox, ela continua, e possibilitaram que as crianças mais brilhantes recebessem uma educação melhor

senão esses garotos de colégios de elite ainda estariam comandando o espetáculo como se fosse a década de 1890 e não 1980

Lennox pega o arroz basmati do saco imenso que eles guardam na despensa, o deposita numa panela esmaltada lascada com água fervente num fogão de duas bocas

um exemplo disso é a atual *comandante em chefe* do país, que nunca teria chegado no topo da montanha política de outra forma, ame ou odeie a rainha, é o princípio da mobilidade social que estou discutindo aqui

Lennox pica talos de coentro e joga por cima dos pratos fumegantes, tenta um prato internacional diferente na maioria das noites, que é a única viagem que eles podem bancar enquanto economizam para financiar um imóvel

viajaram pelo Mediterrâneo e pelo Oriente Médio, e recentemente cruzaram o Sudeste Asiático

ela mal pode esperar para saborear a cremosidade rica do curry deslizando por sua garganta

eles vão fazer amor esta noite, e quando tiverem uma casa própria, terão filhos

os quadris deles se encontraram enquanto dançavam Ken Boothe e John Holt que rodavam num toca-discos num porão em Chapeltown com alto-falantes por todos os lados, um panelão de curry de cabra na cozinha, e se chocavam com todos os outros jovens afro-caribenhos que não conseguiam passar pelos leões de chácara dos clubes em outras partes da cidade

mesmo que conseguissem, era pouco provável que fossem ouvir a música que amavam

eles se conheceram ao longo dos meses seguintes saindo juntos

ele contou que seus pais guianenses o mandaram para o Harlem quando era pequeno, enquanto os pais recém-emigrados se estabeleciam em Leeds ele foi criado pela tia-avó Myrtle, uma jornalista que trabalhava numa revista, que o instou a se dedicar com afinco aos estudos, mesmo que isso o tornasse impopular entre os colegas

estude agora e colha os benefícios pelo resto da vida, ela disse

enquanto isso a mãe tinha saltado da fábrica de chocolates Barney's nos fundos da estação de ônibus Vicar Lane, onde o trabalho dela era limpar os tanques, para a Morrison's, empresa de vendas por correspondência na Marshall Street onde ela era empacotadora

o pai dele saltou da siderúrgica Robinson's, onde trabalhava à noite e nos fins de semana em troca de um salário mínimo, para a agência dos correios de Leeds, que oferecia turnos e salários melhores

quando começaram a ganhar dinheiro suficiente, chamaram Lennox

e tiveram mais três filhos

Lennox voltou para Leeds acreditando que podia se sair melhor do que os pais

era um bom aluno, mas logo entendeu que o viam como uma pessoa perigosa fora da escola onde cursava o ensino médio

um inimigo da nação por causa da cor de sua pele

ser parado e revistado pela polícia, o que começou a acontecer quando ele tinha doze anos mas parecia ter quinze, apavorado quando aqueles homens adultos o empurraram na rua na frente de todo mundo, se esforçou para não chorar, algumas vezes chorou

e aí quando eles iam embora, circulando, docinho de coco, você deu sorte desta vez

era assustador, sinistro e humilhante, ele disse a Shirley quando baixou a guarda pela primeira vez e confiou nela, toda vez que acontecia eu ficava aliviado de não ter sido espancado ou morto numa viatura ou numa cela

eu era um bom garoto que não se misturava com os valentões nem se metia em brigas comecei a usar ternos fora da escola, mesmo que meus colegas rissem de mim e outros achassem que eu tinha virado testemunha de Jeová

eu era um bom garoto que ia a pé à Biblioteca Central de Leeds todo sábado à tarde para pegar meu suprimento semanal de livros porque eu queria ser culto

a tia-avó Myrtle incutiu isso em mim, ser uma pessoa que tem conhecimento, não só opiniões

decidi me tornar procurador, talvez até advogado criminalista

hoje em dia quando a polícia vem pra cima de mim, aviso que sou advogado e eles têm que pensar duas vezes antes de pôr as mãos imundas deles onde não devem

fazia tempo que Shirley sentia raiva por causa de seus irmãos que também eram perseguidos pela polícia desde a adolescência

todos os homens negros tinham que aprender a lidar com aquilo, todos os homens negros tinham que ser durões

e quando os policiais matavam ou espancavam alguém, eram autorizados a investigar eles mesmos e inocentavam o acusado

ela via Lennox toda semana, e aí passou a morar com ele no último ano da faculdade; uma vez formados, os dois se mudaram para Londres

a srta. Shirley Coleman acabou se tornando a sra. Shirley King

nas noites de sábado eles podiam pegar um cinema, por volta da meia-noite uma festa ou uma boate onde dançavam até de manhã *lovers rock*, reggae, soul, funk

duas vezes por ano compravam o essencial em promoções, ela se encontrava com seu grupo de amigas da faculdade a cada duas semanas a melhor amiga dela, Amma, não fazia parte desse arranjo

elas viraram amigas na New Cross, a escola pública de ensino fundamental só para garotas

que canalizava a classe média de Blackheath e os CEPs melhorzinhos de Greenwich, Brockley e Telegraph Hill, em vez dos conjuntos habitacionais de Peckham

aos onze anos elas cederam à atração gravitacional por serem as únicas garotas negras daquela série, elas se destacavam por causa disso

Amma era a mais tímida das duas e Shirley a protegia; na época da adolescência, Amma, cujos pais eram socialistas instruídos (ao contrário dos dela, que não eram nem instruídos nem politizados), se envolveu com a juventude do teatro local, se tornou confiante, tomou um caminho independente, protestou contra o sistema

Amma se assumiu lésbica para Shirley aos dezesseis anos

o que de início foi bem nojento

pareceu uma traição à amizade das duas embora Shirley nunca tenha deixado os sentimentos verdadeiros dela transparecerem porque não queria magoar Amma

por sorte, Amma não quis começar a usar cuecas, ou ficar de olho nas colegas nos chuveiros, nem tentou nada com Shirley, que passou a ter consciência do próprio corpo perto da amiga e por um tempo ficou com receio de dividir uma cama com ela quando dormiam na casa uma da outra

no devido tempo decidiu que contanto que Amma não quisesse nada com ela (e não havia nenhum sinal de que quisesse), e contanto que não dissesse nada a ninguém, manchando a reputação de Shirley, que ia virar lésbica por associação, meio que tudo bem

sem chance

quando Amma terminou a escola ela começou a falar aquilo para todo mundo como se fosse uma coisa da qual se orgulhar a *raison d'être* dela era protestar contra qualquer ortodoxia dominante que ela contestasse e tentar fazer aquilo em pedaços o que era impossível, então qual o sentido?

Shirley tinha que aturar a amiga com aquela coisa escrita na testa ou perder a amizade, não podia não ter Amma na vida dela
ela a amava
como *amiga*

e também
Shirley não conhece muita gente nova, os conhecidos dela são da universidade ou são outros professores, enquanto Amma faz amigos novos no mundo da *artchy* praticamente todo dia, que também viravam amigos de Shirley, ou algo assim
quase todos gays e, embora ela não entenda ou goste daquilo, acha a inconvencionalidade interessante o bastante para curtir a companhia deles
contanto que sejam legais com ela, e a maioria é
eles são um contraponto fascinante, artístico e radical à minha existência mais prática e responsável, ela disse a Lennox
ele a acusou de analisar demais as coisas

Lennox e Amma têm um bocado de afinidades, ele acha que ela é muito divertida, o que faz Shirley achar que ela não é
ele fica mais aceso perto dela, gesticula e fala mais, é mais brincalhão e extrovertido
eles provocam Shirley por ser toda certinha (como se Lennox não fosse), e não dá a mínima para a sexualidade de Amma, a tia-avó Myrtle ficou no armário, de acordo com ele
ela viveu por anos com Gabrielle, a amiga especial que tinha morrido, mantinha a foto dela em sua mesa de cabeceira
ele lembra que quando era criança encontrou uma caixa

num armário em que estava xeretando com fotos da tia-avó Myrtle e de Gabrielle nos anos 30 — usando monóculo, gravata-borboleta, jaqueta de couro, calções de alfaiataria, fumando cigarros

ele pensou que elas iam a festas à fantasia

ele queria que a tia-avó Myrtle tivesse se sentido livre para ser quem ela era, ela morreu não muito tempo depois que ele voltou para a Inglaterra, se estivesse viva agora ele ia fazer uma visita e tirar a verdade dela, ia dizer que aceitava, se essa era a palavra certa

Shirley acha bom que Lennox tenha uma mente aberta, mesmo que não consiga concordar com ele

não que ela seja retrógrada ou antigays, é mais como uma resposta fisiológica a alguma coisa que não parece natural

mesmo quando tenta racionalizar aquela oposição.

4

com o tempo Shirley se tornou uma professora experiente que manteve o compromisso de dar às crianças uma chance de vencer

se dando conta de que tudo estava contra elas com turmas tão enormes e falta de recursos e pais que não faziam a menor ideia de como ajudá-las com a lição de casa

pais que tinham largado a escola cedo para trabalhar numa fábrica ou aprender um ofício ou ganhar um beliche num reformatório

ela era bem diferente dos aventureiros na profissão dela, como reclamava com Lennox com frequência, que faziam o mínimo possível e desprezavam abertamente as tarefas como se fossem um inconveniente e não a razão pela qual tinham um maldito emprego

era ruim e ficou pior quando o governo Thatcher começou a implementar o Grande Plano para a Educação professores se desgastaram com as lutas por salários e greves de três dias

e quando as pessoas perderam a paciência com eles o *Terceiro Reich* aproveitou e forçou a aprovação do Currículo Nacional, que impôs um programa de estudos que restringia a liberdade pedagógica dela, que tinha produzido resultados excelentes

muitíssimo obrigada

na esteira daquilo havia as Tabelas de Classificação, e com elas vieram uma quantidade enorme de dados recém-informatizados, preenchimento de formulários, estatísticas, inspeções e reuniões do corpo docente tão sem sentido quanto obrigatórias depois da aula *duas vezes por semana*, mesmo quando não havia nada a ser discutido

então o QG da Gestapo impôs os Planos de Ensino, um novo palavrão para o cânone em permanente expansão de Shirley: Currículo Nacional! tabelas de classificação! planos de ensino!

tudo isso não deixou margem para que se respondesse às necessidades flutuantes de uma sala de aula com crianças vivas, respirando, individualizadas

ela também não conseguia mais escrever livremente relatórios escolares, algo que ela de fato gostava de fazer, comentando o progresso dos pupilos, informando aos pais que estava tomando conta dos filhos deles

em vez disso ela tinha que assinalar quadradinhos com base em uma lista genérica de afirmações

ela não podia mais dizer, por exemplo, que a letra cursiva de uma criança tinha melhorado, tornando os trabalhos mais legíveis e portanto mais aceitáveis porque ela tinha encorajado a criança a se sentar direito, se concentrar e escrever mais devagar

ou que uma criança não estava mais perturbando as aulas como a palhaça da turma porque tinha canalizado sua veia cômi-

ca para o grupo de teatro, por sugestão dela, e tinha brilhado na montagem da escola de *Branca de Neve e os sete anões*
  a menos que tal questão existisse
  o que nunca foi o caso

quando a Gestapo exigiu que cada pupilo produzisse um Arquivo do Bom Trabalho todo ano, cuidadosamente escrito à mão na sala de aula ou como lição de casa, que tomava horas de tempo valioso de ensino e estressava as crianças até não poder mais, a ser mantido num fichário para o caso de um pai ou mãe ou a nova escola da criança pedir para ver
  adivinhe só?
  ninguém nunca fez
  o que ela era?
  uma Engrenagem na Roda da Loucura Burocrática

quando Shirley dirige até a escola todas as manhãs
  momentos antes de os internos lotarem o Caminho dos Pobres para destruir qualquer senso de equilíbrio
  a proporção monstruosa daquilo pesa em seu estômago
  como cimento

e enquanto os anos 80 viravam história os 90 mal podiam esperar para chegar chegando e trazer mais problemas do que soluções
  mais   crianças na escola vindas de famílias que passa-
            vam dificuldades
  mais   histórias de desemprego, pobreza, vício,
            violência doméstica
  mais   crianças cujos pais tinham "ido em cana" ou
            que deviam ter ido

mais	crianças que precisavam das refeições gratuitas na escola
mais	crianças registradas no Serviço Social ou no radar dele
mais	crianças que se mostravam selvagens — (ela *não era* domadora de animais)

na época em que o novo milênio deu as caras, facas grandes o bastante para estripar um rinoceronte eram encontradas em mochilas durante as fiscalizações que se tornaram regulares

armas eram escondidas em meias

agências de recrutamento de gangues, ou alguma coisa tão boa quanto, esperavam do lado de fora dos portões da escola

um comércio de drogas fervilhante nas dependências da escola substituiu as barraquinhas de comida

houve um aumento de agressões sexuais a meninas e mais meninas se tornando mães quando elas mesmas ainda eram crianças

a escola instalou um detector de metais e pôs seguranças no portão, códigos de acesso tinham que ser inseridos em todas as portas e câmeras apareceram nos corredores

a cada turma de formandos, ela resistia ao impulso de oferecer conselhos sobre os horários de visitas à prisão para as famílias deles, em vez de encorajá-los a continuar a educação

em especial para os malandros, os esquisitões, os com QI menor que 70 (eugenia? adoro!), os assassinos em série em potencial e os outros malucos perigosos que se sentavam no fundão e faziam uma algazarra tão grande que ela, logo ela, tinha que gritar para ser ouvida

ela, que um dia teve um controle tão fantástico da turma que pediram que orientasse professores mais jovens na arte de cultivar uma autoridade firme e tranquila

uma tal autoridade que a palavra dela era a palavra de Deus, agora se as crianças fodiam com ela, ela fodia com elas também

por causa do *seu* comportamento, a turma toda vai ter que ficar depois da aula

agora ela teme que alguém da "Categoria A"* a esfaqueie ou atire nela enquanto caminha sozinha perto das sebes no estacionamento numa tarde escura de inverno

o pior de todos era o mais promissor candidato à prisão perpétua da escola, Johnny Ronson, do último ano, cujo único propósito era minar a autoridade dela sempre que ela chamava a atenção dele por perturbar a turma

certa vez esfregando a virilha para que o pau levantasse por baixo da calça

era a palavra dela contra a dele

sem evidência, sem testemunha

aquele merdinha

se ela pudesse só mandar esses pivetes de volta ao tempo em que a escola era um reformatório, fazê-los passar um dia ou dois quebrando pedras para construir estradas ou ossos para fazer fertilizante

trabalho escravo doze horas por dia em troca de pão e mingau e um chão duro e sem nenhum cobertor para dormir

a quantidade de vezes em que ela falou de como gerações de reformistas e ativistas, sindicalistas e clérigos, benfeitores, escritores, políticos do Parlamento e membros da Câmara dos Lordes lutaram pelo direito deles de se aprimorar através da educação

---

* No Reino Unido, presos da Categoria A são os que representam ameaça à população, à polícia ou à segurança nacional. (N. T.)

disse isso a eles até ficar cansada de se repetir

e

aquilo

nunca

penetrou

além disso, depois de décadas corrigindo lições de casa religiosamente cinco noites por semana, ela agora detestava fazer isso como ódio

pilhas de *lixo* empilhadas na escrivaninha, lixo produzido principalmente por semianalfabetos que faziam da vida dela na sala de aula um inferno

turmas em que há vários tipos de competência? e pensar que um dia ela tinha sido a favor, aquilo não elevava o padrão, aquilo baixava

nisso ela e Penelope Halifax concordavam

a coisa mais estranha foi que, depois de muitos anos evitando uma à outra, elas se uniram ao se ver desprezadas pelo novo grupo de professores que agora comandava o espetáculo

elas se sentavam juntas na sala dos professores enquanto jovens de todas as raças saltitavam por ali cheios de si, ignorando as duas como antiguidades irrelevantes

embora Penelope fosse *consideravelmente mais velha* que Shirley

elas odiavam em especial os recém-graduados naïfs que contavam vantagem todo começo de semestre com seus doutorados, exibindo e defendendo suas teorias de ensino "construtivistas"

só ideologia, nenhuma experiência — *cretinos*

cretinos-cretinos-cretinos, Penny e ela resmungariam uma para a outra aos sussurros, exultantes de ver que com o passar do tempo os novatos ou caíam fora ou tinham sua vida interior sugada

adoraram quando uma professora novata de vinte e dois anos

que tinha chegado toda *fashionista*-tamanho-34 começou a se arrastar de um lado para o outro usando calças com elástico na cintura

bem-vinda ao clube, fofa! Penny sussurrou para Shirley, e elas racharam o bico, ignorando os olhares curiosos dos colegas professores

que se perguntaram por que aquelas duas relíquias estavam se divertindo tanto

Shirley e Penny se sentavam ali com seus sanduíches e se lamentavam, falavam dos velhos tempos quando ensinar não era superburocratizado e as crianças não matavam umas às outras em disputas de território

quando Penelope se aposentou, a grande aliada dela se foi

Shirley queria sair e passar para o setor privado, para um colégio só de garotas de classe média educadas (de preferência com menos de treze anos) que sabiam dizer por favor e obrigada e tinham juízo suficiente para não ganhar a antipatia dela

queria as queridinhas da professora, essa é a verdade

não a escória, as delinquentes de gangue brigando de gilete, mascando chiclete, cheirando coca, embuchadas

queria meninas cujos pais "ajudavam" tanto com o dever de casa que elas pareciam ser crianças prodígio, o grande esquema da classe média que Lennox e ela tinham eles mesmos levado a cabo com suas duas filhas

é o que ela era agora, de classe média

no caso, classe média *über alles*!

o obstáculo foi o duramente conquistado Ato da Educação de 1944, que tornou a escola gratuita para todas as crianças e que tinha sido tema da tese dela na universidade

quando a coisa chegou a um ponto crítico, ela não conseguiu trair as próprias convicções

265

ao contrário de colegas que fugiram para panoramas que exigiam mensalidade e voltaram para se gabar dos relatórios de inspeção excepcionais e de posições espetaculares na tabela de classificação das escolas particulares

escolas com clubes equestres e de remo, times de lacrosse, rúgbi e squash

com piscinas olímpicas e treinadores olímpicos e anfiteatros totalmente equipados

que iam viajar com a escola para o Himalaia, os Pireneus, Chile, até para as Maldivas para "estudar a vida marinha" (ah, *por favor*)

que se gabavam do prazer de ensinar em belíssimos edifícios tombados que cheiravam a lustra-móveis de pinho em vez da mistura esmagadora de odores adolescentes, vasos sanitários vazando e desinfetante industrial (produto exclusivamente de uso profissional!) que queimavam a garganta e os olhos

ainda bem que eles tinham escapado da pior escola de Londres, eles diziam, fazendo contato visual, manifestando pura pena

bom, quando *você* sai desse lixo, Shirley?

ela pensou em se candidatar a uma escola pública com melhor desempenho, no dia seguinte teve um sonho muito agradável em que era uma atiradora que ceifava todo o corpo discente reunido (e, o que era preocupante, não tinha sido um pesadelo) e ia embora abrindo uma trilha na poeira com a metralhadora como uma versão moderna de pernas arqueadas do Clint Eastwood transformado numa mulher negra

mesmo assim quando certa noite se sentou em seu escritório com um formulário de candidatura, não conseguiu passar do campo do nome

Shirley King

pensar em ser entrevistada por um grupo de estranhos examinando o intelecto dela, as habilidades, a filosofia de ensino

(*todo mundo* tinha que ter uma agora), a personalidade (ha-ha-
-ha), roupas, linguagem corporal, visual (que visual?)

imaginava as cartas de recusa

"Querida sra. King,

"Tivemos um leque de candidatos bastante forte para essa
posição e, infelizmente para você, decidimos fazer uma proposta
para alguém mais jovem, mais bonita, mais magra, mais entusiasmada, mais crédula e mais maleável

"ao contrário de uma vaca velha amarga como você que
devia ser mandada direto para o pasto!

"Meus Sinceros Cumprimentos"

Shirley se deu conta de que tinha conseguido tudo o que
queria, o que não a tinha preparado para uma rejeição

ela entrou na universidade numa época em que só os mais
brilhantes conseguiam isso

o primeiro emprego que conseguiu foi o primeiro para o
qual se candidatou, e curtiu a escola antes que tudo fosse ladeira
abaixo

haviam comprado uma casa em Peckham Rye quando a
região era um lixão acessível, agora é cara e está quitada

tinha encontrado o marido que queria desde que era menina, não precisou passar anos imaginando se algum dia ia achar o
Cara Certo

seus pais adoraram Lennox desde que ele pôs os pés na casa
deles quando os dois ainda eram estudantes

disseram que Shirley podia trazê-lo sempre, com a maior
regularidade possível

a mãe mal a notava quando ele estava junto, e o diploma
de história dela, que antes lhe dava prestígio junto aos irmãos,
empalidecia em comparação com o diploma de *direito* dele

Lennox era incapaz de errar aos olhos da mãe dela

e aos olhos de Shirley também, um marido tão ideal agora quanto era quando se conheceram, ainda leal e fiel

ele ainda fazia as compras, mas só cozinhava nos fins de semana, eles pediam comida em casa ou esquentavam comida pronta durante a semana, a faxineira se encarregava das tarefas domésticas
ela ainda se encontrava com amigas para um almoço ou jantar, ou para ver um filme, ou para um drinque
Lennox ia para as modernas drinquerias de Covent Garden nas sextas à noite depois do trabalho com seus colegas mais jovens, voltava para casa tarde e feliz, fedendo a cigarro, o queixo oleoso do kebab que comia no caminho da estação até em casa
ele ainda era procurador, especialista em lesão corporal e erro médico, e nunca tentou se tornar advogado criminalista, muito estressante e pagavam mal
tinha feito a escolha certa

eles transavam no domingo de manhã depois que ele levava café na cama para ela e antes de lerem os jornais
era mais profundo, era carinhoso quando já tinha sido sôfrego e atlético
eles ainda desejavam um ao outro depois de trinta e tantos anos fazendo amor

mais tarde ele se dedicou a observar pássaros, encheu o jardim de vários comedouros apropriados para os passarinhos que ele mais amava — pintassilgos, chapins-azuis, carriças e os destemidos pintarroxos que saltitavam pelo chão
infelizmente, as sementes que caíam dos comedouros também atraíam pombos que curtiam cagar nos móveis do jardim e andavam por ali com o peito estufado como nazistinhas brigões

e os camundongos também agiam como se tivessem sido convidados para jantar

Lennox os capturou e largou num bosque a alguns quilômetros dali porque não era capaz envená-los

ela o tinha alertado que ao primeiro sinal de um rato ia comprar um rifle de caça

Lennox era maluco por futebol, ia aos jogos com os amigos, seu único vício de verdade era assistir muito futebol na TV

era a válvula de escape dele, ela achava, enquanto ia se sentar em outro cômodo ouvindo-o gritar, exclamar, torcer, vaiar e gemer motivado pelo desempenho em campo, principalmente quando o Leeds United estava jogando

ele tinha colocado a mão na massa como pai de Karen e Rachel, que nasceram com um intervalo de dois anos e se tornaram as estrelas do filme da vida deles

era difícil equilibrar o trabalho e as filhas, a mãe dela, sobretudo, veio ajudar, Lennox arregaçou as mangas à noite e nos fins de semana, e embora ele não fosse avesso a trocar fraldas se recusava a dar mamadeira de madrugada

ele dormia sem ser perturbado no quarto de hóspedes

quando as meninas desmamaram, ele as levava ao litoral nos fins de semana com a mãe dela para dar a Shirley uma folga mais do que necessária

ela dormia o fim de semana inteiro, agradecida pela ajuda da mãe

Amma cuidou de Karen e Rachel uma ou duas vezes, em geral estava ocupada demais, e além do mais Winsome desconfiava que ela pudesse beber ou fumar perto das menininhas

por outro lado, quando Yazz nasceu, Shirley se tornou a babá número um dela, Amma partia do princípio que acrescentar um bebê à família de Shirley não ia ser um fardo tão grande

verdade que Karen e Rachel a tratavam como uma irmã mais nova

Yazz era encantadora quando pré-verbal e menos encantadora quando descobriu o poder das palavras

Lennox e ela foram obedientemente à igreja todo domingo durante *cinco anos* para poder colocar as meninas na The Grey Coat Hospital School em Westminster

uma provação porque embora os dois fossem cristãos não eram de ir à igreja

Karen cursou farmácia, Rachel, ciência da computação

Shirley chegou longe o suficiente para alguém da Segunda Geração

já as meninas tinham ido mais longe.

5

Shirley está de férias com os pais no bangalô que eles construíram depois que se aposentaram num pequeno cantinho na terra da família onde agora vivem majestosamente com as pensões britânicas

ela sente outro *annus horribilis* na escola escoando quando senta em sua cadeira de vime favorita na varanda

tem o último romance de Dorothy Koomson para devorar à luz do lampião

enquanto a lua brilha acima do mar do Caribe

todos estão dormindo inclusive Lennox na cama de casal enorme com lençóis frescos de linho branco que a mãe troca duas vezes por semana ter a família em casa é bom para a mãe dela, a mantém ativa e a leva a se sentir querida fazendo o que faz de melhor, cuidar das pessoas, sobretudo da filha única

Shirley vive para esse momento todo verão quando o táxi chega à costa e eles descem a faixa estreita até a casa dos pais, arrastando as malas

ali está a casa, com toda a sua beleza, pintada de cor-de-rosa e cercada de flores que Winsome cultiva com tanto amor

assim como ela vai cuidar de Shirley, com tanto amor

ela tem seis semanas abençoadas antes de voltar ao Colégio Esgoto a Céu Aberto para Perdedores, onde vai selecionar pupilos para orientar

como faz todo ano desde que Carole saiu

Carole

que veio de uma família sem pai (não vinham todos?)

e tinha uma compreensão tão excepcional da matemática nos dois primeiros anos na escola que anteciparam os exames do ensino médio dela em dois anos

foi prematuro, como ficou claro

ela foi desviada do caminho por três garotas que eram a maldição da vida de qualquer professora

LaTisha Jones, tão esperta quanto qualquer criança, líder do bando e rainha do fundão, que reagia a toda ordem com um insolente por que eu deveria?

que sempre saía da aula mais cedo porque fiquei menstruada/ não tô legal/ minha vó acabou de morrer, sra. King

a mesma avó morrendo várias vezes foi uma coisa que Shirley teve que aguentar desde que começou a lecionar

ela resistia ao impulso de perguntar, a sua avó não morreu no semestre passado? agora volte a escrever o ensaio, garotinha desagradável logo atrás vinha Chloe Humphries

descendente de uma longa linhagem de criminosos de carreira e já assumindo o bastão, de acordo com o assistente social

a número três da gangue era Lauren McDonaldson que tinha uma DST, de acordo com uma autoridade (confidencial) excelente (a enfermeira da escola), por causa de sua promiscuidade com os garotos (mais velhos) da escola, inclusive com um dos zeladores (o mais jovem), se os boatos (paredes do banheiro) estivessem corretos

enfim

agora

vem

a

melhor

parte

um milagre aconteceu porque num intervalo de almoço, Carole, então com catorze anos, veio procurar por ela (criança corajosa pois o apelido dela era Dragão da Escola no melhor dos casos, Cara de Cu no pior)

ambos tinham sido rabiscados no quadro-negro várias vezes

esperando ela chegar

aparentemente algum colega imbecil dela tinha dito à criança para encontrar a sra. King no carro, onde ela comia — *sem ser incomodada*

o banco do passageiro de seu confortável Mitsubishi estava reclinado para trás enquanto ela mandava ver nos sanduíches de presunto, picles e tomate e ouvia os sons tranquilizadores da Smooth FM

quando a criança batucou na janela

Shirley baixou o vidro ao mesmo tempo que levantou a guarda

sim, o que é?

licença, preciso falar com você

qual o assunto?

quero melhorar, srta.... quer dizer, sra. King, quero me esforçar mais e tudo o mais, ir para a universidade e conseguir um bom emprego, e por aí vai

Shirley nunca descobriu o que levou àquela mudança de atitude, não era importante, o que contava era que uma aluna antes brilhante estava pedindo à Cara de Cu que melhorasse seu desempenho

aplausos! holofotes! aleluia!

depois disso ela garantiu que a criança tivesse tudo de que precisava para se sair bem em todas as matérias

o que incluiu assegurar uma ajuda de custo de instituições de caridade para comprar livros extras, cadernos, artigos de papelaria, até um computador

com a condição de que tivesse uma aula com ela todo mês pelos próximos quatro anos de escola a fim de que ela monitorasse o progresso de Carole e garantisse que ela continuava focada nos estudos

funcionou, e por causa dela a menina tinha entrado numa das universidades mais prestigiosas do mundo

no final das contas, Carole era a talentosa criança perdida que fez Shirley reencontrar a razão de ter decidido lecionar

o poder da educação de transformar vidas

depois disso todo ano ela pôs algumas crianças promissoras sob suas asas, pupilos obviamente inteligentes que não tinham o apoio da família e de outra forma podiam acabar na prostituição, no vício em crack ou alguma coisa assim mesmo quando os resultados variam, ela melhora as chances deles, e quase todos chegam ao ensino superior

os que não chegam, por exemplo um se tornou pedreiro, outro encanador, provavelmente ganham mais do que os graduados, se dá para acreditar nos jornais

os mais legais voltam para agradecer a ela, com presentes

seu projeto de orientação torna a docência um pouco mais suportável, mas não a ponto de fazê-la ansiar pelo início de cada nova semana

nem de fazê-la se sentir satisfeita no final

Carole, a primeira e maior conquista dela, nunca deu notícias como foi instruída a fazer, nem uma vez, nem uma única ligação ou um cartão-postal de agradecimento desde o dia em que saiu da escola há mais de uma década agora

isso fez Shirley se sentir

bem, usada.

Winsome

1

Winsome
está preparando um favorito da família, fruta-pão assada e peixe-voador frito temperado com cebola e tomilho acompanhados de abóbora brasileirinha grelhada, berinjela, abobrinha e cogumelos assados com molho de ervas e limão

enquanto a brisa do mar entra na cozinha pela tela de proteção contra insetos que impede a invasão de moscas durante o dia e de mosquitos à noite

ela aprecia uma alimentação saudável agora que voltou para casa e come comida cultivada na horta e peixe fresco

do mar para a cozinha dela

direto

Shirley, Lennox, a filha deles Rachel e a filha dela Madison estão aqui

Tony, Errol, Karen e as famílias deles vão vir mais tarde neste verão

Winsome gosta de ter a família por perto, e os amigos deles; Amma a visitou duas vezes, simpatiza com ela desde que ela conheceu Shirley na escola

toda mãe quer que o filho tenha um melhor amigo

Amma era uma criança quieta até começar a participar do teatro com outros jovens e se tornar uma personalidade mais extravagante que gosta de usar roupas excêntricas

Winsome disse a Shirley para não imitar a amiga, para se vestir para se misturar com os outros senão ela ia se tornar um alvo

Winsome estava errada, Amma nunca se tornou alvo de ninguém

quando Amma se assumiu lésbica na adolescência Winsome ficou preocupada que a vida da pobre criança ia ser arruinada, e temeu que Shirley fosse contaminada e se resignasse a uma vida de miséria também

estava errada em relação a isso também

as portas de vidro dão para a varanda onde Shirley relaxa com uma taça de vinho enquanto olha sonhadora para o mar como se fosse a coisa mais bonita que já tinha visto

ela se comporta como turista quando está aqui, espera que tudo seja perfeito e se veste toda de branco: blusa, calça, sandálias confortáveis

só uso branco nas férias, mãe, é um símbolo da limpeza mental pela qual preciso passar

Winsome está tentada a responder, você quer dizer que simboliza o fato de você não ajudar por aqui

embora ela nunca vá repreender Shirley, se a filha ficar chateada

nunca mais vai parar de falar daquilo

Shirley parece pálida e esgotada quando chega da Inglaterra, espere algumas semanas e ela estará radiante, o corpo vai se libertar da tensão da vida na cidade e ela vai caminhar com mais vaporosidade

acontece com todo mundo se a pessoa fica em Barbados tempo suficiente

no final das férias Shirley vai parecer uma verdadeira filha da terra, andará como uma, não como uma mulher criada num clima frio que acha que tudo está contra ela

como é o caso de Shirley

que é um caminhão de lixo emocional

como Shirley

reclamando do trabalho horrível naquela escola horrível, e quando Winsome sugere que ela saia e quem sabe vire consultora na área de educação, Shirley responde, não quero conselhos, mãe, só preciso que você me escute

Shirley

que nunca está satisfeita com o que tem: ótima saúde, emprego confortável, marido bonitão, filhas e neta adoráveis, uma boa casa e um bom carro, zero dívida, férias de luxo *gratuitas* nos trópicos todos os anos

vida dura, Shirl

em comparação com Winsome, que passou a vida trabalhando de pé na plataforma aberta de um ônibus da Routemaster

bombardeada com chuva ou neve ou granizo

subindo escadas um milhão de vezes por dia com uma máquina pesada de bilhetes pendurada no pescoço e um saco enorme de dinheiro ao redor da cintura que ficava mais pesado à medida que a jornada avançava resultando em ombros caídos e problemas nas costas até hoje

tendo que lidar com aqueles que não pagavam e os que pagavam menos e que se recusavam a *cair fora da merda do ônibus* e que a xingavam por ser uma vaca estúpida ou uma neguinha ou uma maldita estrangeira

as hordas de crianças da escola brigando entre si para entrar no ônibus, igual a um estouro de boiada na hora mais crítica do dia

as brigas na parte de cima quando ela tinha que tocar o sino para o Clovis parar o ônibus perto de uma cabine telefônica para ela chamar a polícia porque os celulares ainda não tinham sido inventados

os turnos da noite eram piores com bêbados espumando de raiva e vomitando e as agressões e alguém tinha sido esfaqueado até morrer

no turno dela

não que estivesse reclamando, ela gostava de não ter um chefe de olho nela o tempo todo e quando o percurso estava tranquilo gostava de dar risada com os passageiros que já conhecia

Winsome pega o peixe na geladeira, tira as escamas, remove as espinhas, faz os cortes com a faca mais afiada, coloca debaixo da água fria, mergulha em vinagre branco e enxágua de novo

faz uma marinada de pimenta-murta, alho, coentro, tomilho e óleo numa tigela, cobre o peixe com a mistura, cobre com papel-alumínio e coloca na geladeira

pega a fruta-pão no balcão, corta a haste porque não tem mais a força necessária para torcer e arrancar com as mãos

faz um corte em forma de cruz na parte de cima da fruta, esfrega óleo vegetal em todas suas enormes, verdes e espinhentas reentrâncias

põe no forno para assar por cerca de noventa minutos

deve emergir perfeitamente cozida para dar nutrição e prazer à família dela

ela é uma pessoa agradecida

agradecida porque teve Barbados para voltar para casa quando seus amigos ingleses tiveram que ficar lá e passar a velhice se preocupando com o preço do aquecimento e se iam sobreviver a um inverno doloroso

agradecida porque assim que saiu do avião para aquele sopro de calor suas juntas artríticas pararam de doer

desde então não abriu a boca para reclamar

agradecida porque a venda da casa em Londres permitiu que eles comprassem esta perto da praia

agradecida porque ela e Clovis, agora na faixa dos oitenta, tinham uma pensão razoável, e não iam ter que se preocupar com dinheiro pelo resto da vida desde que vivessem com parcimônia, o que de qualquer forma é uma característica da geração dela, que só compra o que precisa e não o que quer

você se endividava para comprar uma casa, não um vestido novo

Winsome conta suas bênçãos todos os dias e agradece a Jesus por trazê-la para casa para uma vida mais confortável

agradece a Jesus por ter feito novas amizades com mulheres que também tinham voltado, da América, do Canadá e da Grã-Bretanha, e que a chamaram para participar do grupo de leitura delas

ela se sentiu honrada, tinha sido cobradora de ônibus, elas não se importaram

Bernadette tinha sido secretária na administração pública de Toronto e nunca se casou, o namorado dela a visita nas noites em que não visita suas outras mulheres

Celestine é boa em teorias da conspiração, era funcionária da CIA na Virginia, mora com Josephine de Iowa, uma coisa que ela não tem que esconder delas, mas esconde

Hazel comandou o primeiro salão de beleza para mulheres negras em Bristol até seu marido, Trevor, apresentar demência precoce e morrer, quando então vendeu o salão, voltou para casa, vive sozinha

Dora se casou três vezes, enviuvou uma vez, se divorciou uma vez e agora está casada com Jason, um consultor de gestão, ela é a mais intelectual do grupo e foi uma das primeiras professoras negras da Grã-Bretanha nos anos 60

todo mês elas leem um novo livro, começaram com *The Lonely Londoners* do escritor de Trinidad Samuel Selvon, sobre jovens caribenhos que vivem na Inglaterra causando problemas e tratando mal as mulheres, mulheres que nem sequer têm a chance de falar no livro

todas concordaram que esses caras precisavam levar uns tapas na cabeça e concordaram em se concentrar nas escritoras mulheres do Caribe, que seriam mais maduras e responsáveis, e voltar aos caras mais tarde

Winsome se acha uma pessoa bastante literária ultimamente e se acostumou a ler livros quando na maior parte da vida lia apenas jornais

seus escritores preferidos são Olive Senior da Jamaica, Rosa Guy de Trinidad, Paule Marshall de Barbados, Jamaica Kincaid de Antígua e Maryse Condé de Guadalupe

seu livro preferido de poesia se chama *I is a Long Memoried Woman* escrito por uma senhora guianense chamada Grace Nichols

nós mulheres/ cujos louvores continuam não cantados/ cujas vozes continuam não ouvidas

ela e o grupo de leitura tiveram uma grande discussão, não, não foi uma discussão, foi um debate, um dia desses, debateram se um poema era bom porque se identificavam com ele ou se era bom por si só

Bernadette disse que cabia aos especialistas da literatura decidir o que era bom, elas só sabiam se gostavam ou não de alguma coisa

Winsome concordou, ela não era nenhuma especialista

Celestine disse que a poesia foi feita de propósito para ser difícil para que só umas poucas pessoas inteligentes pudessem entender, como forma de manter todos os outros no escuro

Hazel disse que romances tinham mais valor que livros de poesia porque continham mais palavras, livros de poesia eram uma enganação

(Winsome acha que Hazel não devia estar no grupo de leitura delas)

Dora disse que não existe esta coisa de verdade objetiva e se você acha que uma coisa é boa é porque aquilo te toca de alguma forma

digo

por que Wordsworth ou Whitman, T.S. Eliot ou Ted Hughes deveriam significar alguma coisa de especial pra pessoas do Caribe como a gente?

Winsome tomou nota para ir à biblioteca procurar aqueles nomes

quando voltava para casa depois do encontro semanal delas

à medida que o sol subia mais alto no céu e os turistas desgrudavam da praia para voltar a seus hotéis e restaurantes

ela ficava tonta com os debates e pensava em como melhorar seus argumentos no futuro

hoje

ela olha para fora em direção à praia para ver Lennox e Clovis desaparecerem depois da curva onde Clovis atracou o barco de pesca de segunda mão que havia comprado recentemente

e estava remendando

ele quase afundou ao navegar no último, só se salvou tirando a água com um balde até voltar

se arrastando exausto para a praia

e deixando o velho barco flutuar para seu túmulo aquático

os dois homens vestem bermuda até o joelho e camisa de algodão de manga curta, nenhum tem muito cabelo sobrando, ambos têm costas largas, pernas fortes (embora Lennox tenha as pernas um pouco arqueadas, o que ela ainda acha muito sexy)

ambos dão passadas longas e fáceis com os pés descalços na areia e atualmente têm até mesmo altura e compleição parecidas

Clovis encolheu um pouco em altura, Lennox expandiu um pouco em largura

Winsome ainda o deseja, não Clovis, mas Lennox, diz a Shirley que ela tem sorte por ter um marido assim

Shirley responde que ele tem sorte em ter uma mulher como ela

o que é típico dela

Lennox vai passar o verão ajudando Clovis com o barco

vão substituir as pranchas, colocar um motor novo, instalar assentos e janelas, vedar e pintar

nesse ponto ele é melhor que Tony e Errol que são mais parecidos com a irmã

a gente trabalha quarenta e oito semanas por ano, mãe, essa é uma hora pra gente se recuperar, reclamam enquanto se empanturram e bebem cervejas demais

os filhos começaram em empregos de office-boy antes de subirem de posição

Tony auxilia em investigações da polícia

Errol é gerente de atendimento nos serviços de proteção à criança

talvez ainda se ressintam de Clovis pelas surras que levaram quando eram pequenos, têm cicatrizes nas costas e na bunda como prova, mas era difícil criar filhos nos anos 70

Clovis teve que proteger os filhos dos espíritos malévolos que iam acabar com eles: a polícia, os skinheads — e eles mesmos

os pais tiveram que dar a eles uma base sólida para encararem a si e ao mundo

ela não precisou fazer isso com a Shirley

é mais fácil com as meninas

Rachel entra na cozinha com Madison, toda sonolenta, que arrasta os pés se chegando para um abraço, amo você, bisa, ela diz enquanto Winsome a pega no colo e cheira seu cabelo bom, quase liso e com o perfume do xampu com o qual Rachel o lavou ontem antes de irem para o aeroporto

ela ensinou Shirley que ensinou Rachel a garantir que todos estivessem limpos e bem-vestidos quando pegassem um avião

você nunca sabe o que pode acontecer

vocês querem chá de salsaparrilha? ela pergunta

Rachel vai à geladeira e traz o jarro até a mesa, ao contrário de Shirley que diz sim e espera que ele seja trazido pela *empregada*

quer um pouco, vó? Rachel pergunta de um jeito educado, ela é a mais atenciosa dos netos

Winsome se prepara para cortar os legumes e reúne os ingredientes para o molho, tomilho, sal, pimenta-do-reino moída, flocos de pimenta, raspas de limão e óleo de girassol

me conta como você e o vô se conheceram, Rachel pede do nada, acariciando as costas de Madison que está empoleirada toda sonolenta de um jeito meio frouxo no colo dela

Winsome deve ter parecido surpresa porque Rachel acrescenta, quero saber das suas histórias para contar pra Madison quando ela for mais velha, vó, quero saber como era quando você era uma pessoa que tomava conta de si mesma

Winsome ouvia os netos contarem a vida deles desde que aprenderam a falar, e eles nunca tinham perguntado nada sobre a vida dela

ela entende que as pessoas jovens são obcecadas por si mesmas e o papel dela é confortar e tranquilizar e ser carinhosa quando os pais estiverem irritados com elas

Winsome gosta de que Rachel seja suficientemente curiosa para saber quem a avó era antes de se tornar mãe, quando era uma pessoa que tomava conta de si mesma, como ela descreveu

só que ela nunca tinha tomado, primeiro ela foi filha, depois esposa e mãe, e agora também avó e bisavó.

2

Conheci o seu avô pouco depois de chegar na Inglaterra nos anos 50, Rachel, em uma reunião das Índias Ocidentais num pub em Ladbroke Grove onde me vi sentada do lado de ninguém menos que Clovis Robinson da vila de pescadores Six Men's Bay

nossos pais eram pescadores, mas a gente só se conhecia à distância

levou milhares de quilômetros pra gente se conhecer direito, ele já estava na Inglaterra fazia dois anos

ele me disse, né fácil aqui não, garota, né fácil, não

a gente se cortejou nos meses seguintes de inverno enquanto eu me adaptava ao clima e à cultura

284

fiquei agradecida por ele me apoiar e orientar, ainda que ele não fosse um cara particularmente bonito ou de personalidade arrojada, os dois atributos que eu imaginava para um marido antes de ter maturidade suficiente para aceitar que sonhar era mais fácil que tornar o sonho realidade

o Clovis nunca me deixou tremendo do lado de fora dos nossos pontos de encontro habituais, o Odeon Astoria nos sábados à noite e o parque Stockwell nos domingos à tarde

ele não era como alguns garotos malandros lá da terra que enlouqueciam e pulavam de uma mulher pra outra

que deixavam bebês miscigenados por toda parte na Inglaterra que iam crescer sem seus papais

a gente se casou e se mudou para um quarto em Tooting onde dividia uma pia com cortina no corredor e um vaso sanitário num cubículo de papelão, a casa lotada de outros inquilinos

a gente começou a economizar para comprar uma casa porque as pessoas comuns podiam comprar casas em Londres naquela época se economizassem por tempo suficiente

então o Clovis foi lá e teve a merda da ideia *ichúpida* de usar as nossas economias pra gente se mudar pro sudoeste da Inglaterra

ele tinha ouvido que era mais quente por lá e que ele ia poder trabalhar como pescador

ele tinha sido colocado no mundo pra fazer isso, ele disse, não pra ser escravo de uma fábrica que produz fertilizante e pra inalar produto químico tóxico

como a gente fazia, os dois, em turnos de doze horas

Clovis disse que ansiava pelo mar onde ele ia poder respirar de novo a última coisa que eu queria era ser mulher de pescador, ser filha de pescador já tinha sido dureza suficiente

eu costumava acordar às quatro da manhã pra sair de barco com o meu pai e os meus irmãos, eu trabalhava no mercado removendo as escamas e as espinhas dos peixes, passava os verões vendendo ouriços atrás dos quais os meus irmãos mergulhavam nos recifes de coral e que me traziam em redes — os pontinhos pretos ainda se movendo de forma assustadora em volta

eu tinha que pegar cada um deles e rachar aquilo com uma colher, raspar a ova dourada e vender como petisco no mercado

o que eu podia dizer pro Clovis? uma mulher tinha que obedecer o marido naquela época, Rachel

divórcio era vergonhoso e concedido apenas com base em adultério, se um casamento não desse certo ele era uma sentença de prisão perpétua

a gente pegou o trem de Paddington a Plymouth, onde ele procurou trabalho numa agência marítima e nas traineiras lá do porto

ele achou que ia conseguir emprego por causa da experiência dele

fiquei vendo ele se aproximar dos pescadores no cais e na beira do mar, boné inglês de pano na cabeça, botas inglesas grandes nos pés, vi ele tirando o chapéu pros homens de mais de sessenta anos com pelos curtos e espetados no rosto que pareciam saídos do Velho Testamento

ele não tinha que dizer uma palavra quando voltava, eu entendia pela forma como ele caminhava e senti pena dele — e de mim

era óbvio que a maioria das pessoas nessa parte do mundo era pobre por que eles deveriam dar emprego pra um estranho, quanto mais pra ele?

certa noite a gente sentou no muro de um porto comendo peixe e batatas fritas que a gente pegava de um jornal imundo, que era como os ingleses costumavam comer, sim, pode torcer o nariz, era um hábito nojento

tentei fazer ele desistir daquele sonho delirante e voltar pra Londres

ele disse, Winnie, quero tentar as pequenas ilhas Scilly mais pro sul onde é mais quente e deve ter bastante trabalho pra pescador

Clovis, se é isso que você quer, por que a gente não volta pro lugar ao qual a gente pertence?

Winnie, botei isso na mi'a cabeça, tenho que tentar esse lugar, tenho um pressentimento

se fosse vinte anos depois, Rachel, eu teria deixado ele lá naquele momento

se fosse trinta anos depois, eu teria morado com ele antes da gente se casar, veja só, me ocorreu que não conhecia em absoluto aquele homem que queria que eu seguisse ele por aí como uma desmiolada idiota

ah, certo, eu disse, ilhas Scilly é um nome bonito, talvez seja um lugar bonito

passei o braço pelo dele pra mostrar que a gente estava junto nessa

vamos descobrir, amor, ele respondeu

a gente pegou ônibus e trens ao longo da costa, e quando a gente perdia um ou outro, a gente caminhava

imagine a gente, Rachel, mais de sessenta anos atrás, um homem e uma mulher negros, Clovis com um metro e noventa e cinco e eu com uns trinta centímetros a menos usando meu vestido elegante, de casaco e salto porque a gente tinha que parecer respeitável, uma maleta cada um, caminhando por estradas do interior onde parecia que a maioria das pessoas nunca tinha visto alguém negro antes, aliás os carros diminuíam a velocidade para nos olhar com espanto ou gritar insultos

a gente dormiu nas estações de trem quando ninguém deixou a gente dormir nos alojamentos

a gente viajou por lugares com nomes bonitos que eu anotei e memorizei: Looe, Polperro, Fowey, Mevagissey, St Mawes, Falmouth, St Keverne, the Lizard, Mullion, Porthleven

a gente chegou a Penzance, pegou o barco semanal pra Saint Mary's

"A maior ilha do arquipélago das ilhas Scilly"

assim que a gente desembarcou, as pessoas não eram só pouco simpáticas, eram francamente hostis, quem eram aqueles dois macacos chegando na ilhazinha deles?

toda a cidade ficou paralisada quando a gente desceu a rua principal, agarrei o braço do Clovis e deu pra sentir que ele tremia

eu precisava que ele fosse forte por mim

você não pode trabalhar aqui, disseram quando o Clovis perguntou no cais

vocês não podem comer aqui, disseram quando a gente entrou num pequeno café

vocês não podem beber aqui, o barman disse quando a gente entrou num pub, todos os olhos na gente

vocês não podem dormir aqui porque a tua cor vai manchar os lençóis, disse a mulher que tinha uma placa de hospedaria na janela, as pessoas eram tão ignorantes e rudes naquele tempo, falavam o que pensavam e não ligavam se machucavam você porque não existiam leis contra a discriminação para impedir

a única coisa que vocês podem fazer é sair daqui e não voltar nunca mais, o policial avisou pra gente quando a gente foi reclamar

a gente embarcou no ferry pra Penzance, dormiu na porta de uma igreja onde a gente tinha batido na noite anterior na porta da casa paroquial e as cortinas se mexeram, ninguém respondeu

Clovis, eu disse, eu falei que não valia a pena, agora você e eu vamos voltar direto pra capital onde as pessoas estão mais acostumadas a ver pessoas negras

não é pra me dizer o que fazer, Winnie, vou tomar mi'a decisão, vou dar mais uma chance pra Plymouth, é na costa, a temperatura ainda é mais quente que Londres, a zona rural não fica longe não e quando a gente tiver os meninos eles podem correr livres como em Barbados, pode acreditar

tenho um pressentimento que tudo vai dar certo.

3

Clovis conseguiu trabalho, trabalho de burro de carga como estivador em Plymouth

carregava barris enormes e sacos pesados dos navios pros armazéns e dos armazéns pros caminhões

ele se deu bem com os outros estivadores, muitos eram ex- -marinheiros experientes que não achavam que ele tinha acabado de chegar de Marte

iam tomar uma bebida depois do trabalho, ele chegava em casa meio alto nas noites boas e bêbado nas ruins

depois de eu ter posto as crianças na cama, as três que eu tinha por muitos anos eu ficava sozinha com as crianças o dia todo e a noite toda

ouvia as pessoas xingando quando passavam por mim, pouquíssimas eram amigáveis

eu era atendida por último em qualquer loja que entrasse, mesmo que eu fosse a primeira da fila

os carros iam pra cima das poças d'água de propósito quando eu estava empurrando a Shirley no carrinho preto dela e os dois garotos estavam amarrados um de cada lado do meu corpo

fui eu que encontrei um rato morto na nossa porta

fui eu que tive que viver com um VAI PRA CASA rabiscado com tinta branca na nossa porta da frente até Clovis pintar por cima

fui eu que tive que passar as noites sozinha com medo de que iam jogar um pano encharcado com gasolina pela janela

no entanto, Rachel, se teve uma coisa que eu aprendi no tempo que passei lá é que se você ficar num lugar tempo suficiente e se comportar de maneira civilizada as pessoas vão se acostumar com você

a sra. Beresford, uma viúva idosa que morava algumas portas abaixo, foi a primeira a ter uma conversa decente

ela costumava se inclinar sobre o carrinho de bebê e afagar a bochecha da Shirley, que agarrava os dedos dela e não largava

os bebês são inocentes, a sra. Beresford dizia, este é um lugar agradável para morar, sra. Robinson, quando as pessoas conhecerem você

ela dava doces para os meninos e eles agarravam com avidez antes que eu pudesse protestar porque não os deixava comer açúcar, outro costume inglês ruim

deixei eles comerem um pedaço pequeno do pão de ló que a sra. Beresford trouxe na primeira visita dela

ela me apresentou a sra. Wright e a sra. Missingham, ambas

da igreja local, num chá especial que preparou pra mim e as crianças depois da escola um dia

foi minha primeira vez na casa de uma pessoa inglesa, lembro como se fosse hoje, queria um lar como aquele pra minha família

havia um tapete de flores sobre as tábuas de madeira na sala de estar, papel de parede com estampa de rosas, várias fotos penduradas, uma cômoda pesada com pratos dispostos em fileiras como se fossem enfeites, o que achei estranho, cortinas pesadas na janela e um sofá luxuoso, ou assim me pareceu, e também ao Tony e ao Errol que saltaram nele pra cima e pra baixo até que eu tive que pedir pra pararem porque a sra. Beresford era muito educada pra pedir ela mesma

ela me mostrou como tostar bolinhos em cima do fogo do carvão

como fazer chá usando ó leite correto e não o condensado

como colocar o leite por último e não primeiro

a sra. Beresford

nos convidou pra igreja e quando a minha família de cinco chegou na entrada ela, a sra. Wright e a sra. Missingham nos saudaram como se fôssemos amigos que não se viam fazia muito tempo

cada uma delas levou uma criança de forma protetora pela mão e nos acompanharam

mesmo no parque as mães se cansaram de chamar as crianças delas pra longe das nossas como se fossem pegar lepra

crianças muito pequenas não se importam com a cor da pele, Rachel, até que os pais façam uma lavagem cerebral nelas

quando Tony começou na escola Everdene, seguido por Errol, eles chegavam em casa chorando porque as crianças chamavam eles de carvão levavam varadas e eram obrigados a ficar num canto da sala com o rosto virado pra parede por professores que implicavam com eles

não foi a gente, mamãe, eles se queixavam, não foi a gente

o Clovis e eu a gente ficava batendo na mesma tecla, a gente falava pros nossos garotos se comportarem bem sempre

a gente sabia que os nossos garotos eram ativos mas não eram maus

um dia eu estava esperando por eles no portão da escola no final da aula e vi dois garotos maiores pulando em cima do Tony, que revidou, meu menininho tão corajoso

enquanto eu corria na direção dele o sr. Moray, o diretor, chegou lá primeiro, agarrou Tony pelo cangote do blazer e levou ele pra dentro do prédio

os dois meninos valentões riram, se limparam da poeira, pegaram suas pastas, cruzaram o portão sem sofrer nenhum castigo

quando a Shirley começou na escola, ela também chegava em casa chorando porque tinha sido chamada de carvão mesmo com o Clovis indo direto pra escola não sei quantas vezes dizer ao sr. Watson pra falar pras crianças pararem de encher o saco da filha dele

depois outra menina não branca entrou na escola, uma pequena mestiça chamada Estelle que tinha a pele clara e um cabelo claro com cachos que lembravam os da Shirley Temple

Estelle era o tipo de criança de pele acastanhada que as pessoas diziam que era bonita por conta disso

a mãe era uma dessas de cabelo comprido estilo beatnik que usava calça preta, boina e uma jaqueta de couro desleixada estilo Marlon Brando

eu me vestia de forma adequada: vestido abaixo do joelho, cardigã, casaco, meia-calça, sapatos, lenço amarrado debaixo do queixo

Vivienne tentou falar comigo no portão da escola, ela era pintora, o pai de Estelle era um *cape coloured** exilado do apartheid na África do Sul

o que era apartheid e um *cape coloured*?

não faça essa cara de surpresa, Rachel, o apartheid não era conhecido por todo mundo naquela época, de qualquer forma Vivienne logo desistiu de ser minha amiga, o que foi bom porque a gente não tinha nada em comum — nem mesmo as nossas filhas

Estelle era bem tratada pelos professores, que cumprimentavam as crianças quando chegavam todas as manhãs, a maioria ignorava Shirley, que era jovem demais para notar

Estelle, que não conseguia sustentar uma nota sequer, foi escalada para ser a Maria na peça natalina e foi a solista

Shirley, que tinha uma voz adorável, foi escalada para ser uma palmeira e foi obrigada a ficar no fundo do palco

junto com o menino de lábio leporino

e a menina de pé torto

no dia seguinte eu disse pro Clovis, você pode ficar aqui, mas a mãe dos teus filhos vai voltar pra Londres

com eles.

4

Winsome se distrai com os homens que voltaram a ficar visíveis pela janela da cozinha e perambulam pela praia no calor escaldante, sem protetor solar e sem chapéu apesar da insistência dela

---

* Classificação racial na época do apartheid para pessoas com mais de uma etnia. (N. T.)

anos atrás pessoas de pele escura achavam que estavam imunes aos danos causados pelo sol e acabavam com câncer de pele

mesmo hoje em dia a maioria dos homens não se preocupa em se proteger do sol

como se isso os tornasse menos masculinos

Lennox é mais parecido com Clovis do que ela quer admitir, no físico e no temperamento

Winsome acha que essa é a razão da escolha de Shirley, de forma inconsciente ele era familiar

talvez seja essa a razão de Winsome ter gostado do genro

uma versão mais jovem e mais sexy do homem com quem ela se casou

em algumas semanas, depois que os homens deixassem o barco em condições de navegar

depois

que substituíssem as pranchas do casco, colocassem um motor novo e hélice

depois

que eles dessem alguns passos para trás e admirassem sua habilidade

depois

que inaugurassem o barco com uma garrafa de rum estilhaçada contra o casco

eles vão sair antes do amanhecer para capturar peixes-voadores, jogar anzóis para pegar dourado e peixe-agulha ao longo do caminho, quando estiverem bem longe vão jogar bagaço de cana e folha de palmeira no mar para funcionar como tela, largar cestas que por baixo liberam as iscas aos poucos, assim que os peixes-voadores se juntarem para a refeição vão ser recolhidos pelas redes, mas puxar as redes é mais difícil quando você é mais velho, Clovis disse, quando volta com dores nas costas e ela o massageia

a pesca é uma parte importante de quem ele é, faz com que se sinta um homem de verdade, um homem que sai para o trabalho, que provê, mesmo na aposentadoria

Madison acorda no colo de Rachel, olha grogue ao redor para se orientar, escorrega do colo da mãe, ginga para fora da casa e corre para receber os homens quando vê os dois caminhando em direção à casa na areia cor de coral

ela se coloca entre eles, cada um segura uma mão dela, balançam a menina

é uma imagem bonita

Rachel agradece Winsome por confiar nela, é uma história e tanto, vó, você é uma desbravadora

duas pessoas que foram para o estrangeiro, Rachel, não há nada de desbravador nisso

bom eu acho você incrível, agora vou lá me sentar com a mãe, o único momento em que eu não preciso me preocupar com ela é quando ela está aqui, o resto do tempo eu fico com medo de que ela vá ter um derrame por causa do estresse no trabalho

não fica preocupada com a nossa Shirl, Rachel, ela gosta de ter alguma coisa para reclamar

quando a família voltou a Londres nos anos 60, eles se estabeleceram em Peckham, compraram uma casa danificada por uma explosão, levaram décadas para ajeitar tudo

não falavam mais de sair correndo para lugares onde não eram bem-vindos

Clovis tinha três preocupações principais: ir trabalhar, criar as crianças e ajeitar a casa descobriu que gostava do "faça você mesmo", como a maioria dos homens da geração dele que passavam os fins de semana dando uma de faz-tudo

usava macacão azul-escuro e aprendeu nos manuais a rebocar, cuidar da fiação e do encanamento, assentar tijolos, fazer carpintaria

no começo Winsome gostou de poder praticamente prever como um ano ia se passar do início ao fim

tirando anormalidades como um telhado com goteira ou uma criança sendo levada às pressas para o hospital com crise de apendicite

com o tempo eles conseguiram fazer piada com a aventura deles no sudoeste, quando Clovis era jovem e imprudente (ele admitiu) e ela se irritava tanto com ele

o que ela não conseguiu prever foi que, quando o marido fosse domado, ela passaria a desejar que ele tivesse mais iniciativa

Winsome queria segurança e estabilidade quando chegou à Inglaterra e Clovis representava familiaridade, ele dava atenção a ela, era bom com ela, ela se apaixonou por ele quando precisava de alguém

aquilo tinha maturado até virar amor, havia muita coisa para gostar e admirar no marido — ele nunca foi cruel, nunca escapou para a cama de outras mulheres, era amável e sensível com as necessidades dela

o problema era o que ele não era — excitante

quando Shirley trouxe Lennox para um lanche na casa deles naquela primeira vez quando eram estudantes, foi como se um dos rapazes mais velhos do Jackson Five estivesse parado lá no corredor

ele era muito vigoroso e saliente na juventude, literalmente, sua calça boca de sino era bem apertada

Winsome se viu sentindo algo que nunca sentiu por Clovis — um desejo sexual explosivo, paixão, como quer que chamem

ela se esforçou para não ficar encarando a pele achocolatada dele que também era tão lambível, ou o branco puro dos olhos inteligentes dele, enquanto o branco dos olhos de Clovis era amarelado devido a uma infância passada sob o reflexo do sol no mar

ele tinha um pequeno black bem cortado, uma camiseta justa delineando o torso perfeito

ela queria passar a mão pelo corpo todo dele, massagear suas bolas, sentir ele endurecer com o toque dela

Clovis levou todo mundo para a sala de estar onde ficaram encarando aquele jovem por cima das xícaras de chá de cacau

os dois pombinhos se sentaram no sofá de mãos dadas, enquanto ela e Clovis se sentaram nas poltronas mantendo uma conversa educada

Clovis engrossou a voz, ela notou, querendo impressionar o estudante universitário

era óbvio que a Shirley estava louca pelo Lennox, que ia se tornar procurador, ela já tinha contado a eles com orgulho, depois ia se tornar advogado e talvez até juiz algum dia

que partidão ele era

que sortuda, a Shirley

rápido demais estavam todos de volta ao corredor com o habitual foi um prazer te conhecer, obrigado e venham de novo

ela e Clovis acenaram para eles enquanto os dois atravessavam Peckham Rye em direção à estação, depois King's Cross, depois o trem de volta para Leeds

Winsome fechou a porta e começou a subir a escada para o quarto, estou com um pouco de dor de cabeça, gritou para Clovis,

que não escutou porque já estava na cozinha sintonizando uma
emissora de rádio pirata que tocava reggae

ela se deitou na cama deles

que diabos estava acontecendo?

talvez fossem os primeiros efeitos da mudança que deixa as
mulheres mais emocionais, ia passar assim como a menopausa
tinha passado

deixando-a esvaziada de estrogênio

com ovários moribundos

só que ela não queria aquilo, incentivou Shirley a vir para
casa com mais frequência nos fins de semana, claro que você
pode trazer o Lennox

que a beijava nas duas bochechas quando a cumprimentava

que a abraçava carinhosamente quando estava na casa, Shirley encantada que a mãe e o namorado tivessem uma conexão
como aquela

ela gostou do modo como os braços dele deslizavam pela
cintura dela quando voltavam em duplas de uma ida ao cinema
ou de um jantar, Clovis e Shirley caminhando à frente pelas ruas
noturnas de Peckham, ela e Lennox mais atrás

ela tomava com mais frequência a iniciativa de fazer sexo
com Clovis para eliminar a frustração do seu organismo

Clovis, cuja educação se encerrou quando ele tinha catorze
anos, não podia ser comparado a Lennox, que usava palavras
compridas tais como responsabilização, restituição e *quid pro quo*

palavras que ela teve que procurar no dicionário

Clovis não estava interessado em socializar para além dos
encontros familiares, tinha parado de beber quando voltaram a
Londres, não estava interessado em ver filmes ou ir a festas e se
divertir até de manhã como Shirley e Lennox faziam ficando na
cama até tarde no domingo de manhã tomando café de verdade

de uma cafeteira enquanto liam os jornais, antes de sair para o brunch, mãe

Winsome nunca tinha ouvido falar em brunch

desejava que seu corpo fosse tão bem torneado quanto o da filha

desejava ter a educação e as opções que Shirley teve, o que significava que Shirley era capaz de atrair um homem que tinha tanto tesão quanto ambição

que se casou com ela e se tornou pai de Rachel e Karen

de quem ela tomava conta muito mais do que o necessário porque Lennox a levaria para casa depois

que algumas vezes colocava a mão no joelho dela para enfatizar alguma coisa quando conversavam no carro

cujos beijos de despedida duravam um pouco demais, os lábios macios dele bem pressionados

ou ela estava imaginando aquilo?

ela se tranquilizou, a atração dela por Lennox não era uma traição ao Clovis ou à Shirley porque não tinha sido posta em prática

se fosse, aí seria diferente

se um dia ele aparecesse na soleira da porta quando Clovis estivesse fora e avançasse para cima dela

ela não seria capaz de resistir

e não resistiu

quando ele tocou a campainha certa tarde, sabendo que ela estava no turno da noite e em casa e Clovis no turno da manhã

ele havia tirado a tarde de folga, fechou a porta e a beijou de um jeito que Clovis nunca tinha beijado porque quando eles se conheceram ele disse que aquele tipo de beijo era anti-higiênico ela fez questão de manter a língua na própria boca depois disso

sua língua nunca tinha feito contato com outro ser humano
antes

Lennox desamarrou o avental que ela usava para fazer as tarefas domésticas (polir o corrimão) e desabotoou o vestido de verão que ela tinha por baixo

puxou a anágua de náilon dela e a meia-calça que ficou presa na cinta-liga porque ela era antiquada e detestava o desconforto de meias-calças roçando entre as coxas e causando assaduras que precisavam ser aliviadas com vaselina

ele pareceu gostar do que viu, como ela mesma descobriu através das mãos dele, o corpo dele através das mãos dela

ficou tão molhada que escorreu pela perna

quem era essa mulher deixando o genro traçar ela de todas as maneiras?

quem era essa mulher que o pôs na boca e gostou? quando a única vez que fez isso com o Clovis ela tinha vomitado depois?

quem era essa mulher que acompanhou aquele jovem que explodiu várias vezes dentro dela porque era viril e podia continuar para sempre e ela também até que morressem de exaustão porque ela estava completamente fora de si?

até

o alarme na cozinha tocar

ela tinha que buscar Karen e Rachel na creche

eles tomaram banho e se vestiram

saíram de casa

separados

ele

primeiro

naquela noite ela não conseguiu dormir

entrou em guerra com sua moral em nome de seus sentimentos

adivinha só que lado venceu?

ela estava perto dos cinquenta

ela merecia aquilo

ele

naquele domingo depois do almoço em família, ela se certificou de que estavam sozinhos na cozinha lavando a louça e
combinou de encontrar Lennox naquela semana

e assim continuou por mais de um ano

uma vez por semana, algumas vezes duas

e nos fins de semana eles levavam Rachel e Karen para a
praia para dar uma folga a Shirley

enquanto as crianças dormiam, eles aproveitavam a cama
de casal

eles nunca falaram a respeito do que tinham feito

Lennox tinha necessidades, era melhor ela satisfazê-lo do
que ele abandonar sua filha

por outra mulher

então ele a largou, ou melhor, parou com aquilo

sem explicação, sem discussão, sem desculpas, sem compaixão

ele caiu na real por dormir com uma mulher de meia-idade?
se sentia culpado por dormir com a sogra? Shirley estava transando com ele de novo? ela algum dia havia parado?

ou ele tinha encontrado outra pessoa?

Winsome nunca recebeu uma resposta porque nunca conseguiu perguntar

por um longo tempo depois disso Lennox não a olhava nos
olhos, se pudesse evitar, nem mesmo a olhava no rosto

Shirley notou que ela não era tão amigona de Lennox como antes

não seja boba, você sabe o quanto eu gosto dele, Shirl

Winsome quis que ele não tivesse despertado nela um desejo que não iria satisfazer

deu a ela um gostinho de si mesmo e depois o retirou

ela não o odiou por isso, ela o desejou mais por causa disso

ele se tornou um material para fantasias: eles passavam tardes eróticas em hotéis exóticos, ela usava lingerie sexy, parecia mais jovem

numa fantasia tudo era possível

mesmo agora, tantas décadas depois, ela sente a velha atração se agitar quando ele chega para passar o verão e quando o vê sob certa luz

Lennox e Clovis estão sentados no banco branco da varanda com Madison aninhada entre eles

Rachel balança na rede listrada que Clovis pendurou para as sonecas da tarde, por algum motivo todos explodem numa gargalhada, não por alguma coisa que a Shirley disse, a filha dela não tem senso de humor, provavelmente riram de alguma coisa que a Madison falou, algo fofo, porque ela é

Lennox levanta os olhos, capta o olhar de Winsome, acena afetuoso, inocentemente

nem uma centelha de reconhecimento em todos aqueles anos

Shirley se gaba de que o Lennox nunca vai trair ela

Winsome sempre responde que ela encontrou um desses caras legais

você é sortuda, Shirl, você é sortuda.

Penelope

1

Os pais de Penelope eram chatos, autômatos sem entusiasmo rastejando rumo à morte
ela escreveu em seu diário aos catorze anos
era uma pena
porque ela mesma transbordava vivacidade e corria ao encontro de uma vida maravilhosa que se estendia gloriosa à sua frente
como também escreveu
no diário

o pai dela, Edwin, era agrimensor, nascido e criado em York e, Penelope escreveu, era um escravo da rotina: levantar no horário, sair no horário, voltar no horário, jantar no horário, dormir no horário, viver no horário
o meu pai nunca disse nada remotamente significativo, ela escreveu, alguma coisa que não tenha sido regurgitada do *Daily*

Telegraph que ele lia todas as noites quando voltava do trabalho para casa

a única coisa interessante a respeito dele, ela anotou, também era a mais decadente: um envelope grosso com cartões-postais pornográficos escondido dentro da caixa de ferramentas dele no galpão, sem imaginar que a filha não precisava de um pênis para pregar suas próprias fotos emolduradas na parede do quarto

a mãe de Penelope, Margaret, também era assustadoramente estúpida, ainda que o passado dela fosse um pouco mais exótico

ela tinha nascido na recém-criada União Sul-Africana depois que seus pais ingleses venderam a falida fazenda de cevada deles em Hutton Conyers, Yorkshire, para se beneficiar do Ato das Terras Nativas de 1913

que repartiu mais de oitenta por cento da posse de terra entre as únicas pessoas capazes de tomar conta dela, a mãe disse

a raça branca

a gente

a mãe dela disse que os nativos tiveram que entregar as terras, era o custo inevitável do progresso econômico para a melhoria da sociedade

e como agora eles estavam desesperados por trabalho, a mão de obra era barata

meu pai comprou uma fazenda de cevada lá, Penelope, mas fracassou em torná-la bem-sucedida porque os trabalhadores eram preguiçosos, ressentidos e larápios

ele foi aconselhado por amigos fazendeiros a amarrar os piores infratores numa árvore e chicoteá-los

dando assim um exemplo

parecia que tinha acertado em cheio quando começou a levar a cabo a mesma punição para o roubo da colheita

os trabalhadores pareciam ter sossegado e seguido em frente depois disso

até um dia quando ele estava fazendo as rondas a cavalo um grupo de trabalhadores rebeldes da fazenda saltou da floresta como um bando de animais espumando e o atacou

antes que percebesse ele estava no chão, o chicote nas mãos deles, e o usavam contra ele

o pobre homem não teve a menor chance

a mente do seu avô nunca se recuperou, Penelope, ele vendeu a fazenda por uma ninharia, trouxe a família de volta para a Inglaterra, nós nos mudamos para a casa de parentes e ele nunca mais trabalhou

eu fiquei aliviada de me mudar para a Inglaterra, para longe do ódio dos nativos que fizeram algo tão terrível ao meu pai

nem era um lugar para uma garota branca crescer e se tornar uma mulher

não gostava do jeito que os homens nativos olhavam para mim

a mãe de Penelope cresceu na Inglaterra civilizada, ela disse, gostava de dançar, fez amigos, pedalava até o campo aos domingos com um grupo deles, inclusive com alguns sacanas que não deixavam de ser divertidos, fazia piqueniques, ficou alegrinha com o gim dos cantis de bolso deles

escapuliu à meia-noite para tomar banho nua no rio Foss com eles

amarrava a saia acima dos joelhos quando estava longe o bastante de casa

fumou ostensivamente em público quando a mulher que fazia isso era considerada vulgar só as *safistas* decadentes que cortavam o cabelo curto e usavam roupas masculinas se safavam naqueles dias, Penelope

conheci o seu pai numa reuniãozinha dançante, ele era um pouco mais velho que eu, bonitão antes de perder todo o cabelo, me telefonava todo sábado à noite às sete horas em ponto no relógio do meu avô que ficava no corredor dos meus avós

ele passou a frequentar a minha igreja nos domingos, me encontrava do lado de fora do armarinho onde eu trabalhava

eu queria fazer magistério para me tornar professora primária, uma das poucas profissões abertas a mulheres na minha época, mas havia a barreira do casamento, Penelope, o que significava que eu ia ter que parar de ensinar assim que me tornasse esposa

fazia pouco sentido treinar para alguma coisa de que eu ia ter que abrir mão

ao contrário dos imprestáveis que eu tinha conhecido, o seu pai era sóbrio e sensível, e era disso que eu precisava num casamento

naquela altura o meu pai já tinha morrido de forma trágica num asilo

foi outra época terrível para a minha família, e o seu pai deslizou facilmente para dentro da minha vida como fonte de companheirismo e conforto, ele me levava para remar no rio Foss, ainda que nunca para nadar ou dançar, jamais para beber

atividades que ele considerava pouco atraentes para garotas

depois de três anos de namoro, nós nos casamos

sinto falta de dançar, Penelope, do prazer enorme que isso me dava, penso com frequência no passado, na pessoa que eu era

não sei para onde ela foi

a mãe de Penelope parou de falar, voltou a tricotar, costurar, cozinhar, limpar, passar a ferro ou qualquer outra das atividades que preenchiam seus dias

deixando a conversa no ar

Penelope achava difícil imaginar que algum dia a mãe dela tivesse sido tão rebelde e sociável

sentiu pena dela por ter tido que escolher entre uma carreira ou uma família, o que parecia terrivelmente injusto

e assim como a mãe mal pôde esperar para fugir dos selvagens da África do Sul, ela mal podia esperar para ir para a faculdade, ter uma carreira e abandonar a vida de camisa de força dos pais

depois veio o momento em que eles disseram que ela era uma mentira e qualquer compaixão que sentia pela mãe afundou sem deixar vestígios

para ser substituída por uma onda de ressentimento

a mentira já era bem ruim, ainda que nos anos seguintes ela tenha passado a entender a razão deles, mas o pior foi a crueldade em contar aquilo

uma crueldade que expôs as lacunas de quem eles eram e de quem ela ia ser no mundo

você não é nossa filha no sentido biológico, o pai disse no almoço do décimo sexto aniversário dela (que ótimo momento)

ela tinha sido deixada num berço nos degraus de uma igreja

eles esperaram até que ela tivesse idade suficiente para entender

ela tinha sido depositada ali misteriosamente sem documentação, sem um bilhete, sem pistas, nada

durante anos tinham tentado ter um filho deles, sem sucesso, encontraram ela num orfanato, era bem fácil adotar naquela época, assinaram papéis, levaram ela para casa

o que eles não acrescentaram, naquele momento, era que a amavam, uma coisa que nunca disseram

o que ela precisava naquele momento era de uma declaração de amor incondicional das pessoas que a tinham criado como se fosse deles

em vez disso

continuaram normalmente, mesmo que lágrimas escorressem pelo rosto dela

permaneceram sentados nas cadeiras de espaldar alto em seus lugares de costume ao redor da mesa de jantar oval coberta por uma toalha de franjas

abriram os guardanapos enrolados em anéis de madeira com seus nomes gravados neles

comeram as costeletas de cordeiro, as batatas cozidas e as ervilhas na manteiga que comiam nos almoços de sábado

passando o molho

passando a pimenta

passando o sal

Penelope, sem conseguir desentalar uma batata presa na garganta, saiu da mesa sem permissão, correu sufocando escada acima até seu quarto onde desabou num monte de soluços na cama, esperando desesperada que pelo menos a mãe fosse ver como ela estava, ouviu o barulho suave de pés deslizando na escada, uma batida incerta, a porta se abrindo, um tapinha nas costas

um abraço era esperar demais

em vez disso

ouviu o homem que até pouco tempo atrás pensava ser seu pai sair de casa para jogar golfe com o irmão (não mais o tio dela), como fazia todo sábado à tarde

a mulher que costumava ser sua mãe ia se sentar na frente
do fogo fazendo sapatinhos brancos de crochê para sua mais nova
sobrinha, Linda (não mais a prima bebê de Penelope)
Penelope ouvia uma comédia e risadas vindas do rádio no
andar de baixo
para eles era uma tarde normal de sábado

Penelope se acabou em lágrimas por meses depois disso,
a sós, longe das duas pessoas com quem morava, que não iam
aprovar aquele comportamento efusivo
longe dos amigos da escola que não podiam ficar sabendo de
um segredo tão vergonhoso
ela era uma órfã
uma bastarda
não desejada
rejeitada

agora a diferença entre eles fazia sentido
os pais dela não eram os pais dela, o dia do nascimento dela
não era o dia do nascimento dela
ela não era do mesmo sangue ou da mesma história deles

continuou a se torturar com pensamentos horríveis
como seus pais verdadeiros tinham passado ela adiante de
um jeito tão desalmado? descartada nos degraus de uma igreja
como um saco de lixo
e se os ratos tivessem chegado primeiro? ou as raposas? ou
uma noite congelante?
como puderam ser tão desalmados? e quem eles eram, afinal? se não sabia quem eles eram
como podia saber quem ela era?

não havia papel para rastrear
ela era uma criança abandonada
anônima
sem identificação
misteriosa

depois
quando Penelope se examinou mais de perto no espelho da
cômoda, ficou absurdamente claro para ela que ela não se parecia
nem um pouco com *Edwin* e *Margaret*, como agora ia pensar neles
Edwin era baixo, anêmico, de olhos azuis e nariz aquilino,
características que combinavam com um homem cujas emoções
raramente apareciam qualquer que fosse a ocasião, mesmo as
explosões esporádicas de risadas soavam como se ele estivesse
quebrando uma regra autoimposta de não se divertir
Margaret era ainda mais baixa, mal tinha um metro e meio,
cabelo ralo, olhos acinzentados, palidez acinzentada
de acordo com a foto de casamento dela ela já tinha sido
bonita
agora ela só parecia
desbotada
apagada

Penelope, por outro lado, era alta para uma garota, quase
um e noventa, com um beicinho cheio e natural e olhos cor de
avelã que legitimaram sua reputação de beleza glamorosa na
escola, usava o cabelo cacheado, loiro-avermelhado, num estilo à
la Marilyn Monroe, tinha uma "leve camada de sardas" ao redor
do nariz, e no verão ficava bronzeada com facilidade, o que era
considerado *très chic* porque lhe dava um brilho tipo Saint Tropez
à la jet set

Penelope decidiu que iria para a faculdade, ia se casar com um homem que a idolatrava, se tornar professora e ter filhos

tudo isso ia preencher o fosso gigantesco e dolorido que agora levava dentro dela

a sensação de ser

não

amparada

não

desejada

não

amada

não

completa

uma

não

alguém.

2

Penelope se aproximou de Giles logo depois que a identidade dela explodiu em estilhaços

precisava de alguém que a ajudasse a ficar inteira novamente

ele tinha dezoito anos e era capitão do time de rúgbi da escola, e que partidão ele era com aquele olhar de Heathcliff e a autoconfiança de campeão que varria de campo os garotos inferiores

quem é que *não* ia querer flutuar na órbita de Giles, o Grandioso, do tsar Giles, do rei Giles o Primeiro de York

como ela escreveu em seu diário

toda garota na escola tinha uma paixonite por ele exceto aquelas com fama de *safistas*

Penelope ficou obcecada pelo magnético Giles

ela se escondia no ponto de ônibus toda manhã para esbarrar em Giles por acidente quando ele desembarcava, deslizando a passos largos e cheia de ousadia ao lado dele

por sorte era fácil conversar com ele e ela se tornou perita em cortar outras garotas que tentavam abrir caminho, embora adorasse quando os companheiros de rúgbi dele cerravam fileiras e todos serpenteavam como uma onda crescente descendo a ladeira

ela era a única garota num grupo de heróis do esporte cheios de machismo intrépido e fanfarronice
todo mundo ficava intimidado na presença deles
saíam do caminho
ou eram empurrados a cotoveladas
por ela

ela e Giles começaram a dar as mãos descaradamente, escondidos pela multidão de colegas de uniforme verde e branco

ele começou a beijar Penelope *au revoir* quando se separavam no portão da escola, o que diante daquele público era emocionante

com qualquer um desses dois crimes ela podia ter sido levada para a diretora e expulsa

por que se importar? estava apaixonada, ia ter os filhos do Giles, ia criar sua própria linhagem, estava noiva aos dezoito anos

enquanto isso as outras garotas da classe dela, preocupadas com as espinhas e a gordurinha de criança, tinham pavor de ser deixadas nas prateleiras

sentia pena delas, que horrível ser gorda e feia e muito provavelmente sozinha para o resto da vida

enquanto ela era a garota de ouro

o que para ser honesta
convinha bem a ela

Penelope se casou com Giles logo depois de se formar no magistério, ele já trabalhava como engenheiro civil

foi tudo muito perfeito, como ela tinha sonhado, Giles foi muito carinhoso, preocupado com o bem-estar dela, toques afetuosos, um carinho no rosto, um beijo na parte de trás do pescoço, fazendo-a se sentir importante, desejada

o trabalho bem remunerado dele os levou para Londres, em Camberwell, para uma casa grande em Camberwell Grove, numa área de resto pobre

ele lhe deu carta branca com a decoração: papel de parede William Morris, cadeiras e mesa de jantar Uniflex, sistema de sofá modular De Sede, paredes da cozinha com imitação de couro marrom almofadado, tapetes laranja felpudos, acessórios de banheiro de plástico abacate

ele tolerava os experimentos culinários dela, nunca reclamou quando os resultados eram muito salgados ou doces, muito queimados ou malcozidos, muito moles ou congelados, líquidos ou viscosos, farelentos ou encaroçados ou quando exigiam um martelo e um cinzel para quebrar as bases da massa do pão feito em casa, da carne assada

ficou logo grávida de Adam, o que atrasou a entrada dela no ensino, mas ainda havia bastante tempo para ela construir uma carreira

um ano depois, Sarah saía se contorcendo depois de um trabalho de parto de doze horas

Penelope não se importava de ficar em casa com os bebês, nem mesmo quando eram recém-nascidos, não conseguia acreditar no amor que sentia pelos filhos

Giles tinha preenchido o vazio no coração dela com o amor dele, mas o amor que sentia pelos filhos era avassalador, ilimitado amava se sentir apaixonada por eles

no entanto

depois de três anos com duas crianças sugando e se empanturrando nos seios inchados dela, ela começou a se sentir consumida

tudo estava começando a parecer um bocado *vampiresco*, para ser bem sincera

Sarah ainda estava no estágio gorgolejante-babante da evolução humana, enquanto Adam tinha descoberto a (suspiro) fala, e no final de cada dia ela ficava em frangalhos por causa da tagarelice indecifrável dele

ela ficou mal por se sentir assim e ansiosa para começar a dar aulas a fim de contrabalançar o seu agora relutante papel de mãe natureza, sobretudo porque começava a se sentir bem afastada do esquema mais amplo das coisas, com os jornais falando de várias revoluções culturais que irrompiam em escala global, inclusive a da libertação das mulheres

enquanto isso ela estava afundada até os joelhos em cocô e vômito de criancinha

quando Giles voltava para casa do trabalho querendo discutir os assuntos do mundo, inflado de vaidade intelectual agora que lia o *The Times* no trajeto, ela estava num estado tão tatibitate que ele desistiu, fazia a refeição em silêncio, se retirava para o escritório

enquanto ela colocava as crianças na cama

ela tocou no assunto de voltar a trabalhar como professora, não é como se a gente não pudesse pagar uma babá

ele respondeu que não era muito prático ter dois patrões: um chefe no trabalho e um marido

ele estava brincando? não de acordo com o olhar dele

nos cafés da manhã de mamães e filhinhos a que Penelope se forçava a ir só para sair de casa, ela e outras mulheres jovens, unidas pela maternidade e por pouco mais do que isso, trocavam conselhos sobre como cuidar das crianças e dos maridos e cozinhar os pratos mais novos da moda passando adiante receitas de quiche Lorraine e espaguete à bolonhesa, tudo enquanto tentavam controlar a prole que se contorcia sem parar, os braços de todas elas se torcendo de um jeito frenético, idem os olhos dardejando por todos os lados para garantir que os bagunceiros não subissem as escadas e saltassem de cabeça ou desmantelassem a grade de proteção da lareira para ver qual era a sensação de tocar em carvão quente

Penelope escreveu em seu diário que as células de seu cérebro estavam explodindo como estrelas morrendo no irremediável esquecimento

quando a Mildred do número 63 apareceu com a brilhante ideia de organizar o "Dia Nacional Vol-au-Vent" para incentivar mais coquetéis na vizinhança, Penelope quis deixar escapar um uivo que combinasse com o dos filhos

de agradecimento

descobriu Gloria, a bibliotecária local, bem a tempo, com quem podia trocar algumas palavras *sensatas* quando emprestava e devolvia livros infantis

Gloria tinha secreta, inteligente e alegremente se safado por ter encomendado seis cópias do livro A *mística feminina* de Betty Friedan

como confidenciou de um jeito conspiratório sobre o balcão de carvalho

estava recomendando o livro a todas as mães jovens e eloquentes que iam à biblioteca durante a semana ou empurrando os filhos nos carrinhos na frente delas ou arrastando-os, em geral gritando, atrás um sinal, disse Gloria, de que essas mulheres brilhantes estão frustradas com a sorte delas

Penelope não se cansava da sra. Friedan, a quem escondeu no armário com as vassouras, o aspirador e a tábua de passar roupas — sabendo que Giles com certeza nunca abriu a porta do covil dela, como ele diz

ficou pasma ao ver como as donas de casa instruídas dos Estados Unidos pareciam estar satisfeitas com o papel de mães e mulheres do lar, mas na verdade estavam fervendo com um descontentamento que não podiam expressar, todas aquelas pobres mulheres presas dentro de suas casas de subúrbio e condenadas a cozinhar e a limpar em vez de descobrir a cura para a cegueira ou algo tão nobre quanto

percebeu então que o que ela até aquele momento pensou que fosse pessoal era, de fato, aplicável a muitas mulheres, multidões de mulheres, mulheres forçadas pelos maridos a ficar em casa quando estavam mais do que dispostas a colocar o intelecto em uso como força de trabalho qualificada, mulheres como ela própria que estavam ficando malucas com o tédio e a banalidade

Penelope embarcou numa campanha para pressionar Giles a aceitar que ela voltasse ao trabalho, ele ainda insistia que ela ficasse em casa porque era a ordem natural das coisas que remontava a tempos imemoriais:

eu caçador — você dona de casa

eu ganha-pão — você faz pão

eu faço criança — você cria criança

Giles a ridicularizou quando Penelope se mostrou indignada, dizendo que as mulheres da classe trabalhadora da Inglaterra eram autorizadas a sair para trabalhar e que centenas de milhares de mulheres do Terceiro Mundo desfrutavam da satisfação tanto da maternidade quanto do trabalho, *Giles* se é bom para elas, por que não para mim? disse, retomando a pressão quando levava a xícara de chá dele na cama toda manhã, seguindo-o pela casa enquanto ele se aprontava para o trabalho, falando através da porta quando ele passava muito tempo no banheiro (o *que é que* você está fazendo aí dentro?), continuando a cruzada por sua liberdade enquanto preparava o café da manhã de ovos na torrada *e* enquanto ele comia *e* enquanto ele vestia o sobretudo para ir para o trabalho porque de algum jeito, *de algum jeito*, ela ia conseguir fazê-lo mudar de ideia

até que uma manhã ele esmurrou a janela de vidro da porta da frente, gritando que ela teve sorte de não ter sido o rosto dela

antes de sair batendo a porta

ela ficou com a casa (reconhece isso)

ganhou fácil a custódia de Adam e Sarah (eram um fardo para ele)

encontrou uma babá e um emprego na Peckham, uma escola nova no fim da estrada

ela conheceu o marido Número Dois, Phillip, no casamento de uma colega de faculdade seis semanas depois que a ordem provisória de divórcio foi trazida pelo carteiro num envelope através da entrada do jardim

sinalizando a condição oficial dela de

disponível.

3

Phillip era diferente, um *partidaço*, um psicólogo brilhante que jogou um charme descarado para cima dela na festa de casamento de uma amiga onde acabaram dando uns amassos na pista de dança quando tocou uma música lenta

continuando a festa no quarto dela no hotel naquela noite

praticamente no momento em que o conheceu, as emoções turbulentas que Penelope sentiu com a dissolução de seu casamento (arrependimento, tristeza, solidão, autodepreciação, fúria porque Giles tinha se transformado num tremendo macho porco chauvinista)

se dissiparam

Phillip, ela logo descobriu, era um Homem Clitóris, e o sexo entre eles era uma revelação

diferente de Giles: um pouco para a esquerda, um pouco para a direita, um pouco para cima, um pouco para baixo, bingo, Giles, como você é inteligente!

Phillip sabia o que era e como achar o clitóris sem as orientações dela e o que fazer com ele

além disso era uma alma carinhosa e sensível que queria ajudar as pessoas a se sentir melhor consigo mesmas

eles se casaram às pressas na presença de apenas duas testemunhas, ela não queria atrair má sorte com uma cerimônia completa

Phillip pôs a imensa casa dele em Highgate para alugar e se mudou para a dela, quatro andares, tão espaçosa quanto, usando o salão da frente como consultório

em certo sentido era bem gratificante que agora fosse *ela* quem saía para trabalhar enquanto O Marido ficava em casa, se bem que trabalhando

apesar disso era *simbólico*

também foi um grande alívio quando as crianças afinal se afeiçoaram a ele depois de alguns meses de dificuldades que incluíram noites maldormidas quando embalava sobretudo Sarah, que sentia uma falta terrível do pai, até a filha voltar a dormir

Phillip os conquistou sendo caloroso e afetuoso (ao contrário de Giles), conversando e escutando (ao contrário de Giles), lendo para eles (ao contrário de Giles) e ajudando com a lição de casa (ao contrário de Giles) enquanto ela corrigia os trabalhos dos alunos

outra coisa reconfortante a respeito de Phillip era a extensão do interesse dele por ela, queria saber quem ela era lá no fundo, a Penny real além da fachada simpática e agradável que oferecia às pessoas, e como era seu destino de mulher e mãe

ficou lisonjeada por ele se importar tanto

ele tampouco tentou impor valores antiquados como o horrível Giles, um Tiranossauro Bruto que acreditava na superioridade da espécie masculina

Phillip era um homem em sintonia com a modernidade

um Novo Homem

como ela escreveu em seu diário

tudo correu bem

até ela perceber que a sondagem benévola de Phillip tendia a se transformar em um interrogatório intrusivo quando ela fazia coisas que ele não gostava ou quando as coisas não saíam do jeito que ele queria

sobretudo quando ela se expressava com franqueza o que, como uma mulher moderna se dirigindo a um homem moderno, deveria ser bem aceitável

vamos descobrir o que está causando esse comportamento negativo, está bem? ele dizia, se inclinando para a frente na cadeira, o jantar interrompido em cima da mesa entre eles, olhando tão fundo nos olhos dela que a fazia se sentir, como podia descrever? psicologicamente *estuprada*, sim, era isso

o que aconteceu com você quando era criança, Penny? ele perguntava, é evidente que você tem problemas de abandono, vamos desenterrar sua lembrança subconsciente, está bem?

prefiro que a minha lembrança subconsciente permaneça exatamente isso, ela respondeu

então vamos deixar vir à tona seus desejos sexuais reprimidos para ver o que a impede de ser uma pessoa melhor?

ou

quero que você procure bem lá fundo, Penny, a fim de entender por que você limpa o vaso sanitário obsessivamente três vezes por dia

faço isso porque você mija no assento, querido, ela disparou de volta

quando ele perguntou por que ela era igualmente obsessiva varrendo o chão da cozinha

é porque você deixa cair farelos de torrada e biscoito que são levados para o resto da casa

quando ele perguntou por que ela não enxaguava as taças de vinho antes de empilhá-las no escorredor

ela respondeu arremessando as taças no chão

quando ele perguntou por que ela não gostava dos amigos dele (com óculos de aro preto, suéter preto de gola rulê, intelectualmente presunçosos), ela respondeu, para ser sincera, Phil, eles não fazem meu tipo, resistindo à tentação de acrescentar, como você, eu acho, como você

quando ele perguntou por que ela foi contra assinar a *Playboy* quando ele pensava que ela aprovava a revolução sexual, ela não queria um homem moderno afinal de contas? ou no fundo ela era atrasada e antiquada?

ela respondeu levando uma pilha de revistas *Playboy* para o jardim que usou para alimentar uma fogueira de folhas crepitantes de outono e podas de samambaia

depois ele a acusou de estar bebendo demais, existiam duas Pennys: a Sóbria era lógica, enquanto a Irmã Bêbada era irracional

ela disse que ele estava sendo totalmente ridículo e uma garrafa de vinho por noite *não* é exagero, Phil, e os escandinavos com vodca no café da manhã ou os mediterrâneos com vinho no almoço e no jantar? e outra coisa, por que está certo você beber no bar com seus amigos numa noite, mas não está certo eu ser cosmopolita na privacidade da minha casa? você devia ser grato por ter uma esposa com hábitos europeus tão sofisticados

agora me passe o pão de nozes, o camembert e o chutney de figo, *querido*

Penelope chegou à conclusão de que se casar com alguém quando se está apaixonado talvez não fosse uma ideia tão boa, melhor esperar alguns anos (dez, vinte, trinta, nunca?) para ver se vocês ainda são compatíveis depois de a paixão diminuir e a realidade se estabelecer

admitiu para si mesma que as coisas azedaram com Giles quando a química sexual entre eles deixou de inflamar, o que aconteceu depois de o primeiro filho nascer

Giles não ficava muito excitado com seios lactantes ou com a figura mais cheia dela; ele nunca disse nada, mas dava para notar pela forma como olhava para ela (com repulsa) e pelo comportamento dele (não querendo tocá-la)

depois do parto ela lamentou que sua cintura não tivesse voltado à medida original e lamentou que a qualidade saltitante de seus seios tivesse se perdido

ele parou de dizer como ela era devastadoramente bonita quando antes dizia isso várias vezes por dia

ela percebeu que isso tinha se tornado bem viciante
sem isso, ela suspirava por isso
e se sentia feia

contudo
ela estava decidida a não desistir do Número Dois, esperando que ele não desistisse dela (como Giles), mesmo quando ele começou a esquecer como o desejo sexual dela funcionava

ou talvez ele apenas não conseguisse se dar ao trabalho, por qualquer que fosse o motivo, e recorreu ao mesmo papai e mamãe carola do ex dela

ela decidiu que preferia ser infeliz a suportar a humilhação pública de outro casamento fracassado e se tornar uma pária social

Regra Número Um: casais não convidam mulheres solteiras para jantares

as crianças aprenderam a andar na ponta dos pés ao redor deles, ainda eram gentis com Phillip, que amavam como padrasto, Penelope se sentiu mal por fazê-los testemunhar dois casamentos arruinados com tão pouca idade

na época em que estavam crescidos e independentes, a mãe e o padrasto deles estavam, na realidade, vivendo vidas separadas com nada mais a dizer um ao outro, nem mesmo para manter discussões acaloradas

eles continuaram a compartilhar a casa, tinham cômodos separados, duas televisões, duas linhas telefônicas, um lado dele e um dela na cozinha

até que o inimaginável aconteceu, ele a trocou por uma versão mais jovem dela, uma de suas pacientes, Melissa, de dezenove anos, uma loira do tipo nórdico

Penelope achou camisinhas usadas na lixeira da cozinha quando fez a inspeção semanal

naquela noite o encurralou contra a geladeira, uma panela de água fervente equilibrada na mão

ele admitiu que estava saindo com essa Melissa fazia algum tempo, tinha ficado com medo de contar a ela; não foi tanto a traição que incomodou Penelope (como ela tratou de se convencer), foi ele ter se esgueirado pelas costas dela na casa deles com uma mulher mais nova que a filha dela

ele disse que não tinha nada a ver com idade e que, como a infância de Melissa era relativamente recente, era mais fácil para ele ajudá-la a trabalhar suas lembranças reprimidas, sabe, ajudá-la a se resolver

ela sentiu falta de Giles naquele momento, pelo menos ele não era um manipulador psicológico pavoroso como Phillip

infelizmente, ele estava com a Esposa Número Dois (*indiana*) em Hong Kong onde construía pontes e morava numa das ilhas tropicais periféricas numa casa com uma criação de pássaros

como Adam e Sarah contaram

assim que começou a convidar os dois para passar as férias de verão, o que só aconteceu quando já eram adolescentes com quem ele poderia manter conversas adultas

adoravam seus meios-irmãos anglo-indianos bem mais jovens, Ravi-Paul e Jimmy-Dev

e a acusavam de racismo sempre que ela dizia uma palavra contra eles

seus filhos eram exemplos do politicamente correto levado ao extremo.

4

Penelope ficou sozinha depois que Phillip, O Esquisitão, voltou para a casa dele em Highgate — ele manteve a dele, ela manteve a dela — e depois que as crianças cresceram e levantaram voo

a casa foi toda dela por alguns anos, encontrou uma faxineira africana maravilhosa chamada Boomi, que dava uma geral no lugar, o que parecia um desperdício terrível de dinheiro quando a maioria dos quartos estava vazia

Penelope decidiu se tornar locatária, converteu os andares de cima em quitinetes, alugou para estudantes japoneses

que eram muito limpos, quietos, ordeiros e respeitosos

que gentil receber uma mesura quando ela cobrava o aluguel

ela não gostava de ser solteira, descobriu que não era fácil encontrar um companheiro estando na meia-idade

os homens não a notavam mais e ela não sabia como iniciar flertes sutis para chamar atenção quando os tipos certos estavam por perto, porque nunca teve que fazer isso

quando era jovem os homens gravitavam em torno dela e ela apenas respondia, com graça, flertando ou (agora percebia) com grosseria

a grande questão que a atormentava era a seguinte: como conseguir que um homem chame você para sair quando essa é a última coisa que passa pela cabeça dele?

no primeiro e último encontro às cegas através de uma agência, o possível candidato a matrimônio (no papel, pelo menos) se levantou e foi embora assim que ela entrou e se sentou

pela primeira vez na vida, ela quase desejou ser "do outro time"

ela tinha lido um artigo que dizia que enquanto os homens mais velhos ou de meia-idade em geral procuram mulheres mais jovens, tanto mulheres mais velhas quanto mulheres mais jovens com frequência se apaixonam por mulheres de meia-idade

infelizmente, não havia um só osso safista no corpo dela

as revistas femininas que Penelope lia agora argumentavam que as mulheres não deviam se definir por um parceiro, que depender de um homem era sinal de fraqueza

tudo bem diferente das revistas que ela lia quando era jovem, que aconselhavam o contrário

ela tentou ser feliz comprando comida para uma pessoa, feliz dormindo sozinha, feliz acordando numa cama vazia, feliz porque os operários dos canteiros de obras não assobiavam mais para ela (pensar que ela já tinha sido contra isso)

feliz em olhar seu corpo de meia-idade no espelho sem fazer careta, porque a figura feminina deve ser aceita em suas diferentes formas e tamanhos, certo?

Penelope queria abraçar o amor-próprio e a autoaceitação

se livrar dos espelhos de corpo inteiro da casa foi um bom começo

também devia estar feliz no trabalho já que tinha dado adeus a seu primeiro casamento pelo direito de tê-lo

no começo gostava de dar aulas para as crianças menos favorecidas da região cujos pais tinham um histórico intergeracional como contribuintes neste país, mesmo sabendo que a maioria deles não ia dar em grande coisa

caixa de supermercado para os que eram bons com números, datilografia para os que eram bons com números e alfabetizados, educação suplementar para os capazes de passar nos exames com mérito suficiente

sentia um senso de responsabilidade com sua própria classe, e não gostou nada quando a demografia da escola começou a mudar com o fluxo de imigrantes e da prole dos imigrantes em uma década o predomínio na escola passou de crianças inglesas das classes trabalhadoras a um zoológico multicultural de crianças vindas de países onde não havia sequer palavras para por favor e obrigado

o que explicava *muita coisa*

ela abominava que o feminismo estivesse em declínio e que a brigada vociferante multicultural estivesse em ascensão, e sentia raiva o tempo todo, em geral dos garotos mais velhos que eram desrespeitosos e dos professores machos e arrogantes que ainda se comportavam como se fossem donos do planeta

o tipo que costumava tratá-la com um ar de superioridade quando ela começou no trabalho anos atrás, que a levava às lágrimas

que nunca a incluía nas conversas exceto para olhar para os peitos dela

ela tinha que ficar sentada ali em silêncio sendo objetificada junto com as outras docentes jovens e os pôsteres de modelos de topless presos no quadro de avisos na sala dos professores

assim como algumas alunas foram assediadas por professores que as apalparam, e honestamente, alguém levou a sério quando as garotas reclamaram que *esse* professor tinha passado a mão nos peitos delas, ou que *aquele* professor tinha dado um tapa na bunda delas, ou que o *outro* professor tinha colocado a mão por baixo da saia delas?

ela conhecia dois homens que tinham tido "contatos" com alunas

e se safaram, todos se safavam

os professores

iam beber cerveja no Dragão Verde depois do trabalho, nunca pensavam em convidá-la ou a nenhum colega que tivesse *útero*

os professores

que tomavam decisões antes do início da reunião para que os demais tivessem que encarar um *fait accompli*, sem uma maldita esperança de acompanhar as conversas iniciadas no almoço ou nos corredores ou no telefone na noite anterior

levou anos para ela perceber que não estava sendo lenta nem estúpida, aprendeu da maneira mais difícil a se intrometer nos debates, a forçá-los a explicar *exatamente* do que diabos estavam falando, a esclarecerem as coisas

aprendeu da maneira mais difícil a pisotear e a esmagar qualquer oposição, sobretudo a de jovens novatas como a Santa Shirley, A Puritana do Caribe

como a descreveu em seu diário

Shirley mal tinha terminado o contrato de experiência como professora quando deu um tiro à queima-roupa em Penelope naquela reunião vários anos atrás — na única mulher na escola que ousava enfrentar os homens

por que a Santa Shirley não atacou um dos porcos machistas chauvinistas que faziam observações ad infinitum em vez de uma mulher forte que tinha trazido abaixo-assinados para o trabalho, tanto pela Lei da Igualdade de Pagamento quanto pela Lei de Discriminação Sexual, ambas acabaram enfim sendo aprovadas

melhorando a situação de todas as trabalhadoras mulheres

ela devia ser admirada e respeitada pelas colegas

demorou um bom tempo para ela perdoar a Santa Shirley, mas quando perdoou elas se tornaram amigas, amigas de trabalho.

5

Penelope
voltava para casa todos os dias depois da escola, para o seu golden retriever, Humperdinck

sempre ali para ela, sempre ansioso por um carinho, que ia escutá-la por horas sem interrupção, que choraminga quando ela sai de casa, que a cumprimenta assim que ela chega à porta de casa, saltando para um abraço

Humperdinck recebeu esse nome em homenagem ao seu cantor favorito dos anos 70, Engelbert Humperdinck, um pedaço de mau caminho bronzeado que ainda emana tanto carisma que ela mal é capaz de se conter quando ele aparece na televisão, os dentes brilhando como pérolas polidas

muito mais sexy, ela acha, do que o rival mais próximo dele, Tom Jones, a voz poderosa do País de Gales, famoso por seus movimentos pélvicos

também se reconectou com a Irmandade, as amigas da faculdade que foram compreensivas o bastante para ignorar que Penelope tinha pouco a ver com elas quando estava casada

Giles só gostava de se cercar de colegas engenheiros chatos com suas mulheres "do lar", ela contou a elas, enquanto o meio social de Phillip era de pseudointelectuais com suas esposas melosas do tipo Salve o Planeta

ela admitiu que havia perdido o *eu* de sua identidade e sido subsumida no *nós* do casamento, abrindo mão até do sobrenome

Penelope Halifax que se tornou Penelope Owsteby que se tornou Penelope Hutchinson antes de voltar ao sobrenome de solteira

que não era de fato dela, para início de conversa

(guardou a vergonha disso para si mesma)

elas iam ao spa favorito delas em Cheltenham duas vezes por ano para tratamentos estéticos e de saúde e para o que chamavam de fim de semana para desintoxicação e reintoxicação

desfrutar do convívio fraterno enquanto curtiam massagens,

tratamentos faciais e saunas, deliciosamente ébrias com o vinho que contrabandeavam para dentro

para sessões de bebedeira na suíte mais afastada da neurótica equipe de funcionários do spa

que desaprovavam totalmente pessoas que na verdade *estavam se divertindo*

Penelope
ficou secretamente aliviada quando o casamento de uma das meninas também acabou, porque então ela não se sentiu mais tão estranha e terrivelmente sozinha

podiam ir ao teatro e ao cinema juntas, curtir almoços, jantares, exposições de arte, férias em seu chalé *autenticamente* rústico de Provence, viagens para spas nos Alpes e na Tailândia

a filha se tornou um grande apoio depois do fim do Casamento Número Dois

a melhor amiga dela, como Penelope reiterava com frequência, e não só quando bebia um drinque ou dois e lhe telefonava de madrugada

Sarah nunca bateu o telefone na cara dela, nem uma vez, estou aqui pro que você precisar, mãe, e por favor não faça nada estúpido, *por favor*

Penelope não tinha o gene suicida e ficava chateada por sua filha pensar o contrário

Sarah tinha namorados, mas ainda não havia se apaixonado, talvez porque tivesse visto como *aquilo* foi para a mãe dela

ela falava em ter filhos e disse, mãe, o dia que eu tiver filhos é o dia que eu vou desistir de trabalhar, não quero ser uma mãe que trabalha fora

não tem problema, Penelope a tranquilizou, e falava sério

tudo o que queria é que a filha se realizasse

nesse ponto da vida dela as políticas feministas podiam ir pro inferno

veja onde aquilo a levou?

Giles pagou as despesas de moradia dos filhos na universidade, e assim se tornou o queridinho

ela ficava triste por não ser a preferida dos filhos, quando tinha sido ela quem os criou

depois de se formar, Adam escapou para o Texas para trabalhar como engenheiro petrolífero, pelo menos era melhor que o emprego no Oriente Médio que também era uma das opções

Sarah se tornou agente de atores numa grande agência em West End, reclamava de estrelas que a tratavam como empregada doméstica

é bem menos glamoroso do que você pensa, mãe

ela ia almoçar na casa de Penelope um sábado sim um sábado não, Sarah dividia uma casa com outras garotas em Whitechapel (por que ela escolheu morar no decrépito East End estava além da compreensão de Penelope, que ainda o associava aos cortiços vitorianos e a Jack, o Estripador)

as colegas que dividiam a casa com Sarah estavam começando a vida profissional, metade delas era asiática

bem-educadas e falantes

então dificilmente asiáticas de todo

no inverno Penelope costumava fazer a sopa preferida de Sarah com brócolis e pastinaca

e pãezinhos crocantes

no verão era a salada predileta da filha, de folhas verdes, tomates, figos, flores comestíveis e queijo de cabra

com pãezinhos crocantes

Penelope preferia alimentos pesados como massa, batatas,

ensopados grossos, curry encorpado e as mais melequentas receitas com sacarina, como pudim de caramelo
gostava de se sentir totalmente estufada depois de uma refeição
o estômago esticado até quase estourar
ou sentia um vazio emocional

Sarah fofocava indiscretamente sobre seus clientes, o que
Penelope adorava
era o mais perto que já tinha chegado das pessoas que apareciam nas revistas de celebridades que ela lia e que a transporta-
vam da miserável realidade de sua existência para um mundo de
fantasia de pessoas resplandecentes com vidas perfeitas
embora soubesse que era uma panaceia aliciante para as
massas crédulas, aquilo ainda a acalmava em vez de causar inveja
Sarah disse que os atores de maior sucesso a culpavam caso
não fizessem um teste para um papel cobiçado, ou se fizessem
e o tiro saísse pela culatra e a carreira deles fosse pras cucuias,
culpavam ela por isso também
enquanto os atores que não eram famosos a culpavam por
não serem famosos
a maioria dos atores gays clientes dela fingiam ser outra coisa,
enquanto os casados se envolviam com todo tipo de lixo, você não
vai acreditar no que eu ouvi, mãe, como um famoso ator casado
que *curte* se agachar e cagar numa mesa de vidro enquanto uma
garota bem jovem e bonita fica deitada embaixo
sério, o pessoal famoso é mais fodido que a maioria das
pessoas, você está ótima em comparação, quer dizer, eu não quis
dizer isso, não estou dizendo que você está fodida, ei, todo mundo
está fodido, não está?
ela disse
mergulhando tanto o pão na sopa que ele afundou
e não foi fácil resgatá-lo.

6

Alguns anos se passaram e a campainha da porta tocou

Penelope viu o contorno indistinto de Sarah e Craig

e ouviu as risadinhas animadas de Matty e Molly, os pequenos gêmeos deles

ela abre a porta, eles se embolam ali, as crianças pulam nela, Humperdinck pula em todo mundo, Sarah dá uma bitoca na bochecha dela, Craig lhe dá seu usual abraço *australiano*

ele trabalha na produção de som para cinema, conheceu Sarah numa estreia em que ele controlava a acústica e ela acompanhava uma estrela recém-contratada

para o almoço Penelope tinha preparado uma pizza crocante, uma pilha alta de pastrami, tomate, queijo (sem azeitona ou pimentão, que os pequenos odeiam)

e uma salada verde em que eles nem vão tocar (nem ela)

adora quando Sarah e a gangue dela chegam, enquanto dura a visita ela se esquece de todas as suas costumeiras preocupações cheias de (seja sincera, Pen) autopiedade

depois do almoço as crianças ficam ainda mais barulhentas à medida que os carboidratos se transformam em açúcar e começam a correr em torno da sala de estar

Craig, cujo pai era geólogo de minas, cresceu correndo descalço em Queensland com seus amigos aborígenes, acredita que as crianças devem ser criadas como espíritos livres, inclusive no salão dela, ao que parecia, onde derrubam uma xícara de café, jogam almofadas um no outro, pulam no parapeito da janela para ver como é e se balançam nas cortinas e é só quando Molly quase coloca o dedo numa tomada que Craig grita para ela sair daí, Molly!

Sarah sorri se desculpando, mas não as repreende por medo de que Craig a chame de estraga-prazeres

seus netos precisam de alguns tapas quando saem do controle, o que Penelope está bem disposta a dar — é abuso infantil, de acordo com Craig

em vez disso

ela fala macio com eles sentada no sofá com dois pirulitos nas mãos e quando eles são atraídos para a armadilha, aconchega um debaixo de cada braço (sem estrangulá-los *obviamente*) e passa a ler uma história sobre um trem falante

Sarah e sua gangue moram numa casa de dois andares em Brixton, que Penelope só visita quando é inevitável, como nas (infelizmente *anuais*) festas de aniversário dos gêmeos

as paredes brancas são cobertas com desenhos de cavernas das crianças e os móveis são manchados de tinta, canetinha hidrocor e restos de comida, regurgitados ou não, inclusive ervilhas esmagadas e chocolate derretido

Penelope tenta se sentar na beira do assento evitando tocar em *qualquer coisa* senão acaba com as mãos pegajosas ou, o que é mais preocupante, molhadas

depois que Penelope embalou os gêmeos para eles dormirem com uma voz enjoadinha de contadora de histórias, e eles estão cochilando cada um debaixo de uma axila dela, Sarah decide contar, porque nunca *vai ter* uma hora certa pra isso, mãe, que eles estão de mudança para Sydney onde o Craig recebeu uma proposta de trabalho para tocar a Dolby Audio

a reação de Penelope é imediata, emocional, extrema e incontrolável

logo depois ela está de bruços em sua cama de casal, ouve a

porta do quarto se abrir e a voz de Sarah pedindo aos gêmeos que *entrem, entrem*

os corpinhos quentes (e *pesados*) deles logo estão rastejando por cima dela, enfiando os joelhos em suas costas, sentando em sua cabeça, enxugando as bochechas molhadas dela com suas patinhas grudentas

tá tudi certo, vozinha, tá tudi certo, não fica triste, vozinha

um deles acha mais divertido soprar framboesas no ouvido dela, enquanto o outro usa o espaçoso bumbum de Penelope como trampolim

ela se dá conta de como vai sentir falta de ver esses dois macaquinhos crescerem.

IV

Megan/Morgan

1

É um absurdo que Julie, a mãe de Megan, a tratasse como se aquele fosse o século xix e não a década de 90 em que ela havia nascido

como Megan refletiu quando, olhando para trás, conseguiu explicitar para si mesma a injustiça da sua infância problemática

e analisar tudo aquilo depois de Bibi ter aberto seus olhos, ela que entrou na sua vida para pôr as coisas nos devidos lugares

a mãe repetia padrões de opressão baseados em gênero sem nem pensar, um exemplo era que Megan preferia usar calças quando criança, que achava mais confortáveis que vestidos, gostava da aparência delas, gostava de ter bolsos onde pôr as mãos e outras coisas ali, gostava de ficar parecida com seu irmão Mark, que era três anos mais velho

de fato usar calça não deveria ter sido um problema para

uma menina nascida na época dela, mas a mãe queria que ela parecesse mais fofa do que já era

tipo a mais fofa das fofuras fofas

a mãe tinha decidido vestir Megan para a aprovação da sociedade em geral, via de regra outras mulheres que faziam comentários a respeito da aparência dela desde que conseguia se lembrar

era o aspecto definidor dos primeiros anos da infância de Megan, na verdade ela não precisava fazer nem dizer nada, apenas ser fofa — um fim em si mesmo

o que era bom para a mãe, que podia colher os louros dos elogios que brotavam como uma validação do amor dela por um homem africano

eles produziram uma criança muito admirada

e fizeram do mundo um lugar melhor

Megan devia agradecer e aceitar a condição de fofa, que menina não quer ouvir o quanto é adorável, o quanto é especial?

só que parecia errado, mesmo nos primeiros anos, e uma parte dela se deu conta de que a beleza devia torná-la obediente, e quando ela não era obediente, quando se rebelava, estava decepcionando todos aqueles empenhados em fazer com que ela fosse adorável

sendo a mãe a mais empenhada de todos

a quem ela decepcionou um bocado, num domingo Megan se atirou histérica no chão quando foi forçada a usar outro vestido abjeto, cor-de-rosa, repolhudo

e ficou assim até que a mãe se viu derrotada

Megan era o ponto fraco da mãe, em geral liberal

tem algo levemente errado com a Megan, escutou ela dizer para a tia Sue num domingo depois do almoço quando elas se sentaram para tomar chá na salinha com espaço suficiente para um pequeno sofá, duas poltronas e uma tevê

ela é uma criança tão bonita, mas não tem um só osso feminino no corpo

espero que essa fase passe, me preocupo com ela

onde tudo isso vai parar?

nesse meio-tempo

o pai estava na garagem com o tio Roger, dois primos dela e o irmão Mark, remexendo no pré-histórico Ford Cortina que o pai ainda dirigia

o pai veio do Malauí, onde, segundo ele se gabava, tudo era consertável: relógios, canetas, móveis, roupas, luminárias, louça quebrada colada no melhor estilo quebra-cabeça e, sim, a filha

ele era o reforço da mãe, e depois do protesto do vestido naquele dia (vitoriosa, pôde usar uma calça jeans vermelha) ele a mandou para cima para brincar com suas Barbies

as Barbies com pernas de palito e peitos empinados eram outro problema que Megan tinha que suportar

era esperado que ela passasse horas vestindo ou brincando de casinha com elas, inclusive com as de pele mais escura com as quais era esperado que ela se identificasse

uma vez num acesso ela tentou cometer um barbicídio, desfigurou as bonecas com canetinhas coloridas, cortou o cabelo delas, extraiu os olhos com tesoura e mutilou algumas

aquilo resultou no castigo de ir para a cama mais cedo sem lanchar

a invasão das Barbies proliferou em aniversários e natais, parentes falavam da coleção incrível dela, como se ela de fato tivesse escolhido uma vida com Barbies

na cama, nas estantes, sentadas em cima da lareira, no

parapeito da janela, todas olhando para ela de um jeito sinistro de qualquer ponto do quarto, como num filme de terror, falando com ela por telepatia com aqueles beicinhos perfeitamente desenhados e dizendo, é, a gente sabe que você nos odeia, mas a gente veio pra ficar

quando ela enfiou todas debaixo da cama uma noite, na manhã seguinte sua mãe as tirou dali e as distribuiu de novo pelo quarto

falando de quanto elas tinham custado

e qual é o seu problema, Megan?

GG, sua bisavó por parte de mãe, era a única que aceitava Megan do jeito que ela era

GG deixava ela perambular pelos campos em volta da fazenda com Mark durante as cinco semanas que eles passavam lá todo verão

eles desciam a cavalo pela parte de trás da casa até o lago, circum-navegavam toda ela e galopavam pelo campo

até o verão em que ela fez treze anos, sua menstruação desceu e a mãe apareceu na última semana, como sempre, e disse que ela estava ficando fora de controle e que ia ter problemas mais tarde na vida

você tem que ficar de olho nela, a mãe disse para GG, a gente precisa cortar pela raiz esse estilo *tomboy*

Megan estava espionando na porta da cozinha (mau hábito), ouviu GG dizer para a mãe deixar de ser boba, Julie, eu mesma fui uma criança criada solta

a mãe ainda ameaçou acabar com as férias anuais de Megan na fazenda

Megan assistiu pela antiga janela da cozinha Mark deixar o pátio montado num pônei para um dia de liberdade, a mochila nas costas contendo um cantil com suco de laranja, sanduíches, frutas e um celular ele olhou para trás e encolheu os ombros, não havia nada que pudesse fazer

GG passou o resto da semana ensinando Megan a preparar pão de ló, gâteau de pêssego, mil-folhas e cheesecake de laranja

ah, bem, aprender a confeitar não mata ninguém, GG disse quando a mãe dela estava ali

quando não estava, ela disse, vamos entrar no jogo dela por enquanto, Megan, no próximo verão você vai estar livre para jogar seu próprio jogo de novo

só precisamos garantir que o Mark não conte nada

e ele não contou

a mãe era enfermeira, nascida e criada em Tyneside

parte etíope porque a mãe de GG era metade etíope, e parte afro-americana por causa do avô dela, Slim, que se casou com GG

ela parecia quase branca numa família que orgulhosamente tinha ficado mais clara a cada geração

até ela ir lá e arruinar tudo se casando com o pai de Megan, um africano, um colega enfermeiro do hospital Royal Victoria, que a amou até ser correspondido

era essa a história toda vez que a contavam

a mãe disse que não viu cor, que quando olhou para Chimango ela não enxergou a pele escura dele e sim a luminosidade de seu espírito radiante

aquilo o deixou bem à frente dos rivais, e acredite em mim, Megan, eu podia escolher quem quisesse

Megan se perguntou como a mãe podia não ter visto a cor do pai quando aquilo era *tudo* que a maioria das pessoas via, inclusive vários parentes da mãe

que se recusaram a sorrir nas fotos do casamento

ficaram lá parados como uma fileira de agentes funerários

Megan era parte etíope, parte afro-americana, parte malauiana e parte inglesa

e era estranho quando você compartimentava dessa forma porque no fundo ela era só um ser humano completo

a maioria das pessoas supunha que ela era miscigenada, era mais fácil deixar que pensassem assim

as garotas da escola arrulhavam sobre o "bronzeado natural" de Megan, que tentavam imitar gastando a mesada dentro de câmaras de bronzeamento artificial

assim como os permanentes tentavam sem sucesso reproduzir os cachos loiros estilo saca-rolhas dela

não são naturais, sério, diziam as colegas, os garotos gostavam dela também

depois seu corpo começou a exibir curvas femininas e aquilo não parecia certo, não era o que ela sentia que era

tanto que odiava se olhar no espelho, odiava os seios que surgiram sem permissão

pensou que fosse amadurecer junto com o corpo, mas passou a sentir nojo dele, aos dezesseis raspou o cabelo para ver qual era a sensação, amava passar a mão no corte novo e fácil de cuidar

se sentiu livre, leve, ela mesma

porém aquilo teve o efeito drástico de fazer todos se voltarem contra ela, os colegas imploraram para que deixasse crescer de novo

por que fazer isso com você? ficou maluuuca?

as garotas que pensou que fossem amigas desapareceram, com vergonha de serem vistas com ela, GG garantiu que havia alguma coisa de errado em uma amizade baseada em determinado corte de cabelo

ferida mas decidida, Megan abandonou qualquer pretensão de se encaixar

usava sapato masculino, um oxford preto, gostava do conforto, de se sentir poderosa quando saía para andar por aí, amava que os homens não ficavam mais de olho nela

o que era libertador

no final daquele ano letivo quando a turma dela fez a votação dos títulos, ela ganhou dois: a garota mais sapatão da classe e a garota mais feia — rabiscados com giz no quadro-negro da sala e com caneta preta nas paredes brancas do banheiro

parecia que a escola inteira estava rindo dela

naquele dia Megan foi embora da escola pela última vez, deixou dois mil alunos sentados em seus lugares lutando para ter um futuro com pelo menos algumas poucas qualificações

ela estava destinada à universidade onde Mark já tinha começado a ser bem-sucedido na vida

ela conseguiu emprego num McDonald's, o primeiro ao qual se candidatou

devorava McChicken, Quarteirão e Top Sundae grátis nos intervalos

se entupiu de aditivos até parecer prestes a explodir como um balão inflado

essa era a vida dela agora
McEstúpida
McFodida
McPresa
McEternamente.

2

Megan passava as noites no Quayside com os homens e as mulheres que a aceitavam como ela era tão desajustada quanto eles, ela cheirava, injetava, fumava, engolia qualquer coisa que visse pela frente

cocaína, crack, cetamina, cannabis, LSD, ecstasy, o que quer que a levasse para um plano mais elevado, mais feliz

começou só experimentando, até se ver ansiando pela próxima dose e transando com os caras que podiam conseguir aquilo para ela

encostada em muros úmidos no beco, atrás de armazéns nos cais, em vestíbulos, atrás de arbustos, em colchões imundos

alívio quando o sangue manchava sua calça, quando os exames davam negativos

dormiu com as mulheres que se afeiçoaram a ela

descobriu que preferia elas

os pais cobravam um aluguel dela, considerando que ela tinha arruinado sua vida ao largar a escola

fazia questão de se levantar para ir trabalhar toda manhã, mesmo quando chegava de madrugada completamente chapada e com a cabeça vibrando com um concerto de sons amplificados de heavy metal, as células de seu cérebro fundidas com vômito

se esgueirava escada abaixo enquanto os pais estavam ocupados na cozinha

fazia questão de bater a porta da frente com tanta força que a casa reverberava com o choque

enquanto ia ao encontro de um McCafé de McSalsichaBacon&BagelComQueijo

em seu McEmprego

uma noite, sem conseguir dormir, Megan cometeu o erro de voltar a acessar as redes sociais para espionar suas ex-colegas de classe algumas estavam comemorando as notas excelentes, postando coisas a respeito das universidades para as quais iriam

outras exibiam os empregos que conseguiram, os namorados que tinham feito o pedido de casamento, os bebês a caminho, as incontáveis noites de farra em baladas e festivais onde tinham vivido os melhores momentos da vida delas pulando-dançando-cantando-ficando-bêbadas-e-chapadas e sendo felizesfelizesfelizesfelizesfelizesfelizesfelizesfelizesfelizes, com filtros que deixavam a pele perfeita, a cintura afinada digitalmente, amigos e amores sorridentes, e mesmo ela sabendo que algumas dessas garotas eram anoréxicas, bulímicas, que haviam sofrido bullying, tido depressão e que tinham ansiedade social

pelos posts você não diria isso

ainda assim era um sinal de alerta

ela decidiu não ir até o rio naquela noite para ficar com os seus *chegados*, com os *parceiros*, que a aceitavam como um deles, que viviam para a próxima dose, uma vida pedindo esmolas, cometendo pequenos delitos e incomodando as pessoas comuns que passeavam pelo Quayside para frequentar os estabelecimentos dali, restaurantes e bares

Megan entrou em crise de abstinência quando seus pais estavam de férias em Maiorca

Mark estava num intercâmbio do Camp América (claro que estava), ela ficou em casa, desligou o celular, assistiu filmes dos pais para se distrair, tomou vários banhos por dia para se livrar do suor fedorento cheio de toxinas, se purificou com água, começou a tremer, se arranhou quando legiões de formigas morderam sua carne, tomou analgésicos em quantidade suficiente para atenuar a dor de cabeça, mas não para se matar

foi dormir no Nono Dia e dormiu (em paz) a noite toda

pela primeira vez em vários meses
e aí
acordou
renascida.

3

No seu aniversário de dezoito anos Megan entrou no Tattooz
4 U na Nelson Street, as paredes atulhadas de fotos de tatuagens
feitas em todas as partes imagináveis do corpo (e inimagináveis)

o bolso de sua calça jeans estava recheado com o dinheiro
ganho no aniversário e que ia ser entregue a Rex, o tatuador
careca que tinha uma segunda versão (mais jovem, mais bonita)
do rosto dele tatuada na parte de trás de sua cabeça

ela queria um desenho que refletisse a história de sua vida:
chamas, ela pediu, para mostrar que estava vivendo uma vida
consumida pelo fogo do inferno

Rex disse que os sentimentos turbulentos da adolescência
dela não iam durar, ela queria mesmo fazer uma tatuagem que ia
durar? certeza?

ela quis vociferar que ele estava sendo paternalista, lembrou
a si mesma que aquele homem ia enfiar uma agulha elétrica na
pele dela durante as próximas horas

aos poucos a dor dela se transformou em uma arte corporal
sangrenta

para mostrar ao mundo o quanto ela estava chateada com ele
e para irritar bastante seus pais
o que ela conseguiu
quando voltou para casa exibindo sua primeira tatu fresca
que cobria o braço inteiro
sua mãe

tendo preparado um lanchinho de aniversário com torta de frango caseira, batata frita, purê de ervilha, *trifle*, bolo e velas

arrancou tudo de cima da mesa da cozinha com um puxão em sua melhor toalha, num instante dramático de toureiro

toda a comida acabou espalhada e esmagada no chão da cozinha

depois do que o pai ameaçou botar ela pra correr por encher o saco da mãe

ela gritou que era *ela* que estava de saco cheio, era o aniversário *dela* que *eles* tinham estragado, e num instante igualmente dramático saiu desabalada de casa sem dinheiro nem chaves

só para dar meia-volta e pedir para deixarem ela entrar de novo

eles deixaram, sem hesitar

todos se desculpando

da boca para fora, como se viu

a mãe dela não conseguia superar a tatu, que via como um símbolo do começo do fim da vida da filha como uma pessoa normal

Megan chegou à conclusão de que nunca ia se encontrar se continuasse morando com os pais

arrastou um saco de lixo preto com seus pertences escada abaixo, recusou a oferta do pai para levá-la aonde quer que ela estivesse indo, ignorou os apelos da mãe para que ficasse: a gente pode consertar as coisas, a gente ama você, realmente ama, Megan, fala com a gente

não adianta chorar pelo leite derramado, Megan disse (tinha ouvido aquilo em algum lugar)

ela se mudou para um hostel com outros adolescentes

determinada a viver a vida

não mais de acordo

com seus pais

passou as primeiras horas em sua nova república independente olhando para uma janela que emoldurava um quadradinho
do céu

todo dela

nos meses seguintes parecia que ela estava se livrando das
camadas do que lhe havia sido imposto, esperando que elas atin-
gissem o núcleo dela

se perguntou se de fato devia ter nascido homem porque
com toda certeza não se sentia uma mulher

talvez essa fosse a raiz dos seus problemas

chegou do trabalho e ouviu o barulho dos colegas jovens se
divertindo através das paredes divisórias

exacerbando a solidão dela

embora soubesse que era daquilo mesmo que ela precisava

isolamento

para registrar o que estava sentindo

se forçando a ignorar todos os sons com exceção dos seus

parecia uma meditação enquanto ela se concentrava na
concretude da própria respiração

por instantes ou tinham sido minutos?

aos poucos

encontrando

paz

por um momento

o suficiente para pensar no próximo movimento

que foi explorar a internet, que tinha respostas para todas as
perguntas

deitada em sua cama de solteiro no friozinho das primeiras
horas da manhã, embrulhada no casulo escuro do edredom,
iluminada pelo brilho de seu notebook

encontrou um refúgio em salas de bate-papo com outros jovens deslocados tão de saco cheio quanto ela, descobriu o mundo trans, conversou com pessoas do espectro trans

às vezes dizendo a coisa errada on-line, encontrando uma pessoa chamada Bibi que escreveu, vou bater no próximo que confundir transexual com transgênero, juro! a gente não vai tolerar ignorância aqui, amor, transgênero só é transexual quando faz a transição médica, certo?

tudo bem

tá

Megan claramente tinha que pisar em ovos ou corria o risco de detonar uma mina terrestre, nada daquilo fazia muito sentido para ela, a masculinidade e a feminilidade não eram imutáveis? ela perguntou para Bibi

errou de novo! Bibi respondeu, o gênero é uma construção social, a maioria de nós nasce homem ou mulher mas os conceitos de masculinidade e feminilidade são invenções sociais, nenhum é inato, você está acompanhando?

não, não exatamente

ei, isso é "Introdução ao Feminismo", na verdade, por onde foi que você andou, Megan? com a cabeça nas nuvens?

é, acho que sim, vivendo no mundo-dos-meus-pais, não me xinga, aliás, só curiosa

ah, uma alma sensível, vou pegar leve com você daqui pra frente, mas dá uma pesquisadinha, sério

Megan descobriu que o feminismo era gigante agora, como isso podia ter passado batido por ela?

pensou na mãe, que menosprezava as feministas, que via como odiadoras de homens, não é pra mim, ela dizia sempre que aquilo vinha à tona, gosto de homens, gosto de ser dona de casa e amo o seu pai, então como posso ser feminista?

o pai ia concordar com a cabeça e dizer alguma coisa como,

você viu o que acontece quando eu tento pendurar a roupa lavada ou arrumar as camas

Megan disse a Bibi que achou que o feminismo fosse sinônimo de ódio aos homens, mas enquanto digitava as palavras se deu conta de que nunca teve uma ideia clara a respeito do assunto

ah, aqui vamos nós! Bibi disparou, claro que o feminismo não tem a ver com odiar os homens, tem a ver com a libertação das mulheres, com direitos iguais e com a possibilidade de se desvencilharem das expectativas limitadas, você tem que pensar por si mesma em vez de papaguear o patriarcado, hora de crescer, Megan!

achei que você ia pegar leve comigo

hum, é, tá, não consigo evitar, prometo ser um docinho bem doce com você de agora em diante

só quero ser eu mesma, Bibi

uau, falando em baixas expectativas, você não quer mudar o mundo?

quero mudar o meu mundo primeiro, Bibi, um passo de cada vez

gostei gostei gostei gostei gostei ☺

agora você tá me tirando

não tô, eu concordo com você, sinceramente, nós todos só queremos ser nós mesmos e garantir que estamos confortáveis no mundo, ei, sou uma pessoa supercalifragilisticexpialidoce, de verdade

eu que decido isso

aaaah, agora eu gostei de ver, hahaha

Megan analisou a foto de Bibi mais de perto, ela era asiática, vinte anos, talvez? óculos quadrados, pretos e grossos, cabelo preto grosso na altura do ombro, expressão séria atraente

muito

Megan já sabia que estava na hora de crescer, o objetivo de sair de casa era descobrir onde ela começava e os pais acabavam

me fala mais do que você sabe de feminismo e gênero, e eu sei que eu já deveria saber, mas eu *não sei*, tá?

tendi, aqui vai: mulheres são programadas para ter bebês, não para brincar de boneca, e por que as mulheres não devem se sentar com as pernas bem abertas (se estiverem usando calças, obv) e o que masculinizado e masculino significam, afinal? dar passos largos ao andar? ser agressivo? assumir o comando? usar roupas "masculinas"? não usar maquiagem? não depilar as pernas? raspar a cabeça (hahaha), beber cerveja em vez de vinho? preferir futebol a tutoriais de maquiagem na internet (bocejo), e tradicionalmente homens usam maquiagem e saia em partes do mundo então por que não aqui sem serem acusados de ser "efeminados"? o que efeminado realmente significa quando você para pra pensar?

o caso, Megan, é que por mais que eu rejeite a baboseira conformista de gênero como essa aqui de cima, ainda me sinto mulher, sei disso tipo desde sempre, pra mim não tem a ver com querer brincar de boneca, é bem mais profundo que isso

é o que me tornei nesses últimos sete anos à medida que transicionava de Gopal para Bibi

estrogênio, seios, vagina

agora você sabe

então Bibi tinha nascido homem e agora era mulher, Megan se perguntou, não ousou falar nada, podia ter a cabeça cortada

e Megan era uma mulher que se perguntava se não deveria ter nascido homem, que se sentia atraída por uma mulher que já tinha sido um homem, que agora dizia que de qualquer maneira o gênero era cheio de expectativas enganosas, e mesmo assim ela transicionou de homem para mulher

era de dar um puta nó na cabeça

ela baixava a tela do computador na hora de dormir, quando abrisse de novo Bibi ia estar lá

elas agora trocavam mensagens noite adentro e de manhã cedo, mal dormindo nesse intervalo, ambas admitindo que ainda não ousavam conversar por Skype nem se encontrar, e se não houvesse química quando saíssem de trás da cortina de fumaça ilusória das redes sociais

melhor manter a fantasia viva mais um pouco, Bibi escreveu, já passei por isso antes e quando conheço a pessoa cara a cara a gente não tem nada a dizer uma pra outra

Bibi morava em Hebden Bridge, tinha crescido em Leeds

ela trabalhava como administradora de um asilo depois de obter um diploma em estudos culturais em Sussex, onde poderia ficar o mais longe possível de seus pais, que realmente não *sacavam* que ela era uma garota no corpo de um garoto

isso não fazia parte do grande plano deles, Megan, que era me casar com uma garota adequada da casta certa e produzir a próxima geração da minha família

em vez disso eles tiveram um filho crossdresser que mantinha o alter-ego dentro do próprio quarto, até começar a se aventurar pelas lojas do bairro de vestido e maquiagem

numa comunidade hindu em que todo mundo conhecia todo mundo

me colocaram pra fora, não volte a nos procurar, você é doente da cabeça, não é mais nosso filho, e vamos deixar uma coisa bem clara

você *nunca* vai ser nossa filha

Bibi disse que as pessoas idosas do asilo a aceitaram como um ser humano, você é a nossa Bibi e a gente te ama, elas testemunharam a transição dela

Bibi sentia que finalmente tinha o corpo que lhe tinha sido negado ao nascer, o que também foi uma revelação, Megan, quando comecei a me apresentar apenas como mulher percebi que como homem eu achava que um bocado de coisas eram naturais

tenho saudade de me sentar sozinha em bares tarde da noite bebendo tranquilamente um copo de cerveja, sem ficar o tempo todo constrangida ou ser incomodada

e não suporto mais aquelas séries de televisão que se multiplicam feito pragas em que mulheres jovens são mortas por assassinos em série psicopatas até acabarem numa mesa com o peito rasgado no meio e um legista com o coração ensanguentado delas nas mãos

antes eu adorava esses programas, agora acho que eles são no final das contas uma forma de exercer poder sobre as mulheres, de assustar elas — *nós*

também tenho cuidado quando volto para casa sozinha tarde da noite, sinto falta de ser respeitosamente chamada de senhor quando estou numa loja ou restaurante, e com certeza não sou levada tão a sério quando abro a boca

olha, Megan, aprendi em primeira mão como as mulheres são discriminadas, razão pela qual virei uma feminista depois de ter transicionado, uma feminista interseccional, porque não é só uma questão de gênero, mas também de raça, sexualidade, classe e outras intersecções com as quais de qualquer forma a gente se relaciona sem nem refletir

certo, chega de falar de mim (passei do ponto aqui), espero não ter dado uma palestrinha, mas não consigo evitar

e você? Megan, qual é a sua nisso tudo? hora de cair fora desse armário, amor

Megan respondeu que estava trabalhando nisso, indo com calma, recentemente ela tinha ficado surpresa ao se deparar com centenas de gêneros na internet, o que complicava a coisa de um jeito irritante

gastou horas investigando, avaliando, ponderando

gêneros como mulher trans ou homem trans e não binário faziam sentido para ela, e ela se deparou com não binários em outros países como as *hijras* da Índia e os dois-espíritos dos índios americanos, outros eram de descaralhar a cabeça como o quivergênero — um gênero que flutua intensamente, poligênero — que se identifica com múltiplos gêneros ou gênero-estática — tipo uma estática de televisão indistinta, e como é que o seu gênero pode mudar várias vezes como os kinetigêneros alegam? Bibi, quando encerrei a viagem por aquele Transuniverso completamente maluco eu estava estressada com E maiúsculo, eu chamo de Transloucoverso, tranca essa gente toda e joga a chave fora HAHAHA!!

Bibi respondeu no mesmo instante, como você tem coragem de desrespeitar o direito das pessoas trans de se autodefinir, é estranho pra você não pra elus, você fala como um opressor ignorante, não entra no nosso mundo pra tirar sarro da gente, vai se foder!

Megan rebateu no ato com um vai se foder você

apertando enviar no calor do momento

foram quase quatro dias inteiros de silêncio total, Megan preocupada achando que a tivesse perdido, não queria ser a primeira a fazer contato

Bibi fez

em poucas palavras

a gente devia se ver.

4

O primeiro e histórico encontro de Megan e Bibi foi no Caffè Nero num sábado à tarde na estação Newcastle, planejado de modo que cada uma das partes pudesse bater em retirada com facilidade se detestasse a visão da outra, enquanto milhares de torcedores de futebol agitados afluíam para a estação pelas catracas, escoltados pela tropa de choque paramentada, a postos caso alguma coisa estourasse

Megan achou Bibi tão extraordinária quanto na foto — cabelo preto lustroso amarrado, sem maquiagem, pele perfeita, silhueta estreita, jeans, blusão largo com decote ombro a ombro, tênis

era como uma dançarina, compacta e tonificada, não dava para dizer que um dia tinha sido homem

Bibi explicou, bebendo um mocha, que se mostrar atraente usando salto alto e saia justa e cobrindo o rosto com uma camada grossa de maquiagem tem tudo a ver com gênero e nada a ver com sexo biológico, ela usa o que gosta, o que se sente confortável usando, ainda que outras mulheres trans possam pensar que ser uma mulher é aderir a uma versão estereotipada de feminilidade, quando claramente a maioria das mulheres não ia se dar a esse trabalho todo

ela apontou para as mulheres andando pela estação, olha pra elas

Megan ficou perturbada com o que de fato era *mansplaining*, Bibi era uma mulher com autoconfiança masculina e que foi em frente dizendo que se vestir como mulher é usar toda sorte de roupa que você pode imaginar, inclusive calça larga como esta, e deu um puxão no jeans

você não tem que *me* falar isso, Megan disse quando conseguiu abrir a boca, apontando para a calça larga e a camisa xadrez branca e vermelha folgada, mangas enroladas (a tatuagem tinha custado caro), não esquece que a especialista aqui sou *eu*

claro que é, Bibi exclamou, olha *eu* aqui *te* dizendo essas coisas, você tem que me impedir de virar uma dessas mulheres trans que acham que sabem mais sobre ser mulher do que as que viveram uma vida inteira como uma

pode deixar que eu vou te impedir, Megan respondeu, aliviada porque elas não iam brigar num encontro de dez minutos

no que a conversa prosseguiu sem paradas

elas conversaram até seus nervos se agitarem com a cafeína que continuaram pedindo e depois numa drinqueria onde as emoções se intensificaram com as cervejas que estavam bebendo

deram as mãos por cima da mesa, se divertiram quando os outros olharam mais de uma vez — eram um homem e uma mulher ou duas mulheres?

Megan disse a Bibi que depois de pesar as opções com cuidado o que faz mais sentido pra mim é o conceito de gênero neutro, ter nascido mulher não é o problema, o problema são as expectativas da sociedade, entendi isso agora e me sinto muito feliz de não ter tomado o caminho da mudança de sexo

redesignação sexual, amor, Bibi rebateu

tá, segura a onda aí, posso cometer erros então é bom ser paciente comigo, ou vou pensar que você se acha demais

Bibi pareceu devidamente enquadrada

a verdade, Bibi, é que eu nunca entendi por que deveria tomar testosterona, eu realmente não queria engrossar minha pele, minha voz, ganhar massa muscular, ficar peluda, e passar por uma faloplastia nunca foi uma opção, não pra mim

mas eu ia gostar de me livrar *deles*, Megan apontou para seu peito achatado, seios enfaixados por baixo da camisa

isso ia melhorar muito a minha vida, ela disse, se abrindo
mais à medida que a conversa prosseguia a caminho do chalé
alugado de Bibi em Hebden Bridge mais tarde naquela noite
com vigas caídas do século XVII e pisos desnivelados
onde Bibi disse que Megan seria bem-vinda se quisesse ficar
enquanto davam o primeiro beijo na cama de casal

Hebden Bridge
era um pequeno refúgio cheio de moradores e comerciantes
preocupados com o meio ambiente
de aulas de tai chi, pilates, meditação, ioga e terapia holística
de escritores, pessoal de teatro e cinema, artistas visuais,
dançarinos e ativistas
de hippies à moda antiga e inconformistas na última moda
além de pessoas cujas famílias tinham vivido ali por gerações, acostumadas com os boêmios que começaram a chegar nos
anos 60
Megan amava as ruas de paralelepípedos e os passeios a pé
até Calder Valley e Hardcastle Crags, onde elas deambulavam
por horas, física e verbalmente, usando capas impermeáveis
brilhantes e botas de caminhada
Megan se perguntou em voz alta como podia colocar a identidade neutra de gênero em prática quando viviam num mundo
binário, e isso com tantas definições (equilibrado e desequilibra-
do, ela evitou dizer), a própria ideia de gênero podia em algum
momento perder todo sentido, quem se lembra deles? talvez o
ponto seja esse, um mundo completamente livre de gênero, ou
será um sonho utópico e ingênuo?
Bibi respondeu que sonhar não era ingênuo, era essencial
para a sobrevivência, era o equivalente a ter esperança em grande
escala, utopias eram um ideal inalcançável por definição, e, sim,

ela de fato não conseguia imaginar bilhões de pessoas aceitando totalmente a abolição da ideia de gênero enquanto vivesse

Megan disse que também no caso parecia utópico esperar ser tratada por pronomes neutros por pessoas que não tinham nem ideia do que ela estava falando

Bibi disse que era o primeiro passo para mudar a cabeça das pessoas, mas, sim, como em todos os movimentos radicais, ia haver um bocado de resistência e Megan ia ter que ser resiliente

elas pisavam forte na grama lamacenta de chuva, e depois que a chuva passou fumaça saía da boca delas antes das palavras

a labradora de Bibi, Joy, corria na frente, tão feliz de estar ao ar livre como elas, todas apaixonadas pelo campo

contentes de estarem longe da raça humana

começaram numa inclinação, atravessaram rochas escorregadias cheias de musgo, deixaram a névoa para trás, entraram numa parte do vale sem nuvens, o sol reapareceu por trás do céu cinza, a terra desapareceu atrás delas

elas abaixaram seus capuzes, examinaram a paisagem verde e lustrosa

Megan disse que talvez devesse se tornar missionária da cruzada da não conformidade de gênero, ir lá e pregar a palavra, dizer que o gênero é uma das maiores mentiras da nossa civilização

é pra manter homens e mulheres no seu lugar, ela gritou para a paisagem, como se evangelizasse em um púlpito

sua voz ecoava nas paredes do vale

você me ouve você me ouve você me ouve?

discutiram as melhores alternativas de gênero neutro, como el, ilu, elu, ile, e testaram cada palavra para ver se tropeçava ou deslizava na língua, fizeram a mesma coisa com as alternativas para dele e dela: del, dilu, delu, dile, delx, del@

Megan decidiu testar *elu* e *delu*, o mais importante pra mim é que eu sei como me sinto, e um dia o resto do mundo vai poder me alcançar, mesmo que seja uma revolução silenciosa e mais longa que a minha vida, se é que vai acontecer

você está certa, Megan, Bibi respondeu, enquanto isso é bom não ficar impaciente quando as pessoas errarem o pronome que você prefere, mesmo quando elas querem memorizar elas vão se confundir com frequência, elas têm que reprogramar o cérebro para se ajustar e isso não é fácil, leva tempo

Megan riu, olha só quem está falando

elas se deram as mãos

onde se sentiam mais seguras para fazer isso

no meio do nada.

5

Morgan (deixou de ser Megan)

vem se identificando como gênero neutro nos últimos seis anos, elu aprendeu a não se importar quando as pessoas não usam ou não entendem os pronomes preferidos delu

no início elu queria sair no soco

elu está encostade no muro com vista para o rio Tâmisa do lado de fora da festa lotada que se seguiu à estreia de *A última amazona do reino de Daomé* no National Theatre, escrita e dirigida por ninguém menos que Amma Bonsu

a lendária sapatão preta diretora de teatro

a cabeça delu ainda é raspada, uma vez por semana sua careca fica lisa e brilhante, cortesia de uma navalha que corre uma vez numa direção sobre a espuma de barbear e outra vez em outra

é isso — "cabelo" pronto

as mangas da camisa branca delu estão enroladas para mostrar as tatuagens de chamas vermelhas e amarelas subindo pelos braços, jeans preto com cintura lá embaixo, dobrado na barra para mostrar as meias soquetes brancas, brogues

Morgan está aliviade de ter escapado dos tagarelas ególatras das panelinhas de Londres

uns se viram forçados a dizer olá quando elu ficou ali de pé no caminho deles, mas em vez de pararem para conversar tinham seguido em frente rapidinho, Morgan queria ter pelo menos algumas interações com os nativos antes de ir embora, que ridículo era vir até Londres só para ficar sozinhe

mas foi bem isso que rolou porque ainda que a persona delu nas redes sociais seja confiante e espirituosa quando tem tempo de reescrever os posts sem pressa e jogar palavras longas no Google antes de usar, ao vivo é outra história

até agora elu não disse uma só frase inteira para ninguém

Morgan escapou lá para fora, acendeu um cigarro que tinha enrolado, uma garrafa de uma imitação pretensiosa de champanhe na mão (nada da boa e velha cerveja)

dá uma olhada nos prédios exagerados do outro lado do rio

a costumeira miscelânea discrepante das monstruosidades da capital

Morgan fica perdide nesta cidade, os sentidos agredidos até a desorientação pelo emaranhado de autoestradas e estradas secundárias e pelo tráfego incessante e pelo impacto de milhões de pessoas caminhando rápido demais que iam atropelar elu como colunas de tanques de guerra implacáveis esmagando seu eu aracnídeo

não consegue entender os moradores da cidade que reclamam que os campos são todos iguais quando é a cidade que é caótica e confusa

Morgan não tem nenhuma dificuldade para se orientar nos Dales, no Peak District ou nos confins mais ermos de Northumberland

com uma vista ininterrupta do céu para manter o campo de visão da pessoa vazio

e a mente

saudável

elu só está aqui há algumas horas e já sente falta do norte, onde as pessoas são mais genuínas e amigáveis e não se dão importância demais

os londrinos se acham o centro do maldito universo, ignoram o resto do país e não param de fazer aquelas piadas sem graça cujo alvo são os *camponeses* que vivem *lááá em cima* no norte, comem barras de chocolate fritas no café da manhã, ficam tão bêbados nos fins de semana que acabam mijando na calça na sarjeta e que em geral são vagabundos desempregados que descendem de outros vagabundos desempregados

como Morgan ouviu de dois londrinos no trem que saiu de Newcastle nesta tarde

que se divertiram imitando o estereótipo, sem parar para pensar que a pessoa negra sentada do outro lado tinha nascido e crescido em Tyneside

Morgan também está sentindo uma saudade tremenda de Bibi, e só se despediu dela há algumas horas, pegou o trem, iam se ver amanhã de novo elu se sente vulnerável por estar tão longe, depois de seis anos de convivência você entra em sincronia com os ritmos da outra pessoa

o estilo de vida delus era calmo, pacífico, compatível

passavam noites felizes lado a lado, Bibi lendo no sofá, uma coisa que ela insistia para que Morgan fizesse para abrir a mente, expandir a imaginação e o intelecto, não posso ficar com alguém que não lê livros

Bibi lê não ficção, sua heroína mais recente é Gloria Steinem, Morgan lê thrillers

o sexo é interessante, gostam de compartilhar seus corpos reinventados, dando e recebendo prazer

segundo o que funciona para elu e ela

visitam GG em fins de semana alternados, de sexta à noite a domingo de manhã, ajudam com as coisas da casa e da fazenda, dão longas caminhadas

GG não consegue entender a identidade de gênero de Morgan — o que é compreensível já que ela passou noventa e três anos vivendo na mesma fazenda numa das partes mais remotas do país

GG está incrivelmente em forma para a idade, e é incrivelmente teimosa, se recusa a sair da fazenda e ir para um lar de idosos, Morgan e Bibi se preocupam, desistiram de tentar persuadi-la de que é a melhor coisa a fazer

nasci aqui e podem apostar que vou morrer aqui, ela disse na última vez que tentaram, e qualquer um que disser o contrário pode ir pro inferno

na última vez que a visitaram, GG disse que tinha mudado de ideia e que ia deixar a fazenda para Morgan contanto que permanecesse com a família, chame aquele seu pessoal não canário pra ficar aqui e viver com liberdade se você quiser, e quando morrer

362

pode passar a fazenda para o membro da família com maior probabilidade de tomar conta de tudo: por que é que eu deveria dar a fazenda pras minhas crianças se elas iam abandonar o lugar assim que fosse legalmente possível, vai ter corretores imobiliários bisbilhotando antes do meu cadáver esfriar

depois que se recuperou do choque, Morgan pensou que era a coisa mais emocionante que já tinha acontecido com elu, contanto que sobrevivesse ao inevitável alvoroço na família, que ia lhe acusar de puxar o saco de GG para pôr as mãos na propriedade, podendo até mesmo contestar o testamento, dizendo que GG tinha uma perturbação mental

Bibi era puro entusiasmo, desde então discutem a ideia de reinventar a fazenda para pessoas que tinham reinventado a si mesmas

surpresos por GG ter surgido com uma ideia tão original

recentemente Morgan arranjou um Teste de Ancestralidade Genética para GG, que relaciona a pessoa com parentes de sangue que também o tivessem feito

GG falou um bocado nos últimos tempos a respeito da mãe dela, Grace, que não conheceu o pai, um marinheiro chamado Wolde da Etiópia, e isso a incomodou até a morte dela

era o grande mistério da vida da mãe, ela disse, e GG se sentia triste porque Wolde continuaria sendo um mistério para sempre

Wolde, que passou por South Shields em 1895 e engravidou Daisy, a avó dela, antes de sumir

que é o que Morgan vai fazer logo, sumir desta festa horrorosa

elu foi convidade para fazer uma resenha da peça num frila para a revista de estilo de vida *Rogue Nation*, por causa da conta delu no Twitter seguida por mais de um milhão de pessoas

o que aparentemente fazia delu "influencer"

o oposto daquela pessoa que largou o ensino médio, que desperdiçava tempo demais na internet e que não tinha nenhuma carreira da qual falar

como elu disse para Bibi em tom de brincadeira, que não discordou

de início a arroba @guerreiretrans era usada para documentar sua jornada de *tomboy* para não binárie, agora é usada de forma mais ampla para assuntos trans em geral, gênero, feminismo e política

é bom para pressionar e contribuir com a indignação delu nos protestos

a conta no Twitter lhe rendeu convites de todos os tipos: shows, estreias, pré-estreias de filmes, lançamentos de livros, vernissages, hotéis, desfiles de moda ousados

Morgan não tem a menor ideia de como analisar ou contextualizar uma peça, filme ou livro, não importa, são os seguidores que contam, não a qualidade da crítica ou prosa

logo não vai haver necessidade de críticos profissionais, os chamados "especialistas" que comandam o espetáculo desde sempre, a maior parte em Londres, tem tudo a ver com a democratização da opinião crítica, os jornais dizem, e isso inclui alguém como Morgan cujos tuítes têm mais leitores que os críticos profissionais

pode subir à cabeça da pessoa se ela não tiver cuidado

como Bibi faz questão de lembrar

Bibi mantém os pés delu no chão, diz que a assim chamada democratização das resenhas significa uma queda nos padrões e que o conhecimento de causa, o contexto histórico e crítico correm o risco de se perder por causa de pessoas que só sabem escrever chavões para chamar atenção, não me refiro a você, Morgan, Bibi garante, que tem feito as pessoas prestar atenção a questões importantes, guerreire trans de verdade

às vezes Morgan acha que Bibi se refere sim a elu

Morgan

recusou um convite para escrever a autobiografia delu, disse ao editor que não era capaz de se imaginar escrevendo mais de duzentos e oitenta caracteres por vez, e de qualquer maneira não queria mesmo escrever coisas ofensivas sobre sua família, que era o enfoque que o editor buscava, tipo "como superei minha infância dolorosa"

por falar nisso, as coisas tinham melhorado com o pessoal de casa a ponto de Morgan estar em bons termos com eles agora

a mãe é louca pela Bibi, óbvio, ela é *feminina*

Morgan já tinha postado o primeiro comentário sobre a peça Acabei de ver #AúltimaAmazonadoReinodeDaomé @NationalTheatre. UAU, mulheres guerreiras arrasando no palco! Pura negritude africana + amazona. Ferooz! Emocionante & avassalador! Aplausos para #AmmaBonsu #históriane graimporta Comprem ingresso agora ou chorem depois!!! @RogueNation

foi curtido 14.006 vezes e retuitado 7447 vezes e os números continuavam aumentando

o assunto ainda vai render: Imperdível! Um tour de force! Vão ver, garotas e garotos trans, travestis & sapatonas, queers & queens e guerreiros interseccionais e todos mis queridas companheires não bináries #históriadasmulheresafricanasparatodomundo

Morgan

joga a taça de vinho no Tâmisa onde ela vai afundar e se reunir a outros objetos como sapatos de couro e cálices preservados no leito do rio antes da invasão romana

como os londrinos se gabam orgulhosamente naqueles documentários apresentados por gente elegante e desagradável que estudou em colégio de elite dá uma última tragada em seu terceiro cigarro, apaga, vai sair de fininho e ir para o hotel caro em King's Cross para poder pegar de manhã o primeiro trem para longe do fumacê de Londres, quando vê alguém familiar de pé ali conversando com um cara negro que elu reconhece da tevê, Roland Alguma Coisa, todo afetado num terno azul-brilhante

é a menina da palestra do ano passado, qual é o nome dela?

Morgan a reconhece da primeira vez em que falou para uma plateia como era ser trans num evento do Dia Internacional da Mulher numa universidade em Norfolk ano passado

ela estava bem à vista sentada na primeira fila do auditório com um black muito doido e com um rosto deslumbrante, vestindo uma camiseta com a estampa de uma Barbie loira, a palavra IRONIA rabiscada em preto embaixo

muito espirituosa, menina, Morgan pensou, bem meu tipo de pessoa

Morgan só concordou em dar essa primeira palestra na universidade porque ela iria complementar o salário miserável que elu ganhava servindo no Drunken Nostalgia que ficava na mesma rua do chalé, o ponto de encontro dos caras que tinham largado a escola e que não se importam com copos manchados de batom, louça lascada, mesas sujas e banheiros convertidos em rios de urina por onde eles chapinham mais do que andam

Aaron, o dono, gosta de Morgan porque elu é uma figuraça e sendo uma pessoa não binária e careca com tatuagens elu é mais legal e ousade do que a maioria

tudo isso dito como um elogio, e entendido assim

Aaron diz que ia perder sua principal clientela se os funcionários tivessem uma aparência normal e fossem legais com as pessoas, ou se ele desse uma melhorada no lugar, os momentos mais felizes da vida dele tinham sido no bar da União dos Estudantes em Manchester um pouco antes da hora de fechar no sábado à noite tentando recriar a mesma atmosfera desde então

ser trans é pessoal, Morgan começou, tentando parecer confiante no auditório sem janelas, a primeira vez delu em uma universidade quanto mais palestrando, e no meu entender trans inclui pessoas não bináries como eu, homens trans, mulheres trans e crossdressers, outras pessoas podem interpretar de um jeito diferente

e o que dizer do medo, ali plantade sob os holofotes, diante de fileiras de estudantes sérios, todos mais instruídos do que a pessoa a quem eles tinham vindo ouvir

Yazz, *esse* é o nome dela, foi diferente, sorrindo com uma aprovação antecipada

parecia que o resto estava olhando para uma aberração de circo

como se *eles* não fossem jovens alienígenas do mundo dos normais baseado no que sem dúvida era a moda ali em matéria de vestidinhos femininos

embora Morgan suspeitasse que algumas podiam partir para calças cáqui, coturnos e tatuagens que rivalizassem com as delu lá pelo final do curso

só posso representar a mim mesme, Morgan disse, instigando a plateia para alertar contra as suposições indiscutíveis de que todas as pessoas trans são iguais, não sou porta-voz de ninguém nem líder de um movimento transgênero, apenas exponho a minha jornada única em uma existência não binária, me considero parte da categoria gênero neutro, mais precisamente

Morgan fez contato visual com os jovens com carinhas de bebê que faziam elu se sentir, aos vinte e sete anos, incrivelmente experiente gênero neutro significa que não me identifico nem como homem nem como mulher, também me identifico como pansexual, o que significa que me sinto atraíde por indivíduos no espectro homem-mulher-trans, ainda que minha parceira de longa data seja uma mulher trans e eu não vá trocar ela tão cedo, não que seja da conta de vocês com quem eu durmo, se querem mesmo saber, tenho várias alternativas à disposição, jogo em todos os times, é, venci na vida, pessoas!

uma risada irrompeu no auditório, caramba, quebrou o gelo, Morgan tinha conseguido entreter um lugar cheio de gente — o primeiro

Sandy, a professora, sentada na primeira fila, cabelo comprido pintado de azul, que usava um vestido estilo medieval e que tinha topado com Morgan no Twitter, sorriu com prazer porque mesmo sem saber como Morgan ia se sair quando decidiu fazer o convite a elu, elu estava fazendo um bom discurso na aula dela

Morgan falou por quase uma hora da sua experiência de amadurecimento

sua rejeição aos ideais femininos (sendo ao mesmo tempo ignorante a respeito do feminismo), seu colapso nervoso (os meses perdidos no Quayside), sair de casa (para um hostel), achar a parceira certa para elu, sem mencionar o nome de Bibi (me deixa fora disso, amor, sou antiquada, quero só uma relação privada, não quero ser parte da sua *marca* pública)

Morgan descobriu que era bem agradável falar com os estudantes, que ficaram óbvia e rapidamente em êxtase, em especial quando elu chegou na decisão de remover cirurgicamente um par de seios indesejados

Morgan não tinha planejado, só pareceu justo e sincero fazer isso, sabendo que eles iam ficar curiosos

contou que foi um alívio ter os seios retirados para sempre, e como tinham sido contidos por uma camisa de compressão por tanto tempo, ninguém tinha notado muito, a namorada estava de boa com isso, disse que se apaixonou por Morgan, não por partes do corpo delu

Morgan disse que sentiu o corpo mais leve depois que a dor diminuiu, o prazer de poder dormir confortavelmente de barriga para baixo

nunca mais ver eles flutuando na banheira como duas boias que jamais afundavam

elu ia ter pássaros tropicais tatuados naquela parte do corpo no devido tempo, transformar o peito num formidável trabalho artístico

quando terminou, mãos voaram para fazer perguntas, Morgan foi elogiade por ser tão corajose, fascinante, educative, interessante

Morgan sentiu que todos os anos de estudos de gênero em leituras e em discussões com Bibi tinham valido a pena, e fez mais algumas apresentações desde então

depois Yazz veio correndo no final da aula exclamar que a palestra (palestra?) tinha sido incrível e que ela estava pensando em se tornar não binárie também, o quanto isso foi *esclarecedor*! falou com entusiasmo, como se fosse arriscar um corte de cabelo moderno

Morgan decepcionou a menina com gentileza

ela precisava saber que ser trans não tinha a ver com encenar uma identidade por capricho, tem a ver com assumir seu verdadeiro eu apesar das pressões da sociedade, a maior parte das pessoas do espectro trans se sentia diferente desde a infância, elu disse, tentando não soar severe demais enquanto as pessoas saíam da sala devagar, algumas estudantes pairavam ao redor a fim de escutar, todas amigas dessa Yazz como ficou claro, inclusive uma garota que parecia somali usando um *hijab* com pedrarias, uma ordenhadeira de bochechas rosadas que parecia ter uns doze anos e uma jovem árabe estilo Kardashian com uma bolsa de marca, decote, salto alto e cabelo preto tão liso e brilhante que parecia uma peruca de plástico (estudantes não deviam feder e se vestir de um jeito desleixado?)

é uma coisa interna sua, Morgan disse, não é uma tendência, embora os outros possam adotar um posicionamento trans como afirmação política, o que é o.k. quando parte de uma posição de integridade, de solidariedade, quando é uma rejeição genuína das imposições de gênero da sociedade

não porque é uma tendência, coisa de gente antenada

por isso é que mulheres se tornaram politicamente lésbicas anos atrás, escolhendo ter relações com mulheres porque já tinham cansado do machismo dos homens

não porque não os desejassem mais

Morgan tinha se deparado com isso no arquivo on-line de uma revista feminista de segunda onda há muito extinta chamada *Spare Rib*

se tinha sido severe demais com Yazz, ela não demonstrou, estava intrigada, insistiu em arrastar Morgan para um café no campus com a comitiva dela

onde elas descaradamente bombardearam Morgan com uma série de perguntas e cappuccinos e foram tão irreverentes com os assuntos trans que elu se soltou

o que não acontecia com muita frequência (de acordo com Bibi)

Waris, que era somali, brincou que era fácil para um homem se passar por mulher em algumas sociedades muçulmanas porque era só sair de casa todo coberto e ninguém ia nem notar

Courtney, a ordenhadeira, disse que ia gostar de transicionar para homem porque o pai dela ia ter que deixar a fazenda, caso o banco não a tomasse, para ela em vez de para o irmão mais novo, era só por isso que ela sabia o que a palavra primogênito significava

Nenet, a Kardashian, disse que não ia conseguir virar homem porque gostava demais de usar salto alto, mal conseguindo terminar a frase antes das outras atacarem ela por entender tudo errado

como se *elas* de repente fossem as especialistas

e aqui estava Yazz, aparecendo de novo, no National, resgatando Morgan da sensação de estar isolade

veio à tona que ela era filha de Amma Bonsu, e como no primeiro encontro Yazz estava muito empolgada, era contagioso

mas que surpresa *sre.* Morgan Malinga! não é o máximo? veio *láá de cima do norte, ia-ia-ô, cara,* aposto que você ama vir pra Londres, tá vindo morar aqui? você é muito a cara desse lugar, todos vão te amar, a peça não foi ótima? conheceu a minha mãe? comassim não conheceu? é a Rainha das (*velhas*) Sapatas, tô bem orgulhosa dela e aliviada de não precisar impedir ela de se jogar da ponte Hungerford hoje à noite porque a peça afundou que nem um balão de chumbo

tô te seguindo no Twitter, cê reparou? provavelmente não, com, tipo, um milhão de seguidores, retuíto praticamente tudo que você posta, não, nada de *stalker*, só dando apoio!

como assim você já tá indo, *nem pensar*, a gente vai entrar e dizer oi pra Waris e pra Courtney que vão ficar megafelizes de te ver, torce pro prosecco não ter acabado porque todos os velhos bêbados tão aqui e acredita em mim

eles não sabem a hora de parar.

Hattie

1

Hattie
GG para os descendentes dela
noventa e três anos completos
senta na cabeceira da mesa de banquete no Grande Salão da
Fazenda Greenfields, construído há mais de duzentos anos
o patrimônio genético crescente dela abarrotando o lugar
com seus respectivos cônjuges

tem um filho de cada lado dela, ambos na casa dos setenta
Ada Mae (nome em homenagem à mãe de Slim) e Sonny
(em homenagem ao irmão de Slim que foi linchado)
depois vêm os netos na casa dos quarenta e cinquenta
Julie   enfermeira
Sue   vendedora
Paul   ex-fisiculturista que virou gerente de academia
Marian   secretária

Jimmy	mecânico de automóveis
Matthew	encanador, autônomo
Alan	policial (de quem todo mundo mantém distância)

alguns bisnetos na casa dos vinte e trinta também estão aqui, sabe Deus o que a maioria deles faz

os tataranetos estão sentados numa mesa separada, ela não se lembra do nome da maioria deles, alguns adultos estão agindo como bedéis para impedir que eles usem a comida como míssil em vez de forragem para a boca

depois vêm os recém-nascidos que ela acabou de conhecer — Riley, Zoe, Noah

vai se lembrar dos nomes deles

por algumas horas

todos estão mandando ver no almoço de Natal, um peru gigante como prato principal, selecionado graças a seu tamanho nada comum e jeitão robusto

ela superalimentou o peru o ano todo, torceu o pescoço dele ontem, depenou, colocou na casinha do gelo,* e a primeira coisa que fez de manhã foi pôr no forno

Morgan e Bibi ajudaram com o resto: batatas assadas (da própria plantação da Hattie), a mistura para o recheio, couves-de-bruxelas, pudim e chouriço (os dois da Hattie), ervilhas (as congeladas pela Hattie), molho

a tapeçaria mofada da mãe de Hattie representando a casa domina uma parede do salão

---

* No original, *ice house*. Construção usada para armazenar gelo antes da invenção dos refrigeradores, introduzida no Reino Unido aproximadamente em 1660. (N. T.)

a lareira de ladrilhos enegrecidos domina a outra, grande o
bastante para uma pessoa ficar de pé ali dentro

quando não está acesa, mas agora está, chamas famintas
atacando o ar

há uma árvore de Natal enorme que o Jovem Billy (agora
na casa dos sessenta) do vilarejo cortou no que Slim costumava
chamar de Floresta dos Pinheiros lá atrás

o Jovem Billy monta uma todo ano: luzes, fadinhas, fios de prata, enfeites, agulhas de pinheiro, é uma bagunça, sobretudo porque
ela gosta de caminhar descalça dentro de casa, mesmo no inverno

é um dos segredos da longeva mobilidade dela, manter os
dedos bem abertos e os pés plantados no chão, como as outras
feras da natureza

cascos, foi isso que ela conseguiu

cascos

Polina põe eles de molho uma vez por semana, dá uma polida
nas unhas, lixa os cantos, passa uma pedra-pomes e hidrata — este
último contra o bom senso de Hattie, visto que ela parou de envenenar o corpo com produtos químicos depois que Slim se foi em 1988

Polina diz, teus pés eles vão rachar e os germes eles vão se
aproveitar, Hattie

então ela se força, mesmo que o corpo produza o próprio
óleo, se você deixar os poros respirarem

mas tente dizer isso para as mulheres da família dela que se
lambuzam com unguentos e outras substâncias tóxicas em nome
da beleza

e depois se perguntam por que têm câncer

os presentes estão empilhados debaixo da árvore, as pessoas
dão coisas umas às outras pelo puro prazer de dar, nada a ver com
religião, o Natal devia se chamar Natávido

uma época em que as pessoas comem demais e exageram em nome de Jesus Cristo

ela não ligava para presentes desde que o Slim tinha morrido, desistiu de dizer às pessoas para não se preocuparem com ela

ganha coisas que não quer como luvas, tecidos, caixinhas de comprimidos, chinelinhos, cobertores elétricos e abridores de frascos, como se não pudesse mais abrir tampas com suas mãos fortes

o Jovem Billy leva tudo para o bazar de caridade

ela tem o que precisa, que não é o mesmo que o que ela quer

Slim embrulhado num pacote debaixo da árvore esperando para saltar e surpreender ela

Hattie se senta quieta no meio dessas questões do Natávido

mesmo porque ela não consegue ouvir nada com a barulheira que eles fazem, odeia colocar esses aparelhos auditivos miseráveis que irritam os ouvidos dela e distorcem os sons

eles vão em frente sem Hattie, se divertindo, ignorando-a alegremente como se ela não tivesse importância, de qualquer forma a maioria deles não escuta o que ela diz

Hattie se recosta, assiste à performance deles, bem satisfeita de ser deixada sozinha, cochilando, até as pessoas a cutucarem para ver se ela está legal, o equivalente a verificar o pulso dela

tem certeza de que eles ficam desapontados quando ela acorda e grita, sim, sim, o quê? o quê?

Ada Mae e Sonny mal podem esperar para pôr as mãos na herança que eles acham que é um direito deles, mas ela os frustrou — eles não iam pôr as mãos na Fazenda Greenfields, que está na família dela há mais de duzentos anos, para vender para os estrangeiros como aqueles russos ou chineses construírem um hotel de luxo ou transformarem em campo de golfe

eles continuam enchendo o saco dela para ela ir para um lar de idosos e resolver a "procuração" ela sabe muito bem que isso significa dar a eles poder sobre a vida dela

no entender dela
se ela cai da escada e não tem ninguém lá para chamar uma ambulância, tudo bem, na sua idade a morte não ia demorar mesmo, uma queda feia e ela já era
se tentassem forçar ela a ir embora, ela ia ser dócil e obediente, ia dizer, só um minuto enquanto eu vou ao banheiro pra uma última cagada na minha casa, se não for um problema pra vocês
lá dentro ela ia estourar os miolos com a pistola que o Slim guardava da guerra
iam achar os miolos dela espirrados nas paredes do banheiro
eles não iam esquecer aquilo tão cedo

a maioria deles, de qualquer forma, não merece herdar nada, eles nem se dão ao trabalho de ir visitá-la entre um Natal e outro
mesmo assim os preguiçosos testam a paciência dela, reclamam que não conseguem subir a colina que sai do vilarejo quando está nevando ou quando há uma crosta de gelo
o carro não vai dar conta, GG, eles dizem através da linha telefônica cheia de chiados que ela tem desde 1952
melhor do que esses celulares que os jovens ficam olhando centenas de vezes por dia e que fazem eles enlouquecer
ela leu a respeito no jornal
além do mais, por que substituir o velho telefone quando ele ainda funciona bem, fica no suporte perto da porta da frente ligado a um fio ligado a uma tomada
você deve falar ao telefone de pé e rapidamente
no entender dela

ela diz a esses parentes molengões que a alternativa é saírem do vilarejo a pé e subirem a colina, é só uma caminhada de três quilômetros, um pouco perpendicular, mas nenhum deles sofre de vertigem, pelo que ela sabe

nem o vilarejo é mais um vilarejo, é uma cidade-fantasma, com uma mercearia e um bar, mesmo a cooperativa (e pensar que houve protestos quando ela abriu na década de 70) fechou as portas alguns anos atrás

agora é uma "galeria de arte" que ironicamente só abre duas semanas por ano no verão, que ela suspeita seja algum negócio para evasão fiscal

não vamos esquecer da caixa postal ou "objeto de museu de uma época em que as pessoas acreditavam em escrever cartas à mão no papel e postá-las"

ah, e tem uma feira de agricultores no verão — como se houvesse algum outro tipo de feira

o resto dos estabelecimentos comerciais foram transformados em casas de veraneio dos ricos sulistas de York e Leeds, sujeitos que eram advogados, médicos e acadêmicos que queriam "fugir disso tudo"

por algumas semanas todo verão

que elevavam o preço das casas e expulsavam os jovens

isso e a falta de empregos nas fazendas são a ruína das comunidades rurais, como dizem na *Farmers Weekly*

aquilo começou com a ascensão da colheitadeira nos anos 50 no entender dela

e nos últimos tempos a mão de obra estrangeira e barata deu continuidade ao processo, o que é bom para os fazendeiros, não para os locais que não têm como competir com pessoas que dão duas vezes mais duro pela metade do salário

como muita gente tinha reclamado com ela

Hattie nunca recorreu à mão de obra estrangeira porque era leal àquele mesmo pessoal da região

que dava bem menos duro por um salário duas vezes maior

não é de admirar que Greenfields tenha ido por água abaixo, isso e a produção estrangeira entrando no país, vindo da porcaria do mundo todo

globalização? podem enfiar no rabo dela

muitos fazendeiros das redondezas dependiam de esmolas, ela não, ela não conseguiu nada quando lutou para tocar a fazenda sozinha, se candidatou à União Europeia e ficou de fora depois que uns oficiais meteram o narigão por ali e foram incapazes de esconder a surpresa quando viram quem estava no comando

claro que ela votou pela saída, no entender dela a política é uma coisa pessoal, votava nos conservadores quando o pai era vivo porque ele esperava isso dela

não queria desapontar ele

votava nos trabalhistas quando o Slim era vivo porque ele disse que acreditava "no povo", e ela também não queria desapontar ele

continuou votando nos trabalhistas por lealdade a ele

alguns anos atrás pela primeira vez ela tomou uma decisão por conta própria e votou no Verde porque gostava da atitude ambientalista e odiava o belicismo que tinha tomado conta dos trabalhistas

votou no UKIP, o Partido de Independência do Reino Unido, na última eleição

o Slim não teria gostado

mas ele não está aqui

quando a família consegue vencer a colina com duas pernas ou sobre quatro rodas, há um breve período de lua de mel antes de a bebedeira começar eles se amontoavam pela casa com roupas de festa: vestidos que revelavam joelhos que deveriam estar escondidos fazia bastante tempo, barrigas se derramando por cima dos cintos, os mais novos usando peças tão apertadas que dava para ver o coração deles batendo

recém-nascidos enrolados em mantinhas são empurrados nos braços dela para fotos, os pais parecendo nervosos como se ela fosse cair morta enquanto segurava o bebê

está começando a ficar animado mais adiante na mesa

Jimmy, o filho do Sonny, o neto mais velho dela, apareceu com um barril de cerveja e começou a esvaziá-lo, nesse ritmo ele podia muito bem beber direto da torneirinha

outros tinham trazido várias caixas de vinho e garrafas enormes de refrigerantes cheios de gás para as crianças, para deixá-las hiperativas e com os dentes podres

tinha um experimento na tevê em que eles botavam um dente num copo de refrigerante

ela contou aquilo para eles, e por acaso eles ouviram?

taí a criação de filhos dos dias de hoje

Jimmy está de pé agora (duas vezes preso por lesão corporal grave) e as coisas estão prestes a estourar, em geral ele é o primeiro, ele e os dois filhos dele Ryan e Shawn são os mais esquentadinhos

Jimmy está apontando o dedo para seu irmão mais novo Paul por alguma coisa errada que ele tinha feito, Paul não vai aceitar provocação do Jimmy então talvez haja alguns cortes, hematomas e costelas quebradas

Hattie não consegue ouvi-los direito e agora o Alan, o irmão mais novo deles, sempre o policial, fica de pé e tenta acalmar as coisas daquele jeito mandão, pronto para separar os dois irmãos mais velhos aos empurrões

se ele não tomar cuidado eles vão cair em cima dele, já
aconteceu isso

ninguém gosta do Alan

nem a segunda mulher dele, a Cheryl

que o abandonou no ano passado

ele entrou na polícia quando saiu da escola, tinha sofrido
bullying dos irmãos mais velhos na infância por ser um menino
sensível

isso mudou quando ele passou a ter a força da lei do lado
dele

uma vez ele perguntou a ela se ela pagava impostos, já que
havia a renda da fazenda

ela não teve certeza se era uma pergunta amigável ou uma
ameaça

você não sabe quando se trata do Alan

não era a mesma perto dele desde então

Jimmy, por outro lado, nasceu encantando todo mundo
que o conhecia, fazia gato e sapato do Sonny que agora entra em
desespero com ele, que nunca deu ouvidos ao Slim que dizia para
ele disciplinar o menino antes que fosse tarde demais

quando as pessoas diziam não para o Jimmy ele tinha ataques de birra que foram virando acessos de fúria à medida que
ele crescia, que incluíam brigas quando era adolescente, e desde
então ele tinha sido uma montanha-russa de delinquência

por isso a primeira mulher dele a Karen saiu de casa com as
crianças quando elas eram pequenas

ele teve que ir na Justiça conseguir visitas supervisionadas
até que elas fossem adultas

diversos casamentos desfeitos entre os dela

Jimmy e Paul parecem ter se recomposto e estão indo fumar no jardim, Alan seguindo os dois com os olhos enquanto se afastam, sempre o excluído, né, Alan?

ela pode vê-los pela janela quando se juntam aos outros morrendo de frio ali debaixo do toldo do celeiro de feno

contanto que possam inalar nicotina a intervalos regulares a ponto de morrerem por causa disso um dia, eles acham que esses passeios valem a pena

ela leu no jornal que poucas pessoas fumam atualmente

você não imaginaria isso vendo o pessoal dela

todos os netos dela parecem mais brancos que negros porque o Sonny e a Ada Mae se casaram com pessoas brancas

nenhum deles se identificava como negro e ela suspeitava que passavam por brancos, o que ia ter entristecido o Slim se ele ainda estivesse aqui

ela não ligava, se funciona para eles e eles conseguem se safar, boa sorte, por que ter o fardo da cor para te atrasar?

a única coisa a que ela se opunha é quando eles se opuseram a Chimango quando ele entrou em cena, um enfermeiro do hospital em que a Julie trabalhava, do Malauí

Hattie ficou enojada com o comportamento deles, eles tinham que ter se mostrado mais esclarecidos

mas a família estava ficando mais branca a cada geração

e não queria nenhum retrocesso

Chimango era um homem bom e trabalhador como o Slim, era paciente, amável e conquistou-os no devido tempo

não desistiu deles (devia ter desistido)

ela o recebeu na fazenda, se desculpou pelo comportamento do pessoal dela foi Chimango que encorajou Julie a comprar livros ilustrados com pessoas negras para os filhos

Chimango disse que eles tinham que ver crianças parecidas com eles nos livros

quando Julie contou isso a Hattie ela se sentiu péssima

aqueles livros tinham existido para os filhos dela na década de 40?

ela tinha sido uma mãe ruim?

Morgan e Bibi, a *parceira* dela (como se diz hoje em dia), ficam até o Ano-Novo, ela gosta mais da companhia delas porque elas de fato gostam dela, ajudam com as coisas, amam estar em Greenfields

ela valoriza estar na fazenda — desde que era uma criancinha pequena e problemática rejeitada pela mãe, Julie, porque não era a Barbie que ela queria que fosse

não era de surpreender que Morgan tivesse se tornado uma invertida sexual, não que aquilo fosse um problema para a Hattie

antigamente eram duas mulheres que tocavam a mercearia

Hermione (que era a esposa, e se vestia como tal)

e Ruth (que era o marido, e se vestia como tal)

a mãe disse que o pessoal do vilarejo aceitava as duas como um casal mesmo que ninguém falasse daquilo, e elas, por sua vez, foram as primeiras a fazer amizade com a mãe quando ela chegou como esposa do Joseph

a mãe dizia que elas visitavam ela na fazenda pra ver se você precisa de alguma ajuda, Grace

quando Hattie teve idade suficiente, a mãe e ela eram convidadas com frequência para o chá, iam levar uma cesta de maçãs, peras e cerejas da fazenda

a mãe disse que uma vez tinha ouvido falar que a Hermione vinha de uma família aristocrática e que a Ruth era filha do jardineiro da propriedade, elas fugiram juntas assim que tiveram idade para isso

elas morreram com um ano de intervalo logo depois da guerra

Hattie colocava flores no túmulo das duas desde então

então para a Hattie nunca seria um problema Morgan ser daquele jeito também, mas um tempo atrás Morgan levou aquilo a um extremo quando disse, enquanto davam a costumeira caminhada delas pelos campos com Bibi, eu não me identifico mais como homem ou como mulher, GG

Morgan começou a dar uma explicação enorme para aquilo, podia muito bem estar falando grego

Hattie perguntou para ela sem rodeios se ela tinha ido se consultar com um médico porque você soa um pouquinho louca, querida

Morgan não disse nem mais uma palavra, elas voltaram para casa em silêncio, Bibi e ela foram embora um dia mais cedo

Hattie não tem nenhum problema com Bibi ter nascido homem porque nunca conheceu ela de outra forma senão como mulher, o que até faz sentido

dizer que você não é nem um nem outro é forçado demais é absolutamente ridículo

quando Morgan apareceu de novo, dois meses em vez de duas semanas depois (foi um bom tempo emburrada, mesmo para Morgan), Hattie se sentou com ela e disse, olha, nasci na década de 20, é esperar demais de mim achar que vou sequer começar a compreender o que se passa com você

só seja quem você quer ser e vamos combinar de não falar disso

o engraçado é que nada em Morgan tinha mudado desde que ela se tornou do gênero nêutron não canário qualquer coisa, além de mudar o nome de Megan para Morgan, o que não é um problema, Hattie consegue conviver com isso pelo menos ela não se chamou de *Reginald* ou *William*

Hattie absolutamente não ia condescender em chamar Morgan de *elu* em vez de *ela*, como lhe foi solicitado

Morgan parece a mesma (um garoto), age da mesma forma (como um garoto) e para todos os efeitos é a mesma (Megan).

2

Hattie volta a atenção para Ada Mae

sentada à mesa toda deformada de trabalhar numa fábrica cortando couro com uma faca no formato certo para sapatos

que tipo de trabalho era aquele por quarenta anos? o tipo que deixou ela corcunda, com reumatismo, esse era o tipo

ela ainda alisa e pinta o cabelo, que não deveria estar mas já está grisalho até a raiz, penteado para trás em um rosto todo caído a não ser por uma boca que segura todo o sofrimento dela como o cordão bem apertado ao redor de uma bolsa

ela está falando do outro lado da mesa com Sonny, que tem enfisema, faz um barulho de chocalho tão alto quanto a tábua de lavar que Slim usava para tocar, trabalhou na mina em Bedlington até fechar, depois como barman, se aposentou alguns meses antes da proibição do cigarro, tarde demais, já tinha inalado mais nicotina que oxigênio

da hora do almoço até a hora de fechar

por vinte e tantos anos

é bem provável que Hattie sobreviva a ele

como ele a Ada Mae

toda a família de Hattie vive em atmosferas doentes criadas artificialmente nas casas com aquecimento central em que eles insistem em morar estufas de bactérias nocivas

seu Grande Salão em geral ventilado agora está quente demais para ela, com todo o corpo aquecido pelo fogo no talo, todo rugidos e cacarejos

a casa de fazenda tem tantas rachaduras nas esquadrias das janelas que em geral é mais quente fora do que dentro, isso mantém a pessoa viva por mais tempo e resistente ao clima, ela diz aos que ficam reclamando, não há nada de errado em sentir frio, ela sentiu frio a vida inteira vivendo nesta parte remota do país perto da fronteira

diversas vezes ela desce as escadas para topar com montes de neve debaixo das janelas do Grande Salão depois de uma nevasca

tira tudo de novo com a pá, se não derreter antes

(melhor não ter tapetes)

ela não é contra um foguinho ameno, lembra, aquecendo do jeito que Deus queria, os preguiçosos da família reclamam quando ela os manda cortar madeira por algumas horas no galpão

quando eles visitam

quando Hattie olha para os filhos hoje em dia vê duas ruínas destroçadas que rejeitaram a vida na fazenda onde teriam permanecido com o corpo e a mente em forma

sempre quis o melhor para eles, mas os filhos não ouvem os pais, ouvem?

ela admite que a infância deles foi difícil, entende por que eles quiseram ir embora, mas já que a Ada Mae acabou indo trabalhar numa fábrica por tanto tempo e odiando aquilo, e o Sonny foi trabalhar numa mina, eles deviam ter voltado a viver ao ar livre, para usar o corpo do jeito que Deus queria, trabalhando na terra e investindo numa herança que nenhum deles merece

Ada Mae e Sonny foram empurrados na lama uma vez quando eram pequenos na feira de inverno

estavam de pé atrás dela, esperando ansiosos ela comprar algodão-doce, e num minuto já estavam no chão cobertos de lama e lágrimas

o culpado tinha sumido na multidão

se tivesse acontecido na fazenda, ela teria ido atrás do canalha com um machado e o decapitado com a força de uma mulher que tinha cortado lenha desde que o pai lhe deu um machado no seu aniversário de dez anos

teria atirado ele no cocho dos porcos para destruir todas as pistas, eles iam mandar ver nos ossos como se fossem manteiga

despejaria cenouras e repolho junto (carne e dois vegetais)

qualquer serial killer que honra as calças que veste sabe que as vítimas são dadas para porcos famintos comerem

sem necessidade daquela baboseira de fazer covas no bosque no meio da noite ou dissolver corpos em tambores de metal cheios de ácido, como naqueles documentários americanos sobre crimes que faziam ela se sentir grata por morar tão longe daquelas coisas

Slim não era tão solidário quando os filhos chegavam em casa com as "histórias chorosas" deles, era assim que ele dizia, como quando uma criança beliscou o braço da Ada Mae para ver se ele ficava roxo ou arranhou ela com um compasso para ver se ela sangrava e, se sangrasse, de que cor que era?

ou quando os meninos perguntaram ao Sonny se dava para esfregar a cor dele até sair, o seguraram e passaram uma escova para ver o que acontecia

sejam superiores a isso, Slim dizia quando eles se sentavam à mesa na hora do lanche para beber um copo de leite gelado e comer sanduíches de geleia, no momento do dia em que se reuniam como uma família antes que o resto do trabalho na fazenda os chamasse ordenhar as vacas sendo o primeiro item da lista

são provocações, só isso, Slim dizia a eles, não corram para mim chorando por causa disso — se alguém agredir vocês, vocês agridem também e sigam em frente

cês não tão vivendo na sociedade segregada de onde eu vim onde você não tinha nenhum direito

cês não têm um irmão mais novo de quinze anos chamado Sonny que foi encharcado de querosene e depois enforcado numa amoreira e queimado enquanto ainda estava vivo na frente de milhares de pessoas batendo palmas

um menino chamado Sonny cujo assassinato por uma multidão foi fotografado e percorreu o país inteiro num cartão-postal por causa do maldito orgulho das pessoas de terem testemunhado o linchamento dele

cês não descobriram que a mulher que tinha declarado estupro deu à luz nove meses depois a uma criança muito branca, até o pai dela apareceu na casa do pai de vocês para se desculpar pessoalmente

cês ainda não passaram por isso, passaram?

então, negros, *por favor*, se acalmem

Hattie pediu *a ele* que moderasse o tom das histórias, elas estavam assustando os filhos e iam fazer com que se odiassem, ele disse que eles precisavam criar coragem e o que é que ela sabia daquilo quando era uma mestiça que morava naquele fim de mundo?

você gosta que eu seja mestiça, como você diz, então não vem usar isso contra mim, Slim

ele disse que o negro tinha razão de sentir raiva, tendo passado quatrocentos anos escravizado na América, vitimizado e oprimido

era um barril de pólvora pronto para explodir

ela respondeu que eles estavam a um milhão de quilômetros

dos Estados Unidos e é diferente aqui, Slim, não é perfeito, mas é melhor

ele disse que seu irmãozinho, o Sonny, era o tio dos filhos e que eles precisavam saber o que tinha acontecido com ele e conhecer a história de um país que permitiu que ele fosse assassinado, e é seu dever encarar as questões raciais, Hattie, porque os nossos filhos são mais escuros que você e não vai ser fácil para eles

eles tiveram essas conversas até ela conseguir ver as coisas do ponto de vista dele

os dois acompanhavam as notícias dos protestos pelos direitos civis, Slim disse que o negro precisava de Malcolm X *e* de Martin Luther King

quando foram assassinados com três anos de intervalo ele desapareceu nas colinas por alguns dias

Hattie via que nenhum dos filhos gostava de ser racializado e ela não sabia o que fazer a respeito

em seus desenhos Ada Mae se representava como uma criança branca, e lá pelos doze anos Sonny nunca queria ser visto com o pai no vilarejo, odiava ter que ir às feiras de gado com ele e implorava para ela não levar o pai nos eventos da escola

ela ouviu Sonny dizendo a um menino cujo pai o deixou em casa um dia que Slim, que estava levando as ovelhas para o pasto, era um trabalhador contratado

Slim teria dado a vida dele pelos filhos.

3

Quando Ada Mae e Sonny tinham dezesseis e dezessete anos, anunciaram sem mais nem menos num café da manhã que estavam saindo de casa a gente vai hoje e vocês não podem impedir a gente, o Sonny disse, as pernas afastadas como se fosse um adulto, ombros para trás, desafiando os pais a confrontá-lo

a gente não vai passar nem mais um dia nesse fim de mundo enfardando feno, arando terra, ordenhando vaca e raspando esterco de animais

pro resto da vida

Hattie se lembra disso de forma muito vívida

Ada Mae usava seu vestido novo e curto cor de laranja, com gola alta, que tinha encomendado no catálogo da Biba, botas brancas de couro envernizado que iam até o joelho, o cabelo esculpido como uma colmeia, cílios postiços, lápis preto em volta dos olhos fazendo eles parecerem enormes

ela era linda naquela época, claro que não se via assim

só agora, quando elas olham as fotos antigas da família, é que a Ada Mae exclama, com mais do que uma pitada de tristeza, olha só pra mim, mãe, eu era uma graça, não era?

o Sonny era magricela na época, do jeito que os adolescentes são antes de se tornarem homens, as pernas desengonçadas e descoordenadas, ele tinha crescido rápido demais até ficar da altura do pai

ele usava seu terno de veludo roxo boca de sino, tinha o cabelo cortado rente ao crânio, para esconder as falhas, Hattie suspeitava

com uma risca de lado que parecia ridícula

nenhum deles estava vestido para a longa viagem a Londres

foram embora no presente de aniversário de dezessete anos do Sonny — uma motocicleta Honda que ele implorou para lhe darem

disse que precisava dela para ir e vir com mais liberdade
tinha custado duas cabeças de gado

Ada Mae sentou na garupa, Sonny acelerou a moto e os dois rugiram quintal afora, colina abaixo, pelo vilarejo em direção às ruas glamorosas que esperavam por eles em Londres
Ada Mae ia se tornar secretária de uma estrela da música pop, Sonny, um homem de negócios rico
eles saíram da vida dos pais rugindo com estrondo, deixando uma nuvem de gases e fumaça
deixando Slim e ela abandonados nos trezentos hectares da fazenda

levou um tempo para se adaptarem a não ter a Ada Mae ouvindo Dusty Springfield, Petula Clark e Cilla Black no toca-
-discos no Grande Salão, onde ela dançava do jeito moderno
se um deles cometia o erro de entrar, ela gritava para deixa-rem ela em paz uma vez na vida que saco
Sonny fingia que tocava guitarra lá dentro enquanto ouvia os Rolling Stones
eles costumavam espiar pelas janelas para se divertir

Hattie e Slim acharam estranho pôr a mesa para dois em vez de para quatro, lavar um jogo de roupa de cama em vez de três, não ter que medir a temperatura dos humores adolescentes quando as crianças se agitavam pela casa
nunca pararam de se preocupar com eles tão longe na capital onde qualquer coisa podia acontecer

Londres não durou, eles não ficaram nem três meses lá (fracotes!)
Sonny trabalhou numa butique na Carnaby Street que não

pagava o suficiente para alguém se sustentar, Ada Mae lavava pratos na cozinha do Regent Palace Hotel

foi impossível achar outro lugar para ficar a não ser uma casa decrépita com imigrantes não brancos numa área pobre chamada Notting Hill

os imigrantes os acusaram, cheios de desdém, de parecerem brancos

Hattie queria dizer que achou que eles iam ver aquilo como um elogio e refletiu sobre como os pimpolhos dela tinham ido da fronteira com a Escócia até Londres só para descobrir que lá embaixo era um país estranho

ela ficou feliz quando eles se estabeleceram em Newcastle, a pouco mais de cem quilômetros da fazenda

em vez de quase quinhentos

Ada Mae se casou com Tommy, o primeiro homem que pediu, agradecida por alguém ter pedido

não era como se ela tivesse uma fila de pretendentes em Newcastle esperando para apresentar, cheios de orgulho, sua namorada negra para os pais nos anos 60

Tommy estava no espectro feio, o rosto de um anão de jardim, Slim e ela brincavam, não muito inteligente também

Hattie suspeitava que ele mesmo não tinha muitas opções

mineiro quando jovem, era aprendiz de soldador depois que as minas de carvão foram fechadas

ele provou ser um bom marido e realmente amava Ada Mae, apesar da cor dela

como ele disse a Hattie e Slim quando veio pedir sua mão em casamento

por sorte Slim não o expulsou

imediatamente

a experiência do Sonny foi um pouco diferente de acordo com Ada Mae que relatou que as mulheres faziam uma fila que dava a volta no quarteirão por ele

elas achavam que era a coisa mais próxima de sair com o Johnny Mathis

ele se casou com Janet, garçonete em um bar, cujos pais foram contra

e disseram para ela escolher.

4

Quando ela o viu pela primeira vez, Slim Jackson fez Hattie se lembrar dos guerreiros massais que tinha visto na revista *National Geographic* que o pai encomendava todos os meses dos Estados Unidos quando ela era pequena

eles se debruçavam juntos sobre fotografias nas tardes de domingo depois da igreja e examinavam as figuras e histórias de lugares e pessoas de fora da fazenda, do vilarejo e das cidades próximas

o pai tinha viajado pela Europa com o exército, tinha estado no Egito e na Galípoli, desenvolveu um gosto por coisas estrangeiras

Hattie conheceu Slim em 1945 num baile vespertino em Newcastle para ex-combatentes norte-americanos negros que iam ser mandados para casa

era o primeiro baile dela na cidade grande, os pais ficaram do lado de fora sentados na caminhonete da fazenda, rezando para ela conhecer alguém

ela não tinha tido sorte até então

Hattie ficou espantada com a quantidade de mulheres inglesas negras ali, que tinham vindo de lugares tão distantes quanto Cardiff, Bristol, Glasgow, Liverpool, Londres

havia todos os tipos de mistura, quase todas tinham mães brancas, o que ficou claro quando começaram a conversar no banheiro

Hattie logo se sentiu à vontade entre essas garotas, que pareciam todas versões dela mesma, nunca se sentiu tão bem-vinda

ficaram surpresas que ela trabalhasse numa fazenda, sentiram pena dela enquanto retocavam batom e pó no rosto no espelho, posando como se fossem todas misses enquanto ela tinha uma aparência singela, sem maquiagem, o que realmente não vai dar, uma das garotas disse, e começou a iluminar os traços que Hattie via como singelos

as mulheres arrulharam em torno dela e disseram agora você está bonita, Hattie

quando ela olhou para o vermelho de suas bochechas e de seus lábios no espelho, ela concordou

as outras garotas usavam vestidos glamorosos de tafetá que destacavam a cintura, luvas compridas e brancas, e saltos agulha

Hattie sentiu vergonha do vestido desajeitado que a mãe tinha feito a partir de um modelo da *Woman's Weekly*

no salão a banda tocava um swing, a pista de dança rodopiante de garotas que pareciam borboletas com seus vestidos coloridos e soldados elegantes de uniforme verde, todos com seu par, nenhuma garota era deixada sozinha num canto, que era o destino de Hattie nos bailes locais nos celeiros

só o pai dela a tirava para uns rodopios

as garotas concordavam que a maioria dos homens ingleses não iam querer ser vistos ao lado delas, só iam esperar sexo fácil, e homens africanos e caribenhos eram muito raros cada uma delas era a rainha do baile aqui, como os soldados deixaram bem claro, prostrados aos pés daquelas senhoritas de alto nível, de pele clarinha

as mulheres riam com os elogios, estavam acostumadas a ser tratadas como as inferiores entre as inferiores

uma disse que essa era a última chance delas antes de os soldados partirem para os Estados Unidos da América

algumas sonhavam em serem levadas como esposas deles

Hattie se sentou numa mesa com três irmãs nígero-irlandesas, Annie, Bettina e Juliana, todas estudavam para ser enfermeiras e eram mais cheias de vida do que qualquer pessoa que Hattie conhecia, ela se viu dando risadinhas com os flertes escandalosos delas com os soldados

convidou elas para visitarem a fazenda

elas debocharam da ideia, uma fazenda? ah, Hattie, que engraçada você é, a gente está andando pra frente não pra trás, você é uma coisinha

a gente vai pra Londres assim que se formar, a gente te escreve pra você ir visitar a gente

desde então ela se pergunta o que aconteceu com elas

Slim se aproximou dela para dançar o foxtrote

ela ficou lisonjeada, tímida a princípio, evitava o olhar dele, ele admirava abertamente a pele linda, garota, só essas bochechas coradas iam aumentar a tua cotação lá na Geórgia

ele era comprido e magro, a pele brilhante e sedosa

foi o primeiro homem a fazer ela se sentir feminina em vez de como um burro de carga que passava o dia inteiro acumulando sujeira debaixo das unhas eles se casaram um ano depois, a mãe e o pai aprovaram, felizes que ela tinha achado alguém para cuidar dela quando eles se fossem

Slim gostava dos pais dela e eles gostavam dele por quem ele era

o pai disse que ele era o filho que ele nunca teve, e uma vez puxou Hattie de lado, disse que estava aliviado porque o Slim não ficava tentando mandar nela

sem chance, ela respondeu

por sua vez, Slim não gostava do clima inglês, mas gostava das pessoas, dizia que se sentia mais respeitado aqui, não tinha sido chamado de *menino* nem uma vez e quando pedalava de bicicleta por aí não ficava preocupado que o pessoal fosse aparecer de capuz branco pontudo, botar fogo em cruzes e linchá-lo

é por isso que nunca vou pra casa, Hattie

Slim vinha de uma linhagem de arrendatários, a gente dele cultivava mas nunca possuía terra

o pai dele tinha que dar metade da produção de cana-de--açúcar para o proprietário da terra, estava em dívida permanente com o comerciante que vendia sementes, roupas e ferramentas, e corria o risco de ser despejado se a colheita fracassasse

Slim disse que boa parte do pessoal dele deixou o lugar depois da escravidão por causa das más lembranças

o governo tinha prometido para todos eles dezesseis hectares e uma mula

foi horrível quando aquilo não foi entregue, o pessoal teve que permanecer escravo assalariado

agora ele estava casado com a Hattie, a terra em que ele trabalhava um dia ia ser dele

dela também, ela o lembrou

a maioria das pessoas via o Slim com bons olhos, ele era confiante e comunicativo, falava com estranhos, mesmo com os hostis, desarmando a animosidade deles, sobretudo quando ouviam seu sotaque, elogiavam sua cortesia, seu sim senhora e não senhor, gostavam do jeito como ele abria as portas para as mulheres, erguia o chapéu para os homens, fazendo eles se sentirem respeitados

especialmente quando cantava com seu barítono comovente na igreja, nos festivais de colheita, nas cantorias de Natal, festas de aniversário, bailes no celeiro, dedilhando um violão ou uma tábua de lavar como acompanhamento

ela e ele quase sempre aproveitavam o leito conjugal, uma vez que descobriram que o botar e tirar não era o suficiente para ela

só diminuiu quando diminuiu a capacidade mental dele

ficaram juntos por mais de quarenta anos, ela não tinha sido tocada no sentido sensual nos últimos trinta

ainda sente as mãos de fazendeiro viril dele em sua bunda, reclamando que não tinha carne suficiente ali

embora admirasse a força física dela

Slim alardeava que ela podia conduzir um arado tão bem quanto qualquer homem

cacete, Hattie, cacete!

5

Hattie passou a caminhar quando Slim morreu

comprou botas de caminhada em vez de botas de trabalho, entalhou um cajado com o punho cerrado do Black Power na extremidade em que segurava — em homenagem a ele

usava roupas térmicas no inverno, camisas de algodão no

verão, carregava capa de chuva e um cantil com o chá gelado que o Slim costumava beber na mochila

enquanto andava pelas terras dela e além

às vezes no auge do verão saía para um dos campos à noite, deitava num cobertor, observava as estrelas no céu, imaginava o Slim olhando para ela lá de cima

cuidando dela

esperando por ela

ela manteve a produção da fazenda a todo vapor por muito tempo, até seus oitenta anos, em dado momento tinha trinta trabalhadores na folha de pagamento

só nos últimos dez anos o lugar tinha sido reivindicado pela natureza, uma fera agressiva que consome tudo quando você deixa a fúria dela correr solta

as terras dela transformadas numa selva de colheitas apodrecidas, gramíneas, ervas daninhas, arbustos emaranhados, raposas, corças e cobras

campos selvagens — onde um dia cresceu trigo, cevada, aveia e no inverno linhaça para vender

campos selvagens — onde um dia tinham vagado o gado hereford e ayrshire, os cavalos de trabalho que aravam e puxavam carroça, a ovelha cheviot dela, e o pônei islandês que ela tinha quando criança, o Smokey

os dois costumavam sair para trotar pela estradinha, ao redor do lago, cavalgavam pelos bosques e corriam a galope pelas colinas baixas que se abriam na frente deles

se ela caísse do Smokey tinha que montar de novo, não usava capacete nem sapato

se não voltasse, o pai saía a cavalo com os cachorros para achá-la

Hattie se lembra de achar o poder do corpo inquestionável naquele tempo, quando ele respondia de forma automática ao comando da mente

ela se lembra de quando conseguia ordenhar trinta vacas toda manhã e toda tarde, forçando devagar o leite morno nas latas, depois limpando o lugar de ordenha, lavando e esterilizando os utensílios e ajudando o leiteiro a carregar o leite nas carroças puxadas por cavalos

sem se sentir cansada

agora o corpo briga com ela até pelas coisas mais simples como vestir o macacão, levantar da cadeira e subir escada

Hattie se lembra de quando o Slim e ela viviam com a mãe e o pai e a Ada Mae e o Sonny, quando eles eram pequenos

era um arranjo ideal com duas mulheres e dois homens trabalhando juntos para criar as crianças e tocar a fazenda

a mãe e ela eram mais amigas do que mãe e filha, desde que se lembra elas faziam tudo juntas, o pai dizia que ela tinha a mãe na palma da mão, e ele não podia nem abrir a boca, o que era verdade

a mãe dizia que sentia falta da própria mãe, Daisy, que morreu jovem, e não se passava um dia sem que ela desejasse ter conhecido seu pai, o abissínio

quem ele era, Hattie? quem ele era?

a mãe caiu doente quando o Sonny e a Ada Mae ainda não tinham começado a frequentar a escola

ficou muito infeliz porque ela não ia ver eles crescendo e porque eles eram pequenos demais para se lembrar dela

o pai teve que continuar na labuta, não era a mesma coisa depois que a mãe morreu, ele disse que queria se juntar a ela

ele se foi não muito depois, o coração parou de bater, Slim e ela concordaram que estava partido uma das últimas coisas que ele disse foi, você pertence a este lugar, Harriet Jackson *née* Rydendale

você é minha filha e é nas suas mãos que está o futuro desta família

isto aqui não é só o nosso *hyem*, Hattie, são os seus antepassados que deram um duro danado para manter ele com a gente

então quando chegar a hora, você deve se certificar de passar ele para o Sonny, para o Sonny fazer a mesma coisa

isso foi há mais ou menos setenta anos

ela vive neste lugar há noventa e três anos, a fazenda não é só a casa dela, o *hyem* dela, são os ossos dela

e a alma dela

oito monarcas da família real tinham estado no trono desde que a primeira pedra foi colocada pelo antepassado dela, o capitão Linnaeus Rydendale em 1806

que acumulou uma fortuna grande o bastante para realizar o sonho de uma vida inteira de ser proprietário de terras tendo começado a vida como filho de um trabalhador braçal nesta região

tendo começado a carreira como camaroteiro nos navios

Capitão Linnaeus Rydendale

que voltou à região com uma jovem esposa, Eudoré, de Port Royal na Jamaica, a filha de um mercador com quem ele fazia negócios

de acordo com a lenda da família havia rumores de que ela era espanhola, e quando Slim viu o retrato dela na biblioteca pela primeira vez ele disse ela é uma de nós, Hattie

ela disse que era imaginação dele, ele insistiu que conhecia todo o espectro da forma como a nossa gente apareceu e tô te dizendo, Hattie, ela é uma de nós

quando Hattie olhava para ela pelos olhos dele, surgia uma

Eudoré diferente, alguma coisa relacionada à cor dela, ao formato do rosto e dos traços, à densidade do cabelo

talvez ele estivesse certo

depois que Joseph morreu, Slim arrombou um velho armário da biblioteca quando não conseguiu encontrar a chave, disse que como homem da casa precisava saber o que tinha lá dentro

encontrou livros antigos que registravam os negócios lucrativos do capitão como mercador de escravos, trocando escravos da África por açúcar no Caribe

ele entrou feito louco na cozinha onde ela estava preparando a comida cheio de acusações e começou um discurso sobre ela ter escondido dele um segredo de família tão perverso como aquele

ela não sabia, disse, estava tão chateada quanto ele, o armário tinha ficado trancado durante toda a vida dela, o pai disse que havia documentos importantes ali dentro e era para ela nunca chegar perto

ela acalmou Slim, eles conversaram a respeito daquilo

nem meu pai nem eu somos diretamente responsáveis, Slim, ela disse, tentando amolecer o marido, agora você também é proprietário do espólio junto comigo

ela passou seus braços compridos ao redor da cintura dele por trás

a volta agora ficou completa, não ficou?

6

Hattie entende de segredos, ela nunca contou para ninguém sobre a filha que perdeu, aquela a quem deu à luz quando tinha catorze anos seu seio pequeno ficava maior e mais tenro, a barriga inchava, ficava enjoada de manhã

a mãe notou, deu um jeito

o pai era o Bobby, o garoto mais popular da escola do vilarejo, ele era alto com uma cabeça de cabelo claro, filho do açougueiro

os garotos não prestavam nenhuma atenção em Hattie, então quando aquele prestou estava fora de questão recusar os avanços dele

os dois prevaricaram no meio dos bancos da igreja depois da escola

naquele tempo as igrejas ficavam abertas sem medo de que alguém fosse levar toda a prata

Hattie foi o centro do universo dele por mais ou menos trinta minutos

ela não consegue se lembrar daquilo acontecendo

deve ter acontecido

depois
ele continuou a ignorá-la
como antes

o pai mal conseguia falar com ela ele ficou tão bravo, ela não ia dizer o nome do garoto que a tinha engravidado, o que o deixou ainda mais furioso

a mãe não pareceu se importar muito, depois do choque inicial ela parecia satisfeita, eles queriam outro filho, mas não tinha dado certo para o pai e ela

Hattie se sentiu desnorteada pelo que estava acontecendo com o corpo dela

e idiota por se apaixonar pelo Bobby

não queria estar grávida, queria estar na escola e brincar com os amigos

a mãe assumiu o comando, Hattie tinha que ficar escondida de todo mundo, iam dizer que ela estava doente

Hattie se sentia bem, queria pelo menos andar pela casa, você não vai colocar essa criança em risco, mocinha, você vai fazer o que a gente mandar, a mãe disse

a bebê chegou sem demora numa sexta-feira à noite, a própria mãe fez o parto, tinha lido um livro que ensinava a fazer isso

ela colocou a bebê em cima da Hattie, mostrou como amamentar

Hattie ficou fascinada, ela tinha feito uma criança sozinha

a mãe disse que ela precisava tratar a criança como a coisa mais preciosa do mundo e não ser desastrada com ela

a gente tem que garantir que ela sobreviva, Hattie

porque a gente a ama muito

Hattie não tinha certeza se amava a bebê, não tinha certeza de que sabia o que era o amor, era uma palavra forte

deu um nome para a bebê, Barbara, que a mãe aceitou, o nome é com você e a gente vai tentar cuidar dela

a mãe passava todo o tempo com ela e a bebê, dormia no chão à noite, era a primeira a acordar quando a bebê acordava, garantia que Hattie não ia pegar no sono enquanto amamentava

trocava fraldas, dava banho numa banheira no quarto

Hattie ouviu os pais discutindo lá embaixo, nunca tinham discutido antes, não assim, aquilo durou horas, o pai gritando, a mãe gritando de volta

a mãe voltou de olhos vermelhos, não vou abrir mão dela, eu disse a ele naquele dia o pai entrou no quarto para ver a neta pela primeira vez desde que Barbara tinha nascido, a mãe estava se lavando no banheiro

ele disse que a bebê tinha que ir embora

Hattie disse que queria ficar com ela no momento em que ele a arrancou depressa dos braços dela com suas mãos fortes

antes de sair do quarto ele disse, não diga uma palavra sobre isso para ninguém, nunca, você vai ter que esquecer que isso aconteceu um dia, Hattie

sua vida vai ser arruinada pra sempre com uma filha bastarda

os homens vão ter dois motivos para não se casar com você

Hattie nem sequer pensava em casamento, odiou que o pai visse a filha dela como uma pessoa ruim, como uma bastarda

ela não tinha se dado conta de que nunca mais ia ver a Barbara de novo

Hattie ainda tem o cobertor rosa e azul em que Barbara ficou enrolada, feito de lã fiada das próprias ovelhas deles, tingido e tricotado pela mãe quando ainda não sabiam se o bebê ia ser do sexo feminino ou masculino

ela nunca lavou o cobertor, guarda numa caixa de sapatos

por muito tempo depois daquilo ainda sentia o cheiro da Barbara, mesmo que soubesse que aquilo não era possível

costumava imaginar que Barbara tinha sido acolhida por aristocratas, se tornado uma daquelas debutantes, se casado com um lorde e vivia num castelo

ela manteve a palavra que tinha dado ao pai e nunca contou para ninguém

nem para o Slim nem para a Ada Mae nem para o Sonny — ninguém

Hattie acorda, alguém está cutucando seu braço, ela abre a tampa pesada dos olhos, está de volta ao Natávido e seu pessoal está ainda mais bêbado e mais barulhento

a Ada Mae está olhando para ela com atenção, conferindo se continua viva

tendo passado a vida inteira sem saber que tinha uma irmã mais velha.

Grace

1

Grace

veio a este mundo graças a um marujo da Abissínia chamado Wolde, um jovem fogueiro

que alimentava as caldeiras com carvão nos porões dos navios mercantes

o trabalho mais difícil, sujo e exaustivo a bordo

Wolde

que ancorou em South Shields em 1895 e partiu dias depois deixando os primórdios de Grace dentro de sua mãe

que mal tinha feito dezesseis anos

que não sabia que carregava uma criança até Grace estar quase pronta para saltar para fora, como Daisy disse quando a menininha dela teve idade suficiente para entender como os bebês eram feitos

ele era o seu pai, Gracie, era muito alto, andava como se não

encostasse no chão, como se flutuasse no ar, como se fosse de
outro mundo

coisa que ele era

achei ele muito gentil, diferente dos caras daqui que pensavam que as garotas estavam à disposição deles

a gente costumava andar juntos pelas docas quando os barcos estavam sendo descarregados

esperando topar com um marinheiro que ia nos levar para
longe, para lugares mágicos com nomes como Zanzibar, Casa-
blanca, Tanganica, Ocho Rios e Carolina do Sul

seu pai falava o pouco inglês que tinha conseguido pescar
como marujo, então a gente mantinha conversas pela metade,
cheias de gestos

vou voltar pra você, ele prometeu quando vi ele no cais andando de costas enquanto eu continuava lá olhando ele de frente

sem querer ver ele ir embora

vou voltar pra você

um dia a gente vai pegar um barco pra Abissínia e achar ele,
Gracie, vou bater na porta da cabana dele, empurrar você pra
frente e dizer, ei senhor, olha só o que *você* deixou pra trás

Daisy
tinha dado à luz Grace no apartamento do cortiço onde ela
dormia em sacos no chão ao lado dos irmãos e das irmãs

os pais dormiam atrás de uma cortina que dividia o único
quarto da moradia

uma criança mestiça

o pai de Daisy disse que nunca ia conseguir superar a vergonha no bar

para onde ele ia direto depois de treze horas debaixo da terra
quebrando pedras para extrair carvão

e antes de cambalear para casa para comprar briga com a mãe
dá a criança pra igreja ou você não fica aqui, ele disse a Daisy
como se eu pudesse te abandonar, Gracie, tão inocente,
pura, inteira e uma das criações abençoadas de Deus
era meu dever te proteger e cuidar de você, e eu ia ter assassinado qualquer um que tentasse nos separar

Daisy
saiu de casa, jurou nunca mais falar com a mãe, que era fraca
demais para se levantar contra um pai que se importava mais com o
que as outras pessoas pensavam do que em proteger a própria filha
encontrou um emprego produzindo flores artificiais para
uma fábrica de chapéus, compartilhava uma moradia com Ruby,
outra jovem que tinha um filho de cinco anos chamado Ernest
com um marujo que ia e vinha
ele vinha de um lugar chamado Adem perto do Mar Vermelho
dá pra imaginar, Gracie? um mar que é vermelho?

Daisy
carregava Grace para todo lado num suporte para bebê porque não havia ninguém com quem deixá-la, ninguém em quem
ela confiasse o bastante
depois que toda a família cortou relações com ela
certamente não com a Ruby, que não dava banho no Ernest
com muita frequência
eu dava banho em você todos os dias, Gracie, numa tina com
água que eu pegava num cano e aquecia na lareira onde a panela
de ferro cozinhava vegetais
dava banho em você até você ficar superlimpa e os cachinhos adoráveis da sua cabeça brilharem como gotas de orvalho
o cabelo do coitado do Ernest era um emaranhado de tufos,
a Ruby quase sempre ficava fora até tarde e eu tinha que evitar

407

que ele ficasse andando de um lado pro outro lá fora no beco enlameado apinhado de lixo e caco de vidro

eu ficava de olho nele, mas não podia levar ele comigo, Gracie, ele não era meu

não sei o que aconteceu com o Ernest porque a gente se mudou pra um quarto na casa da Mary da fábrica, que era casada, tinha os três dela pra cuidar e precisava de um dinheiro extra

Daisy

prometeu levar Grace para o campo

o que eu não daria pra te ver correndo solta na grama suave e macia com o sol brilhando no seu rosto cor de caramelo, te ouvir gritando você não me pega, mãe, você não me pega

ela prometeu a Grace que ia encontrar um marido que ia garantir o sustento das duas, um carpinteiro que ia fazer uma mobília para o chalé delas de três quartos mais um lavatório, um banheiro interno decente, flores de verdade na mesa da cozinha, pão assando no forno, um ar de boa qualidade e um rio limpo onde se banhar todo dia

no verão

Daisy

que não contava com o início de uma tosse intermitente, com catarro, quando Grace tinha oito anos, ficou pior com o pó de carvão circulando pelo ar

ela não podia se dar ao luxo de ficar doente, disse para a filha, não posso me dar ao luxo de pagar um médico, e mesmo assim, se eu tirar uma licença de doença não vão me pagar e posso depois não ter um emprego para eu voltar

quem é que vai dar de comer pra gente, Gracie, quem é que vai dar de comer pra gente?

eu te dou de comer, mãe, eu te dou de comer

Daisy

foi diagnosticada com tuberculose depois que as garotas do trabalho foram em grupo reclamar com o gerente que ela estava doente e ia passar aquilo para elas

um médico chegou para examiná-la e ela foi levada para quarentena num sanatório

com urgência

Mary pôs Grace debaixo de suas asas até que Daisy (esperançosa, milagrosamente) viesse a se recuperar

só que ela se afogou em líquido e em tecido celular

chapinhando em seus pulmões enquanto eles se autodevoravam

por dentro

Mary, que tinha sido criada no norte num lar para meninas no campo

pediu que a sra. Langley que ainda dirigia o lugar aceitasse Grace, foi na hora certa já que uma garota estava saindo por ter arranjado trabalho

ela largou Grace na porta da frente naquele inverno, lhe deu um apertão afetuoso

tchauzinho, Gracie, eles vão cuidar de você aqui e te ensinar tudo o que você precisa saber

Gracie ficou olhando Mary ir embora, botas pretas abertas nas laterais, vestido rasgado arrastando a lama do caminho, xale marrom amarrado nos ombros, o cabelo como um ninho de passarinho com um chapéu em cima, uma rosa cor de laranja que Grace tinha feito especialmente para ela presa num lado

tchauzinho, Gracie, ela gritou, a voz sufocada, sem olhar para trás, enquanto abria o portão e desaparecia rua abaixo

a última pessoa que Grace viu que conhecia sua mãe.

2

No início Grace perambulou pela casa como se em transe, as meninas a cercaram, tocando em seu cabelo, acariciando sua pele, não conseguiam parar de olhá-la, perguntaram por que a pele dela era tão marrom

meu pai é da Abissínia, ela disse com orgulho, fingindo que o conhecia

nunca sinta vergonha do lugar de onde ele vem, a mãe tinha dito, um dia você vai encontrar ele, se ele está vivo, quer dizer, se ele não voltou para me ver talvez tenha morrido

Grace disse para as meninas que a Abissínia era um lugar distante e mágico onde as pessoas usavam vestidos de seda e coroas de diamantes e viviam em palácios de contos de fadas e ofereciam banquetes com carne assada, batatas e suflê de queijo todos os dias

as meninas ficaram impressionadas

mas não quando ela acordou gritando e a inspetora correu para ver que coisa terrível estava acontecendo, quando viu que não era nada, ralhou com ela por se exibir

as outras meninas disseram para ela ficar quietinha, você vai se acostumar com isso aqui, Gracie, a gente se acostumou, vai levar um tempo, agora cala a boca que a gente quer dormir

Grace se enrolou toda no cobertor, se enterrou bem fundo lá dentro para que elas não pudessem ouvir como ela se sentia quando pensava na mãe

que a apertava com força nos braços quando elas dormiam

nunca vou te deixar, Gracie, você é minha

e num minuto ela estava do lado dela na fábrica, as duas trabalhando juntas, e no minuto seguinte homens de casacos brancos e máscaras vieram e levaram ela embora vou voltar pra você, Gracie, vou voltar, ela prometeu chutando e lutando para se libertar enquanto eles a arrastavam

sempre que alguém batia a cabeça de leão preta e brilhante na porta da frente, Grace esperava que fosse a mãe parada ali, braços abertos, sorriso amplo, como se estivessem jogando um jogo o tempo todo
olá, Gracie, sentiu saudade de mim? corra e pegue o seu casaco, amor, a gente vai pra casa

levou muito tempo até Grace parar de esperar que sua mãe fosse aparecer
e mais tempo até ela parar de sentir a mãe como um calor se espalhando pela barriga sempre que pensava nela
e mais tempo ainda até os traços dela começarem a se apagar

de noite ela começou a sonhar com o pai
que tinha voltado para resgatá-la
e levá-la para o paraíso

Grace foi ensinada a manter a si e a casa limpas, ela gostava da primeira coisa porque a Ma tinha dito que era uma virtude, mas não da segunda
foi ensinada a costurar os próprios vestidos com botões, fitas e pregas, a acrescentar renda ao colarinho dos vestidos brancos que fazia para ir à igreja
foi ensinada a tricotar meias de lã, uma touca e um cachecol para usar no inverno, a engraxar suas botas pretas com botões do lado até brilharem, as quais ela usava com orgulho assim que se acostumou porque no começo lhe davam feridas, nunca tendo usado sapatos antes
foi ensinada a cozinhar carne, peixe e aves sem envenenar

ninguém, vegetais do jardim, a assar pão e bolo, sob ordens de nunca comer nada durante o preparo, ou iria levar uns tapas nas juntas

o que acontecia

bastante

foi ensinada a lavar roupa numa tina de madeira cheia de água quente com sabão, a mexer os lençóis com uma colher de madeira enorme, a usar uma tábua para as roupas com manchas entranhadas, a garantir que tudo fosse pendurado para secar com todo o cuidado com prendedores de madeira no varal, não de um jeito troncho com a metade caindo para fora

amava ir para a cama quando os lençóis tinham acabado de ser trocados, inspirando o vento, o sol e a chuva neles

gostava de beber água das torneiras que vinha de um poço e que não precisava ser fervida para que fosse segura

e os banheiros eram desinfetados todo santo dia

sem falta

foi ensinada a cuidar da horta, a cultivar pepino e alface, tomate, salsão, cenoura, pastinaca e repolho, a também não comer nada enquanto fazia isso, uma coisa que ela desobedecia quando ninguém estava olhando, em especial quando chegava nos trechos dos morangos, amoras e ameixas

comendo o quanto podia e aí se arrependendo porque lábios roxos e manchas vermelhas no avental também garantiam tapas nas juntas

Grace foi ensinada a fazer cálculos de cabeça, a ler e escrever na sala de aula toda de madeira com bancos e carteiras de madeira, a praticar os desenhos lindos das letras que davam sentido às palavras

ela ficou para trás até alcançar as outras

aprendeu a equilibrar livros na cabeça nas aulas de boas maneiras sem derrubar nenhum, ela era alta, imaginou que era da Abissínia e que andava no ar

você tem uma elegância natural, uma das professoras, a srta. Delaunay, elogiou, depois de imediato disse às outras meninas que elas caminhavam como novilhas prenhas

o que fez Grace se sentir muito especial

iam na igreja todo domingo a menos que a neve estivesse muito alta ou o gelo muito perigoso ou a chuva muito torrencial

andavam aos pares com seus vestidos de domingo pelas ruas do interior, de mãos dadas, cantando hinos

ela colhia flores quando permitiam que elas brincassem nos prados, colocava-as entre as páginas da Bíblia e escrevia poemas sobre cada uma, "Ode a uma rosa", "Ode a um narciso", "Ode a uma hortênsia"

começou a bordar como passatempo e se tornou bastante boa naquilo

as meninas do dormitório infantil viraram amigas dela, às vezes ficavam acordadas conversando passada a hora de dormir, curtindo a companhia umas das outras em voz bem alta, esquecendo as regras da casa

Sally tinha a voz mais musical, Bertha inventava as histórias mais assustadoras, Adaline ia ser atriz e gostava de recitar o *Rubáiyát, Memórias de Omar Khayyám* que tinha encontrado na biblioteca e decorado

"A Terra não pode responder: nem o mar enlutado/ Numa corrente púrpura, do seu Senhor desamparado; Nem o Céu movente, com todos os Sinais revelados/ E ocultos na manga da Noite e da Manhã"

ela perorava de um jeito dramático por tanto tempo que

as outras ficavam entediadas e a mandavam calar a boca agora, Adaline

Grace fazia a melhor imitação da sra. Langley, incorporando a rigidez dela, a postura esnobe, empinando a bunda e entortando as pernas enquanto saracoteava para cima e para baixo entre os beliches em sua camisola de chita clara, adotando um sotaque pomposo exagerado, discursando de um jeito bobo com palavras excessivamente longas e sem sentido que ninguém conseguia entender, satisfeita porque tinha se tornado bem popular, fazendo as meninas segurarem a barriga dolorida em histeria, implorando para ela parar porque não aguentavam mais

no exato momento em que a sra. Langley escancarou a porta, acendeu sua lamparina, flagrou Grace "bancando a palhaça como se estivesse num teatro de comédia"

a hora de dormir passou há eras e eras, ela ralhou, acusou Grace de corromper as outras, exigiu vê-la na primeira hora em seu escritório

você tem uma personalidade forte demais, a sra. Langley disse detrás da escrivaninha no escritório, encarando Grace detrás das lentes redondas de seus óculos, cabelo preso, sentada ereta toda de preto em luto pelo marido que todo mundo sabia que tinha morrido muito tempo atrás num negócio chamado Cerco de Mafeking

personalidade forte demais é impróprio numa garota

Grace estava sentada com as costas eretas do outro lado da escrivaninha, pernas balançando, mãos postas do jeito certo no colo, se sentindo bem assustada, tinha se sentido segura no lar até agora, ela não era a única a fazer travessuras, mas era a única a ter sido flagrada

todo mundo sabia que as meninas travessas às vezes eram "descartadas" bom, talvez você chore, Grace, e que esta seja uma lição para você, você não é como as outras garotas daqui, você tem que se comportar da melhor forma em todas as ocasiões porque a vida já vai ser dura o suficiente para você, você vai sofrer um bocado de rejeição de pessoas menos esclarecidas do que as senhoras que generosamente administram este lugar

nós acreditamos no movimento sufragista e queremos dar a vocês, garotas desfavorecidas, a chance de ter pelo menos uma educação básica

eu mesma nunca fui uma dessas militantes que protestam, a sra. Langley prosseguiu, como se agora falasse sozinha, abanando as mãos no ar com desdém, porque isso só acaba em vergonha pública e condenação do governo para os indivíduos envolvidos, e até em prisão

acredito em conquistar a nossa reivindicação de voto através de argumentos razoáveis, você compreende?

Grace assentiu com a cabeça, do que é que a sra. Langley estava falando?

também sou pragmatista, Grace, portanto me escute com atenção por favor, fui incumbida de dizer isto a você, para o seu próprio bem, que de hoje em diante você deve atenuar a sua exuberância natural e abandonar as brincadeiras e sua atitude de *laissez-faire* porque isso é inconveniente, nos orgulhamos de manter o decoro e o equilíbrio emocional neste estabelecimento e esperamos que as nossas garotas se portem com moderação e autocontrole, não toleramos a exibição bizarra que testemunhei em primeira mão na noite passada

quer que eu ponha você no olho da rua com as suas coisas, sem proteção? você provavelmente vai acabar nas zonas pestilentas de South Shields onde garotas como você terminam como "moças da vida", trabalhando para os muçulmanos, é isso que você deseja para você, Grace?

Grace decidiu que ia pôr um freio em sua personalidade de uma vez por todas, ia ser decorosa e contida nas emoções

tampouco podemos atestar as suas habilidades domésticas, modéstia, diligência, confiabilidade e limpeza em cartas de recomendação para futuros empregadores, e pode acreditar em mim, Grace, sem o nosso apoio você nunca vai garantir um emprego adequado

um trabalho respeitável

de empregada doméstica

nesse ponto, Grace tentou impedir a todo custo que as lágrimas virassem soluços deselegantes

ela queria ser vendedora na loja de departamentos Gillingham & Sons em Berwick-upon-Tweed onde a sra. Langley as levava para ver a decoração de Natal

as melhores garotas do lar iam trabalhar ali

ela sonhava em usar roupas elegantes, em conversar educadamente com os clientes enquanto eles faziam compras, pessoas que iam sair da loja cheias de elogios para o gerente a respeito daquela menina encantadora a Grace, pedindo para ser atendidos por ela no futuro

não ia acontecer

com treze anos a sra. Langley achou um emprego para Grace como empregada do novo barão de Hindmarsh, que tinha voltado para seu antigo castelo a alguns quilômetros de Berwick depois da morte do pai

depois de muitos anos comandando a plantação de chá da família em Assam

ele voltou com uma comitiva de criados indianos, que incluía sua concubina indiana e os dois filhos deles, que foram acomodados num chalé da propriedade ele não tinha nenhum problema com uma empregada mestiça.

3

Grace

está comprando tecido para um vestido de verão na Gillingham & Sons

é a última loja do planeta para a qual gostaria de dar um centavo que fosse do dinheirinho suado dela, porém é a única na cidade que tem o que ela quer

ela tinha escrito para o gerente da loja alguns anos antes solicitando uma entrevista para uma vaga na área de vendas, determinada a provar o engano da sra. Langley agora que ela estava bem crescida e tinha vários anos de experiência nas costas

no entanto, assim que se apresentou ao gerente, vestida com a roupa mais elegante que tinha, ele disse sem rodeios que ela ia espantar os clientes

nem sequer deu a chance de ela dizer uma palavra incisiva

tinha certeza de que ela ia entender, ele disse

fechando a porta com força nem bem ela saiu

por várias semanas depois disso ela sonhou em se esgueirar para dentro da loja à noite e pôr fogo em tudo

com o gerente dentro, gritando para ela salvá-lo

a Mabel e a Beatrice do lar estão trabalhando na Hosiery neste sábado, ela não vê as duas há eras e eras, estão conversando enquanto o supervisor delas bajula um cliente com aparência de rico, Grace diz que tem vontade de trabalhar ali

elas dizem a Grace que ficar de pé o dia todo sem uma pausa

deixam as pernas e os pés tão inchados que elas mal conseguem andar depois

que a acomodação, as roupas e a comida são todas deduzidas do salário deixando-as com pouco dinheiro para gastar e aproveitar

Grace não engolia aquela conversa, teria dado tudo para trabalhar numa loja de departamentos elegante onde pudesse parecer sofisticada e conhecer pessoas interessantes, inclusive futuros maridos (como os que elas estão cortejando), ter a chance de morar em acomodações em cima da loja no centro da cidade, desfrutar das atividades sociais oferecidas como bailes vespertinos, o teatro e as feiras de inverno e de verão

experimentem trabalhar como empregadas a quilômetros de distância de qualquer lugar, disse, apresentando o quadro completo sem meias-palavras

experimentem se levantar antes do galo cantar para raspar as saídas de ar e tendo que ficar disponível até todo mundo ir dormir

entre uma coisa e outra, lavar, raspar, polir, passar, dobrar, buscar e carregar sem parar, porque você é uma empregadinha de nada que tem que usar um uniforme horroroso

mesmo eu tendo me saído tão bem quanto qualquer outra no meu último ano no lar em leitura, escrita e aritmética

Mabel e Beatrice davam mesmo nos nervos dela

foi embora, deixando elas com aquilo

pelo menos ela achou o tecido certo para o vestido — cor de ameixa e macio no pacote de papel pardo atado com barbante

é tão precioso que ela o carrega apertado contra o peito, caso ele *desapareça* ou alguma coisa assim

mal pode esperar para levá-lo para casa, ia usar o molde que todas as empregadas estavam repartindo para um vestido que terminava abaixo do joelho em vez de acima do tornozelo, considerado muito ousado, como entreouviu a filha do barão

Hindmarsh lady Esmée dizer aos hóspedes que estavam ali para um final de semana quando surgiu descendo as escadas numa das festas dela

Grace espiou por trás da passagem secreta que conectava o corredor dos serviçais à casa propriamente dita enquanto lady Esmée se exibia para todos aqueles amigos ricos dela

as damas com vestidos escuros que balançavam e brilhavam, os cavalheiros com paletós de noite elegantes, colarinhos de cetim, cigarrilhas em piteiras de ouro e coquetéis *mint julep*

que olharam admirados enquanto ela descia devagar as escadas exibindo pernas esbeltas e tornozelos extraordinários

é a última moda em Londres, meus queridos, a última moda

Grace nunca ia se parecer com elas; pelo menos logo ia ter um novo vestido para usar quando a ocasião pedisse, não que aquilo acontecesse com frequência

ela não estava autorizada a se arrumar para a igreja, mas podia se arrumar para a festa de Natal dos empregados dos Hindmarsh

até ter que colocar o uniforme de novo junto com as outras criadas para limpar a bagunça que todo mundo tinha feito

está prestes a atravessar a rua do lado de fora da Gillingham & Sons quando um bando de homens em bicicletas passa zunindo tão perto que quase a derrubam, trabalhadores pedalando da fábrica para casa para o almoço, ela desconfia

depois um ônibus lotado dá um solavanco perigosamente perto quando ela está prestes a pisar na via de novo

está acostumada com a cidade movimentada, mas tem que tomar cuidado toda vez que vem para cá, visto que a maior parte do tempo ela passa no interior longe das estradas movimentadas só com um ou outro carro nas estradinhas que em geral pertencia a Hindmarsh ou a algum convidado ela percebe que não está sozinha, um sujeito tinha emparelhado com ela

você deve ser a imperatriz do Nilo, é, é isso que você é, ele disse; ela se virou de forma abrupta, com aparência feroz, pronta para acabar com a insolência dele por chamá-la de meretriz

adivinhando o que passou pela cabeça dela, ele disse a Cleópatra, sabe, a *imperatriz* do Egito

o que é totalmente diferente

Grace se impediu de feri-lo com a língua ou de bater nele com seu pacote

coisa que já tinha feito antes

ele tem o cabelo ruivo mais vivo que ela já viu que tenta pentear rente à cabeça, ainda salta todo para todos os lados; um rosto avermelhado e simpático e olhos azuis honestos olham para ela com admiração, ele não a está encarando de um jeito nojento como muitos homens fazem na rua

ela olha para o paletó de tweed dele, calça suficientemente elegante, botas imundas, é mais baixo do que ela, a maioria dos homens é

Joseph Rydendale, ele diz, e insiste em ajudá-la a atravessar a rua, ele acabou de encerrar uma manhã de negócios lucrativa no mercado de gado e de depositar um maço de notas estalando de novas no banco Barclays

ela desconfia que ele está tentando impressioná-la, o que está funcionando (quando é que um homem tentou *impressionar* ela?)

ele também parece ser um homem de certo poder, dos que normalmente não prestam nenhuma atenção nela, ao contrário dos canalhas e inúteis que prestam atenção nela

Grace está bem de saco cheio dos homens que têm certeza de que vão se dar bem quando ficam sozinhos com ela, chamando-a de tentadora, provocadora, sedutora quando ela definitivamente não é

pode acontecer em qualquer lugar, até no castelo, nos corredores dos fundos dos criados ou quando ela está trabalhando sozinha nos cômodos vazios, um convidado se esgueirou para dentro do quarto dela certa noite, o que a levou a pedir que Ronnie o ferreiro da propriedade colocasse uma tranca na porta do quarto dela no dia seguinte

até agora ela conseguiu escapar de todos os avanços sem se arruinar, despreza os homens que tomam liberdades com as mulheres sem a permissão delas

esses homens que têm filhos sem se casar com as mães e que fogem para bem longe para lugares de contos de fadas onde comem suflê de queijo todo dia

faz muito tempo que ela se resignou a ser eternamente solteirona, a um futuro sem as alegrias do casamento e da maternidade

ninguém quer uma vira-lata, expressão que ela já tinha ouvido nas ruas antes, ela devolvia aos agressores, você que é um vira-lata!

só que ela não contava que ia conhecer um sr. Joseph Rydendale, contava?

que, depois de conversarem por um tempo, chamou-a para sair no outro domingo depois daquele, e que depois disso viajava todo domingo à tarde para ir vê-la e em seguida tinha que correr para ordenhar suas vacas

elas mesmas não conseguem se ordenhar, Gracie, e não confio nos meus trabalhadores

Joseph tinha voltado da Grande Guerra com o corpo e a mente intactos, ao contrário de muitos de seus camaradas que sobreviveram mas sofreram amputações ou continuam a ouvir bombas explodindo na cabeça deles mesmo que fossem tempos de paz

camaradas que enlouqueceram aos poucos por causa daquilo

ele voltou para a fazenda da família, Greenfields, para encontrar tanto ela como seu pai em declínio, a doença tinha dizimado o gado emaciado e as colheitas, o equipamento estava enferrujado e quebrado, os trabalhadores recebiam o salário toda sexta-feira à noite e não eram vistos em lugar nenhum pelo resto do tempo

o pai dele, Joseph Primeiro, que tinha enviuvado muitos anos antes, havia começado a perambular de ceroulas pelos campos à noite gritando para a esposa vir ajudar no parto dos cordeirinhos, Cathy, vem ajudar os cordeirinhos

Joseph pôs a fazenda de pé depois de anos longe dali, o que tomou todo o seu tempo e toda a sua força de vontade, agora estava pronto para uma esposa que ia ser sua companheira e dar continuidade à linhagem da família

ele tinha lutado no deserto egípcio e em Galípoli, tinha conhecido beldades otomanas do Oriente (ela não ousou perguntar de que jeito)

quando voltou para casa da guerra, nenhuma das garotas da região chamou a atenção dele, até que a viu nas ruas de Berwick

Grace via que Joseph era um sujeito bem-intencionado, passou a gostar muito dele, ansiava a semana toda pelo domingo e pelas poucas horas que passavam juntos, no verão caminhando pelas áreas da propriedade cujo acesso era autorizado, às vezes usando seu melhor vestido, apenas para ele, deitados ao sol na grama, ou sentados na cozinha dos criados no inverno, onde ele se juntava com todos para o almoço do domingo

a sra. Wycombe, a cozinheira, permitia aquilo, tinha simpatizado com Grace assim que ela chegou, e se certificou de que fosse bem tratada pelo pessoal

ou vocês vão se ver comigo, alertou

Grace não acreditou em sua sorte quando Joseph pediu sua mão em casamento, e no fato de ele se comportar como se ela fosse um prêmio e não um prêmio de consolação

por respeito, eles se casaram três meses depois que o pai dele morreu

ele a levou para Greenfields pela primeira vez

o velhote nunca teria aprovado, são ou insano, tinha ficado preso na era vitoriana e ainda ouvia músicas de rádio antigas no fonógrafo

enquanto eu escuto jazz no gramofone

quando ele a levou para a fazenda, fez isso pela única rota que cortava o vilarejo fervilhante, de charrete, num sábado de manhã

passou pelas lojas na rua principal, passou pelas pessoas fazendo compras que paravam para olhar aquela estranha criatura

a maioria nunca tinha visto uma pessoa negra, com certeza não uma capaz de roubar um dos melhores partidos do distrito, como intuiu quando começou a andar de charrete no vilarejo sozinha

o Joseph Rydendale deles, o fazendeiro da região e ex-combatente ilustre que a maioria das mães de filhas em idade de se casar esperava ter como genro

quando a ouviram falar, ficaram surpresos que ela soasse como eles, uma moça até com jeito da região, e se interessaram por ela

exceto o dono da mercearia, que jogava o troco dela em cima do balcão com tanta força que espalhava tudo e ela tinha que rastejar no chão para recolher na outra vez que ela foi comprar uma coisa dele, jogou o valor exato em moedas em cima do balcão do mesmo jeito que ele e saiu com seu nariz abissínio empinado

a mãe ia ficar orgulhosa.

4

A casa de fazenda em Greenfields era comprida, estreita, com telhado de colmo e bolorenta

Grace estava acostumada à de Hindmarsh que era mantida imaculada por uma legião de serviçais

ela não gostava de ficar no interior sombrio da nova casa que cheirava a coisa velha que devia ter sido jogada fora fazia muito tempo

as superfícies eram grudentas ao toque, o chão coberto de areia da fazenda, nada na cozinha estava limpo o suficiente para usar

Joseph

tinha contratado uma garota bem jovem como empregada, Agnes, antes da chegada dela, o que divertiu Grace, visto que ela mesma era uma até uns dias atrás

você não precisa trabalhar mais, Gracie, ele disse, você vai ler livros e fazer o seu bordado, Agnes vai tomar conta da casa, eu e os trabalhadores vamos cuidar do resto

não esqueça que você é a Cleópatra, a Imperatriz do Nilo

se você diz, ela respondeu, divertida, não viu nenhuma evidência do trabalho doméstico de Agnes e reclamou com Joseph que não pareceu ligar, admitiu que não notava sujeira nem bagunça eu nunca ia ter adivinhado, Grace retrucou, e ele acreditou, sendo Joseph uma pessoa que falava sem rodeios, sem malícia

ela brincava de ser a Dama da Mansão no Grande Salão, começou a bordar uma tapeçaria do exterior da casa como ela era em 1806, recém-comprada pelo antepassado de Joseph, Linnaeus Rydendale

com base numa pintura que havia na entrada

ia ser um presente para o *marido*

ela tilintava o sininho sempre que queria alguma coisa de Agnes, uma criança indolente, sem graça e sem presença de espírito que se arrastava por ali, as unhas sujas, o avental sem passar, o cabelo rebelde debaixo da touca branca, mal olhando para a *patroa*

Grace repreendeu Agnes pela aparência dela, mandou-a de volta para a cozinha para limpar as unhas e amarrar o cabelo

pediu um bule de chá, faça forte e quente, mas a bebida chegou morna e fraca

Grace lhe passou uma descompostura, exijo que você desempenhe seus deveres nos mais altos padrões, disse de um jeito imperioso, agora me traga um bule de chá de acordo com as minhas instruções precisas

Grace adotou o tom e o vocabulário dos membros da família e dos convidados dos Hindmarsh

pelo olhar que a garota lhe lançou quando pegou o bule de chá, Grace ficou preocupada que ela fosse despejá-lo em sua nova patroa

era bem diferente da bajulação dela em volta de Joseph

sim, sr. Rydendale, não, sr. Rydendale, deixe eu lamber os seus pés, sr. Rydendale, se curvando de um jeito ridículo quando ele entrava no cômodo ficou bem claro para Grace que aquela coisinha desleixada, de pouca inteligência, higiene e habilidade, nunca ia receber ordens de uma mestiça, uma negra, Imperatriz do maldito Nilo ou não

Grace disse a Joseph para mandar Agnes embora, tinha aguentado o suficiente da insolência e da incompetência dela

ia fazer ela mesma o trabalho doméstico e podia até gostar já que era para ela mesma, o que foi o caso, que orgulho sentiu quando raspou decentemente a gordura enegrecida do fogão

que orgulho sentiu quando se ajoelhou e limpou o ladrilho do térreo até brilhar como gelo negro e poliu o piso de madeira do segundo andar de modo que a luz do sol batia nele e depois se refletia

fez o mesmo com as inúmeras janelas que estavam tão imundas que o jardim e os celeiros lá fora, e os campos em declive lá atrás, estavam invisíveis sob uma película viscosa de sujeira

passou a trabalhar com sabão, água e vinagre, deixando o vidro tão limpo que ficou invisível

chamou Joseph para ver o resultado do seu esforço e até ele, que alegava ser incapaz de enxergar a sujeira, a elogiou por deixar a casa tão revigorada

não muito revigorada, Joseph, sugiro que a gente reforme e prepare este lugar para receber as nossas crianças, a maior parte da mobília vai desmontar assim que uma criança pular em cima, e uma camada de tinta não ia cair mal, vamos chamar um faz-tudo do vilarejo para alegrar tudo aqui

quando ele começou a protestar, ela disse, você reconhece uma ordem quando a ouve, soldado Rydendale

Joseph amava quando ela o desrespeitava

o velho foi substituído pelo novo, um armário chinês, uma cômoda e penteadeira de carvalho, tapetes art déco, ela foi fazer compras na Berwick com ele, o deixou mais elegante com ternos e sapatos novos, comprou metros de tecido para as próprias roupas, até deu um pulo na Gillingham & Sons para exibi-lo para Mabel e Beatrice, se gabou da fazenda enorme da qual era agora a senhora

tocavam discos de Armstrong, Gershwin, Fats Waller e Jelly Roll Morton no novo gramofone e dançavam ao som deles

nas noites quentes de verão eles abriam as janelas e levavam a festa para o lado de fora, observados só pelos cachorros, o vilarejo estava a três quilômetros de distância colina abaixo, os dois moviam cabeças, braços e mãos ao ritmo enérgico da nova música norte-americana

que ela passou a amar

ou se sentavam lendo e conversando no sofá Davenport, outra aquisição preciosa, a lareira rugindo, a cabeça de Grace descansando no colo de Joseph enquanto ele esticava o cabelo dela de modo que os cachos espiralados se desenroscavam e saltavam

os cachos que ele amava enrolar em suas mãos enormes de fazendeiro

ela não acreditava no quanto ele amava o cabelo encorpado e grosso dela

ela ficava envergonhada com aquilo

a compra mais importante para Grace foi um colchão de algodão para a cama de baldaquino do quarto principal, substituindo o colchão decrépito, irregular, impregnado de todos os tipos de excreções

tinha sido impossível ter uma boa noite de sono ali, sobretudo quando ele disse que aquela tinha sido a cama a dos seus pais e antes disso dos pais deles

tinha sido difícil para ela dormir em cima de tanta história ela quis limpar tudo, inclusive o velho armário da biblioteca atulhado de livros antigos; Joseph disse não, eram títulos e registros importantes, ele ia dar um jeito um dia, e pôs uma tranca no móvel

ele comprou a escrivaninha com tampo e se sentava ali uma vez por semana para fazer a contabilidade, satisfeito quando o volume que entrava era maior do que o que saía, determinado a manter a fazenda dando lucro, de olho na expansão para terrenos da vizinhança

à noite
eles faziam amor à luz fraca da lamparina a gás
ela era a expedição dele pela África, ele disse, ele era o dr. Livingstone navegando rio abaixo na África para descobri-la na nascente do Nilo
Abissínia, ela corrigiu
tanto faz, Gracie

depois que ele a fez tomar consciência, ela chorou
em algum lugar lá dentro dela ela não entendia
ele queria pelo menos dez filhos robustos que iam trabalhar na fazenda, o mais velho a herdaria
Grace teria se contentado com cinco, não tinha certeza se queria passar tantos anos inchada pela gravidez
três meninos para o Joseph, duas meninas para ela

os dois primeiros a se anunciar saíram em coágulos de sangue
então houve o menino que começou a ficar gelado algumas horas depois que a parteira o pôs nos braços dela
até virar mármore aos pouquinhos

428

incapazes de falar disso
um abismo cresceu no leito conjugal
dormiam de costas um para o outro

Grace foi incapaz de fazer qualquer outra coisa que não fosse
se lavar, de comer qualquer outra coisa que não fosse o pão e a sopa
que Joseph dava a ela como se ela fosse uma criança adoentada
coma, Gracie, coma

então veio Lily
que chegou com a saúde perfeita e era encantadora
ela completou um mês, depois dois, depois três
todo mundo dizia que Lily era a mais bonitinha dos bebês
quando Grace a exibia de gorrinho, vestido, cardigã e botinhas de
tricô que as mulheres do vilarejo tinham feito para ela, que se arrastavam colina acima ou iam até lá de carroça para compartilhar
a alegria depois da perda terrível
qualquer ressentimento remanescente ou desconfiança da
estranha de pele escura tinha se dissipado fazia muito tempo
agora ela era a Grace, a Grace delas, a mulher do Joseph
Lily também era delas

quatro meses, cinco meses, seis
Lily de olhos misteriosos, abismais, no que você está pensando, Lily? Grace se perguntava enquanto elas olhavam uma para a
outra, hipnotizadas
ela vai ser uma grande beldade etíope
abissínia, Joseph, Grace rebateu
se diz etíope hoje em dia, Grace

sete meses, oito meses, nove meses
o leite nutritivo de Grace preenchia a filha, depois de se

alimentar Lily dormia sobre o peito dela, suave e quente, algumas vezes ela assobiava quando expirava, o rosto esmagado de um lado, os lábios num biquinho

a imagem da própria mãe voltava com nitidez nessa época, Grace lembrava de se sentir profunda, completamente amada por ela
de ser a pessoa mais importante na vida da mãe
de estar totalmente segura

dez meses, onze, doze meses e um ano
um ano, dois meses e quatro dias

Grace acordou cedo como de costume, entusiasmada, encantada para começar um novo dia com a filha
Lily tinha precisado ser alimentada só uma vez durante a noite, a parteira tinha dito a eles que isso significava que podiam esperar sonos menos interrompidos
ela acordou e foi até o berço de Lily ao lado da cama
estendeu os braços para pegar a bonequinha dela no colo, mas Lily estava rígida, gelada, não se moveu nem quando Grace acariciou a bochecha dela ou colocou a palma da mão em sua testa
segurou as mãos dela
encostou nos pezinhos
a embalou.

5

Joseph não deu nenhum tempo a Grace, não ia parar de tentar ter outro, precisava haver um herdeiro, ele disse, era dever dele passar a fazenda para a próxima geração estava na família dele havia quase cento e vinte anos

àquela altura

só então ela se deu conta de como era profunda a ligação dele com a propriedade, talvez até maior do que a ligação dele com ela, Joseph via a si mesmo como o guardião do lugar, sua vida seria um fracasso se ele não tivesse um filho para o qual legar a fazenda

ele tinha que honrar seus antepassados

Joseph pisava duro pela casa, derrubava coisas, berrava com os cachorros, praguejava contra os trabalhadores, bebia cerveja demais à noite

quando estavam em comunhão sexual, ele entrava nela como uma máquina, não com o carinho de antes

a única ambição dele era polinizá-la sem piedade

ela suportava a arremetida implacável dele, olhava para o lustre no teto, como eles ficaram felizes quando a eletricidade foi instalada na casa

era dever dela proporcionar herdeiros fortes para ele, para a terra, para o legado dele, ela entendia isso, e até então tinha fracassado

ele ia expulsá-la por descumprimento do dever? ela ia virar mais uma vez uma empregada faz-tudo? ia ser substituída por outra esposa que ia levar a cabo as obrigações dela?

ela suportava enquanto o colchão saltava na estrutura de madeira da cama que rachava o chão de madeira embaixo do tapete

à noite eles se sentavam longe um do outro no Grande Salão, o som tiquetaqueante do relógio do avô

Joseph leria uma revista de agricultura ou a *National Geographic* que encomendava mensalmente

(como o marido dela amava uma desculpa para ver os peitos expostos das nativas!)

ela lia a *Woman's Weekly* ou romances de Dickens, Austen, das Brontë ou qualquer outro que achasse no escritório e a absorvesse

para levá-la para longe daquilo, dele, de si mesma

para longe de um corpo que dava vida à morte

quando ele subia para ir para cama, ela ficava no andar de baixo, assim que entrasse no quarto ele acordaria e tudo aquilo ia recomeçar

Grace deu à luz mais um

Joseph a chamou de Harriet quando ela se recusou a escolher um nome, era uma homenagem à avó dele, Joseph disse, que tinha vivido até uma idade avançada, nunca ficou doente por um dia sequer e morreu dormindo

essa vai sobreviver, Grace, pressinto isso, é uma guerreira, não faz mal que seja uma menina

ela não se importou com o demônio que quase a matou depois de mais de três dias de trabalho de parto, que escorregou furiosamente para fora de seu corpo maltratado para as mãos da parteira

que brandiu os punhos, retorceu o rosto pegajoso e berrou para toda a casa ouvir com pulmões poderosos quando levou um tapinha

Grace precisou de morfina e de pontos, fraca demais no início, e depois sem nenhuma vontade de embalar a mais recente de uma longa fileira de crianças condenadas

ela se recusou a amamentar aquilo

Joseph se recusou a falar com ela

Lily tinha sido tão delicada, uma criança calma, enquanto a presença furiosa e desafiadora de Harriet enchia a casa sem descanso

era como um demônio gritando noite adentro, determinada a destruir a vida da mãe do berço no quarto ao lado do deles, onde a ama de leite tinha se alojado

mais tarde Flossie se mudou para lá, uma babá de Berwick

Grace passou meses mal conseguindo falar ou se arrastar para fora da cama, mal conseguindo se lavar ou escovar os dentes, o cabelo cheio de nós, a pele descorada pela falta da luz do dia, ficava largada por ali com roupa de dormir, desviava o olhar quando lhe traziam o demônio, se sentia fisicamente doente sempre que pensava nele

sonhava em cortar suas artérias para se livrar da dor, da mesma forma que via o Joseph fazer com os animais da fazenda

analisava as facas da cozinha para decidir qual ia dar conta da tarefa do jeito mais rápido e eficaz

segurou cada uma delas contra a luz numa madrugada, foi flagrada pelo Joseph que agarrou a faca

não se atreva, Grace Rydendale, não se atreva

pensou em sair pela porta, seguir campo abaixo pelos fundos da casa e entrar no lago até que a água cobrisse a cabeça dela

Joseph a ameaçava com o sanatório, eles vão te acorrentar nua numa parede onde você vai ficar sentada em cima da sua privada pro resto da vida

ela não se importava, já estava no inferno, foi dormir em outro quarto, essa parte da nossa vida acabou, disse

não se preocupe, ele respondeu com amargura, só estava cumprindo o meu dever, e agora você falha no cumprimento do seu

Grace se lembrou de como Joseph costumava olhar para ela com um amor tão poderoso que ela só podia retribuir, agora ele se recusava a fazer isso, assim como ela se recusava a tocar na coisa que ela tinha dado à luz

quando Joseph forçou aquilo debaixo do nariz dela, ela empurrou de volta

não ouse ignorar a sua filha, você é uma mulher perversa, Grace Rydendale

o demônio tinha sido enviado para escarnecer dela com a esperança da maternidade e do cumprimento de seu papel na terra, para que ela tivesse alguma coisa toda dela, só para depois lhe ser tomada de novo

Grace se lembrava do sofrimento de ser uma menininha que foi deixada sozinha no mundo

sentia falta de sua mãe que ia ter sabido o que fazer, que ia ter segurado e balançado ela e dito você consegue fazer isso, Gracie, você consegue passar por isso, a gente vai passar por isso juntas

um ano veio e passou	Harriet cresceu forte e robusta
dois anos vieram e passaram	Harriet começou a enga-tinhar/andar/galgar
trinta meses vieram e passaram	Harriet falava sem parar

Grace acordou certa manhã e pela primeira vez desde que a criança tinha nascido não se sentiu cheia de pavor, as nuvens lá fora eram de um cinza-claro encantador contra um céu azul radiante

ela não olhava para o céu fazia muito tempo nem para qualquer outra coisa, só sentia um peso dentro dela puxando-a para baixo

também não tinha visto o Joseph, não direito, o homem que a tinha transformado na Imperatriz do Nilo dele, ele devia estar lá fora ordenhando as vacas ela se levantou e tomou um banho, tentou escovar os nós do cabelo, teve que desfazê-los primeiro com os dedos

se vestiu com roupas decentes em vez de ficar com a roupa de dormir

Grace entrou na cozinha

Harriet estava sentada ali comendo um ovo cozido com tirinhas de pão de café da manhã, preparado por Flossie que mais cedo a tinha levado ao galinheiro para escolher seu próprio ovo, o ritual matinal delas

Grace em geral esperava que elas saíssem do cômodo para tomar seu café da manhã, passava o tempo todo evitando a criança, era especialista nisso, atenta a onde quer que a criança estivesse dentro de casa ou do lado de fora, e se certificava de que os caminhos das duas se cruzassem o mínimo possível

ignorando os olhares de desaprovação de Flossie quando fazia isso

Harriet e Flossie pararam de falar na presença dela, Harriet olhou para ela como se Grace fosse outra pessoa

ela achava que era — com seu cabelo escovado e preso em cima da cabeça em vez da maçaroca selvagem a que a filha estava acostumada, e usava um vestido branco com florzinhas amarelas em vez do roupão desbotado

Grace olhou para Harriet como se fosse a primeira vez, ela era tão rechonchuda e saudável com bochechas macias e radiantes

seu cabelo descia pelas costas numa trança única, os olhos eram quase dourados, talvez um pouco verdes, eles cintilavam, eram curiosos, sorriam para ela

como se para dizer, oi, mãe, você gosta de mim agora?

Flossie, o cabelo grisalho, redonda, curvada, usava uma saia antiquada de outro século que ia até o chão, era mãe e avó de muita gente, fazia barulhos encorajadores enquanto ouvia a tagarelice sem sentido de Harriet

que começou de novo quando a criança se acostumou com Grace

ela mergulhava os pãezinhos na gema líquida e amarela e tentava comer sem deixar pingar no queixo

quando pingou, Flossie limpou com um paninho

elas pareciam tão à vontade juntas

tão próximas, tão familiares

familiares demais

Grace

preparou uma xícara de chá, se sentou de novo, agora mais perto de Harriet, continue, ela disse quando Harriet fez uma pausa para encará-la mais uma vez

eu queria fazer um bolo de aniversário para a Harriet, Flossie, e você agora deve chamar ela de Hattie, e não de Harriet, acho que Hattie cai melhor para ela

Flossie forçou um assentimento de cabeça, não exatamente hostil

Grace fez sinal para Hattie, vem sentar no colo da mãe, amor, Hattie olhou para Flossie em busca de ajuda, o que doeu

vá sentar com a sua mãe, Flossie estimulou Hattie, resmungando, já estava na hora, alto o suficiente para Grace ouvir

mais tarde Grace levou Hattie para se sentar ao sol no banco do jardim, aninhou ela no colo, leu histórias do *Livro dos contos de fadas*

quando terminou, Hattie estava enrodilhada em cima dela, dormindo

Grace olhou para cima e viu que Flossie tinha ido buscar

o Joseph que estava parado ali do outro lado do jardim perto do portão que levava aos campos

mangas arregaçadas, calça enfiada dentro das botas cheias de lama, apoiado numa enxada

observando

como se estivesse no deserto do Egito de novo

vendo uma miragem.

6

Tudo mudou, mãe, quando eu e a minha Hattie nos encontramos, foi como se eu tivesse saído da escuridão para a luz e pudesse amá-la como devia

queria que você me visse mimando ela, mãe, deixando ela fazer tudo do jeito dela porque eu não conseguia dizer não para o que quer que ela quisesse, até o Joseph se meter e dizer que eu estava estragando ela

queria que você visse como o Joseph e a Hattie se adoravam, como ele não era condescendente com ela só porque ela era uma garota, como ela seguia o pai por aí copiando tudo o que ele fazia

queria que você visse a Hattie crescer forte, resistente e alta, mãe, visse ela aprendendo a arar, semear, debulhar, levar fardos de feno no trator dos campos para o celeiro

queria que você estivesse por perto para ser a avó dela, para contar para ela como era quando você era pequena e para contar histórias sobre mim da época em que eu era nova demais para lembrar

queria que você não tivesse morrido tão nova, mãe, que visse o quanto eu fui bem cuidada no lar, como aprendi a andar de sapatos, como lá tinha água limpa e comida fresca e aprendi muitas coisas queria que você me visse correndo pelos prados em volta do lar, mãe, bem como você imaginou, e colocando flores no meu livro das flores e escrevendo poeminhas sobre elas

queria que você tivesse aprendido a ler e escrever, mãe, tivesse ido para escola como você queria tanto, você ia ter gostado de ler livros, mãe, principalmente todos os romances conhecidos do sr. Charles Dickens

queria que você visse como aprendi a ter postura e a me comportar com o decoro de uma dama, mãe, eu não era fácil, como você também não era, eu conseguia me impor quando precisava

queria que você visse como eu odiava ser uma criada, mãe, como me ofendi com cada minuto daquilo, até ter minha própria casa e aí adorar fazer dela um lar limpo e agradável

queria que você visse como o Joseph me amou de novo quando voltei a mim, como a gente decidiu juntos que não ia haver mais crianças e ele começou a usar o método de tirar

queria que você tivesse conhecido o Joseph, mãe, meu homem, que ficou do meu lado pelo resto da minha vida, era meu refúgio e meu companheiro e o melhor pai para nossa garotinha

queria que você visse como a Hattie não deixou ninguém estragar a personalidade dela, mãe, como dava ordens para os trabalhadores, como o Joseph e eu ríamos quando ela tentava mandar na gente

queria que você visse como aprendi a ajudar no trabalho externo da fazenda

a encher a casinha do gelo com o gelo que a gente cavava no lago congelado no inverno

a colher frutas do pomar, fazer compotas e geleias

a colher vegetais e colocar em conserva e na casinha do gelo

a alimentar vacas, cabras, porcos, cavalos, galinhas, perus, patos, pavões a pôr os cordeirinhos sem mãe numa caixa na frente da lareira do Grande Salão

a raspar o esterco de um inverno inteiro nas baias dos cavalos

a defumar carne e salgar bacon com gordura de porco

a aparar cerca viva, a construir cercados, a fazer cestos, a fazer manteiga e queijo

a capinar e a desmamar e criar abelhas, a fermentar cidra, cerveja e *ginger ale*

queria que você tivesse conhecido o Slim, mãe, o norte-americano que se casou com a Hattie, o grande alívio que a gente sentiu quando ela encontrou alguém que a gente sabia que ia cuidar dela quando a gente tivesse partido

queria que você tivesse conhecido o Sonny e a Ada Mae, mãe, os seus bisnetos, só fiquei com eles por um tempinho

o Joseph ficou agradecido que finalmente havia um garoto que um dia ia dar continuidade à fazenda da família.

V

A festa

1

Roland

é o primeiro a dar três beijinhos em Amma quando ela faz a *grande entreé* na festa que se segue à estreia de A *última amazona do reino de Daomé* no saguão do teatro

um crescendo de vozes tagarelando e copos de prosecco tilintando

que silencia

e é seguido de aplausos extasiados

e

bravo! Amma, bravo!

ela está simplesmente espetacular com um vestido colado e amarrado ao corpo que deixa seus braços tonificados à mostra, a cintura fina e os quadris avantajados que tinham aparecido nos últimos anos

embora tenha estragado o efeito usando tênis prateado

sempre a adolescente rebelde lá no fundo — ou melhor *au coeur*

a peça foi simplesmente maravilhosa, *ma-ra-vi-lhóu-sa*, Roland exulta

que é tudo o que ela sempre quer ouvir

que é tudo o que ele sempre quer ouvir

que é tudo o que qualquer pessoa sempre quer ouvir

uma avaliação de cinco estrelas já tinha sido publicada na internet por um crítico que em geral era um pitbull selvagem, com uma efusão pouco característica: surpreendente, emocionante, controverso, original

com certeza, a produção é de fato merecedora dos maiores elogios e bem diferente dos falatórios políticos exaltados do início da carreira de Amma no teatro

embora a mãe da única filha dele, dramaturga e diretora, e amiga tão, tão querida, pudesse ter feito seu nome onde importava fazia muito tempo, se tivesse seguido o conselho dele e dirigido alguns Shakespeares multiculturalistas, tragédias gregas e outros clássicos, em vez de escrever peças sobre mulheres negras que nunca vão ter apelo popular simplesmente porque a maioria da maioria vê a maioria dos *Les Négresses* como separados deles, uma personificação da Alteridade

Roland decidiu há muito tempo se alinhar ao *L'Établissement*, por isso é um vencedor e um nome conhecido

nas classes educadas

onde importa

Amma, por outro lado, esperou três décadas até que a deixassem entrar pela porta da frente

ainda que ela não estivesse exatamente batendo nas portas do castelo durante todo esse tempo

na verdade, a amiga dele passou boa parte do início da carreira dela jogando pedras no castelo ele se afasta, deixando Amma para as lésbicas radicais que ainda a seguem como *fangirls* envelhecidas, avançando para cumprimentá-la

ele *está* chocado de ver uma delas num macacão jeans

sem dúvida que *El Macacão* não regressou à cena?

bem na hora em que ele está refletindo sobre a relação entre sexualidade e vestuário, é encurralado pelo "Chefe Mao Sylvester", com quem é cordial

se tanto

eles se conhecem desde que Amma os apresentou numa festa no suntuoso apartamento da ocupação de King's Cross naquela época

quando os dois eram jovens e bonitos e passavam os fins de semana viajando com *poppers* e ecstasy e vestidos só com calções minúsculos de couro e botas de caubói enquanto dançavam por horas ao som da batida disco pulsante debaixo das bolas de glitter no Heaven antes de desaparecerem nos recantos mais escuros do bar Cellar para satisfazer os desejos incorrigíveis deles

até mesmo um com o outro

ainda que só uma vez tenha sido suficiente porque o Sylvester gritando *Tome essa, Maggie T!* no momento da ejaculação foi *bem* desagradável

Roland foi um dos hedonistas sortudos que sobreviveram a *El Diablo* que se intrometeu para matar tantos deles

tantas mortes arruinaram qualquer sensação de nostalgia, infelizmente, lembrar do passado também significava

lembrar dos

mortos

o velho rabugento Sylvester também é um sobrevivente

admite ressentido que a peça de Amma é o melhor trabalho

dela até agora, é uma pena *imensa* que ela tenha conspirado com eles, *eles*, e aponta um dedo furioso para os Ternos Chatos, como os chama, que demarcam o perímetro da festa, os representantes das multinacionais que reforçam as finanças do teatro com patrocínio, que se mantêm afastados, sorrindo de um jeito estranho, desesperados para fazer parte da diversão artchística

Sylvester diz que eles venderam os princípios estudantis de esquerda, se alguma vez os tiveram, assim que saíram da universidade e aceitaram um excelente salário inicial numa oferta de trabalho corporativo moralmente censurável que oferecia a perspectiva de uma carreira lucrativa e bônus anuais inflacionados que logo os transformaram em tories podres de ricos com ódio às infraestruturas de bem-estar social para as quais *não* estão contribuindo ativamente devido à evasão *e* às sonegações fiscais enquanto menosprezam com hipocrisia as classes inferiores como o flagelo da sociedade que vive às custas do Estado quando *são eles* os maiores escroques da sociedade sem nenhum senso de responsabilidade coletiva além de uma forma de caridade muito autoengrandecedora e dedutível de impostos que está na moda e que gostam de chamar de filantropia!

Roland fica maravilhado com o fato de Sylvester conseguir fazer um ataque prolongado à cultura corporativa capitalista e aos tories um minuto depois de dizer olá

pode até ser um recorde

agora é a vez dele

A *última amazona do reino de Daomé* é um tour de force, diz, embora eu nunca fosse usar um clichê como esse, entende, ao falar disso no noticiário do Canal 4 e no Front Row da BBC amanhã, esfregando aquilo na cara dele porque Sylvester nunca reconheceu o esplêndido sucesso que Roland fez em sua carreira

provavelmente ele nunca leu um único livro dele e nunca

disse que o viu na tevê, quando as pessoas com frequência dizem
a Roland que o viram na telinha um dia desses
é uma recusa deliberada de Sylvester
e muito desestimulante

a peça é realmente inovadora, Roland continua, apesar de
Sylvester parecer mais interessado em pegar o prosecco gratuito
servido por garçons em taças elegantes e bebê-lo de um só gole
antes de voltar a inspirar o ar
Amma, Roland diz, podia ter prestado homenagem às amazonas originais que eram as arqui-inimigas dos antigos gregos,
segundo a mitologia, e às quais as do Benim, i.e., as amazonas
do reino de Daomé, foram comparadas por aventureiros do Oci-
dente que viajaram para a África e escreveram sobre a ferocidade
destemida delas durante um período de cento e cinquenta anos
talvez a peça também pudesse ter empregado ainda mais
dispositivos tecnodramáticos na produção, como hologramas
das amazonas originais do mito grego pairando como espectros
periféricos se contrapondo ao drama principal adicionando assim
uma relevância mais clássica à tese? e embora o mito de que as
verdadeiras amazonas extirpassem os seios para melhor combater
os gregos com o arco e flecha arcaico não possa ser provado,
sabemos que tais mulheres guerreiras existiram na região graças
aos testes de DNA recentes e a outras formas de análise bioarqueo-
lógica dos *kurgans* (montículos funerários para os leigos) dos citas
nômades, que revelaram a presença histórica de cavaleiras guerreiras que viviam em pequenas tribos do Mar Negro à Mongólia,
embora nenhuma tivesse seios amputados
além disso, segundo Heródoto, as amazonas do mito co-
letavam ervas tóxicas, jogavam na fogueira do acampamento,
inalavam sua fumaça e ficavam altinhas como uma pipa, então vê
como a Amma perdeu uma oportunidade aqui ao não jogar com

o material de origem? não obstante, quanto ao fluxo de imagens projetadas no palco para parecer que o lugar estava cheio de milhares de amazonas do Benim mortas correndo em direção ao público brandindo armas e proferindo gritos de guerra

ele foi assustadoramente realista e sem dúvida um *coup de théâtre*

Roland faz uma pausa, acabou sua análise pré-desempenho então pode pontificar sobre o pós-desempenho

antes de conseguir terminar sua dissertação, Sylvester coloca a mão no braço dele e diz, eu não sou um dos seus alunos deslumbrados, Roland, e sai de nariz empinado, a taça vazia guiando o caminho em direção aos garçons que, provavelmente instruídos pelo garçom que estava no comando, tinham começado a evitar o pequeno ponto onde eles estavam

Roland fica tentado a gritar para Sylvester que ele devia estar malditamente agradecido por ele, o professor Roland Quartey, não se incomodar em oferecer as ideias dele *de graça* porque adivinhe só? quem é que está recebendo dez mil dólares para dar uma palestra de uma hora nas universidades americanas, que provavelmente é mais do que você ganha em dois anos com a 97%, uma companhia de teatro ultrapassada e fracassada da qual só um por cento do público em geral já ouviu falar

então você pode guardar sua consciência social, *camarada*, porque ele, Roland, tem uma coisa muito mais poderosa na manga que é chamada de

CAPITAL CULTURAL!!!!

Roland, entretanto, é sofisticado demais para provocar uma cena dessas, olha em volta, o volume e vivacidade no salão estão aumentando à medida que o prosecco afrouxa a teatralidade interna de todo mundo no palco, vindos direto da cozinha, os canapés entram em cena erguidos no alto em bandejas douradas por rapazinhos deliciosos que chegam como coristas sarados

ele vê Shirley do outro lado do salão, ainda vestida à la Instituto para Mulheres circa 1984 (Jesus amado)

Dominique também está aqui, ele não a vê há *séculos*, continua divina e sexy naquele estilo motoqueira lésbica mesmo na casa dos cinquenta, também está sendo cercada por um grupo de *fangirls* babando (*plus ça change*)

Kenny está rondando o segurança fortão inacreditavelmente bonito e provavelmente nigeriano na entrada que parece estar curtindo a atenção

Roland prefere carne branca, Kenny gosta de carne escura, é simples assim

são bastante independentes durante a semana, nos fins de semana visitam feiras de agricultores, batem papo com os amigos, algumas vezes no campo

algumas poucas vezes por ano, eles fazem uma pausa e esticam seus fins de semana nas cidades favoritas deles: Barcelona, Paris, Roma, Amsterdã, Copenhague, Oslo, Vilnius, Budapeste, Liubliana

os verões eles passam em Gâmbia ou na Flórida

"discrição, não enganação" é o lema da união de vinte e quatro anos deles, ambos são livres para fazer as próprias coisas

os dois se aproveitam disso quando o desejo assume o controle, contanto que não levem ninguém em casa

o santuário deles

Roland vagueia até o calçadão com vista para o Tâmisa

o céu noturno repleto de tantas estrelas quanto a poluição permite enxergar nesta cidade o rio parece uma mancha de óleo viscosa e latejante a essa hora da noite

o perfil da mistura típica de edifícios do lado oposto

ele simplesmente adora Londres e já faz algum tempo, nos círculos cada vez mais rarefeitos da existência dele, que a cidade o ama também

quanto ao desprezo que hoje é despejado em cima da chamada "elite das metrópoles", ele deu um duro danado para chegar ao auge da profissão, e é irritante que o termo seja agora evocado por uma proliferação de políticos e demagogos de direita como um dos males da sociedade, que caem no ridículo de acusar quarenta e oito por cento dos eleitores britânicos que votaram em permanecer na União Europeia de serem exatamente isso

enquanto os cidadãos favoráveis à saída do Reino Unido da UE são descritos de um jeito absurdo como comuns e trabalhadores, como se todos os outros não fossem

Roland estava muito disposto a se defender num debate sobre a União Europeia na BBC com um militante do Brexit que o acusou de ser "um provocador da elite das metrópoles"

Roland contra-atacou dizendo que a família dele não tinha durado seis meses no maravilhoso interior inglês quando chegaram da Gâmbia antes de serem expulsos do vilarejo por racistas raivosos nos anos 60

em outras palavras, ele disse ao acusador, há uma razão pela qual as pessoas negras (Roland normalmente evita o descritor "negro" em público tanto quanto possível — tão cru) terminaram nas metrópoles, é porque *você* não nos queria em nenhum lugar perto dos seus campos verdejantes e das suas donzelas de bochechas rosadas

nem tem vergonha de ser da elite, Roland acrescentou, por que deveria, ao professor Roland Quartey, filho de imigrantes africanos da classe trabalhadora que tinha frequentado o ensino público, ser negado o direito de subir de categoria?

ou você está dizendo que as pessoas negras só deveriam trabalhar na linha de produção, limpar banheiros ou varrer ruas?

o público aplaudiu e aclamou

antes que o interlocutor emudecido fosse capaz de pensar com rapidez suficiente para contra-atacar, o mediador do debate solicitou tempo

a Roland foi dada a última palavra, ele deveria ter se sentido triunfante

porém estava puto da vida porque teve que usar a *raça* e foi, na repercussão de um debate que se tornou viral (é claro que *esse* se tornou), visto como porta-voz da diversidade cultural

o que ele decididamente *não* é

um braço desliza suavemente em volta da cintura dele, é Yazz se anunciando da maneira mais gentil possível, o que é adorável, porque ele nunca sabe se ela vai abraçá-lo ou censurá-lo

pai, ela diz, se aconchegando, um pouco altinha ele desconfia, apesar de se declarar praticamente abstêmia

olá, querida, ele responde, beijando a testa dela

fiquei tão preocupada que a peça ia ser horrível e humilhante pra mãe, com ela você nunca sabe, a gente já viu isso antes, né? ela mandou bem, né, pai?

mandou, estamos orgulhosos dela?

sim, mortos de orgulho

você disse isso pra ela, você sabe que tem que dizer

várias vezes, enquanto olhava bem fundo nos olhos dela pra ela saber que eu falava sério, no fundo ela é bem carente, apesar de você e eu sabermos que o sucesso vai subir à cabeça dela e ela vai ficar impossível de lidar, pai, *impossível*

ele a aperta cada vez mais para perto

adora quando ela o deixa abraçá-la

sentindo o calor suavizante dela penetrando nele

Yazz era a razão pela qual ele tinha tomado jeito, a vida dele era dividida em eras, Antes de Yazz e Depois de Yazz

antes de Yazz ele era um professor universitário comum que havia frequentado uma escola barra-pesada em Ipswich, passado a adolescência estudando o suficiente para escapar de Portsmouth, a cidade em que nasceu, e que nas horas vagas ficava endeusando os ídolos dele

o pequeno e adorável Marc Bolan, o surrealista da era espacial David Bowie e o lindo e delicioso líder do Sweet, Brian Connolly

nessa ordem de preferência

quando foi para a universidade em Londres se juntou à Sociedade Gay logo no primeiro dia e compensou o tempo perdido em clubes gays

e ainda deu um jeito de se formar com ótimo desempenho

conseguiu seu primeiro emprego como professor depois de dezoito meses de procura, e uma vez lá descobriu que simplesmente não podia sacrificar sua vida social conquistada com tanto esforço às milhares de horas às quais teria que se dedicar para se sentar sozinho e escrever os malditos livros que iam fazê-lo passar de um acadêmico anônimo para uma figura pública respeitada

com Yazz a caminho ele fez um balanço, decidiu que precisava se tornar uma pessoa melhor para a criança que em plena consciência decidiu trazer ao mundo com sua amiga Amma, que era perfeita para o papel de mãe da filha dele porque era inteligente, criativa e engraçada

ficou profundamente comovido quando ela o aceitou como doador de esperma

depois da viagem dele ao Banco de Punheta, Amma logo

ficou grávida, na época em que a Yazz nasceu ele tinha começado a escrever seu primeiro livro, com a intenção de que fosse intelectual sem ser excessivamente acadêmico, popular sem ser populista, escreveu sobre o que lhe interessava — filosofia, arquitetura, música, esportes, filmes, política, internet, a formação das sociedades: passadas, atuais, futuristas

o primeiro livro moldou a reputação dele, lá pelo terceiro ela já estava selada

no entanto, ao contrário de Amma, a carreira dele nunca se baseou numa percepção identitária, como esperado no caso de intelectuais negros (mesmo o termo "intelectual *negro*" é torturante)

lamenta o fato que as pessoas negras na Grã-Bretanha ainda sejam definidas pela cor na ausência de outras opções viáveis

ele nem pode se dizer autenticamente gambiano quando saiu de lá com dois anos de idade

de qualquer forma, nem sua negritude nem sua homossexualidade resultam de decisões políticas conscientes, a primeira é determinada geneticamente, a segunda é uma predisposição psíquica e psicológica

onde vão permanecer não como preocupações intelectuais ou ativistas

mas acima de tudo como notas de rodapé

o trabalho na universidade o mantém financeiramente a salvo entre um adiantamento e outro da editora, ele não se importa de dar aulas ocasionais para estudantes mais velhos, não vai mais lecionar para turmas, e como ele é famoso e aparece na tevê eles não podem obrigá-lo

e daí se os estudantes estão desapontados, ele não inventou o sistema (ele só o faz funcionar, amor!), tem como regra não responder e-mails a menos que venham diretamente dos chefes, aos quais responde de imediato e com muita gentileza isso funciona muito bem porque todos os outros no departamento desistiram de pedir que ele faça alguma coisa

sabe que é odiado pelos "colegas" que praticamente rosnam para ele quando passa pelo Corredor das Facas Longas

por que se importar com isso?

ele raramente está lá

quando Roland começou a escrever a primeira das três partes de sua *magnum opus* ele já tinha concluído que não ia ser aceito pelo *L'Établissement*, ele *ia se tornar* o *L'Établissement*

seus irmãos e irmãs podiam muitíssimo bem falar por si mesmos

por que deveria carregar o fardo da representatividade quando aquilo só ia atrasá-lo?

os brancos só precisam representar a si mesmos, não uma raça inteira

Yazz se solta daquele abraço reconfortante, ele a ama mais do que a qualquer pessoa, até mais do que o Kenny

no momento em que a puseram nos braços dele depois que ela nasceu ele já se apaixonou, tem sido assim desde então, não consegue controlar o amor que sente por ela, mesmo que seja difícil lidar com ela algumas vezes, mesmo que ela seja rancorosa quando lhe dá na telha

ele se preocupa com a entrada dela em um mundo que vai castigá-la se não jogar com as regras do jogo

ela precisa se tornar fluente no discurso da diplomacia, mas se opõe totalmente a ele

puxou a mãe nisso

essa parte de Londres é tão especial à noite, não é, pai? ela diz um tanto sonhadora, a catedral de St. Paul não é tão, tipo, majestosa?

claro que sim, *é* majestosa, querida, penso nela como o coração arquitetônico da capital, dominando o horizonte por centenas de anos até os arranha-céus da cidade desafiarem o poderoso símbolo da supremacia religiosa com a prosperidade econômica

embora, e este é um fato pouco conhecido, O Arranha-Céu estivesse na verdade em dívida com vários antecessores bem altos como os do Egito do século XI, as casas renascentistas com torres de Florença e Bolonha, as construções de tijolos de barro de quinhentos anos de Shibam no Iêmen

veja, Yazz, o conceito não era novo em absoluto, foi a antiga solução municipal aplicada à expansão da população de meados do século que resultou numa densa urbanização

antes de ele terminar Yazz já está se afastando, bem quando iam começar um diálogo excelente

ela vai em direção a um homem tatuado (ou é uma mulher?) ali sozinho, fumando, olhando para o rio

bom te ver, pai, ela diz distraída por cima do ombro, acabei de ver alguém que eu conheço

vou visitar você e o Kenny logo, prometo

Yazz não faz ideia do vazio que ele sente onde ela tinha estado aninhada de forma tão carinhosa, do jeito que ela fazia quando era uma garotinha devotada a ele, nunca queria soltá-lo, mesmo quando tinha que ir para a cama ou para casa, se segurando nele, obrigando-o a se soltar dos bracinhos magros

uma criança pequena que o amava do jeito que ele era incondicionalmente

a maioria das pessoas acha que ele é extraordinário, então por que ela não acha, a adorada filha única dele?

tudo o que ela tem que dizer, e de verdade, *uma vez* só não seria *tão* difícil assim

você mandou bem, pai.

2

Carole se posta quieta num canto afastado da festa barulhenta junto com outros banqueiros e financistas que, como ela, parecem deslocados em seus trajes corporativos e elegantes quando o salão está lotado de tipos artísticos vestidos de forma estranha bajulando uns aos outros

esse não é nem de longe o meio dela, por isso recusou o convite de Freddy para "fazer a ronda e conhecer as atrizes lésbicas"

ele abre caminho entre a multidão, sem gravata, a camisa solta, o cabelo desgrenhado, encantando todo mundo para quem se apresenta pelo que dá para perceber, fazendo eles rirem com suas respostas rápidas

antes de valsar para a próxima pessoa que vai ficar impressionada com ele

em vez da reserva dos ricos, Freddy exala a confiança dos ricos, junto com uma timidez juvenil que cativa pessoas de todas as origens

ela queria ter o mesmo traquejo social espontâneo dele

Carole ficou intrigada com a peça, ambientada em Benim, mas como sabia pouco sobre a Nigéria, a terra natal dos pais dela, e nunca tinha estado lá, sabia menos ainda sobre o país vizinho

não era culpa dela, todos os seus parentes próximos estavam mortos, de acordo com a mãe; tendo perdido os pais quando era jovem, voltar se tornou difícil para ela

a mãe dela nunca ia ser uma dessas matronas da África Ocidental que se veem nos aeroportos chegando com um carrinho lotado com excesso de bagagem e que começam a discutir no check-in reclamando que a balança está errada quando claramente a balança está correta

Carole tem curiosidade de visitar a Nigéria, ainda não tinha sido mandada para lá a trabalho, o desejo de ir não é uma prioridade no momento, ela vai levar a mãe de volta um dia, talvez junto com o Kofi para apoiar, o Freddy também

Carole ama Kofi, ele é perfeito para a mãe dela

foi muito estranho ver o palco cheio de mulheres negras esta noite, todas tão escuras quanto ela ou mais escuras, uma novidade, ainda que em vez de se sentir representada ela tenha se sentido um pouco envergonhada

se a peça pelo menos fosse sobre a primeira mulher negra a se tornar primeira-ministra da Grã-Bretanha, ou sobre uma cientista ganhadora de um prêmio Nobel, ou sobre uma bilionária que tinha chegado lá sozinha, alguém que representasse um sucesso legítimo nos níveis mais altos, em vez de guerreiras lésbicas se pavoneando pelo palco e se apaixonando umas pela outras

no intervalo no bar ela observou alguns integrantes da parte branca da plateia olhando para ela de um jeito diferente de quando chegaram ao saguão mais cedo, muito mais simpáticos, como se ela estivesse de alguma forma refletida na peça a que estavam assistindo, e porque aprovavam a peça eles a aprovavam

também havia mais mulheres negras na plateia do que ela já tinha visto em qualquer outra peça no National Theatre

no intervalo ela as analisou com seus turbantes extravagantes, brincos robustos do tamanho de esculturas africanas, colares tipo vodu feitos de contas e ossos, bolsas de couro contendo feitiços (provavelmente), pulseiras de metal tão grossas quanto pesos de pulso para malhar, anéis de prata tão grandes que cobriam vários dedos

ela continuou recebendo acenos de cabeça da irmandade negra, como se a peça de alguma forma as conectasse

o pensamento que lhe passou pela cabeça foi que talvez fossem acenos de cabeça da irmandade *lésbica* negra, observou-as mais de perto, imaginou que muitas *podiam* ser lésbicas, mesmo aquelas de turbante usavam sapatos práticos demais

ela estava numa reuniãozinha predominantemente gay?

parou de fazer contato visual e agarrou o braço de Freddy

que foi um pouco longe demais e deu uma fungada no pescoço dela

agora, no exato momento em que se preparava mentalmente para cair fora e arrastar Freddy para longe da festa, uma mulher caminha em sua direção, alguém que ela não via fazia... quanto tempo?

ah, merda!

ah, puta merda!

é a sra. King

não a via desde que terminou a escola com dezoito anos

o que diabos *ela* está fazendo aqui?

enquanto isso

Shirley está espantada de ver sua *protégé* do outro lado do salão, quase irreconhecível, é ninguém menos que Carole Williams

sem pensar, gravita em direção a ela deixando Lennox e Lakshmi continuarem entusiasmados com o jazz que Lakshmi toca e que Lennox gosta a ponto de ir a shows e que Shirley não suporta

enquanto percorre a multidão, fica espantada ao ver que Carole não é mais uma criança sujinha, que é elegante, bonita, refinada, mesmo à distância

458

deve ter dado tudo certo para ela

então

Shirley sente uma fúria reprimida subir pela traqueia feito bile

"mantenha contato, Carole, quero saber como as coisas estão indo, pode me ligar a qualquer hora se precisar de ajuda" — a criança ingrata não tinha feito nada do tipo

Carole está usando um tailleur pêssego e pérolas de bom gosto, ambos parecem caros de verdade, o cabelo alisado num coque de bailarina, a maquiagem perfeitamente discreta, está muito mais magra do que na adolescência e aparenta ser mais alta com os saltos

Shirley se sente mais desleixada que o normal (o que é alarmante), apesar de estar usando seu vestido novo de poás da John Lewis, amarrado de um jeito (*bem*) solto na cintura e com um belo laço no pescoço

sra. King, Carole exclama, estendendo a mão de um jeito majestoso

você deve me chamar de Shirley, Carole, é Shirley

o sotaque de Carole está quase irreconhecível, praticamente aristocrático, o perfume é bom, tudo nela é

polido

descobre que Carole é banqueira em Londres, Shirley não espera nada menos diante daquela visão de sucesso, ela está aqui com o marido, Freddy, aquele ali, a família dele é acionista de uma empresa que patrocina o teatro, mas cá entre nós essa peça não é meu estilo de jeito nenhum, diz Carole

nem o meu, responde Shirley, que se sente traindo Amma por não estar delirando com a peça como todo mundo ali

(a menos que estejam todos fingindo, como os artistazinhos costumam fazer)

ela teria adorado se gabar na sala dos professores da peça da amiga dela no National Theatre, mas dificilmente pode fazer isso já que é sobre lésbicas

como é que você está? pergunta Carole, deve ter se aposentado, imagino

de forma alguma, não sou *tão* velha, ainda lecionando, pagando os meus pecados no mesmo manicômio enlouquecido que escapou de ser fechado muitas vezes, como você deve ter ouvido, sim, ainda lá, ainda contribuindo para a próxima geração de prostitutas, traficantes e drogados

Shirley joga a cabeça para trás numa risada, esperando que Carole se junte a ela, mas em vez disso ela parece horrorizada, levando Shirley a oferecer um sorriso alegre e conciliador para dar a impressão de *não* ter se chateado

ainda estou orientando as crianças mais capazes, diz de forma rápida e clara, ainda recuperando aqueles que têm potencial (e porque não consegue se conter), aqueles que precisam da minha ajuda, da minha dedicação por muitos anos para trilhar o caminho do sucesso

há uma pausa constrangedora durante a qual Shirley sente um rubor da menopausa afogando seu rosto em suor, maldição, agora não, ela nunca devia ter tomado um drinque, um gatilho, se secar o rosto com um lenço de papel vai lambuzar a maquiagem toda e parecer uma louca

que diabos a Carole deve estar pensando?

Carole tenta esconder seu desconforto diante do jeito passivo-agressivo da sra. King, deseja que Freddy a leve embora, a mulher está suando como um porco, o que é um pouco estranho, ela está nervosa?

a sra. King tinha exercido muito poder sobre ela, pareceu abusivo

agora aqui está ela, um pouco mais velha, mais grisalha, mais gorda, embora seja difícil dizer porque do ponto de vista de uma criança todos os adultos são velhos e gordos

e aí se segue um silêncio tão longo que se torna terrivelmente constrangedor, as duas mulheres com expressão carrancuda uma para a outra

Shirley termina com aquilo, bem, bom te ver depois de todo esse tempo, Carole

sim, prazer em te ver também, responde Carole, e olha dentro dos olhos da sra. King esperando um brilho diabólico, em vez disso eles estão úmidos, ela está chateada? ela parece triste, magoada, será que a sra. King tem mesmo sentimentos?

Carole se dá conta de que sempre pensou na sra. King em meio a uma névoa de raiva adolescente, mas a mulher provavelmente estava só fazendo o melhor que podia, só não tinha sido do jeito certo

Carole não quer deixar a mulher chateada, não agora, mas parece ter feito exatamente isso, precisa se redimir

sei que é tarde demais, sra. King, digo, Shirley, não tenho certeza se cheguei a agradecer pela sua ajuda quando eu estava na escola, bem, antes tarde do que nunca, hein!

o hein não foi intencional, Carole não conseguiu se segurar

não seja boba, responde Shirley, você não tem absolutamente nada pelo que me agradecer, fiz o que pude para ajudar você, nunca, nem em um milhão de anos, esperava ou mesmo queria receber um agradecimento, foi um prazer, mais do que isso, era o meu dever como professora conscienciosa, só estava fazendo o meu trabalho e me alegra que tenha funcionado para você, isso é agradecimento suficiente a meu ver

Carole vê que os olhos úmidos tinham produzido lágrimas, se dá conta de que a sra. King realmente a ajudou quando ninguém mais podia ou faria aquilo, como não tinha percebido até agora?

a sra. King dá um passo para trás, com vergonha daquela vulnerabilidade, Carole acha

preciso buscar meu marido ou vamos perder o último trem para casa, escola amanhã, nono ano, o pior, adeus, Carole, foi adorável topar com você.

3

Shirley caminha de volta com leveza através da aglomeração

mal pode esperar para contar ao Lennox do encontro com Carole, mesmo que ele despreze o velho rancor dela, o ache um desperdício negativo de energia

a vida é muito mais simples para os homens, simplesmente porque as mulheres são muito mais complicadas do que eles

Lennox dá a impressão de nunca ficar tenso com nada

ela o arrasta para longe de Lakshmi para pegarem seus casacos e enquanto o funcionário vai buscá-los, olha de novo para a festa

grandes espaços lotados com vozes em volume alto a fazem se lembrar do pesadelo cacofônico de centenas de estudantes na cantina da escola

o guincho horrível de vozes e metal sendo raspado nas louças ressoando e ricocheteando contra as paredes e o teto

a ideia dela de um bom programa noturno ainda é dançar *lovers rock* com o Lennox no canto de uma festa onde todo mundo é como eles e dar uns amassos discretos no escuro arroz, ervilha, carne de cabra ao curry fervendo no fogão da cozinha

ela espia Roland deixar o calçadão e entrar, a postura cheia de presunção, se bem que hoje em dia isso a entretém mais do que aborrece

só chegou a conhecê-lo um pouquinho quando ele se tornou pai da afilhada dela, Yazz, antes disso ele, como a maioria dos amigos da Amma, não tinha tempo para ela

quando Yazz começou na escola primária ele estava virando uma pessoa famosa e ela ficou, por um tempo, venerando ele, o que foi uma bobagem

costumava temer os encontros com ele porque ele a fazia se sentir inferior assim que ele abria a boca

um dia ela estava acomodando a pequena Yazz na cadeirinha de bebê no carro dela enquanto Roland papagueava sobre as fases do desenvolvimento infantil segundo Piaget, assunto que ela dominava bem mais do que ele

não se sentiu confiante o suficiente para mostrar o conhecimento dela, nunca tinha feito isso com ele

então ele recebeu um telefonema dizendo que a mãe dele, que havia regressado a Gâmbia anos antes, tinha morrido

num minuto ele estava ali dando uma palestra, no seguinte tinha desabado na calçada

Shirley conduziu Yazz e Roland de volta para casa e deixou ele chorar convulsivamente nos braços dela

depois disso ela viu o desempenho intelectual dele como uma performance, lá no fundo ele podia ser tão vulnerável quanto qualquer um

hoje em dia eles se dão bem, acham a companhia um do outro agradável, embora não tanto a ponto de ela retardar a saída da festa para ir até ele dizer olá depois avista Lakshmi perambulando de um jeito ansioso, deve estar procurando Carolyn, a mais recente das noivinhas de vinte e poucos anos dela, como Amma brinca

Shirley viu a noivinha colada em outra mulher bem mais velha um pouco antes, parecia bem ocupada com ela

é melhor Lakshmi tomar cuidado

assim que pensa em ir procurar Amma para se despedir, ela a vê indo em direção ao banheiro feminino com a Deusa Dominique, rindo de um jeito cúmplice

isso a faz se lembrar de quando elas dirigiam a companhia de teatro juntas e queriam ficar uma com a outra mais do que com qualquer outra pessoa, ainda mais do que com suas namoradas

até que Nzinga entrou em cena e levou Dominique para uma vida glamorosa nos Estados Unidos

embora não fosse bem assim, de acordo com os relatórios da Amma, aparentemente Nzinga tinha baixado a bolinha da Dominique (coisa necessária)

Amma insistia que nunca houve uma atração entre ela e Dominique, mesmo assim se Shirley nunca entendeu uma amizade em que elas iam juntas ao banheiro aos vinte anos, como faziam, que dirá aos cinquenta

Shirley tinha tentado evitar Dominique esta noite, que é muito descolada para ficar perto de uma professora heterossexual suburbana chata

por azar elas acabaram parando uma ao lado da outra no bar durante o intervalo e Shirley não conseguiu bater em retirada discretamente

Dominique estava a mesma de sempre, ainda magra, camiseta branca apertada para deixar à mostra a barriga lisa (esfregando aquilo na cara), jaqueta de motoqueiro, anéis de soco-inglês, brincos escalando suas orelhas como pontos cirúrgicos prateados, jeans preto, botas de motoqueiro, corte de cabelo masculino, nenhum fio grisalho

seria uma roupa inadequada se Dom não parecesse ter trinta e dois anos

mulheres negras nunca aparentam a idade que têm, com exceção de Shirley

típica má sorte

elas não se viam fazia muitos anos e como esperado Dominique sorriu com ironia para Shirley como se divertindo com a patética vidinha da Shirley

ei, como vai, Shirl? ela perguntou com um sotaque quase americano

Shirley não tinha absolutamente nada de excitante para contar, o que era previsível, e quando lançou a mesma pergunta a Dominique foi um, uau! por onde começo? bem quando a atenção de Dominique foi desviada pelo barman que escolheu servi-la primeiro

claro que ele escolheu

um copo de vinho em cada mão, Dominique se afastou, legal te ver, Shirl, disse, e sumiu

depois de servir a Deusa Dominique o barman ouviu o pedido da pessoa parada do outro lado de Shirley, que tinha chegado depois dela

Shirley disse anormalmente alto *desculpe, eu estava aqui primeiro*

e o balcão inteiro se virou para olhar para ela

não se ressentiu da amizade de Amma com Dominique quando ela entrou em cena porque os caminhos das duas já haviam se bifurcado de um jeito dramático

a amizade dela com Amma se baseia em uma lealdade

histórica e uma familiaridade confortável e não em interesses e perspectivas compartilhados, elas costumam assistir a filmes juntas, o que para Shirley deveria ser uma diversão emocionante (pelo que dava pra notar, bilhões de pessoas no mundo concordam com ela)

Amma gosta de filmes estrangeiros *muito lentos sem* enredo e muita *atmosfera*, porque "os melhores filmes abordam a expansão da nossa compreensão do que significa ser humano, são uma jornada para forçar os limites da forma, uma aventura além dos clichês do cinema comercial, uma expressão da nossa consciência mais profunda"

você imagina o que Shirley acha disso

elas chegam a um consenso, Amma foi assistir a *La La Land* com ela, sem admitir que gostou (Shirley sabe que ela gostou), e Shirley se sentou para (dormir) assistir a *Moonlight*, que Amma disse que era um dos melhores filmes que já tinha visto

ela observa as duas amigas sumirem no banheiro — tão confiantes, divertidas, jovens e exuberantes

queria se despedir de Amma, mal se falaram a noite toda porque ela estava ocupada com seus admiradores, Shirley não vai se aventurar no banheiro para se intrometer enquanto ela coloca as fofocas em dia com Dominique, que vai olhar para ela como quem diz, o que é agora, Shirl chata?

Shirley já teve uma conversa rápida com Yazz que parece ter pegado o inconveniente vírus black, o cabelo crespo desalinhado todo pra cima

na década de 70 as pessoas tinham blacks simétricos e arrumados, e mesmo então isso não era para Shirley, a mãe dela passou a escova alisadora nela quando ela tinha doze anos e desde então ela não via nem sentia seu cabelo verdadeiro

Yazz não se deu ao trabalho de apresentar a madrinha para as duas amigas que a acompanhavam, o que foi uma clara falta de educação

pareciam um pouco arrogantes, e Shirley está acostumada a adolescentes se encolhendo em sua presença e não agindo como se fossem iguais

uma delas estava usando um *hijab* nada religioso com lantejoulas, a outra transbordava de uma blusa com decote cavadíssimo

Yazz se parece mais com o Roland do que com a mãe ao ostentar uma imagem excessivamente segura, e parece que hoje em dia só fala com Shirley por um senso de obrigação

você é minha madrinha predileta, Yazz costumava dizer, talvez ela diga isso a todos os seus padrinhos, um milhão deles

ela desconfia que Yazz não a acha muito interessante

Lennox diz para ela parar de ser boba

ela e Lennox saem do saguão e seguem para o calçadão onde Yazz está apoiada no muro de frente para o rio conversando com alguém, um homem com tatuagens vulgares nos braços, aquilo também podia ser uma mulher, difícil dizer nesse ambiente de "vale-tudo"

Shirley não vê a hora de chegar em casa, se aconchegar no sofá com Lennox com uma xícara de chocolate quente

e se inteirar do final de *Bake Off* que ela perdeu esta noite.

4

Amma

está agachada, encostada na parede no fundo do corredor do banheiro feminino do National Theatre, as portas dos reservados alinhadas de ambos os lados, vigiando enquanto Dominique monta com habilidade várias linhas de coca em seu espelho de viagem

é como nos velhos tempos quando elas se sentavam e davam uma mijada bem à vista uma da outra enquanto continuavam qualquer conversa em que estivessem entretidas

independentemente de quanto tempo tinha se passado desde a última vez que se viram, a distância de quase cinco mil quilômetros de um lado a outro dos Estados Unidos mais a de seis mil através do oceano se dissolve como se em primeiro lugar nunca tivesse sido uma barreira

elas recomeçam o papo tão confortavelmente quanto antes, esse é o verdadeiro significado de uma amizade que dura a vida inteira

Dominique passa o espelho com cuidado para Amma, aqui, arruíne a mucosa do seu nariz com isso

Amma cheira duas carreiras com uma narina, quando bate ela fecha os olhos para saborear o momento, sentindo aquilo se fundir com sua corrente sanguínea com sensações celestiais

lembra que esse era o nosso primeiro ritual noturno nas nossas peças? Dominique diz enquanto aspira o resto do pó

quando a droga faz efeito, ela sente sua própria onda de euforia enquanto o jet lag é substituído por correntes efervescentes

como eu ia esquecer? Amma responde, relembrar o passado compartilhado delas é com frequência um ritual retórico, bondade sua ressuscitar uma tradição teatral tão antiga, Dominique, falando nisso você realmente gostou da peça e da produção? quero dizer, você *realmente* gostou?

Dominique já disse diversas vezes que adorou, mas não o suficiente para Amma, que anseia por reafirmação

foi irado, Amma, *irado*, você cagou em cima de todos os velhos e ilustres paladinos do teatro que estão furiosos nos túmulos, minha menina

você gostou então?

Dominique

apareceu de surpresa na porta do palco para surpreender Amma, totalmente destruída depois de dez horas sem dormir num voo noturno de Los Angeles, depois de um Uber de Heathrow até o National Theatre para se sentar pouco antes de as luzes serem apagadas, para um evento imperdível na história da nossa amizade

tão bom que você esteja aqui, diz Amma, se inclinando para trás para curtir o amor que a droga está proporcionando

é bom estar aqui, embora seja uma passada rápida para te ver já que cruzo o oceano de novo amanhã, duas vezes em quarenta e oito horas, só por sua causa, não faria isso por mais ninguém, Ams

fazia muito tempo que Dominique não ia a uma estreia da amiga dela, a festa lá fora está cheia de pessoas que ela não vê há séculos, ainda que por uma excelente razão

teve uma conversa rápida com o Roland na qual ele insinuou ter recentemente almoçado/jantado/bebido/qualquer bobagem com dois políticos famosos, uma estrela de rock e um artista cujo trabalho valia milhões

ela disse que nunca tinha ouvido falar dele (ela tinha)

Sylvester voou pela multidão como um pombo-correio quando a viu saindo do auditório no final da peça para dizer que ela e ele estavam entre os poucos combatentes antissistema do passado que mantiveram incorruptíveis os seus princípios

não foi por acaso que ele acenou com a mão na direção de Amma

Dominique estava prestes a mencionar o festival bem capitalista dela quando foi salva por alguém com quem tinha trabalhado nos anos 80, Linda, uma contrarregra que costumava ter aparência de moleque e que agora está montada como um carcereiro de Gulag

junto com a comitiva dela que tirou Sylvester do caminho aos empurrões e cotoveladas

Linda agora dirigia o próprio negócio de objetos de cena para filmes e tevê, e as amigas dela, fãs incondicionais d'A Moita Companhia de Teatro, eram mecânicas de automóveis, eletricistas, construtoras

ela tem bastante tempo para essas mulheres que rejeitaram a feminilidade antes de isso virar moda

era fantástico encontrá-las de novo

diferentemente de Shirley, a amiga mais antiga de Amma e a mulher mais entediante do planeta, que pareceu horrorizada quando se viram uma ao lado da outra no bar, e forçou os lábios num suposto sorriso

uma vez ela flagrou Shirley olhando Amma beijar a namorada numa festa, a expressão no rosto de Shirley quando achou que não estava sendo observada

a mulher é uma homofóbica no armário, embora Amma não admita isso, diz que Shirley não seria amiga dela se fosse

Dominique cumprimentou Shirley efusivamente, disse até logo efusivamente e falou muito pouco entre uma coisa e outra, o que ela chama de "sanduíche de oi-tchau"

reservado para as pessoas com quem ela tem que ser agradável

Roland, Sylvester, Shirley

ela chegou a conhecer bem todos eles, agora quando os vê uma vez na vida e outra na morte percebe que as piores características deles se intensificaram

Roland cada vez mais arrogante, Sylvester cada vez mais ressentido e Shirley cada vez mais tensa

uma das exceções é Lakshmi, ainda uma ótima amiga e que de tempos em tempos aparece em Los Angeles quando está em turnê para promover seu último álbum

o ponto alto foi ver Yazz, que veio correndo e a apresentou com orgulho a duas amigas da universidade, confiantes e articuladas, uma delas usando um *hijab* com lantejoulas que gritou "sim, muçulmana, esquisita e orgulhosa!"

as duas amigas urraram que a Yazz tinha contado *tudo a respeito dela, não se preocupe,* pode *ficar descansada,* era só a *parte boa,* nada *muito* calunioso

Yazz sugeriu que Dominique pagasse para ela passar um mês em Los Angeles no próximo verão sem *você sabe quem,* como forma de se aproximarem porque você *é* a minha madrinha Número Um que esteve ausente durante a maior parte da minha infância, e foi bem traumático crescer com *você sabe quem*

e o Professor da Merda Toda

eu podia ter passado por isso com um pouco mais de apoio, dinda Dom

não se preocupe, não espero passagens de primeira classe, econômica serve

e

uma ajudinha de custo

Yazz é totalmente determinada e Dominique ama ela por isso, é claro que vai bancar a visita dela

ela mergulha em sua mochila no chão do banheiro, tira uma fotografia em preto e branco e passa para Amma

lembra disso? pensei em trazer para mostrar como você chegou longe claro, respondeu Amma, como eu ia esquecer? olha só pra gente, as *riot grrrrls* originais, ou agora é *gurls*? Yazz vai saber

elas estavam de pé numa das sacadas deste mesmo teatro, Dominique usando um chapéu de feltro amassado, casaco de velhote, camiseta rasgada, jeans, suspensórios

Amma com uma jaqueta de aviador, minissaia de babados, meia-calça listrada, botas Dr Martens

as duas fazendo careta e apontando dois dedos para cima, para as letras grossas e pretas do teatro acima delas

olha como a gente era jovem, Dom, parece que foi há tanto tempo

isso é porque foi mesmo, foi em outra era, passa meus sais aromáticos, amor, olha pra você agora, Ams, no *auge* da sua carreira, minha menina, você é poderosa, você é imbatível, é isso que você é, e quanto à sequência de encerramento da peça? o afroginocentrismo causou um terremoto feminista nesta noite

Amma se sente derretendo contra a parede enquanto a bajulação se infiltra nela
isso é justo o que ela precisa
tudo está perfeito
simplesmente
perfeito.

5

As duas mulheres continuam a conversa noite adentro na casa de Amma

Dominique está satisfeita que as atuais ficantes de Amma não tenham sido convidadas, para o evidente desgosto delas quando tiveram que se despedir, olhando com raiva para ela por frustrar o rala e rola comemorativo

sua amiga agora curte sexo a três, como já admitiu

você é uma promíscua imunda, Ams

espero que sim, faço o meu melhor

Yazz e o *"squad"* dela, que também ficaram para dormir, tinham ido para a cama fazia muito tempo

qual é o problema com a juventude de hoje? Dominique gritou quando elas saíram da sala, bocejando sonolentas como crianças de cinco anos de idade

vocês é que deviam botar pra quebrar, não a gente, voltem aqui suas vaquinhas sensatas e tomem um porre

enquanto elas subiam trotando a escada de madeira, Yazz gritou para baixo por cima do corrimão que *alguns de nós* precisam ser adultos responsáveis quando há *crianças* desobedientes na casa

não estou mencionando nenhum nome, *sacou*

ao contrário dos velhos tempos

ela e Amma deram cabo de só duas garrafas de tinto e do resto da coca, o que neutralizou agradavelmente o efeito inebriante da bebida

o melhor dos dois mundos, beba o quanto quiser e se mantenha coerente o suficiente para uma boa conversa

Amma está reclinada de um jeito todo elaborado num sofá velho e irregular, sustentada por almofadas

como uma Sarah Bernhardt ou uma Lillie Langtry moderna

Dominique está sentada no chão sobre as formas geométricas desbotadas do tapete Habitat

na posição de lótus

a casa lembra Dominique do estilo de vida do qual ela escapou, as casas geminadas idênticas em frente estão perigosamente perto

o jardim da frente é um quintal com menos de três metros quadrados todo tomado por lixeiras pretas e o jardim dos fundos dificilmente é maior

as dimensões da casinha são claustrofóbicas, e de nada ajudam suas paredes roxas, pintadas assim contra a recomendação explícita de Dominique para que Amma as pintasse de branco para criar a ilusão de amplitude

pôsteres de teatro amarelados por fumaça estão agora ao menos preservados sob o vidro

o console da lareira exibe uma fileira de esculturas africanas empoeiradas que Amma acumulou em vez de ter herdado

o rodapé está arranhado, o assoalho precisando de uma boa envernizada, a lareira original é o lar de uma vela religiosa empoeirada e grosseiramente distorcida por cera derretida fossilizada

Amma descreve sua casa como surrada-chique, como se fosse cuidadosamente projetada para ser assim, mas como uma vagaba doméstica tentando enganar a outra, Dominique sugeriu que ela deixasse o "chique" de lado

ela mesma tem uma empregada que vai duas vezes por semana para compensar as falhas dela

ela mesma mora num bangalô arejado com paredes de vidro que ampliam o espaço modesto para fora para incluir os pinheiros nas colinas abaixo

e mais adiante as luzes da cidade à distância

A *última amazona do reino de Daomé* é provavelmente o auge da minha carreira, Dom, diz Amma, não mais festiva, à medida que a noite se aprofunda ela vai caindo no modo sentimental que Dominique reconhece

não consigo imaginar as coisas ficando melhor do que isso,

talvez me chamem para voltar e fazer outra peça se essa ganhar algum prêmio importante, ou talvez não, ainda tenho tanto para mostrar, ainda posso me esforçar para conseguir empregos e ser ainda mais útil em júris para discutir a diversidade no teatro

me tornei a Alta Sacerdotisa da Longevidade na Carreira na Capela da Mudança Social pregando no púlpito da Invisibilidade Política para a Congregação dos Marginalizados e Já Convertidos

por isso o meu dever é ajudar você a escapar, Amma, olha para aqueles atores negros britânicos que não conseguem trabalho aqui, abandonam o navio e terminam como estrelas em Hollywood, e olha a vida que eu levo, olha para o meu Festival de Artes para Mulheres, pense no tamanho do público lá, nas redes de apoio, nos diálogos, pessoas negras poderosas trabalhando em todos os níveis da sociedade

Os Estados Unidos vão fazer você se expandir com toda aquela expansão, Ams, você vai ficar mais ruidosa, mais ousada, vai ser mais estimulada intelectual e criativamente, vai alcançar novos patamares, com certeza vai, sei que o país tem sua própria cota de mazelas sociais e políticas, mesmo assim, comparado à Grã-Bretanha, bom, o que é que eu posso dizer? abandonei o navio há muito tempo

tenho que ficar aqui por enquanto até a Yazz estar pronta para viver por conta própria

estamos falando da garota mais confiante do universo? respondeu Dominique, se alguém é capaz de tomar conta de si mesma, é sua filha

não que eu deseje que ela viva de forma independente, quer dizer, nunca, realmente

ansiedade da separação?

ela é um monstro, mas é o meu monstrinho e, você sabe, realmente amo isso aqui, mesmo que me frustre demais, não tenho certeza se quero me transformar numa estrangeira em qualquer outro lugar então experimenta, como uma roupa nova, que pode ou não servir, a vida tem a ver com assumir riscos, não com enterrar a cabeça na areia

obrigada

que é isso

você me faz sentir como uma inglesa nacionalista provinciana

é porque você não sabe o que é melhor pra você, se eu tiver que te arrastar aos berros e chutes pros Estados Unidos, que seja

Amma se levanta do sofá, abre a janela, acende um cigarro, assopra a fumaça na rua escura e silenciosa

Dominique não acredita que a amiga ainda fume, que alguém com mais de vinte anos ainda fume

também amo a Grã-Bretanha, Ams, embora ame menos toda vez que volto, o país vem se tornando uma memória viva pra mim, sinto a Grã-Bretanha como passado, mesmo quando estou aqui no presente

você fala como se tivesse conversado com a sua terapeuta sobre isso

pago pra ela sentar e me ouvir fazendo um alarde ininterrupto por uma hora toda semana, a mesma mulher desde que deixei Nzinga, é maravilhoso, você devia tentar

mas ao contrário de você eu não tenho problemas psicológicos perturbadores, Dom

isso é porque você não cavou fundo o suficiente para achar

tá

pra mim terapia é uma forma de elevar a consciência, Dom

consciência é uma palavra tão retrô, Ams

você não ouviu que o retrô está voltando? está realmente na moda ser feminista nos dias de hoje: blog, demos, campanhas de *crowdfunder*, não aguento mais

Amma fecha a janela, caminha de volta, se espicha languidamente no sofá, me convence de por que o feminismo ter ganhado um novo sopro de vida *não é* uma coisa boa, Dominique? não é bem o que o médico recomendou?

na verdade é a mercantilização que me incomoda, Amma, houve uma época em que as feministas foram tão difamadas pela mídia que no fim gerações de mulheres se afastaram da sua própria libertação porque ninguém ia querer ser declarada uma, agora é uma lua de mel, você viu todas essas fotos glamorosas de jovens feministas deslumbrantes com roupas descoladas cheias de atitude — até que a coisa saia de moda

o feminismo precisa mover placas tectônicas, não de um banho de loja

Dominique quer que a amiga concorde com ela, é uma coisa evidente, mas Amma, sempre do contra, se recusa a ver o óbvio, você está sendo muito cínica e uma profeta da desgraça, Dom

estou sendo clarividente, qualquer movimento político sério que dependa da beleza para vender uma ideia está condenado

ah, por favor, a obsessão da mídia por mulheres bonitas não é novidade, olha a Gloria, a Germaine e a Angela na juventude, mulheres brilhantes, mas nem por isso patinhos feios, se as mulheres são jovens, bonitas e comíveis, elas conseguem a reportagem, sejam elas instrumentistas ou cardiologistas

cardiologistas, Ams?

só pra rimar, Dom, só pra rimar

e outra coisa que me incomoda são os encrenqueiros trans, você precisava ter visto a camaçada de pau que eu levei quando anunciei que o meu festival era para mulheres-nascidas-mulheres em vez de para mulheres-nascidas-homens, fui acusada de ser transfóbica, o que não sou, absolutamente não, tenho amigos trans, mas tem uma diferença, um homem criado como um homem talvez não se sinta um mas foi tratado como um pelo mundo, então como pode ser exatamente a mesma coisa que nós?

começaram uma campanha contra o meu festival, comandada por alguém com um milhão de seguidores no Twitter chamado Morgan Malenga, que manteve o ataque por meses, prejudicando seriamente a minha reputação até que recuei

Dom, você é tão engraçada, ahn, encrenqueiros? protesto? isso não te lembra nada? a gente teria infernizado essas pessoas no Twitter se isso existisse quando a gente era jovem, dá pra imaginar? e a comunidade trans tem o direito de lutar pela causa dela, você precisa abrir a mente pra isso ou corre o risco de se tornar irrelevante, tive que reajustar totalmente a minha maneira de pensar tendo uma filha "antenada" que gosta de me educar mais do que qualquer outra coisa, em todo caso tenho certeza que muitas dessas *heroínas* feministas adoram você por lá, aposto que você é um ímã de gatinhas

não sou uma gatinha pra elas, Ams, sou da velha guarda ultrapassada que é parte do problema, elas não me respeitam

então você precisa conversar com elas, Dom, e devemos comemorar porque muito mais mulheres estão reconfigurando o feminismo e porque o ativismo popular está se espalhando como fogo e milhões de mulheres estão acordando para a possibilidade de tomarem posse do nosso mundo como seres humanos de pleno direito

como podemos ser contra isso?

Epílogo

Penelope

dispara para seu octogésimo aniversário dali a dois dias enquanto dispara em direção ao norte num trem intermunicipal

está tentando ler as páginas de cultura do *Telegraph* e se depara com uma resenha de cinco estrelas de uma peça sobre amazonas africanas no National Theatre, seu teatro favorito em Londres

resenha elogiosa ou não, *aquela* ela não vai perder

está viajando na primeira classe, quer aproveitar o gim-tônica e os salgadinhos, apesar da hipertensão que neste momento deve estar batendo no teto com a turba ao redor dela, o tipo de gente que paga uns trocados no trem para um upgrade na passagem e depois começa a transformar o que deveria ser um ambiente mais confortável e tranquilo para as pessoas que podem pagar por isso numa jornada de pesadelo com pirralhos uivantes, farristas bêbados de cerveja e os piores transgressores, as pessoas que falam em público de assuntos particulares no celular

ela sente vontade de dizer para todos eles CALEM — A — PORRA — DA — BOCA!!!

mesmo sendo uma aposentada de idade avançada, não ia ficar surpresa se um ogro a atacasse, as manchetes nos jornais de amanhã

Aposentada Arremessada para Fora do Trem em Movimento por Bandido Bêbado

Penelope descobre que tem um pouco menos de tolerância com as pessoas hoje em dia, a não ser por Jeremy, seu companheiro, que a resgatou de sua solteirice que ela tinha suportado tempo demais

todos aqueles anos sendo infeliz com a independência dela, quando tudo o que sempre quis foi ser codependente de um homem amável que a amasse

do jeito que ela era

conheceu Jeremy nas aulas de tai chi que iniciou quando já estava na reta final dos sessenta anos e que a adorável dra. Lavinia Shaw (infelizmente tinha se aposentado, um *homem... nigeriano* a substituiu) havia recomendado para melhorar o senso de equilíbrio dela porque ela ficava caindo

a última vez tinha sido em Waitrose quando machucou o ombro de um jeito tão sério que levou anos para curar, apesar das injeções de esteroides

você não devia cair o tempo todo, a dra. Shaw alertou, você vai acabar numa cadeira de rodas, Penelope

entendido

Penelope primeiro tentou uma aula de tai chi ali mesmo em Camberwell, onde estava cercada de garotas ridiculamente magras e de garotos bonitos com coques estranhos estilo samurai — que estavam atrás das mulheres

achou uma turma muito mais adequada e conveniente em Dulwich (em vez de East Dulwich), onde havia um suprimento impressionante de cavalheiros mais velhos de determinado *tipo* inclusive aquele em cujo lado ela começou a estacionar, Jeremy, de cabelo grisalho e rosto aristocrático de alpinista (*muito* Ranulph Fiennes)

só alguns anos mais velho que ela e divorciado (rapidamente verificado, ideal para), ela se postou ao lado dele na aula enquanto o professor os instruía a Dividir a Crina do Cavalo Selvagem, a Agarrar a Cauda do Pássaro e a Levar o Tigre Montanha Acima

Penelope eliminou todas as concorrentes, revivendo as habilidades um tanto enferrujadas que tinha empregado pela primeira vez quando era adolescente para atrair Giles

levou peras do quintal dela para Jeremy e estacas para a horta dele de (também rapidamente verificado) — malvas, camélias, glicínias

ele parecia gostar dela, então ela aumentou a aposta e levou para ele um disco de 78 rotações extremamente raro da Maria Callas, a quem ele idolatrava

gastou um século procurando nas lojas de discos de West End e disse a ele que se deparou com o disco escondido em sua própria coleção (montada às pressas, caso ele quisesse ver) de música clássica

assistiu a inúmeras óperas pavorosas com ele no Royal Opera House, no English National Opera, em Glyndebourne, Aldeburgh, Garsington

como se estivesse totalmente encantada com os miados no palco

ela o acompanhou em partidas de críquete de Lords and Oval e assistiu aos inumeráveis e intermináveis ditos jogos agindo como se estivesse *muito interessada*, ajudada pelo bom e velho (gim) Pimm's num balde de gelo

(era dever dela defender tais tradições)

Penelope virou uma Pessoa Divertida, nada, jamais, era muito incômodo quando se tratava de Jeremy, na verdade a maioria das coisas era bem incômoda antes de conhecê-lo

com Jeremy ela se tornou uma ouvinte atenta, oferecia uma tranquilidade reconfortante, principalmente quando ele descrevia seu antigo casamento com Anne

que tinha passado de uma mãe e esposa bem-comportada nos anos 50 e 60 para uma feminista que odiava os homens nos anos 80, que arranjava discussões com ele e desaparecia em Greenham Common com mulheres que tentavam com muita força não demonstrar o que eram

mulheres que ela trouxe para a casa deles em Kennington como amigas, até que um dia a flagrou no quarto fazendo uma coisa que só um homem devia fazer com uma mulher

desde então ele tinha tido relacionamentos, nunca mais ia se casar

bom, o feminismo tem que responder por muita coisa, Penelope disse de um jeito compreensivo, totalmente preparada para trair a causa se isso significasse encontrar a felicidade pessoal

Jeremy Sanders (mestrado em economia empresarial)

tinha desfrutado de uma carreira proeminente como funcionário público no Palácio de Westminster encarregado das publicações internas, independentemente de qual partido político estivesse arruinando, ops, *governando* o país, como ele costumava brincar (belo senso de humor, Jeremy!)

eles estavam alinhados politicamente (à direita do centro) e gostavam de debater as principais questões do dia: lei e ordem, economia, o Estado mínimo *versus* o Estado-babá, nacionalismo, imigração, desencorajamento da assistência social, direitos humanos, incentivos ao crescimento de pequenos negócios e incentivos fiscais a grandes empresas e grandes rendimentos, e a proteção do patrimônio pessoal — a *villa* em Camberwell, comprada por uma ninharia nos anos 60, agora valia sete dígitos

Penelope só permitiu que as coisas se tornassem íntimas com Jeremy depois de um ano e meio que se conheciam, ela não ia mesmo saltar para a cama com ele de qualquer maneira, fazia muito tempo que tinha sido vista nua por alguém que não fosse a matrona que ajustava os sutiãs na Marks & Spencer

suas coxas, grossas e marcadas, não tinham mais os contornos aerodinâmicos de antigamente, os seios não eram mais os balões empinados de sua juventude, e passava noites sem dormir pensando se devia tingir o jardim secreto para ele

a consumação do relacionamento deles aconteceu de maneira inesperada, quando uma noite acabaram como dois adolescentes no sofá da sala da casa dele

depois de ela ter suportado três horas e meia de *La Traviata* no Royal Opera House

e voltado para casa para dar cabo de uma garrafa de Bordeaux Vintage a fim de se recuperar daquilo

enquanto ele desfrutava de algumas doses de Metaxa, seu conhaque favorito

uma coisa levou a outra e, antes que ela percebesse, sua cereja foi apanhada pelo seu namorado de setenta e poucos anos

Penelope descobriu então que os sentimentos de Jeremy por ela o cegaram para as imperfeições físicas de seu corpo, ele a amava como ela era, sem queixas, ele disse, mesmo quando ela deixou que a visse totalmente nua na cama uma manhã com a força total da luz do sol se derramando pelas janelas

você é como eu imagino que a Vênus de Botticelli pareceria na meia-idade

meia-idade? ela tinha setenta anos àquela altura

ele era tão *compassivo*

ela certamente o amava como *ele* era, nem um boneco da Michelin nem um Adonis envelhecido, as pernas eram o trunfo físico dele, tinha caminhado a vida toda, ela também começou a caminhar o que foi nada menos do que milagroso porque até conhecê-lo ela mal conseguia aguentar cinco minutos sem parar para recuperar o fôlego

do carro e para o carro dela e pelas lojas

por fim adquiriu resistência suficiente para fazer um percurso de ida e volta de dezesseis quilômetros quando ficavam na casa dele à beira-mar em Sussex, ou na dela em Provença

caminhar se tornou um dos prazeres da vida

uma vez definidas todas as questões de compatibilidade, fazia sentido que ela fosse morar na casa dele, que ela decidiu deixar intocada, detestando silenciosamente a paleta de cores cinza e verde dele, a preferência por móveis eduardianos originais, tapetes bege de parede a parede e a preponderância de capas emolduradas da revista *The Spectator* do século XIX

em contraste com o senso de estilo mais eclético dela que incluía bonecos de sombra balineses, esculturas de vidro, mantas Quaker coloridas jogadas por cima de sofás brancos confortáveis, tapetes de pele de carneiro e piso claro polido

eles se acomodaram confortavelmente na vida a dois, com frequência jantavam fora (ninguém se importava em cozinhar), faziam visitas regulares às casas do National Trust, produções teatrais e musicais no West End (para ela) e, naturalmente, a ópera

ambos eram ávidos leitores, o gosto dela se situa na esfera de Joanna Trollope, Jilly Cooper, Anita Brookner e Jeffrey Archer, enquanto ele é o tipo de cara que gosta de James Patterson, Sebastian Faulks, Ken Follett e Robert Harris, como ele diz

Jeremy uma vez disse que nunca na vida tinha lido um romance escrito por uma mulher porque nunca tinha sido capaz de passar do primeiro capítulo, ele não entendia por quê, deve ser biológico, disse, parecendo desanimado

ela não falou nada, não o incomode, era a regra dela para si mesma, é o segredo do relacionamento harmonioso

eles praticam tai chi juntos todas as manhãs na varanda envidraçada, no jardim no verão, embora ele esteja menos ágil agora que está na reta final dos seus oitenta anos

ela sobreviveu a uma suspeita de câncer que a fez se sentir incrivelmente mortal (e grata por escapar de uma mastectomia)

ao contemplar a morte, no entanto, ela se viu passando noites inquietas com o pensamento em seus pais biológicos, coisa que achou ter deixado de lado quando era muito jovem, depois de superar o choque de saber que Edwin e Margaret não tinham parentesco de sangue com ela

quem foram as pessoas que a trouxeram a este mundo só para abandoná-la?

Sarah ficou bem surpresa quando a escutou falar disso durante as conversas semanais delas entre a Inglaterra e a Austrália pelo Skype

o que causou isso, mãe?

Sarah está na meia-idade, suas visitas à Inglaterra são pouco frequentes, seus filhos, Matty e Molly, estão bem crescidos e são *muito* australianos

Adam mora em Dallas há tanto tempo que se tornou um desses caras favoráveis à Segunda Emenda, o que era chocante, a ponto de ela discutir com ele sobre a disponibilidade de armas à venda na Walmart da região dele, junto com queijos processados e brinquedos infantis

Penelope acha que os filhos fugiram dela, eles nunca admitiram isso, ela não foi uma mãe ruim e ficou triste por nunca ter conseguido de fato se relacionar com os netos

queria ser uma avó que tomava conta deles toda semana

que é a segunda mulher mais importante da vida deles

ela ainda é muito próxima de Sarah, que falou para ela sobre a existência de testes de ancestralidade genética, muito populares no pedaço de mundo em que ela vive, porque muitas pessoas têm raízes na Grã-Bretanha e em outros lugares, e sabem muito pouco ou nada sobre elas

você deve tentar já que está pensando tanto nisso, mãe, ela disse, acho que pelo menos você vai saber de que partes do Reino Unido sua família de origem veio

Penelope estava interessada na ideia, ela tinha sido criada em York, imaginou que seus ancestrais fossem dessa região, voltando até a Idade da Pedra, provavelmente

as pessoas não circulavam muito no passado a não ser da vila para a cidade para trabalhar, e aquilo só decolou durante a Revolução Industrial

até então tudo era muito insular e isolado, especialmente em território montanhoso então, sim, as raízes dela talvez estivessem em Yorkshire, Lancashire, Cheshire, Lincolnshire, possivelmente Durham, possivelmente com ancestrais vikings, talvez ela até descendesse de uma rainha guerreira viking

fazia sentido

o kit chegou, Penelope depositou a saliva dela dentro do tubo de acordo com as instruções, enviou pelo correio e planejou surpreender Jeremy com os resultados

só que a coisa não correu conforme o esperado

agora Penelope está sofrendo de transtorno de estresse pós--traumático porque ontem ela entrou na internet para ver seus e-mails depois do seu tradicional almoço de sexta-feira de "penne & pinot" com uma amiga divorciada, e lá estava

Ótimas notícias! Os resultados de seu DNA chegaram. O momento pelo qual você esperava está aqui...

no caso dela — a vida inteira

Penelope clicou no link na hora, aliviada por Jeremy estar fora o dia todo jogando golfe em Surrey com Hugo, o irmão dele

achou difícil de entender no início, tantas as nacionalidades diferentes

essa era a ciência da parte mais profunda e secreta dela, e havia um embate entre quem ela pensou que podia ser e quem ela aparentemente era

Europa

Escandinávia	22%
Irlanda	25%
Grã-Bretanha	17%
Judeus europeus	16%
Península Ibérica	3%
Finlândia/Noroeste da Rússia	2%
Europa Ocidental	2%

África

Etiópia	4%
Sudão do Sul	1%
Quênia	1%
Eritreia	1%
Sudão	1%
Egito	1%
Nigéria	1%
Costa do Marfim/Gana	1%
Camarão/Congo	1%

Caçadores/Coletores do
Centro-Sul da África   1%

Penelope foi direto para o armário de bebidas; algumas horas
depois foi para o quarto se deitar

ser judeu é uma coisa, mas nem em um milhão de anos ela
esperava ver a África em seu DNA, esse foi o maior choque, o teste
não fornecia respostas, ele a confrontava com questões

ali deitada, imaginou seus antepassados de tanga, correndo
pela savana africana com lanças atrás dos leões e ao mesmo tempo
usando solidéu, comendo sanduíche aberto com pão de centeio
e *paella* e se recusando a caçar no Shabat

talvez devesse arranjar uma peruca de dreadlocks para har-
monizar com sua nova identidade, se tornar uma dessas rastafáris
e vender drogas

pelo menos isso explicava uma coisa, por que ela ficava
bronzeada assim que o sol atingia sua pele

só dezessete por cento dela era da Grã-Bretanha, o que foi
uma grande decepção, na verdade ela era mais irlandesa do que
britânica, o que provavelmente significava que seus ancestrais
eram *plantadores de batatas*

tudo certo com o elemento escandinavo contando que ela
fosse viking, mas como saber? eles também podiam ter plantado
batatas, a Europa Ocidental com certeza explica a grande afinidade dela com a bela Provença

seus ancestrais africanos provavelmente eram nômades,
vagando pelo continente matando uns aos outros até que os
britânicos demarcassem as regiões em países propriamente ditos
impondo assim disciplina e controle

se ela era treze por cento africana isso significava que um de seus pais era vinte e seis por cento africano? ou isso era dividido entre os dois?

como não sabia quem eram seus pais biológicos, não podia nem começar a descobrir qual filamento pertencia a quem

Penelope entrou em contato com Sarah pelo Skype com as novidades, era bem cedo na Austrália, mas esse era um momento incomum, Sarah ficou extremamente empolgada

pediu o link do site porque você, mãe, não está fazendo muito sentido, mesmo que você tenha uma queda pelo *noir* nórdico, não tem nada a ver com isso

andou bebendo de novo?

(só um pouquinho)

em questão de minutos Sarah voltou ao Skype dizendo que o site não só mostrava a etnicidade, ele conectava você com familiares que também tinham feito o teste, como você foi deixar escapar isso, mãe? tá, respire fundo, tá pronta? você tem mais de cem parentes genéticos listados na sua página, começando com primos de quinto a oitavo grau, você não tem nenhum irmão ou avós, nem um gêmeo ou gêmea, mas aparece outra coisa, mãe, um dos pais — você entende o que isso significa?

a sua mãe ou o seu pai deve ter feito o teste e foi biologicamente apontado como seu genitor ou genitora

eles têm o nome registrado como Anônimo25, último login feito há duas semanas em Yorkshire e, escute só isto, tem um link de e-mail para você entrar em contato direto com eles para saber mais coisas

mãe, você está ouvindo? você ficou muito pálida, ah, meu Deus, sinto muito que você esteja assim chateada, não chore, mamãe, é totalmente compreensível, claro que é, eu entendo,

entendo mesmo, só queria abraçar você agora, olha, eu cuido disso, vai, fica sóbria e a gente conversa mais tarde

Sarah enviou um e-mail para alguém chamado Morgan que respondeu quase imediatamente que ele/ela(?) estava cuidando do teste de DNA da sua bisavó, Hattie Jackson, para descobrir mais sobre a mãe de Hattie, Grace, que era metade etíope, eles achavam, e acabaram descobrindo que os genes dela estavam espalhados de forma mais ampla pela África, o que não se esperava

a última coisa que Morgan esperava era um e-mail de alguém alegando ser filha da Hattie, porque a Hattie só tinha uma filha chamada Ada Mae, que morava em Newcastle

Morgan prometeu a Sarah que ia telefonar para Hattie naquele instante, e que ligaria de volta mais tarde

depois que Hattie se recuperou do choque, ela contou a Morgan que tinha dado à luz uma menina à qual chamou de Barbara quando tinha catorze anos, que foi tirada dela por seu pai poucos dias depois de nascer, ela não pôde fazer nada e nunca soube para onde o bebê tinha ido, as únicas pessoas que sabiam do bebê eram os pais dela e eles estavam mortos fazia muito tempo

Hattie manteve aquilo em segredo a vida toda, pensava em Barbara todos os dias, e não podia acreditar que ela estava viva

Morgan mandou um e-mail para Penelope dizendo que a bisavó estava em choque, que era muito velha, você deve vir logo

Penelope respondeu que ia pegar o trem no dia seguinte

Penelope pega um táxi na estação, normalmente ela fica vigiando o taxímetro o tempo todo, este pode acumular mil libras que ela não vai se importar nem um pouco

o taxista diz que a viagem vai levar mais de duas horas, ele é africano, o que não é exatamente o que ela esperava encontrar tão para o norte, ela está praticamente na Escócia ele a faz se sentir de volta ao sul de Londres, depois ela cai em si, não é tão simples como antes, ele podia ser um parente, se tem uma coisa que ela aprendeu nas últimas quarenta e oito horas é que qualquer um podia ser um parente

ela teria o direito de cair no sono, acordou às quatro da manhã para pegar o trem das sete na King's Cross, mas não consegue, o cérebro está completamente ligado

o carro viaja para o interior da zona rural de Northumberland

é fácil esquecer que a Inglaterra é feita de muitas Inglaterras

todos esses campos e florestas, ovelhas, colinas, aldeias letárgicas

sente que está indo para os confins da terra ao mesmo tempo que regressa aos primórdios de si mesma

está voltando para onde ela teve início, dentro da barriga da mãe dela

o táxi passa por outra vila deserta e depois o carro sobe uma colina tão íngreme e longa que ela receia que não vá conseguir chegar lá em cima

no topo há uma placa acima de um arco alto de metal

Greenfields
fundado
1806
pelo
capitão Linnaeus Rydendale
e sua amada esposa
Eudoré

estacionam num pátio tão cheio de lama que o táxi precisou diminuir a velocidade e avançar penosamente, lama respingando nas janelas é como voltar à pré-civilização

uma antiga casa de fazenda descuidada está à direita dela com um telhado de retalhos de telhas descombinadas, tijolos descombinados e videiras rastejando até ele e para fora dele, dando a impressão de que com um forte empurrão tudo viria abaixo

o pátio está cercado por celeiros com portas batendo ao vento

algumas galinhas cacarejam por ali, a cabeça de uma vaca está esticada para fora de um curral, uma cabra amarrada num poste, um arado enferrujando do outro lado com videiras crescendo por cima dele

tudo está caindo aos pedaços e arruinado, rumo à desordem

ela desce do táxi e paga ao sujeito as trezentas libras do taxímetro, além de uma gorjeta, tendo em vista que ele é praticamente um primo de sexto grau ou algo assim

a porta da casa se abre e alguém sai para o quintal, seu cabelo é um crespo grisalho e espalhado para todos os lados

ela está usando um macacão azul esfarrapado com um cardigã por cima, está *descalça*, neste lugar? nessa lama? neste clima?

ela caminha na direção dela, ela é velha, ossuda, parece robusta, é alta sem ser encurvada, bastante forte, foi daqui que Penelope herdou isso? sua imponência, que a acusaram de ter no passado?

a mulher é evidentemente e de um jeito ambíguo marrom-clara, o tipo de cor que existe em muitos países

essa criatura selvagem do mato com cabelo metálico e olhos penetrantes e ferozes

é sua mãe

essa é ela

é ela

quem se importa com a cor dela? por que diabos Penelope tinha chegado a pensar que aquilo tinha importância?

nesse momento sente algo tão puro e primitivo que é esmagador

elas são mãe e filha e todo o senso de si delas está sendo recalibrado

sua mãe agora está perto o suficiente para tocar nela

Penelope estava preocupada com a possibilidade de não sentir nada ou com a possibilidade de a mãe não demonstrar amor por ela, nenhum sentimento, nenhuma afeição

como ela estava errada, as duas estão chorando, e é como se os anos estivessem regredindo bem rápido até que a vida vivida entre eles não existisse mais

não tem a ver com sentir alguma coisa ou com palavras ditas

tem a ver com estar

juntas.

Agradecimentos

Faz quase vinte anos que comecei a trabalhar com Simon Prosser, diretor editorial da Hamish Hamilton, e gostaria de agradecer a ele por ter sido um ótimo editor dos seis livros que publiquei com ele desde então. Sou muito grata e me sinto muito abençoada. Também gostaria de agradecer à equipe da Penguin que trabalhou duro para publicar meus livros pelo mundo, o que inclui Hermione Thompson, Sapphire Rees, Hannah Chukwu, Annie Lee, Donna Poppy, Lesley Levene, Amelia Fairney, e todas as pessoas que fazem as coisas acontecerem nos bastidores. Devo um agradecimento especial à minha agente Karolina Sutton, da Curtis Brown. Muito obrigada também aos meus leitores nos vários estágios do manuscrito: Sharmilla Beezmohun, Claudia Cruttwell, Maggie Gee, Lyn Innes e Roger Robinson. E, por verificar meu patoá e pidgin, obrigada a Chris Abani, Jackee Holder, Michael Irene e Kechi Nomu. Também gostaria de agradecer ao Hedgebrook Retreat for Women Writers em Whidbey Island, EUA, por minha residência lá em 2018.

Por último e em primeiro lugar, obrigada ao meu marido, David, que está sempre lá para me apoiar quando me aventuro em águas criativas desconhecidas, e que é sempre um porto seguro quando volto para casa.

1ª EDIÇÃO [2020] 5 reimpressões

ESTA OBRA FOI COMPOSTA PELA SPRESS EM ELECTRA E IMPRESSA
EM OFSETE PELA GRÁFICA PAYM SOBRE PAPEL PÓLEN NATURAL
DA SUZANO S.A. PARA A EDITORA SCHWARCZ EM MARÇO 2024

A marca FSC® é a garantia de que a madeira utilizada na fabricação do papel deste livro provém de florestas que foram gerenciadas de maneira ambientalmente correta, socialmente justa e economicamente viável, além de outras fontes de origem controlada.